U0530406

Martin Amis

The Pregnant Widow

[英]
马丁·艾米斯
著

艾黎
译

怀孕的寡妇

上海译文出版社

马丁·艾米斯和他的小说

瞿世镜

马丁·艾米斯1949年生于英国南威尔士，父亲金斯利·艾米斯是著名小说家，母亲希拉莉·巴德威尔是农业部一名公务员的女儿。马丁十二岁时，父母离异。继母伊丽莎白·简·霍华德也是一位小说家。马丁原来和其他同龄孩童一样，喜欢阅读连环漫画。继母引导他读简·奥斯丁的小说，这是他最早受到的文学启蒙熏陶。马丁曾经在英国、西班牙、美国十三所学校上学，然后在伦敦和布莱顿补习，为大学入学考试作准备。他考进牛津大学埃克塞特学院英语系，毕业时获一等荣誉奖。他写的第一部小说《雷切尔文件》1973年获毛姆奖。1975年，他担任伦敦《泰晤士报文学副刊》的助理编辑，出版了第二部小说《灵与魂的夭亡》。他还发表了许多书评和散文。于是他被《新政治家》编辑部录用，这时他才二十七岁。后面两部小说《成功》(1978)和《其他人：一个神秘的故事》(1981)出版之后，他成了专业作家，并且给《观察家》《泰晤士报文学副刊》《纽约时报》等报刊杂志写文学评论。他是一位多产作家，陆续发表了下列作品：《太空侵略者的入侵》(1982)、《金钱——绝命书》(以下简称《金钱》)(1984)、《白痴地狱》(1987)、《爱因斯坦的怪物》(1987)、《时间箭——罪行的本质》(1991年获曼·布克奖提名)、《访问纳博科夫夫人及其他游览杂记》(1993)、《经历》

（回忆录，2000年获詹姆斯·泰特·布莱克纪念奖）、《会面屋》（2006）、《第二平面》（2008，关于"9·11事件"及反恐战争的文集）、《黄狗》（2003年获布克奖提名）、《莱昂内尔·阿斯博：英格兰现状》（2012）。2007年至2011年，马丁在曼彻斯特大学新写作中心担任创意写作课程教授。2008年，《泰晤士报》将他评为1945年以来五十位最伟大的英国作家之一。马丁·艾米斯结过两次婚。他的第二位夫人伊莎贝尔·丰塞卡也是一位作家。马丁·艾米斯曾经住在伦敦肯辛顿区王后大道，他的小说时常以这个地区作背景。书中人物抱怨这里外国游客过多，商业气氛过浓，反映了伦敦市民丧失文化根底的异化感。他像狄更斯一样，喜欢从伦敦街头俚语、行业切口中吸收新鲜词汇，来丰富他的英语。这种植根于日常生活的通俗语言，被其他青年作家、记者、读者们纷纷仿效而流行一时。

在接受记者采访时，马丁·艾米斯阐明了他的文学观念：

"如果严肃地加以审视，我的作品当然是苍白的。然而要点在于：它们是讽刺作品。我并不把自己看作先知；我不是在写社会评论。我的书是游戏文章。我追求欢笑。

"我不相信文学曾经改变人们或改变社会发展的道路。难道你知道有什么书曾经起过这种作用吗？它的功能是推出观点，给人以兴奋和娱乐。

"小说家惩恶扬善的观念，再也支撑不住了。肮脏下流的事情，当然成为我的素材之一。我写那种题材，因为它更有趣。人人都对坏消息更感兴趣。只有一位作家，曾经令人信服地写过幸福，他就是托尔斯泰。似乎除他之外，再无别人能把幸福写得跃然纸上。

"我利用在自己周围所看到的所有荒诞可笑的、人们所熟悉的、凄惨可怜的事情……在这些日子里，到处存在着寒伧破旧、苦难悲惨的景象。

"阐明社会因果关系并非小说家的事业。他们必须对他们所具有的艺术效果非常敏感。"

马丁的处女作《雷切尔文件》被誉为青春期赞歌。这部小说的时间跨度只有一个晚上，但是通过记忆联想和闪回等意识流手法，扩展了它的容量。主人公查尔斯·海威在他二十岁生日之夜，回想他第一次爱情经历。他是一位聪明、敏感的青年，渴望成为作家。在几本笔记本里，他写满了描述女友雷切尔·诺伊斯的文字。通过这些笔记和其他回忆，第一人称叙述者查尔斯展示了一个引人入胜的故事，机智幽默地描述他的成长过程和初恋的惊喜感受。马丁·艾米斯认为，"在青春期，人人都感到创作的冲动——想要写诗、写戏剧、写短篇小说。作家不过是那些把这冲动继续坚持下去的人。"

我们发现，马丁·艾米斯的创作冲动继续坚持着，而且他有一种黑色幽默的灵感。他的第二部小说《灵与魂的夭亡》，把幽默讽刺、生活堕落、荒诞暴行混杂在一起。这部小说写六个年轻人在伦敦郊区一幢大房子里度周末。时间跨度从星期五早晨至星期六。作者仍然使用意识流闪回手法，来扩展六个人物的生活经历和心理深度。当这群青年星期五聚在一起过周末时，来了三位美国客人。他们激起了大家放荡的欲望，在酗酒、吸毒之余，男女混居，任意淫乱。然后是一连串暴行：殴打、虐待、谋杀、撞车。此书的平装本改名为《阴暗的秘密》，因为《灵与魂的夭亡》这个标题实在太触目惊心了。这部小说如实暴露了西方社会的阴暗面，然而它的色情、暴力内容却可能会引起我们东方读者的强烈反感。

1984年出版的《金钱》是一部非常独特的社会讽刺小说。此书采用第一人称叙述，主人公约翰·塞尔夫是位极端令人厌恶的反派角色，集粗野、好色、蛮横、奸诈等恶习于一身。他的职业是制作电视广告和色情影片。他坦言其所有的嗜好都具有色情倾向，包括"诅咒、斗殴、射击、玩女人、吸毒、酗酒、吃快餐、赌博、手淫"。塞尔夫（Self）的英文含义是"自我"，可见他是个以自我为中心的人物。然而他自我意识的核心元素是金钱。他用金钱来购买一切，包括爱情。他的情人塞琳娜·斯特里特是交际花。斯特里特（Street）的英文含义是街道，暗示塞琳娜是出卖色相的街头女郎。她所做的一切都是为了钱。她和塞尔夫上床，她拍三级影片，都是为了金钱。塞尔夫与她臭味相投。他说，"我爱她的堕落"。他们做爱时不是说我爱你，而是说钱。只有钱才能帮助塞尔夫达到完美的性高潮。他内心情绪很不稳定，是偏执狂。他认为塞琳娜应该有众多情夫，这才显得她更够劲，更有价值。他又总是怀疑塞琳娜对他不忠，突然间没来由的惊恐不安、汗流浃背。约翰的父亲巴里·塞尔夫离不开毒品、女人、黄色录像、高级餐馆。他的情妇维罗妮卡是有露阴癖的脱衣舞女。他用儿子的钱来购买性爱。人与人之间没有伦理亲情，只有金钱关系。故事发生在1981年，查尔斯亲王和戴安娜王妃成婚，举国欢庆。这是个势利社会，金钱可以购买一切，而高尚的文化毫无意义，因此塞尔夫追求金钱而不追求艺术。他的另一位情妇玛蒂娜·吐温是个有文化的知识分子。她试图引导塞尔夫欣赏高雅艺术，消减他的满身铜臭。但是在塞尔夫眼中，印象派画家莫奈的作品不是艺术品，而是金钱的等价物。他的心灵已被金钱彻底地占领和腐蚀！小说的主题是金钱：描述了主人公如何得到它、保存它、消耗它、丢失它。在这过程中，塞尔夫日益腐化堕落、丧失自我。作者所使用的语言相当独特，充满着俚语、行话，弥漫着市井色情文学的特殊气息。在字里行间，响彻着金钱以及金钱的呼声，令人寒心地感到这里有一种异化压抑的气氛。这是一个国际性毒品文化的世界，吸食各种毒品的瘾君子令人恶心，人际关系极其混杂。塞尔夫表面上是个文化人，暗地里是个奸商，频繁往返于纽约和伦敦之间，靠走私毒品牟利，小说的场景也就随之而变换。在纽约和伦敦各有一个马丁·艾米斯，他们似乎是作者的化身。这些知识分子是在金钱世界中仅存的批判性良知。艾米斯给塞尔夫打工，为他写电影剧本。塞尔夫强迫他在剧本《良币》中添加暴力色情场景。后来塞尔夫穷困潦倒，与艾米斯下象棋赌博。艾米斯不肯手下留情，要将塞尔夫置于死地。最后，塞尔夫撞地铁列车自杀，终于得到了应有的下场。他口袋里那本用来赚钱的剧本《良币》成了陪伴他走向死亡的绝命书。在撒切尔夫人统治下的英国，经济暂时复苏，贪得无厌的拜金主义成了流行一时的社会风尚和万恶之源。作者对于这种资本主义社会的弊端深恶痛疾。作者以"绝命书"作为副标题，发人深省。金钱的破坏性控制力笼罩一切，要想摆脱它的控制，除了死亡之外别无它途。这是何等触目惊心的警示！

马丁·艾米斯1989年出版的《伦敦场地》，题词所示是献给他父亲金斯利·艾米斯的。此书篇幅将近五百页，是他最长的小说，其中蕴含的黑色幽默甚至超过了《金钱》。故事发生在伦敦西区拉德布罗克丛林，时间是 1999 年。作品结构并不复杂。男主人公基思·泰伦特是个精力充沛、容易激动的飞镖手。他非常迷恋他的女友妮古拉·西克斯，又怀疑她不忠于爱情。读者感到有一种不祥的预兆，最后果然发生了惨案，西克斯被残暴地谋杀了。结果发现是死者本人精心策划，诱骗凶手杀害了她。在人们期盼的"至福千年"前夕，伦敦场地上居然发生了如此惨剧，资本主义世界还有什么希望！此书在 1989 年布克奖评委会中引发了一场剧烈争辩。两位女性评委麦吉·琪和海伦·麦克奈尔实在难以容忍女主人公西克斯被残暴杀害的血腥场面。由于她们竭力抗辩，此书被否决了。另一位评委戴维·洛奇为此悔恨不已。他认为当时五位评委的意见是 3：2，此书应该入选。

1991 年出版的《时间箭——罪行的本质》是一部简短的小说。马丁·艾米斯借鉴了库尔特·冯内古特 1969 年的小说《第五号屠宰场》和菲利普·迪克 1967 年作品《时光倒转的世界》中的叙事技巧。作者在此显示出他对自己所掌握的辉煌技巧的极端自信：整个故事用倒叙法从坟墓回溯到摇篮，读者必须仔细辨认那些轶事和对话，把它们颠倒的时序重新理顺。在作者的颠倒叙述中，穿插了许多插科打诨的笑话，其五花八门的内容包括吃饭、排泄、争吵、做爱等等；与此并行的书中人物的倒叙，涉及令叙述者苦恼的道德价值判断。叙述者是二次世界大战中的纳粹战犯，他在盖世太保集中营里当军医。他不是用其医术救死扶伤，而是用它来蓄意杀人。他在战后逃亡到美洲，把时光之箭倒转过来，从死亡到出生把人生之路重新走了一遍。于是死于纳粹屠刀之下的犹太难民自然也活了过来,纳粹集中营里出现了奇特的复苏景象。食物不是从嘴里吃进去,而是从胃里反刍出来。清洁工不扫垃圾,而是往地上倒垃圾。既然一切都颠倒了,双手沾满鲜血的纳粹战犯的罪行也就被漂白了。这种是非颠倒的态度和研制原子弹的科学家何等相似!这部黑色幽默作品,启发读者去思考一个极其严肃的问题。那就是本书的副标题:罪行的本质——是非颠倒,人性泯灭!

1997年出版的《夜车》也是一部简短的作品。叙述者是一位颇有男子汉气魄的美国女侦探麦克·胡里罕。小说情节围绕着她老板年轻美貌的女儿的自杀案件逐渐展开,总体气氛灰暗、凄凉而充满着不祥预感。作者炫耀他的语言天赋,随意穿插美国本地土话、切口。评论界对此书毁誉参半。

2003年出版的第十部小说《黄狗》与《夜车》相隔六年之久。主人公汉·米欧是演员和作家。他的父亲梅克·米欧是极其残暴的强盗,早已死在狱中。他生活在父亲的阴影中,唯恐遇见父亲生前的仇人或同伙,害怕他们对他报复。在沉重的精神压力下,他变得十分孤僻,甚至疏远了自己的妻子和女儿。一直想实施报复的科拉,指使色情演员卡拉把汉诱骗到加利福尼亚,想以色相破坏其婚姻,但未得逞。汉在加州意外地遇见了自己的生身父亲安德鲁斯。这个意外发现使科拉放弃了报复的念头,因为他并非米欧的真正后代。小说把梅克·米欧作为暴君的象征,表现了主人公如何摆脱暴君影响的过程。他渴望摆脱亡父的阴影,正如那条哀鸣的黄狗试图挣脱背负的锁链。小说家泰勃·费希尔写道:"我在地铁里阅读此书,唯恐有人从我身后瞥见我在读什么……就像你喜爱的叔叔在学校操场上被当场逮住手淫一样。"马丁·艾米斯却说这是他最好的三部小说之一。 此书入围当年布克奖候选小说之列，但最终未能获奖。

《怀孕的寡妇》原来打算在2008年问世，后来一再修订，拓展到四百八十页篇幅，到2010年才正式出版。 此书的主题涉及1970年代欧美的性革命，西方世界两性关系的规范从此改观。 然而，旧的道德伦理被摧毁了，新的道德伦理尚未诞生。亚历山大·赫征将这个过渡时期称为"怀孕的寡妇"，暗示逝者已去，新儿未生，尚在寡妇腹中。 作者以此作为本书标题。 故事发生在意大利凯潘尼亚一座城堡中，主人公基思·尼亚林是一位文学专业的英国大学生。 1970年夏季，他与一群朋友到意大利度假。 他们亲身体验了男女两性关系的变化。 叙述者是处于2009年的基思本人的"超我"，即他的道德良心。 与基思一起到意大利度假的有他若即若离的女友丽丽以及她那位富于魅力的闺蜜山鲁佐德（这位姑娘与《一千零一夜》传奇中的公主同名）。 基思与山鲁佐德互有好感，丽丽因而开始折磨基思。 小说下半部的情节发生出乎意料的转折，给基思后来的爱情生活留下了难以磨灭的痕迹。 此书幽默、机智、感伤，是对于性革命浪潮中失去自控能力的年轻人的漫画写照。

2012年出版的《莱昂内尔·阿斯博：英格兰现状》是马丁·艾米斯的第十三部小说。 此书似乎可以看作《金钱》的续篇，金钱魔力在此书中引发的闹剧甚至比前者更为夸张。 故事发生在伦敦迪斯顿市镇。 主人公德斯蒙德·佩珀代因住在大厦第三十三层。 这位少年的同龄伙伴们在街头打架，他却在图书馆里看书。 他的舅舅阿斯博是个贪得无厌的流氓无赖，臭名昭著的罪犯恶棍。 他以独特的方式关怀外甥，对他谆谆告诫：男子汉必须刀不离身，与女朋友约会还不如色情挑逗管用，在斗狗场里赢钱的诀窍是用塔巴斯科辣酱拌肉片喂狗。然而德斯对此毫无兴趣，他在书本的浪漫天地中寻求慰藉，这种娘娘腔的行为使他舅舅火冒三丈。德斯学识增长，逐渐成熟，想要开始过一种更加健康的生活。这时阿斯博买的奖券突然中了一亿四千万英镑大奖。一位工于心计的诗人模特儿委身于阿斯博，成了他的情妇。阿斯博腰缠万贯而始终不改其流氓本色，然而舅甥俩的人生轨迹却从此发生了剧烈变化。有人认为作者是以轻蔑的目光审视大英帝国的沉沦。马丁·艾米斯辩称此书并非"皱着眉头对英国评头论足"，而是以"神话故事"为基础的一幕喜剧，并且坚持认为他"作为英国人，深感自豪"。

英国小说家、评论家 A. S. 拜厄特认为，现代英国小说有两种传统。第一种传统是前现代的现实主义。菲尔丁是这种传统的鼻祖。这种传统侧重于小说模仿现实、记叙历史的功能，并且通过"情节"与"人物"之间的交织来表述，注重思维的逻辑性、时间的顺序性和文字的清晰性。第二种传统是现代的实验主义。其远祖可以追溯到斯特恩。这种传统侧重于小说的虚构功能，强调探索小说本身的形式结构，挖掘其象征内涵，并且认为叙述技巧与形式结构的标新立异比思维的逻辑性、时间的顺序性、文字的清晰性更为重要。

二十世纪八九十年代，英国小说出现了两种传统交汇合流的趋势。马丁·艾米斯正是这股潮流的代表人物。他在接受记者采访时曾经说过："我可以想象这样一部小说：它和罗伯-格里耶的那些小说一样复杂微妙、疏远异化、精心撰写，同时又能提供节奏、情节和幽默方面沉着而认真的满足感，这些品质使我联想起简·奥斯丁的作品。 在某种程度上，我想这是我自己正在试图去做的事情。"马丁·艾米斯兼收并蓄的创作方式，不仅继承了英国小说的现实主义和实验主义传统，而且从法国罗伯-格里耶的新小说、爱尔兰乔伊斯的意识流小说和美国小说家冯内古特、索尔·贝娄、纳博科夫那里借鉴了不少新颖技巧。 他的标新立异来源混杂而丰富多彩。 在当今英国文坛，不少青年作家深受他的影响，威尔·塞尔夫和扎迪·史密斯便是其中的佼佼者。

虽然作者自嘲他的小说不过是游戏文章，我们千万不要被他那种令人眼花缭乱的叙事技巧所迷惑。 他创作的那些"讽刺漫画"中所蕴含的社会批判和价值判断，表明他是具有社会责任感的严肃作家。 1989年春，我在伦敦英国国家图书馆中初次阅读马丁·艾米斯的《金钱》时感到十分震惊。 狄更斯《双城记》的场景在伦敦和巴黎两个城市展开，《金钱》的叙事线索也在伦敦和纽约两个城市之间交织。 在西方的传统观念中，爱情是纯洁的、神圣的。《双城记》主人公席德尼·卡尔登是典型的英国绅士。 他为自己心爱的女人献出了宝贵的生命。《金钱》的主人公塞尔夫简直是个卑鄙畜生，情妇是他用金钱购买的泄欲工具。摒弃了圣洁的光环，爱情异化为买卖，英雄堕落为反英雄。 我原来以为英国是一个具有绅士之风的国度。 彬彬有礼的英国绅士，怎么会变成塞尔夫那样猥琐卑鄙的恶棍？ 我简直无法接受这样的人物形象！

起初我觉得马丁·艾米斯的小说令人反感，难以卒读。 后来我注意到，约翰·塞尔夫在小说中自称"六十年代的孩子"。我知道二十世纪六十年代欧美社会经历过一场激进自由主义社会风暴。正是这股强烈的右倾社会思潮，冲垮了西方传统道德的底线，英雄才会异化为反英雄，神圣的爱情才会异化为可用金钱交换的生物本能。

与英国著名小说家多丽丝·莱辛研讨当代英国小说发展，使我对此有了更深入的思考。她严肃地指出："西方现代文明的发展，造就了整整一代文明的野蛮人。他们受过充分教育，掌握了现代科学知识，却用它来满足永无止境的物质欲望。西方现代文明的发展造成了野蛮的后果。虽然科学昌明、物质丰富、经济繁荣，但是精神空虚、传统断裂、道德沦丧、贫富悬殊、两极分化、民族冲突、性别歧视、国家对立、战争灾难、资源消耗、环境污染……中国现代化千万别蹈西方覆辙，必须另辟蹊径，走自己的路。"读到马丁·艾米斯小说中的色情暴力场景，莱辛关于"文明的野蛮人"这个振聋发聩的警句，就在我心中回响。也许这就是阅读马丁·艾米斯的价值所在吧。

献给 IF[1]

1 "IF"为马丁·艾米斯现任妻子伊莎贝尔·丰塞卡(Isabel Fonesca)名字的缩写。

目 录

2006——引子　　2

第一部　场景布置　　7
1：弗兰卡·维厄拉　　9
2：社会现实主义　　25
3：可塑景　　36
4：鬼门关　　49
第一场　幕间休息　　66

第二部　土哥/帅豪　　73
1：警察在哪儿?　　75
2：瞧瞧他点亮了她　　85
3：全世界最尊贵的王座　　94
4：距离之策略　　110
第二场　幕间休息　　124

第三部　不可思议的收缩人　　131
1：即便在天堂　　133
2：身体部位　　145

3：殉道者 156
4：神志清楚的梦 171
第三场　幕间休息 184

第四部　追切需要的东西 191
1：姑娘们和肉铺子 193
2：阿德里亚诺之坠落 205
3：门票 218
4：情感教育 233
第四场　幕间休息 252

第五部　创伤 261
1：转折 263
2：等待 283
3：变形 304
4：扭转 321
第五场　幕间休息 340

第六部　再次进入的问题 347
1：床上的伊丽莎白·班纳特 349
2：翁法洛斯 368
3：泳池旁的小屋 391
4：她们早已恨上你了 413

尾声 大写的生活	436
1970 年和 1974 年之间发生的一些事	439
1975 年的某个场合	447
1976 年的几件进展	454
1977 年来临的事	462
1978 年他们都面临的那些事	470
1979 年展开的场景	480
1980 年发生的事	493
1982 年发生的事	497
1994	501
2003 年在"书和圣经"酒吧里	503
2009——告别辞	508
致谢	518
《怀孕的寡妇》译后记	520

当代形式的社会秩序的死亡应当让灵魂欣喜,而非受到困扰。可是,令人害怕的是,离去的世界留下的不是后嗣,而是怀孕的寡妇。在一个死去和另一个降生之间,会淌过许多哗哗的流水,会度过混乱、孤寂的长夜。

——亚历山大·赫尔岑

自恋: 名词 对自己及自己的外貌过度的、或是带有情欲的兴趣。

——《牛津简明词典》

现在我已经准备好了讲一讲身体是怎样变成不同的身体的。

——《变形记》
(泰德·休斯,《奥维德的故事》)

2006——引子

  他们从城堡开车去镇上。黄昏时分，基思·尼亚林在意大利蒙泰勒镇的街上走，经过一辆辆的车。他的左右是两个二十岁的金发女郎，丽丽和山鲁佐德……

  这个故事有关性的创伤。这事发生时，他已经不是青涩少年。无论何种定义，他都算是成人；而且他同意了——他明明白白地同意了。这么说来，创伤是我们想用的词吗？创伤是伤，可是受伤时，一点不觉得疼痛。从感官上来说，恰是酷刑的反面。她不带衣饰也无装备地出现在他的上方，只挥着令人心醉神迷的钳子——她的双唇，她的指尖。酷刑的拉丁词源有"扭曲"之意。这事是酷刑的反面，却有扭曲之力。这事毁了他整整二十五个年头。

  在他年轻的时候，若是有人蠢或是疯，就被称为蠢货或是疯子。可是现在（现在他老了），蠢的或是疯的所遭受的病症有了专门的名称。基思想要一个。他既蠢又疯。他想要一个专门的名称来命名他遭受的病症。

  他注意到，连小孩的那些事儿都有专门的名称。看到那些有关小孩自以为的神经机能症和无中生有的残障，他都予以一位有资历的、到如今已经颇不以为然的父亲的斜睨。我认得那个，他会自言自语：又叫做小蠢驴综合征。啊，我也认得那个，又叫做懒蛋紊乱症。他深信，这些紊乱症啊综合征啊，都是做父母的拿来给小孩灌药的借口。在美国，即我们的未来，大多宠物（大约有百分之六十）定期吃情绪改善剂。

回头看，基思想，十年或是十二年之前，要是能给纳特和格斯上点药，作为强制兄弟战争停火的手段倒是挺不错的。而现在，要是能给伊莎贝尔和克洛伊上点药也挺不错——当她们的嗓音里添上大呼小叫的弹药（像是试图找到宇宙的极限）的时候，或是当她们带着新发现的新鲜劲，就他的容貌说出让人难以置信的伤人的话来的时候。 老爸啊，要是你能再长点头发，会好看许多哩。哦，真的啊。 老爸啊，你笑的时候，像个疯了的老流浪汉。真是这样吗……不过单想想可简单得很：用上情绪改善剂。 乖女，过来。尝尝这可爱的新式糖果。当然了，你得事先咨询医生，捏造病例，还得上莱德街到用日光灯照明的药店排队去……

他这是怎么了？他思忖着。然后某一天（2006 年 10 月），雪停了，转下起了雨，他走进了这一片纵横——交错的——一如伦敦地图的纷乱迷离——泥泞的修路工程。伦敦城这一四处开挖的大土坑，而且到处都是人。如今他习惯一张一张地看别人的脸，一边琢磨着：他——1937 年。 她——1954 年。 他们俩——1949 年……规则一：对你最重要的是生日。它将你纳入历史大河。规则二：每个人生都是悲剧，这是早晚的事。有些早一点，通常晚一点。还会有其他规则。

基思在常去的咖啡馆坐了下来，一杯美式咖啡，没有点上的法国香烟（现在不过是装装样子罢了），一份英国大报。唔，报上有新闻，最新的惊险剧奇情剧，还有那个叫做地球的引人入胜的大部头。世界是一本让我们手不释卷的书——他开始看一篇有关新型精神疾病的文章。这病一直在他耳边喃喃低语，萦绕不去。小孩会罹患这种新型病，成人——那些知天命的人——受到的影响最大。

这种病叫做身体形象异常综合征，或是自我丑像紊乱症。该病症的患者看着镜中的自己，看到的比实际更差劲。活到这个年龄（他五十六岁），你接受了这个简单的事实：每次走到镜子前，都一定让你看到前所未见的可怕的东西。不过近来，每次在卫生间俯身在洗脸池上时，他都感觉到自己处于一种最可怕的致幻剂药效中。每次走到镜前，就给了他一剂致幻剂。极偶尔，是让人舒服的幻觉；几乎所有时候都是令人不快的幻觉，但总归会带来幻觉。

此时基思又点了一杯咖啡。他感觉高兴多了。

可能我真不是长得那个模样的，他想。我只是脑子不正常了——仅此而已。因此，可能没什么好担心的。身体形象异常综合征或是自我丑像紊乱症，恰是他希望自己罹患的疾病。

当你老去的时候……当你老去的时候，你发现自己在试演一个讲述一生的角色，然后，试演了一次又一次，最终你出现在一部恐怖片里——一部不见一丝才气、胡乱编造，而且最关键的是低成本的恐怖片里。在这样一部片子里，他们将最坏的留到最后（恐怖片都是这个样子）。

接下来的故事都是真实的。意大利是真的。城堡是真的。姑娘们全是真的，男孩们全是真的（丽塔是真的，阿德里亚诺虽然令人难以相信但也是真的）。甚至连名字都没变。干吗要换呢？为了保护无辜的？谁也不是无辜的。或者说，所有人都是无辜的——但没法保护他们。

做人就是这个样子。到了四十五六岁，你经历了第一次死亡危机（死神不会置我不理）；十年之后，你经历了第一次老年危机（我的身体轻声说，死神对我有了兴趣）。但这之间，会发生一些很有趣的事。

当五十岁生日临近时，你感觉到生命渐渐消退，而且会持续下去，直到消退至无。你有时候会对自己说：这去得太快了。这去得太快了。某些情绪上来时，你可能想用更有力的方式说出来，比如：啊!!这操他娘的去得太快了!!!……五十岁来了又去了，接下来是五十一，五十二。之后，生命又变得厚重起来。因为这下在你的身体里有一大块未知的存在，就像一片未发现的新大陆。这就是过去。

第一部

场 景 布 置

1：弗兰卡·维厄拉

这是1970年的夏天，时光还没有把这几行诗踩扁糟蹋了：

> 性爱初始
> 于1963年
> （这对我来说，相当的晚）——
> 在《查泰莱夫人的情人》禁令终结
> 和甲壳虫乐队的第一张唱片之间。
>
> 菲利普·拉金，《神奇的年代》
> （之前又名《历史》），《封面》，1968年2月

不过，现在是1970年的夏天，性爱是相当发展了。性爱到这一步颇不容易，而每个人脑子里都想着这事儿。

我应当指出，性爱有两大特征。其一，不可描述；其二，让世上有人类。那么说来，每个人脑子都想着这事儿也没什么好奇怪的了。

在接下来的这个炎热、无尽、情欲上极其关键的夏天，基思将会住在意大利南部坎帕尼亚一个村子旁的山坡上的一座城

堡里。眼下，黄昏时分，他正走过蒙泰勒镇的后街，经过一辆辆的车。他的左右是两位二十岁的金发女郎，丽丽和山鲁佐德……丽丽：5英尺5英寸，34—25—34。山鲁佐德：5英尺10英寸，37—23—33。基思呢？嗯，他和她俩同龄，细瘦（肤色黑，下巴留着让人误猜他年龄的胡茬，一副执拗的样子）；而且位于一个颇有争议的区域：是五英尺六呢还是五英尺七？

生命数据。这词源于社会研究领域，指的是生死婚姻的数据。现在指的是胸围、腰围和臀围。青少年早期，在漫长的白天和黑夜，基思对这"生命"数据予以了不同寻常的兴趣。以前，他跟自己玩，经常编造些数据出来。虽然从来不会画画（拿根蜡笔都拿不好），他可以把数据写在纸上，女人的体型用数据表达。所有可能的组合，或至少好歹算得上人形——比如说，35—45—55，或60—60—60——似乎都值得想一想。46—47—31，31—47—46：太值得好好想一想了。不过呢，你终究都会回到沙漏形的经典款。一旦想象蹿到了（比如说啊）97—3—97的高度，就没有什么新的探索空间了。整整一小时，你会心满意足地盯视着数字8，竖着看，横着看，直到晕陶陶地又回到打心里温柔得流泪的组合：三十几英寸，二十几英寸，三十几英寸。只有数字，只有整数。不过，他还是个男孩的时候，看到某个歌神或是影星照片下面的三围，这些数据显得啰嗦且轻率，告诉他很快就会了解的所有信息。他不想拥抱或是亲吻这些女人，还没到时候呢。他想要拯救她们。将她们从一座孤岛的城堡（比如说）里救出来……

34—25—34（丽丽）， 37—23—33（山鲁佐德）——还有基思。他们三个都在伦敦大学读书：法律，数学，英国文学。知识分子，高尚品质，无产大众。丽丽，山鲁佐德，基思·尼亚林。

他们走下陡峭的小巷。无数的摩托车碾过这条小巷，晾晒的衣物、床单在风中飞舞，将小巷隔成斑斑块块。每个转角，就有一个小小的神龛，点着烛火，摆放着绣花饰品，一个圣人或是殉道者或是面容瘦削的神职人员的全身像。十字架、法衣、腐烂的苹果或是绿色的蜡制苹果。紧随而至的是气味，发酸的葡萄酒、烟味、煮好的卷心菜、下水道、甜得刺鼻的科隆水，还有燥热的强烈气息。一只体态威严的棕色耗子——与它周边的环境大大同化了——踱步经过他们，三人礼貌地停下了步子：这耗子若能说话，必定敷衍地咕哝一句： 晚安！[1] 狗吠叫起来。基思深深地吸气，深深地吸入撩拨得人痒嗖嗖的燥热的熏人气息。

他趔趄了一下，然后稳住了脚。那是什么？自从四天前到了之后，他是住在一幅画里，这下他从画里走了出来。镉红、钴蓝、锶黄（都是现磨的），意大利是一幅画。现在，他走出画进入了他熟悉的景象：镇中心，以及粗劣的工业城市周边摆摆样子的区域。基思对城市了解得很。他了解粗俗的商业主街。电影院、药店、卖香烟的杂货店、糖果店。大片大片的玻

---

[1] 原文为意大利语。

璃窗和霓虹灯闪亮的室内装潢——正是带着时装店光彩的市场社会的最初模样。橱窗里，焦糖色的塑料人体模特，一只无臂，一只无头，摆放成礼貌迎宾的姿态，像是欢迎你观赏女体。由此，历史性的挑战赤裸裸的，毫不掩饰。这些现代社会的塑料女郎会最终取代小巷转角处的木质圣母。

什么事发生了——某件他前所未见的事发生了。过了十五或二十秒，丽丽和山鲁佐德（不知怎么，两人成了括弧，一左一右把基思夹在中间）迅速地、离奇地被一群年轻男人淹没了。不是男孩也不是半大小伙子，而是穿着挺括的衬衫和熨平的便裤的年轻男人。他们嘘叫着，哀求着，坏笑着。仿佛是心灵传感的纸牌魔术，所有的纸牌都跃动起来，自行洗牌，左右穿插，在街灯下呈扇形排开来……他们身上冒出来的能量（在他的想象中）可与东亚或是南部非洲的监狱暴动相当——不过他们没有动手动脚，也没有挡了他们的去路。过了一百码，他们像闹哄哄的小兵散开来各自结队，十来个人满足于从背后看，还有十来个从侧边看，大多数则在前面倒着走。你什么时候见过这情形？一帮子男人，倒着走路？

维特克在脏乎乎的玻璃另一边等他们，面前是一杯饮料（还有他的邮包袋）。

两姑娘还在门边逗留（商议着或是盘算重组），基思走了进去说：

"我看到的是不是真的？那可是全新体验。天哪，那些人到底是怎么回事？"

"全然不同的方法，"维特克慢吞吞地说，"他们和你不一样。他们不信装酷。"

"我也不信。我不装酷。谁会拿你当事。装哪门子酷呢？"

"那就跟着他们做呗。下次看到喜欢的姑娘，做个跟屁虫。"

"太难以置信了，那个架势。这些——这些操他娘的意大利人。"

"意大利人？得了，你是英国人。你能比意大利人做得高明多了。"

"行吧，这些弟大力人——我是说意大泥人。这些操他娘的卖卷饼的。"

"卖卷饼的是墨西哥人。这也忒差劲了。意大利人，基思——深肤黑发，油脂分泌丰富，拉丁语系，地中海人。"

"啊，我从小受的教育是不要以种族或文化来分人。"

"那会对你很有帮助的。特别是你头一次来意大利。"

"还有那些神龛……哎，我跟你说过，那是我的根子。我，我不做评判。我做不来。因此，你得帮我留心，罩着我一点。"

"你很容易受到影响。你的手在发抖——看看。神经过敏的人可不容易。"

"不仅仅是那样。我不是真有神经病，但偶尔会出点事。看不清事，也会把事看错了。"

"尤其是和姑娘有关的。"

"尤其是和姑娘有关的。而且女多男少。我是个男的,而且是英国人。"

"而且是异性恋的。"

"而且是异性恋的。我的兄弟在哪儿?你得成为我的兄弟。不,把我当作你从未有过的孩子。"

"好吧。现在,你听着。听着,儿子。换种眼光,看看这些家伙。意大利佬是演戏的。他们喜欢幻想。现实对他们来说不够理想。"

"真的啊?连这样的现实都不够?"

他们转过身。基思穿着T恤衫和牛仔裤,维特克戴着角质粗框眼镜,灯芯绒外套的肘部有一块椭圆形的皮质补丁,浅黄褐色的羊毛围巾,和他头发同色。丽丽和山鲁佐德现在正沿着楼梯走了下来,全是老年男性的顾客发出了一片各色各样的嚎叫声。她俩柔软的躯体往前移动着,穿过各种怪兽滴水嘴的沿道夹攻,然后转过身体,双双往下撤退。基思说:

"那些老家伙。他们看的是哪门子啊?"

"他们看的是哪门子?你以为他们看的是哪门子?两个忘记穿上衣服的姑娘。我跟山鲁佐德说过,今晚,你去城里。穿上衣服。你得穿衣服。但她忘了。"

"丽丽也是一样。没穿衣服。"

"你不区分文化差异。基思,你应该区分一下的。这些老家伙刚从中世纪蹒跚地走出来。动动脑筋。想一想。你算是第一代城里人。你的手推车停在街上。正喝着一杯喘口气呢。你抬起头,看到什么了?两个光着身子的金发女郎。"

"……噢,维特克。太可怕了。那边。都没什么明显的原因。"

"那不明显的原因是什么呢?"

"放屁。男人这么残酷。我说不出口。你回去路上自己看好了……瞧!他们还在那儿!"

蒙泰勒镇的年轻男人这下正在窗子的另一边,像一队沉默的杂技演员似地堆了起来。一张张脸拼图般挤压在窗上——这些教士似的脸怪异得高贵,高贵地受着折磨。一张接一张地,脸脱离了窗,散了开去。维特克说:

"我不明白的是,为什么当我走在街上时,这帮男孩不是这个样子呢。为什么当你走在街上时,女孩们不做跟屁虫呢?"

"是啊,为什么不是那样呢?"

四罐啤酒滑到了他们面前。基思点了一支蓝碟香烟,给噗嗤噗嗤冒着热气的咖啡机添了点烟雾,给周遭无处不在的疑神疑鬼的气氛也添了点烟雾:上酒吧的人,他们带着白内障的注视,见而不以为然,见而不以为是……

"这是你自己的错,"维特克说,"光了身子还不满足——你们真是金发女!"

姑娘们仍静静地红着脸,哆嗦着,把落在眉毛上的头发给吹了开去。山鲁佐德说:

"嗯,对此我们很抱歉。下次,我们会穿上衣服的。"

"还会戴上面纱,"丽丽说,"为什么扯上金发女?"

"瞧见了吧,"他接着说,"金发女和她们的虔敬理想状态恰恰相反。这一说就足以让她们思考。黑发女一点没救——意大利人。除非你指天发誓会和她们结婚,她们都不会跟你睡。但,金发女,金发女没有做不出来的事!"

丽丽和山鲁佐德是金发女郎,一个眼睛是蓝色的,另一个是褐色的。她们有透白的肤色,还有金发女的直白……基思想,山鲁佐德有一种静静的吃了太多的脸色,好像她刚刚得以很快贪婪地吃了丰腻的东西。丽丽看起来更红一点,更圆鼓鼓,也更年轻一点。她的眼睛凹陷,(尽管万分不情愿)让他不断想起他的小妹妹;她的唇单薄,紧紧抿着。两人在桌沿下做着同样的动作,把裙子往膝盖推。但裙子却推不上去。

"天哪,里面更糟啊,"山鲁佐德说。

"不对,外面更糟,"丽丽说。

"嗯,至少这里的这帮子人老得没法上蹿下跳了。"

"而且嗓音哑了,不会在你面前装猫叫。"

"这些人恨我们,巴不得把我们关起来。"

"外面的那些人可能也恨我们。至少他们想跟我们睡。"

"我不知道该怎么跟你们说呢,"维特克说,"不过,外面的那些人也不想和你们睡。他们都是弯男。他们都吓坏了。听着,我和米兰的顶级模特儿是朋友。华伦天娜·卡萨马斯马。她也是个金发女。她去罗马或那不勒斯时,当地人都疯了。她转向最大个的男人说,来,我们上吧。就在这儿,街上,我给你口交。我这就上了啊。"

"然后呢?"

"他们胆怯了,退缩了,软塌了。"

基思不自在地转过头去。感觉到丑角戏——这个时代的丑角戏——前方横着一道阴影。靠近这道阴影的中心是乌尔丽克·梅茵霍芙[1],在一帮巴勒斯坦的新兵前裸身缓缓走过(她说,操和射,是一回事)。远一点的阴影处,甚至还有在塞洛路的查尔斯·曼森[2]。他说:

"这代价太高了。"

"什么意思?"

"呣,他们不是真的想拉起你走,是不是,丽丽。我是说,那不是你的原意,对不对?他们唯一的希望是,"他说,"是凑巧碰到一个和足球队约会的姑娘。"这一说可能意思不太明确(他们直瞪着他),于是他接着说了下去,"尼古拉斯是这么说她们的。我哥。我是说,那样的姑娘不多,但的确有。希望和足球队约会的姑娘。"

"哦,"丽丽说,"可是,华伦天娜假装喜欢和足球队约会,却证实了这些人甚至不想要喜欢和足球队约会的姑娘。"

"就是这样,"基思说(其实他有点糊涂了)。"不管怎样。华伦天娜。姑娘们比小伙子更猛。那是……"那是什么?经历更丰富。不纯洁。因为蒙泰勒镇的年轻男人们至少是纯洁的——连他们的恶弄也是纯洁的。他想不出来:"意大利人是演员。都不过是场戏而已。"

---

[1] 乌尔丽克·梅茵霍芙(1934—1976),德国左翼恐怖分子、记者。
[2] 二十世纪六十年代末美国罪犯,曾组织犯罪团伙——曼森家族。曼森也是一名歌手兼词作家。1969年,他带着手下在洛杉矶塞洛路10050别墅杀害了导演波兰斯基怀孕八个月的妻子和她的三个朋友。

"好吧，丽丽，"维特克说，"这下你知道该怎么做了。当他们嘘声四起，上蹿下跳时，你知道该怎么做了。"

"大声宣告要给他们上口交。"

"对了，大声宣告。"

"春天我在米兰，和提米一起，"山鲁佐德说，一边往后仰。"那儿你没必要大声宣告要给他们上口交。有盯着你看的，有吹口哨的，有发出那种咕噜咕噜声的。那不像这里是……是个马戏场。"

是啊，基思想，马戏场——走钢丝的，上高空秋千的，演小丑的，翻跟斗的。

"不会有那么多的人。不会排成了队。"

"还有往后退着走，"丽丽说。她转向山鲁佐德，一边带着母亲似的鼓励说，"没错。不过春天那时候，你和现在看起来不一样。"

维特克说："不是那样的。事关弗兰卡·维厄拉。"

于是，他们三人专心地聆听着维特克，出于对他的尊崇——因为他角质眼镜下的注视，他流利的意大利语，他在都灵和佛罗伦萨的那些年，还有他难以想象的资深阅历（他三十一岁了）。维特克的取向也是因素之一。那时候，他们对同性恋的态度是怎样的？嗯，他们对此全然接受，同时每隔几分钟，又为自己竟能如此的宽容就自我称赞一下。不过，眼下他们已经迈过这个阶段了，同性恋带着前卫的魅力。

"弗兰卡·维厄拉。难以置信。她改变了一切。"

维特克挂着我的故事我来说的神色，讲了起来。弗兰卡·维厄拉，基思得知，是西西里一位十来岁的女孩。一个被她拒绝的追求者绑架、强奸了她。这是事态的一方面。可是，在西西里，绑架和强奸却是婚庆的彩纸和钟声的另一途径。维特克说：

"是啊，没错。这一处罚法规叫做改造婚姻[1]。因此，基思，如果叼枝花在阳台下弹吉他弹得烦了，在姑娘前上蹿下跳也不管用，记得还有另一种方法。绑架和强奸……和强奸犯结婚。弗兰卡·维厄拉家的人告诉她这么做。但弗兰卡不去教堂，而是去了巴勒莫[2]的警察局。很快成了全国新闻。这姑娘让人难以置信。她的家人还是想让她嫁给强奸犯。整个村子这么想，整个西西里岛的人这么想，整个意大利也有一半的人这么想。但她起诉了。"

"我不明白，"山鲁佐德说，"怎么会想要嫁给强奸犯的？这是史前的行径。"

"这是部落的做法。耻辱和荣誉。就像阿富汗，还有索马里一样。要不和强奸犯结婚，家族的男人就把你杀了。她不这么做，她没和他结婚——她让他进了监狱。她改变了一切。现在，米兰和都灵部分已经算文明了，罗马也开始变好了。那不勒斯还留在噩梦中。不过这些恶心事是从北朝南筛掉的。西西里是最后一个。发生这事时，弗兰卡十六岁。这姑娘让人难以置信。"

---

[1] 原文为意大利文。
[2] 西西里岛首府。

基思想到另一个让人难以置信的姑娘,他妹妹维奥利特,也是十六岁。按任何一种与耻辱和荣誉相关的安排来看,维奥利特早就被谋杀了——出手的会是基思自己,哥哥尼古拉斯,父亲卡尔,米克叔叔和布莱恩叔叔提供道义和后勤支持。他说:

"她后来怎么样了,弗兰卡?"

"一两个月前,她好好地结婚了。和一个律师。她现在和你一样大。"维特克摇了摇。"这姑娘让人难以置信。这姑娘有男人的胆魄。因此,我们出门后,男人鹰鸷似的落在你的身边,你有两种选择。走华伦天娜·卡萨马斯马的线。或者想想弗兰卡·维厄拉。"

他们又喝了最后一罐啤酒,开始讨论1968年法国的五月风暴、1969年意大利的"热秋"工人大罢工——还有各种口号。绝不工作。绝不相信二十五岁以上的人。绝不相信没进过监狱的人。个人的即政治的。一想到革命,就想做爱。禁止禁止。全部,立即。[1] 四人同意就用这个。他们全部立即同意使用"全部,立即"。

"显然,"基思说,"小婴儿就是这么感觉的。他们想:我什么都不是,我应当是万物一切。"

他们意识到该走了,走出门去。维特克说:

"哦,对了。还有另一桩事让他们发狂,几乎可以肯定你们都是吃避孕药的。他们根本没法接受那意味着什么。避孕还

---

[1] 1969年意大利"热秋"大罢工时的口号。

是非法的，流产也是。还有离婚。"

"他们怎么对付的？"山鲁佐德问。

"简单。阳奉阴违，"丽丽说，"养情妇。上后街的流产诊所……"

"他们怎么对付避孕的？"

维特克说："他们当然是体外排精的高手。分毫不差及时抽出的大师。哦，对了，我知道那意味着什么了。"

"什么？"

"他们上你的屁眼。"

"维特克！"

"或是喷上你的脸。"

"维—特克！"

基思又一次感觉到（他每天感觉到多次了）：无所忌惮的兴奋感。每个人想要爆粗口就爆粗口。那个操字，男女通用。那就像黏性玩偶，想用的时候随手可粘。他说：

"是啊，维特克。我一直想问你来着。你说屁眼（ass）这词和我们说 arse 相近，r 不发音来着。丽丽和山鲁佐德是那样说的，不过她们是在英格兰长大的。你说景观（landscape）这词也那样。还有那些在野餐时烦扰你的妈姨（aunts）。那些爬上你短裤的妈姨[1]。让我起鸡皮疙瘩。这是哪儿的口音？"

"波士顿的上流社会，"山鲁佐德说，"比女王还上流。抱歉我们得走了……"

---

1 在英式发音中，"aunts"（此处译为妈姨）和"ants"（蚂蚁）发音一样，而在美式发音中有区别。

21

姑娘们又一次离身而去，维特克一边说：

"我想我明白接下去会怎样。外面。发生什么了？早些时候。说。"

"你知道，男人那么残酷。还他妈的粗鲁。"基思说，外面那场乱哄哄的闹剧，性革命，也算是一种公投。"对那两个姑娘来说。猜猜谁赢了。我发现自己转着这个念头，请你也侮辱一下丽丽？"

"唔。你能不能把丽丽当作斗熊场里的脱衣舞娘，保持应有的礼貌？"

"山鲁佐德是人民的选择。就喝彩声来看……她变了样了，是不是？我有几个月没见她，几乎认不出她了。"

"山鲁佐德，总体来说，都棒极了。但我们诚实一点，要点在她的胸。"

"……这么说来你懂山鲁佐德的胸？"

"我倒是乐意懂来着。毕竟，我是画画的。而且这和尺寸无关，对不对？可以说，尽管有这般尺寸。在于那个魔杖般的躯体。"

"没错，正是这样。"

"前些天，我读到了篇文章，"维特克说，"让我对胸产生了好感。我换了种眼光看胸。这家伙说，从进化的观点看，胸是为了仿拟屁股。"

"屁股？"

"胸仿拟屁股。诱引面对面的性交。当女人从狂蝇进化而来。你一定知道狂蝇是什么。"

基思知道。出自希腊语的"牛虻"和"狂热"。热。维特克说：

"因此，屁股般的胸给教士式性交的苦药裹上了糖衣。仅仅是个理论而已。不，我懂得山鲁佐德的胸。理论上的次要性征。双乳的主要功效。我懂的——理论上。"他带着友爱的蔑视看着基思。"我不想捏，不想亲，不想把泪水嘀嗒的脸埋在女人的胸里。你们这帮男人拿胸做什么？我是说，它们不会带你上哪儿去，是不是？"

"好像没错。它们算是个不解之谜。无因之果。"

维特克回头看了一眼。"我可以告诉你，也不是全世界的人都倾慕女人的胸。我知道有人对它们的反应非常糟糕。阿门。"

"阿门？"阿门是维特克隐居的利比亚男朋友（今年十八岁）。基思说："阿门反感山鲁佐德的胸？"

"这就是他为什么再也不去游泳池了。他受不了她的胸了。等等。他们来了。"

山鲁佐德在游泳池边（一如丽丽所暗示的），脱光了上衣晒太阳，真是这个意思——确确实实是这个意思？基思还有时间说："你真是在告诉我，她的胸像屁股？"

他很快上了一趟地下室——在他们鱼贯走上街之前……意大利厕所，以及其负面的感官之旅：它想表达什么呢？整个南欧都是这个样子，连法国也不例外，满是污垢的踏脚处，齐膝高的漏着水的水龙头，水管和砖墙间塞了一卷前一天的报纸。

恶臭穿引着酸蚀，直入下巴的筋脉，令牙龈都刺痛起来。别自以为是了，厕所说。你不过是只动物，由物质组成。在气味辛辣的黑暗中，仿佛感觉到有一只濡湿的、粗糙的爱兽近在身旁，他身体中有什么对此做出了反应。

之后，他们几个都鱼贯出了门，上了街——经过时装店橱窗里的女体模特，走入了嗡嗡嘤嘤盘旋的狂蝇，走入了全无同情心的公投结果，走入了蒙泰勒年轻男人令人难堪的统一观点。

他们开车从镇子回了乡村——回到城堡。城堡像大鹏鸟似的栖息在山坡上。

你们知道，我以前花很多时间和基思·尼亚林在一起。我们俩走得非常近。后来，为了个女人闹翻了。不是常见的那种闹翻。我们就一个女人有了意见分歧。我有时想，他可以成为一名诗人。爱看书，爱玩文字，爱耍笔墨，一个不折不扣的浪漫主义者，却发现要找到个女朋友相当之困难——没错，他本可以成为一名诗人的。可是，那个意大利的夏天到来了。

2：社会现实主义

（或称见谁就爱的渣男）

基思盖着床单，躺在南边的塔楼里。他想着离开酒吧时，维特克甩上肩的那个脱线的粗麻布袋子，想不出什么来。 那是什么？基思自问。 邮包袋？他猜，意大利的邮包袋，和英国的一样，是国家监狱里做出来的。而维特克的粗麻布袋子的确看起来像是重罪犯织的（看起来完全是心怀怨懑地将线绞在一起），纬线的有些地方带着点变态的淡紫色调。基思发现，这些日子，他的思想总是转向执法上。或者说是无法可执，法律松懈得令人费解……不是邮件，维特克说，邮件都是直接送达的。 里面装的是——世界。 看到了吗？整个世界，就在里面：《泰晤士报》、《生活周刊》、《国家》、《评论》、《新政治家》、《听众》、《旁观者》、《邂逅》。由此看来，它还是在外面——整个世界。而世界早已看起来非常的宁静，非常的遥远。

"我想你同意，"丽丽在黑暗中说，"蒙泰勒的那些年轻男人。"

"不，我不同意，"基思说，"就这么跟你说吧。我想在你面前上蹿下跳。"

"……你知不知道那种感觉是怎么样的，对我来说？"

"是的，我想我明白的。我和肯里克一起时，我就有那感觉。他们不会在他面前上蹿下跳,可是他们——"

"嗯,他美极了。"

"嗯。挺受不了的,但记着,这世界品味很差,就喜欢显而易见的。"

"什么是显而易见的?"

"得了,你知道我是什么意思。表面上的。她的外表可能讨庸俗的人喜欢。丽丽,可是你聪明得多,有趣得多。"

"嗯,谢谢。但我知道,接下来会发生什么。你会爱上她的。当然,不是说你有什么希望。但是你会的。你怎么会不爱上她呢?你。所有动的东西,你都会爱上。你都会爱上女子足球队。更何况山鲁佐德,她又美又甜还有趣,而且傲慢得不得了。"

"这正是让我反感之处。她不相干。她来自另一个世界。"

"唔,事实是,你被比下去时,的确心里是有数的。"她说,一边把靠在他手臂上的身体摆了个更舒适的姿势。"像你这样一个一等一的傻瓜。像你这样一个坏脾气的小穷鬼。"她亲了亲他的肩。"名字里都写明了,可不是。山鲁佐德——和基思。基思大概是最大众化的名字,是不是?"

"可能是吧……不。不对,"他说,"苏格兰封伯爵的元帅们都叫基思。好几代呢,每个都叫做基思伯爵。不管怎样,都比提米好听。"他想到那个笨拙的懒洋洋的提米,在米兰,和山鲁佐德一起。"提米,叫那种名字?基思这名字比提米好多了。"

"任何名字都比提米好多了。"

"是啊。难以想象哪个提米做出点漂亮的事来。提米·米尔顿。提米·济慈。"

"……基思·济慈,"她说,"基思·济慈听起来也不像能做漂亮事的。"

"没错,不过,基思·柯尔律治?丽丽,有个诗人叫基思·道格拉斯[1]。他可是上流人。他的中名是卡斯泰朗,他和肯里克上的是同一所私立中学,基督公学。哦,对了,还有G·K·切斯特顿[2]的K也代表基思(Keith)。"

"G代表的是什么呢?"

"吉尔伯特。"

"你看,那就是了。"

基思想到基思·道格拉斯。一位战争诗人——一位勇士诗人。受了致命伤的战士: 噢,母亲,我的嘴里满是星星……他想到基思·道格拉斯,在诺曼底死去(头上挨了弹片),那年二十四岁。二十四岁。丽丽说:

"好吧。她要是说,想操你给你口交,你打算怎么办?"

基思说:"我会吃惊的,但不会震惊。就是会挺失望的。我会说,山鲁佐德!"

"嗯,我信的。你知道,有时候我希望……"

基思和丽丽在一起有一年多了——最近有一个学期的间断,又被称作过渡期,幕间休息,也可简单地叫做春假。眼下是经过了试分手、试和好。基思亏欠她许多。她是他的初恋,

---

[1] Keith Douglas (1920—1944),以其二战时期的诗歌知名。
[2] G. K. Chesterton (1874—1936),英国作家、文学评论家以及神学家。

特别意义上的初恋：他爱过许多姑娘，但丽丽是第一个也以爱相报的。

"丽丽，我爱的是你。"

这下，夜间的交流，不可描述的举动，就着烛光，开始了。

"好玩吗？"

"什么事？"

"假装我是山鲁佐德。"

"……丽丽，你总是忘了我情操高尚。马修·阿诺德。是人类思之所至言之所及的最好的东西。[1] F·R·利维斯[2]。感觉到生命完满的创造力。而且，她对我来说太高了。她不是我那一款。你是我喜欢的款，丽丽。"

"呣。你不像以前那么情操高尚。一点儿都不像了。"

"不，我还是老样子……是她的性格。她又甜又和善还幽默聪明。她确实不错。这恰是最不吸引我的。"

"我知道。简直令人作呕。而且她还长了一英尺，"丽丽说，她这下愤慨地全醒了。"而且都长在了她的脖子上！"

"这是条脖子，也没错。"丽丽早已就山鲁佐德和她的脖子说了一大堆。她把她比作一只天鹅，有时候是——取决于她的心情——一只鸵鸟（还有一次，是长颈鹿）。丽丽说：

---

1 出自马修·阿诺德《文化和无政府状态》，原文是指文化。
2 Frank Raymond Leavis (1895—1978)，英国文学评论家，长期在剑桥大学教授英国文学。

"去年她……山鲁佐德发生什么事了？"

有天早上，山鲁佐德从梦魇中醒来，发现自己成了……没错，根据那个有名的故事，格里高·萨姆莎变形成了一只体积庞大的昆虫，也可说是大害虫，也可说是——基思很有把握那是最好的翻译——可怕的跳蚤。对山鲁佐德来说，变形是大大的升级。不过基思没法落实合适的动物。鹿，海豚，雪豹，有翅膀的马，天堂鸟……

不过，先提一下之前发生的事。丽丽和基思分手是因为丽丽想要像男孩一样举止行事。这是事件的核心，真的：人们似乎有感觉，女孩要像男孩一样举止行事了。丽丽想要先试试。于是，他们有了第一场大争执（荒谬的是，主题竟是宗教），丽丽宣布了试分手。这个词像是压缩的空气直冲出来：他知道，这样的试验几乎总是成功的。两天的极度悲痛，在他位于伯爵府区可怕公寓的可怕房间里，度过了无人陪伴的凄凉的两天之后，他给她打了电话。他们见面了，咖啡桌的两侧都洒了眼泪。她告诉他，这事儿，他得进化一下。

为什么男孩享有所有的乐事？丽丽说，一边往纸巾里擤了擤鼻子。我们不合时代，你和我。我们像是儿时的恋人。我们应当十年之后再认识。要一对一，我们太年轻了。就算是谈爱情，我们也太年轻了。

他聆听了这番话。丽丽所宣告的让他觉得如丧考妣。基思的确一出生就没了父母。这将是他生存的状态，这一想法对他是自然不过的。他听着丽丽说——当然她说的他早已知道。男男女女的世界正在翻腾，正在经历一场革命或是沧海桑田的变化，在肉欲知识和情感需求之间重新调整。基思不想成为与时代不合的人。我想我可以说，这是他第一次为自我性格管理作出努力：他决定不让自己坠入爱河。

如果我们不喜欢，可以……我想做男孩一段时间。你可以继续老样子。

于是，丽丽重新做了头发，买了很多超短裙、短裙裤、露背吊带装、透视装、齐膝漆皮靴、大圈圈耳环、彩色眼线笔，还有所有其他林林总总要和男孩一样举止行事所需的一应物事。而基思保持了老样子。

从某种意义上来说，他的位置比她有利：他做男孩已经有些经验了。这下他又重新做起了男孩。前丽丽时期，在丽丽之前，他经常碰到一件难事，这与做女孩更相关：他的情感。而且对事情，他时常弄不清楚。比如说，他彻底搞错了每个人都称作自由性爱的事——一个接一个惊脱了下巴的嬉皮士都会默默地作证。他以为就是字面上的意思，但这不是都市里苍白如蘑菇的花样女儿带着星座图、塔罗牌和灵应盘自动送上的性爱。有些女孩还是想等到结婚，有些还信教——就连嬉皮士向世俗化的转变也很慢很慢……

在丽丽之后，后丽丽时期，男女关系的新规则似乎更为落实了。那一年是 1970 年，他二十岁：这一历史性的机遇，他备有少无可少的俊美相貌，如簧的口舌，诚挚的热情，还有一点努力装出来的但也令人精神一振的冷酷。有过到了紧要关头却大失所望的经历，也有过一些奇迹般的默许（就耻辱—荣誉的意义来说，仍旧感觉像是越轨之举：莽撞失礼，过于亲昵，占便宜）。不过，"自由性爱"一事，最佳对象当然是装做男孩的女孩。新规则——让万事出错的阴险的新规则。他的行为举止像个男孩，丽丽也一样，而且还能比他更像个男孩。

和我一起去吧，三个月之后，丽丽在电话上说，夏天和我一起去意大利过吧。和我一起去意大利的城堡，还有山鲁佐德。去吧。去度个假吧。你知道，那儿的人们甚至都懒得装客气有礼。

基思说，他会给她打电话的。不过，与此同时，他感觉到自己的脑袋突然点了一下。他刚和一位前女友（她的名字叫潘西）度过了几乎具有艺术性的痛苦的一晚。他又害怕又受伤，而且还平生第一次感觉到说不明道不白但却强烈无比的愧疚感。他想回到丽丽身边——丽丽和她的中间世界。

要多少花销呢？

她告诉了他。去程你还得花点钱。事实是，我不擅长做男孩。

好吧。我很高兴呢。开始借钱攒钱了。

他和丽丽那场荒谬的争执。她责怪他，在维奥利特还是个小女孩时，用基督教把她搞糊涂了，因此也损坏了她的心灵。就事论事，也不算错。他解释道，她九岁时，我试图让她反皈依。我说，上帝就像是贝尔格罗：你想象中的朋友。可是，她却粘上宗教不放了。丽丽说，你以为宗教会令她举止得当。而效果却相反。她深信所做的坏事都会被原谅，因为她相信天上那个傻瓜。而这一切都是你的错。

丽丽自然是个无神论者——一目了然。基思争辩，这个立场不太理性，不过丽丽的理性主义一开始就不算理性。当然，她痛恨星相学，但她也痛恨天文学：她痛恨光有折射、引力越大时间越慢这些事实。对亚原子粒子的活动更是气恼不已。她希望宇宙能够合情合理的运作。丽丽连做梦都是日常琐事。梦中（这是她羞答答地说出来的），她要么去商店，要么洗头发，要么靠着冰箱吃点点心当中饭。她公开地对诗歌持有怀疑，对任何与最坚定的社会现实主义的小说相背离的小说，她全无耐心。她毫无保留地赞赏不已的唯一一部小说是《米德尔马契》。因为丽丽就是那样一个中间世界的产物。

和我一起去意大利的城堡吧，山鲁佐德也一起去。应当指出，丽丽的提议中山鲁佐德这一部分，就基思看来，左右不着道。他上次见到山鲁佐德时，大概是圣诞前后。她一贯的模样是穿着平跟鞋戴着眼镜的眉头紧锁的慈善家。她做的是社区服务，参加核裁军运动和海外自愿服务组织，开个小货车送免费餐，她还有个四肢柔软的男朋友叫提米。提米喜欢杀害动物，拉大提琴，上教堂。不过，山鲁佐德接下来就从梦魇中醒了过来。

基思原以为社会现实主义在意大利会守得住。可是，意大利本身看起来有传奇色彩，他们住的城堡也有传奇色彩，山鲁佐德的变形也有传奇色彩。社会现实主义是在哪儿呢？他一直觉得，上层社会本身可不是社会现实主义者。他们的行事方式，遵循宽松得多的规则。他是城堡中的——预兆不祥。但他还是认为社会现实主义会守得住。

"她仍旧和那些潦倒的老头子一起干那些事吗？"
"……照样干。她可惦记呢。"
"她那个小伙子在哪儿？那个提米在哪儿？他什么时候来？"
"这不就是她想知道的嘛。她对他生气着呢。照理他现在就该在这儿了。他现在在耶路撒冷，天知道他在那儿做什么。"
"……我喜欢的是她妈妈，蒂娜。娇小可爱。"他想到了潘西。想到了潘西自然就想到了她的老师，丽塔。于是他说道："呃，丽丽。你知道我提过肯里克可能往这边来。他打算和狗宝儿一起去撒丁岛。"
"狗宝儿叫什么名字？是不是丽塔？……描绘一下。"
"好吧。从北边来的。有钱的工人阶级。眼睛很大，嘴巴很宽。一头红发，全无曲线可言，直得像一支铅笔。我们能不能让他们借宿一夜，肯里克和丽塔？"
"我问一下山鲁佐德。为这个北边来的无胸红发姑娘，我肯定，"她说着打了一个哈欠，"可以腾出一点空间来的。我等着见到她俩。"
"你会对她赞叹不已的。她扮起小子来，可像了。"

丽丽侧过身去。她看上去更小了，变得完整而紧凑。她一摆出这个姿势，总让他心里升起一阵柔情。他留心着她微微的抖动和抽搐，一路进入混沌忘我中。如果不接受无理性，她又怎能找到那片时空？丽丽抖动着进入睡眠之圣地时，有时候喜欢听着他的声音（他通常是总结一下自己在看的小说），他挪近了，说：

"以后会有很多小说的。听着。第一个我吻过的姑娘比我高，可能不过几英寸，但感觉像是足有一码。莫林。我们在海边。之前我已经在公交车站的遮篷下坐着时，吻过她。我不知道该怎么吻别道晚安。她家旅行拖车旁边的地面上有下水管道，我就站在那上面。美妙的吻。没有湿吻，我们还太年轻了。年纪不到，有些事不要做，这很重要。你觉得呢？"

"山鲁佐德，"丽丽大着舌头说，"带她到下水管道旁去吧。"随后，她的声音又清晰了点，"你，你怎么可能不爱上她呢？你爱上一个人多么容易啊，而且她……晚安。我有时候希望……"

"晚安。"

"你，见谁就爱的渣男。"

等早上醒来的第一件事（他想），摆在面前的首要之事就是：分辨真假。我们得清理瞌睡带来的讥笑嘲讽。但一旦到了一天结束之际，又换了过来，我们寻找着杜撰的不实之事，有时候急于找到荒谬的联系，像是被扇了一巴掌，猛地醒了过来。

她说得没错，或者说以前是这样，见谁就爱的渣男，和他特别的出生相关。他轻易就爱上姑娘——而且还继续爱着她们。他仍旧爱着莫林：他每天都会想到她。他仍旧爱着潘西。难道这就是我为什么在这儿？他琢磨着。难道这就是为什么我和丽丽一起在坎帕尼亚的城堡?因为和潘西一起度过的那个悲剧之夜,那个晚上说过的话,还有话中的话?基思闭上了眼睛,找寻着注定备受困扰的梦。

山谷中的狗吠叫着,村里的狗不甘落后,叫了回去。

天色刚亮,他起了床,在瞭望塔上抽了一根烟。昼色像急流一般淌进来。突然,山脊上,上帝的红公鸡昂起了首。

3：可塑景

我们陷入真相无以自拔，而真相是点点滴滴慢慢堆砌起来的……

"有一件很没劲的事，"山鲁佐德说道。这是第一天下午，她领着他走上塔楼。

但眼前可不没劲。十五世纪的台阶陡峭得令人兴奋。而且在半途的平台上，她转身时，基思能看到她的裙下。

"是什么呢？"

"到了顶部，我指给你看。还得爬一阵子台阶呢。简直没个尽头。"

一时高尚的情操占了上风，基思转移了目光。然后看了一眼，又转过头去（透过石墙的缝隙，他看到了一匹苍白的马两胁颤动着）。他又看了一眼，转过头去——直到脖子喀嚓响了一下，他的脑袋固定了位置，朝前看。怎么会之前从来不曾注意这一点——女人大腿所具有的美丽、威力、智慧和公正。

山鲁佐德侧过头说道："你是不是特喜欢观赏风景？"

"我啥都喜欢看。"

"真的，如痴如醉？"

他像是已经成了电影里的一个角色——或许是一部色情惊

悚片。电影中男女间的每一行对话都不可遏制地言关双意,挑逗调情。他们继续往上爬着。这下他想找一行直白的。"痴迷得很。我有一单子的书要看呢,"他说,"要补课。《克拉丽莎》,《汤姆·琼斯》[1]。"

"你可真可怜。"

得记上一笔,山鲁佐德的内裤很普通,是淡棕色的(和丽丽以前穿的那种很相近——那是她之前的日子了)。但不同寻常的是,内裤的边缘松懈了,忘了罩住右臀,滚动的棕色中露出了一弯关键的白色。她说:

"有人提到了一个山关。"

"哪个?"

"鬼门关。非常曲折可怕。别人是这么跟我说的。好了。你们俩在这个塔楼,我在那个塔楼。"她指了指通道。"我们共用中间的卫生间。这就是没劲的事。"

"……为什么是没劲的呢?"

"丽丽不愿意和我共用一个卫生间。我们试过了。我太乱了。她只好下塔楼一半处往右拐。但我不觉得你有什么必要也这样做。除非你也受不了乱。"

"我不在意。"

"看!"

带天窗的卫生间又长又窄,呈 L 形。左侧拐弯处是擦得锃亮的毛巾架和两面与墙等高的镜子。他们走了过去。山鲁佐

---

[1] 《克拉丽莎》(1748)为英国小说家塞缪尔·理查逊的长篇书信体小说。《汤姆·琼斯》(1749)为英国小说家亨利·菲尔丁的小说。

德说:

"我们共用。得这么办。你从你的房间过来,把通向我房间的门锁上。你离开时,把门打开。我也同样……这就是我了,天呐,我真是太懒太乱了。"

他把一切收入眼底,挂着流苏的床上斜搁着一条白色的睡裙,成堆的鞋子,一条浆过的牛仔裤被踩着脱下来,大张着口子。牛仔裤的膝盖处还支棱着,仍旧包裹着她腰和臀的曲线。

"这总让我趔趄,"他说,"姑娘的鞋子。姑娘和鞋子。太多了。丽丽带了一箱子的鞋子来。为什么女人对鞋子是这个德性呢?"

"唔,我想大概是因为脚是身上唯一不可能会漂亮的一部分。"

"你觉得就是这个原因?"

他们低头看了看山鲁佐德拖鞋里那些天真的房客:足弓的弯度,清晰可见的韧带屈曲,五种不同大小的十点猩红。女人会费心在小脚指头上点上那点红,总让他觉得有点感动。小脚指头,就像一窝猪里最小的猪仔。可是,你显然不能忽略了它,每个小猪仔都得有自己的红色贝雷帽。他说:

"你的脚很好看。"

"还不赖吧。"十个脚指头羞涩地一阵波动。"按脚的标准来说。说的是脚。它们可真是傻样儿。"

"没错。有人说,这是相当复杂的事。姑娘和鞋子。不介意吧?"他捡起一双半高跟鞋的左脚,代表一众鞋子。"还有什么比这个更不像一只脚的呢?"他指的是造型(或称设计)

的尺度。"那个弧度,还有那个高度。"

"咍。脚。想想还有人有恋足癖。"

"想象一下,这要用在你身上。"

"太可怕了。"她说。他们折回来穿过已经变得非常重要的卫生间,"很容易会忘记打开门的。谁都会这样。这儿甚至还有一个小电铃——看到吗?如果我被关住了,我会按铃。"她按响了电铃。电铃的声音低沉而坚决。"你也有一个。我总是忘记。三番五次的,我可真没劲。"

山鲁佐德以她特有的方式直朝着他的方向看,琥珀色的双眼满含理想,眉毛平直。当目光落到他的身上,他感觉到她已经把他所有的情况都摸得一清二楚了——出生、背景、长相,甚至还有净高。而且还有一点很重要(他毫无关联地想到),她叫她的母亲"妈妈",不是像她班上其他所有的姑娘一样叫"妈咪"。这对基思来说,说明了她本质上信仰平等。但山鲁佐德身上最奇特的是她的微笑,那不是一个漂亮姑娘的微笑。微微漾动的眼睑带着过多的排演——在人类喜剧里扮演一个角色。一个漂亮姑娘的微笑是把自己隔绝开来的。 还没意识到这一事实呢,丽丽说。 她不知道。确实是这样吗?基思对山鲁佐德说:

"我不会轻易觉得没劲的。没有什么是没劲的。只要选对角度看。"

"哦,我知道那句话,"她说,"有什么东西是没劲的,它的有趣之处就在于它的没劲。"

"没错。能没劲就是有趣。"

"而且没有什么是没劲的也很有趣。"

他们多美好啊,那些年轻人。他们曾整整两年一边喝着速溶咖啡一边熬夜至天明。现在他们都固执己见——他们有自己的想法了。

"可是,"她说,"重复很没劲。对吧,重复很没劲。就像这天气。对不起。"

"不要为天气道歉。"

"嗯,我想游泳、晒日光浴。天却下雨。而且几乎都可说是冷了……但至少还能出出汗。"

"没错,至少还能出出汗。谢谢你让我住这儿。太美丽了。我被迷住了。"

基思完全明白脚在心理学上的意义具有双重性。这一双蹄子永久地提醒你的动物性。作为人类,你未被宽恕,未成天使。它们也在执行卑下的任务,把你和坚实的土地连接在一起。

这就是城堡了。雉堞高高地架在四个腰圆膀阔的巨人肩上:四个塔楼,四个露台,圆形的舞厅(及其环形的楼梯),带穹顶的五角图书室,六道窗子的客厅,豪华宽敞的宴会厅,经过长得不可思议也不实用的走廊便是晒谷场一般大的厨房。所有的前厅像是面对面放置的镜子,层层叠叠至无限。上面是主房间(乌娜几乎整天待在那儿);下面是地牢层,有一半在地下,发散出极细薄的雾气,基思觉得闻起来像是冷汗。

"她对你的态度可以用一个老式的词,山鲁佐德,"他对丽丽说。他们在五角图书室里,他正在梯子的上端,几乎靠近穹顶了。"你会觉得这词的意思只是居高临下。但却是赞美之词,是谦卑的感恩。降尊纡贵,丽丽。"降抑尊贵的地位,谦以自处。"她是位女勋爵呢。"

"她不是女勋爵,她是勋爵的女儿,她爸是子爵。你的意思是,她怎么对你的,"丽丽说,"好像你根本不是个傻帽似的。"

"是啊。"他嘴上说的是阶级等级,但心里想的是外貌等级——美貌等级。外貌会不会也来一次革命,原来在底层的翻身成了上层的?"我觉得就是这样吧。"

"你只是赞美感恩那些有钱有势的人,因为你知道自己的位置在哪儿。你可真是个善良的傻帽。"

基思可不想让你觉得他一向向贵族出身的姑娘献媚。近年来(我需要指出这一点)他大多空闲时间是向无产阶级的姑娘献媚——之后是专业知识阶层的姑娘,确切地说,是一位姑娘,丽丽。这三个阶层中,无产阶级的姑娘最刻板拘谨。据肯里克说,上层阶级的姑娘最滥交,按她们自己的说法,最快,比中产阶级的姑娘还快,而后者自然很快就会果断地赶上她们……他走回皮面的小书桌。他先前在看《克拉丽莎》,一边在做笔记。丽丽坐在一张躺椅上,面前放着一本书,叫《禁令:我国法律及其研究》。他说:

"喔,你不喜欢这本书,对吧。可怜见的。"

"你这个虐待狂,"丽丽说。

"不,我不是。你会注意到我和别的虫子没什么好交恶的。连黄蜂都不讨厌。我其实还很敬慕蜘蛛。"

"你大老远走到村子里去,就为了买杀虫剂。为什么不用苍蝇拍?"

"用拍子会留下恶心的污痕。"

被他刚刚浇盖了致命的杀虫剂的苍蝇正伸着后腿,像是长长午睡后的老狗。

"你喜欢慢慢折磨致死,就是这样。"

"……山鲁佐德举止像不像个男孩?她是不是滥交?"

"不是。和她相比,我滥交多了。数量上而言,"丽丽说,"你知道。她做一些稀松平常的交颈缠绵、摸摸抱抱之类的。然后,有一两个傻瓜给她写诗,让她可怜了一把。随后又后悔了。之后有一段空白。接下来就是提米。"

"就这些?"

"就这些。不过现在,她像鲜花一般盛开,躁动不安,让她多了点想法。"

据丽丽说,山鲁佐德对她自己不同寻常的变形,有解释。她推心置腹地告诉丽丽: 十六岁时我挺漂亮的,但我父亲去世后,我的外貌就变得普通了。我想那是因为我想躲藏起来。因此,她的皮相,外在的一面,因父亲去世变得低迷、迟钝。发生了飞机失事,之后又过去了几年,慢慢地浓雾散去了,她一直在半空盘旋积累的外貌上的性感,这下能靠近地面,准备降落了。

"哪一类的想法?"

"展开翅膀。可她还是不知道自己很漂亮。"

"她清楚自己的身材吗?"

"也不太清楚。她认为这会消失的,来得快去得快。你怎么会从来一本都没有读过呢?"

除了性创伤外,基思还有一箱子的治愈系的书籍要看。"从来没读过什么?"

"英国小说。你读过俄国的,美国的,但你从来没有读过英国的。"

"英国小说,一本是读过的。《权力与荣耀》[1]。《邪恶的肉身》[2]。只是从来没有读过《佩雷格林·皮克尔传》[3] 或是《菲尼斯·芬恩》[4]。我是说,为什么要看这些小说呢?这《克拉丽莎》简直要杀了我。"

"换专业之前,应该想到这一点的。"

"唔。我一向都更爱诗歌的。"

"……爱诗歌的人。谁折磨昆虫来着。昆虫也感到疼痛的,你知道。"

"是的,但不多。"他看着嗡嗡叫着的牺牲品原地打着转,发出刺耳的声音。"我们之于诸神,就像苍蝇之于顽劣的孩子,丽丽。他们选拔我们,是为了玩耍取乐。

"你说,你不喜欢苍蝇留下污痕,可你就是喜欢看着它们扭动。"

---

[1] 英国小说家格雷厄姆·格林于1940年出版的小说,讲述墨西哥政府在二十世纪三十年代压制天主教,为格林最重要的天主教主题小说。
[2] 英国小说家伊夫林·沃于1930年出版的小说,讽刺两战期间的英国上层一群年轻人的生活和精神状态。
[3] 英国小说家托比亚斯·斯摩莱特于1751年出版的励志小说。
[4] 英国小说家安东尼·特罗洛普于1867至1868连载刊登的小说。

基思·尼亚林是不是讨厌所有有翅的昆虫？他喜欢蝴蝶和萤火虫。但蝴蝶是有触角的蛾子，而萤火虫是有发光器官的软体甲虫。有时候，他想象山鲁佐德会是那样，她的器官在黑暗中闪着萤光。

基思喜欢在中午时分上塔楼去读一本英国小说——也为了清静一下。这个时候回卧室通常会碰巧撞上山鲁佐德在午餐前冲浴。他听得到她在冲浴。湍急的水声听起来像是轮胎碾在砂砾上。他坐着，腿上放着一本臃肿得变态的平装小说。之后，他会等上读五页书的时间，再进去洗脸。

到了第三天，他打开门闩，想推开卫生间的门，但推不开。他听了听响动，过了一会儿，迟迟疑疑地伸手去按铃（为什么这一举动会感觉如此的意义重大？）。更长时间的静默，远处门闩的咔嗒声，一阵拖着脚走动的声音。

山鲁佐德热烘烘的脸从厚厚的白色浴巾的褶子里露了出来，出现在他的面前。

"看到没？"她说。"我告诉过你。"

双唇：上唇和下唇一样丰满。她棕色的眼睛，不偏不倚的注视，平直的双眉。

"这也不会是最后一次，"她说。"我敢保证。"

她转过身，他跟上前去。她往左拐，他注视着他们三个一一退出，山鲁佐德真身和从镜中滑过影像。

基思留在 L 形走道的镜子前。

……"煞风景，可塑景，美景"。他和妈妈蒂娜一起度过多少时光，多少快乐的时光，在温疤汉堡连锁店、卡多马咖啡连锁店、装饰艺术风的牛奶饮品店里一起玩"煞风景，可塑景，美景"的游戏。

音乐盒旁边那两个人怎么样，妈妈？

男孩还是女孩？……嗨。两个都是"可塑景"下。

他们对陌生人和过路人打分，更对熟人打分。有天下午，蒂娜在熨衣服，他先说的，蒂娜也予以肯定，维奥利特是"美景"——她配得上和尼古拉斯在一起。十一岁的基思说：

妈妈？我是不是"煞风景"？

不是的，亲爱的。她的头往后仰了一英寸。不是的，我的宝贝。你的脸是真正的脸，这就是你所拥有的，有的是特色。你是"可塑景"。"可塑景"上。

……好吧，我们来说一个女的。

哪个女的？

德维娜。

哦，"美景"。

嗨。"美景"上。利特尔·乔恩太太呢？

事实上，他多多少少已经接受自己的丑陋了（学校操场上，别的孩子叫他鸡喙，他都忍辱答应了）。后来，出现了变化。必经的发育阶段过去了，变化出现了。他的脸变了。下颌，特别是下巴，变得开阔坚定了，上唇不再有之前笔尖似的僵硬，眼睛亮堂了眼距变宽了。后来他得出一条理论，会让他的余生一直不安：外貌取决于快乐与否。原本不情不愿一脸受伤的男孩突然开始快乐起来。这下，他的脸出现在意大利挂着

45

水流、沾着水渍的镜子前，坚实，干爽，无可挑剔得令人愉快。年轻。他够快乐了。但他是不是足够快乐，可以受得了作为山鲁佐德的那种喜悦，并与之坦然共处？他还相信美貌是有点带传染性的，如果接触得够密切，时间够长。这条假设众人皆知，而他也赞同：他想要体验美貌——也被美貌正式认可。

基思在水龙头下洗了洗脸，然后走下楼去加入其他人。

带着寒意的、湿润的云在他们的上方、四周盘旋着——甚至还有他们的下方。一缕缕的灰色水汽从山顶脱离开来，沿着山坡懒洋洋地滑落下来。它们像是仰面躺着，在山沟涵洞里休息，仿佛是累得筋疲力尽的魔仆。

基思还真的从其中一朵滑落的云朵中蹚过去。这朵云躺在围场前一个低露台上，比裹在厚厚的白色浴巾中的山鲁佐德大不了多少。在他的踩踏下，腾腾的水烟气搅动起来，变着形，随后又平息下来，手背搁在了眉毛上，像是长时间备受痛苦。

一个星期过去了，新来的人还没试一下挖成人工洞室的奥林匹亚游泳池。基思断定，看到姑娘们在下面的泳池里享受对他的心脏大有好处——特别是见到山鲁佐德。与此同时，《克拉丽莎》相当没劲。不过再没有其他没劲的事了。

"我时常希望，"丽丽在黑暗中说，"我时常……你知道，我想拿自己的一点聪明换一点美貌。"

他相信她这是真心话，也感同身受。可是，说奉承话毫无用处。丽丽太聪明了，无需告诉她，她很漂亮。他们达成一致意见的说法是这样的：她有后力发展。他说：

"那——那是老派的想法了。现在认为姑娘应当聪明,专注职业发展,并不完全取决于你能钓到怎样的丈夫。"

"你错了。外貌甚至更重要了。山鲁佐德让我感觉自己像是只丑小鸭。我不喜欢被比较。你没法儿懂,可是她在折磨我。"

丽丽以前告诉过他,女孩到了二十岁,如果会有什么美貌的话,就该展露出来了。而她希望,她的那份美貌正在来临之中。可是山鲁佐德的已经到了,就在这儿,新鲜到港。各式各样的奖励纷纷投向她——就像格莱美奖、托尼奖、艾美奖,还有金棕榈奖。基思说:

"你的美貌很快就会到来的。"

"没错,可是它现在在哪儿呢?"

"我们看一下,少一点聪明,多一点美貌。你说的和这句话有点像——你更喜欢哪样呢?是实际上蠢蠢的,看上去更聪明呢?还是看上去蠢蠢的,实际上更聪明?"

"我不想看上去聪明。我也不想看上去蠢蠢的。我想看上去漂漂亮亮的。"

他闲闲地说:"嗯,要是有选择,我想要更粗犷,更聪明。"

"更矮、更聪明,怎么样?"

"呃,不行。我已经够矮了,配不上山鲁佐德。她高高地在上方。我怎么可能开始呢?"

丽丽凑上来一点说:"很简单。我告诉你怎么做。"

这成了他们每晚行事前的前奏。而且相当有必要,至少有帮助,因为在意大利的丽丽,出于他不明了的原因,似乎失去了她性别上的另一面。她像是一个表亲或是家里的老朋友,从小青梅竹马一起玩,对他无所不知。"怎么做呢?"他说。

"晚上睡前在地板上玩纸牌时,你只要凑过去,开始吻她——脖颈、耳朵。她的颈前。然后,你知道她想炫耀棕色的上腹时,衬衣下摆打的那个松松的结?你可以拉一下,就全敞了开来。基思,你停止呼吸了。"

"没有,我只是想压住一个哈欠。说下去吧。那个结。"

"你拉一下,她的胸就会滚落在你的面前。然后她就会猛地拉起裙子,躺下来。还会弓起身,为了让你扯下她的裤子。然后她会做她那份子事,解开你的皮带。你可以站起来,她比你高一点没关系。因为她会跪在地上,你一点都不用担心。"

行事完毕后,她转过身去,说:"我想要漂亮一点。"

他抱着她。抓住丽丽别放了,他告诉自己。抓住和自己同一档次的。别——千万别——爱上山鲁佐德……没错,走中庸路线是最安全的,心满意足做个"可塑景"。那就是值得期盼的境界。可塑景。

"你知道的,丽丽,和你在一起时,我是我自己。和别人在一起,我像是在演戏。不对,是在装逼。而和你在一起,我就是我自己。"他说,"不用费劲做着我自己。"

"唔,可我不想做我自己。我想成为别人。"

"我爱你,丽丽。你给了我一切。"

"我也爱你。我至少有爱情……如今的女孩甚至更需要外貌了。你会明白的,"她说。然后她就睡着了。

4：鬼门关

嗯，有观光短途行（度假胜地，地中海上的渔村，某座废弃的庙宇，某处国家公园，鬼门关），有游访的客人，譬如现在这三人行：从达科他来的离婚女普兰蒂丝，她新近收养的女儿，孔秋塔，还有她们的朋友和助手多罗茜（大家都叫她多多）。我觉得，报出她们的生命数据来不太合适，但可以暴露一下最基本的生命数据：基思猜普兰蒂丝"大概五十岁"（也就是说，位于四十岁和六十岁之间），孔秋塔十二岁，多多二十七岁。此外，普兰蒂丝是个"可塑景"，孔秋塔是"美景"，而多多则是"煞风景"。小孔秋塔来自墨西哥的瓜达拉哈拉，穿着孝服——基思得知是为了她的父亲。

普兰蒂丝个子挺高，瘦骨嶙峋，正在等待祖母遗嘱的结果（她们的欧洲之行有一部分是要靠这张遗嘱的）。孔秋塔其实有一点胖（肚子鼓鼓的有一条弧线）。多多是一位受过训练的护士，胖得触目惊心。基思对多多的脑袋如此之小——或者说看上去如此之小，非常惊愕。她的脑袋几乎与她毫不相干，好比是冰山上的一只小茶杯。几位访客都睡在乌娜巨大的主房间里。

他不是个典型的二十岁的年轻人，是说基思。但有一方面他有典型的二十岁年轻人的想法：他觉得每个人的存在都是无波无澜、静止不动的——只除了二十岁的年轻人。但连他也看得出三位访客的生活将要经历各种戏剧、各种变迁。当然其中与孔秋塔丧父相关。还有普兰蒂丝的遗产，以及她与父母、父亲众多的兄弟姐妹和她的三个兄弟、六个姐妹之间的种种争端和怨恨如何解决。甚至有一些和多多相关的悬念。多多的体态之丰腴，从总体趋势看并不是松松散散的，而是绷得紧紧地展开来，她的肉有着一种充足气的气球的抗力感。多多在这儿的这段时间，会不会真的炸开来？还是只会变得越来越胖、脸膛越来越红？这些真的是问题。

"要是太阳出来就好了，"山鲁佐德说，他们一起在厨房吃早饭。"因为胖子真的是特别喜欢游泳池。"

"真的？"基思说，"为什么？"

"因为被她们取代的那部分水的重量，让她感觉自身轻了。"

"那可是不少水，"丽丽说，"我定不下是不是想看她穿泳衣的样子。想想她那可怜的膝盖。"

一阵静默，以示对多多膝盖的同情。然后，基思若有所思地说：

"我看着她时，感觉就像是看着一块郁闷的体积。"

"呣。你觉得这是因为腺体吗？"

"不是腺体，"丽丽说，"是食物。昨晚，你看到她吃鹅了？连来了三份。"

"孔秋塔也吃了不少。"

"不过，这让你想一想，对吧？我是说多多。"

"没错。"丽丽总结道,"这让你自己的烦恼相形见小。"

城堡里有帮佣服务,每天会从村子里来一队人。基思以前从来没有过时不时有帮佣侍奉左右的经历。

他的亲生父母都是仆佣阶层的。他的母亲是女仆,父亲是花匠。不管怎样,基思怀有左派对底层阶级的同情(和激烈的尼古拉斯相比,他温顺多了)。因此,很自然他和城堡里的帮佣建立了一种关系:见面时点头微笑以示致意,还令人惊奇地鞠躬(上身前倾的正式鞠躬),说上几个意大利语的词汇,与麦当娜、尤金尼奥关系尤其好。麦当娜整理所有的床铺,还做些其他的事;尤金尼奥是玫瑰和草坪的第二号主管。他们俩都差不多二十五岁光景,有时见到他们单独在一起时,他们在开怀大笑。因此,基思开始琢磨爱情会不会降落在他们身上,一位是照看床铺的,一位是照看花草的。尤金尼奥也照看露台和水果的生长。

以前,他思考的方式透明简易。但现在,读的书多了,他明白仆佣的辛酸,开始慢慢滋生无助的愤怒。他希望自己没有承继这一点。他推理在仆佣生命的后期,等他们年老时,这些辛酸沉积凝固了。他的父母都没有活到年老……基思从小都被告知所有这些——他的出生——不是那么重要,不是*那样的*重要。有一段时间,他同意这一点。他碰巧一向都知道蒂娜不是他的母亲,卡尔也不是他的父亲。这些信息是他幼时的催眠曲。 你是收养来的,我们很爱你,蒂娜轻轻地哼着说。至少哼了一年后,他才开始明白。出生不是非常重要的。他想着,要在孔秋塔北上之前,和她就此事说上一两句。

孔秋塔有两个毛绒玩具，帕蒂塔（鸭子）和可德里托（羊羔）。她非常喜欢填色。她已经十二岁了，还是很喜欢填色。我很想很想去填色（发音添色），午饭吃得差不多时她会这么说。 我可以下饭桌（发音饭座）了吗？ 我很想很想去填色了。她会拿着填色本去图书室。海滨、汽车、公交车、女孩的衣服，当然还有各种各样的花朵。

他坐在东边花园最上端的圆石桌旁，丽丽走了过来。现在暖和了一点，但仍旧乌云密布，气压低得让人难受，天光预示着将至的雷雨。灰黄色的空气中，花香清晰可辨：茉莉花，风信子，还有水仙、 水仙……基思还在思考着和山鲁佐德去鬼门关一路的事件，或者说无事件（他无以辨别）。他无以辨别。该去问谁呢？

"你从一本换到另一本了，"丽丽留意道。

"嗯，这是唯一看完一本书的办法。没有换《汤姆·琼斯》。《汤姆·琼斯》很不错。而且汤姆是我喜欢的那类人。"

"在哪个方面？"

"他是个混蛋。但《克拉丽莎》完全是个噩梦。你没法相信，丽丽，"他说（而且他碰巧决定要多爆些粗口）。"他要等上两千页才操她。"

"天哪。"

"可不是。"

"不过，说真的，听你说的。通常看一本小说，你会讨论这类事，嗯，诸如感受的程度。或是道德秩序的深度。现在，全是操。"

"不是全是操啊，丽丽。两千页了才操了一次。那可不是只有操。"

"没错，可是你说的全是这个啊。"

花园里没有毒蛇，但是不远处有苍蝇，那些模糊不清、斑斑点点的死亡——凑近一看，是戴着防毒面具、配有装甲的存活主义者。还有丝绸般的白色粉蝶。还有巨大的醉蜂，像是带着电共振的颤动着的圆球，撞上什么固体时，树干、雕像、花盆，嘣的弹了开去，同极相斥。丽丽说：

"差不多得等上两千页。具体什么时候？"

"呃，1750页。甚至等到了那时候，他也还得对她下药。你猜，她事后做了什么。羞愧至死。"

"这该是件难过的事。"

"不是那样。她出去唧唧呱呱地说她有多开心。我会，呃，在永恒的殿堂中……为他得到宽宥的福祉而欢欣鼓舞。她对此说得非常明白，上天的奖赏。"

"奖赏她被下了药操。"

"丽丽，那是强奸。事实上，她从一开始就幻想他干什么坏事。他们对强奸这事都兴奋得很。"她看着他，像是想听他说下去，于是，他又说道："《汤姆·琼斯》里面女孩也会操。她们不是乡巴佬，就是贵妇。一个挤奶女工，或是一个颓废的宴会女主人。但'克拉丽莎'是小资出身，所以她想要被操，只能是被下了药。"

"因为这样就不是她的错了。"

"是啊。她就可以宣称自己不想被操。不管怎么说,她没有坚持到两千页。这差不多都有百万字了,丽丽。你有没有坚持百万字?你假扮男孩那会儿?"

丽丽叹了口气说:"山鲁佐德一直和我在嘀咕,她觉得沮丧极了。"

"……怎么沮丧了呢?"

"性事上的。 明显不过了。"

他点起一支烟,说:"她知道自己漂亮了吗?"

"知道了。而且她也知道了自己的乳头。万一你正好想问。"

"她怎么想的?"

"她觉得它们还过得去。但现在它们一碰就疼,让她格外的沮丧。"

"我挺同情她的。话说回来,再过一两章,提米就来了。"

"可能吧。她刚刚收到一封信。他没法儿离开耶路撒冷。她现在对他生气着呢。她对阿德里亚诺抱有很大的希望。"

"阿德里亚诺是谁?"

丽丽说:"你的话没说清楚。你的意思难道不是,阿德里亚诺这王八羔子是谁?"

"不是,我不是这个意思。你想歪了,丽丽。阿德里亚诺是谁?好吧,阿德里亚诺这王八羔子是谁?"

"嗯,不赖。你怒气冲冲地说,效果更好了。"丽丽很快尖声地笑了一下。"他是个臭名昭著的花花公子,还是个伯爵，或者有一天会成为伯爵。"

"意大利人个个是伯爵。"

"意大利人个个是穷伯爵。他是个有钱的伯爵。他和他爸一人一座城堡。"

"有什么了不起的。我昨天才明白，意大利到处都是城堡。我是说，每隔几百码就有。他们是不是有过，呃，有过很长一段时间诸侯纷争的时期？"

"没有特定的一段时期，"丽丽说。她正在看的一本书是《意大利简史》。"蛮夷之族不断地来侵略他们。等一下。"做事有条有理的丽丽看了一下她的笔记。"匈奴人，法兰克人，汪达尔人，西哥特人，哥特人，然后还有基思人。基思人是最坏的。"

"真的啊。我们什么时候见见阿德里亚诺？"

"这就是她需要的。一个和她一样出身的人。去鬼门关一路刺激吧？"丽丽说。

在菲亚特的后座上，他坐在普兰蒂丝和山鲁佐德的中间——丽丽坐在另外一辆漂亮的红色敞篷车里，和乌娜、孔秋塔在一起。在后座上时，普兰蒂丝坐在自己的位子上，纹丝不动。但每到一处转弯，山鲁佐德往他这边晃过来，倒在他身上。雨下得很大，他们在鬼门关做的所有事，就是开车穿过后，伸出头去看一眼。而基思则忙着照看一群纷至沓来的感官印象：他像是蒙泰勒镇上的年轻人，他的每个腺体每种荷尔蒙就是一个雅科波、一个乔万尼、一个朱塞佩。她的手臂和大腿挤过来压在他的手臂和大腿上。她的带着芬芳的金发有那么一刻就堆在他的胸上。这是司空见惯的么？这是不是别有意味？嘿，普兰蒂丝，他想说，你活到这把年纪了。这都算是什么意思啊？看，山鲁佐德不断地……

"挺好的，"他说，"非常曲折可怕。"

"唔，可怕，肯定的了，有多多挤在前座。"

"而且总是在悬崖的那一侧——不消多说了。"

"天啊，你一定是吓坏了。"

在车子里，基思一直告诉自己，山鲁佐德只是处于半睡状态中。但就在他们折回前的一两分钟内，她确实——把脑袋信赖地靠在了他的肩上。然后，她猛然坐了起来，咳嗽了一下，一脸无法读懂的粲然微笑，透过睫毛看着他……之后又开始了新的一轮，她的手臂压着他的手臂，她的大腿压着他的大腿。丽丽，你怎么认为呢？啊哈，你应该看看那天她在卫生间的样子。又忘记上锁了，丽丽。她就穿着蓝色牛仔裤，戴着文胸。她想告诉我什么吗？或许她思考的方式还没有和她外貌变形的程度吻合。在全身镜里，有时候她看到的仍旧是那个小耗子似的慈善家，穿着实用的鞋子，戴着眼镜。而不是一匹穿着蓝色牛仔裤、戴着镶有一圈极细蓝边白色文胸的天马。他说：

"维特克似乎一直和侧向右边的方向盘搏斗。"

"那就是我为什么上了乌娜的车。你们那辆车的右前轮胎完全瘪了。"

"我一直在想，车子马上就会撑不住侧翻了。你们去鬼门关这一路怎么样？"

"还好吧。孔秋塔在睡觉，车顶在漏雨。"

他闭上眼睛。蛮横的蜜蜂撞了开去，嗞嗞响着。他坐了起来。石桌上一只蹲伏的苍蝇盯着他。他把它挥开，但它又飞回来，蹲伏在那儿，盯着。给它一个骷髅头的记号……在这件和山鲁佐德相关的事上，基思认为蝴蝶站在他这边。蝴蝶：聚会上的玩具，玩偶尺寸的扇子，小手绢——不可救药的乐观主义者，颤颤抖抖的梦想家。

基思很明白他是会死的，这对一个二十岁的人来说非同寻常（该认识源自他特殊的背景）。不仅仅如此，他还知道当死亡这一过程开始时，唯一一件真正重要的事是，和女人处得怎么样。等他躺在床上等待死亡降临时，男人会忆起往昔，搜寻旧爱。我觉得，这一点确实如此。大画面基思把握得很好，但眼下的情形，当即的过程——基思的眼光却很不可靠。

"天哪，这儿什么都有，"基思说。他指的是图书室。从书架上抽出《帕米拉》（副题：美德有报），和《克拉丽莎》是同个作者，还有一本《夏米拉》，和《汤姆·琼斯》是同个作者。《夏米拉》是对《帕米拉》的戏仿批评，意在揭露它虚假的虔信、锱铢必较的庸俗以及无以升华的淫荡[1]。

"看来，普兰蒂丝有钱了，"他说，"还是说，比以前更有钱了。"

"比以前更有钱了，我想，"孔秋塔说。

---

[1] 淫荡（lechery）一词出自西德，与"舔"（lick）相关。——原文注

她从桌前站起身,走到窗边立着。她腹部很有型的弧度被罩在难看的宽腰黑丧服下。她用异常低沉的声音说道:

"我想找到玫瑰精确的颜色。"

精刮的扬色……他说:"你们是怎么从美国过来的,孔秋塔?我是说坐船坐飞机。飞机?什么舱?"

"普兰蒂丝坐在前头。我们坐在后面。"

"多多怎么办呢?我想着吃饭时候,要用餐盘和搁板。"

十二岁的女孩回到桌前,拿起一支紫红色、一支紫色的铅笔,说:"她把座椅尽可能地往后倒,然后,"——她伸直手作了个V字形——"用杂志填满空当,把餐盘放在上面。"

杂叽……基思很想着把这一点传给丽丽听(胖子如何应付飞机旅行),但不像以前那般急切了。他仍旧亏欠了丽丽很多。他很善于感恩。他相信,这是他的情商才能。这下他坐着时,对屁股下面的椅子、面前的书都很感恩。感恩,且会惊喜。他对手中的圆珠笔感恩,对笔上的套子则觉得小小惊喜。孔秋塔说:

"她什么都吃,连所有的黄油也吃得精光。"

他一直都想说,这下说了出来:"明天你走时,我不一定会见到你。你知道吗,我是收养的?被收养——这没什么。"

她的脑袋没动,但虹膜移开了页面。他马上觉得羞愧极了,因为他意识到,被收养这事(作为生命小小的负担)在孔秋塔的烦恼列表上不是排得很高。她说:

"这没什么。"

"我是说,将来的日子。"他注视了她一会儿,如朗月般光洁的前额,暗红的脸颊。"我是说,将来的日子。你父母去世,我觉得很遗憾。再见了。"

"再会。 再会了。我想我们会回来的。"

妈不在,爹不在,我们做做小坏事。小便便,大便便,小肚皮,大屁屁,小裤裤。 1935年时,他妈妈和她的姐妹们以前这么唱的(她告诉他的)……

"我可以向你保证,"基思说,"我对伊斯兰的天才一点都不陌生。他们是地球上最漂亮的人物了,你同意吧?"

"我同意的。所有以弯月作标志的伊斯兰都是。"

他和维特克正在朝西的落日露台上下象棋。维特克告诉他爱上阿门的种种该做的和不该做的。不该做的条条框框远远超过该做的。基思说:

"我,和两个穆斯林姑娘约会过。阿什拉芙,还有小个子的迪尔卡什。"

"哪个国家的? 或许你根本分不清。"

"阿什拉芙是伊朗的,迪尔卡什是巴基斯坦的。阿什拉芙棒极了。她喜欢喝上一杯,第一个晚上就上了床。迪尔卡什完全不是那样儿。"

"这么说来,阿什拉芙是个该做的,而迪尔卡什是个不该做的。"

"是的,和迪尔卡什没做。"基思在椅子里扭了一下身子。事实上是他对迪尔卡什觉得内疚。"我从来没问过尼古拉斯,但还是没琢磨出来,所以问问你吧。"

其实维特克和尼古拉斯非常相像。他们说话都是用完整的句子——甚至是完整的段落。他们俩都无所不知。乍一看，你会觉得外表他们也不是全然不像。作为一名在英国的寄宿男校待过好多年的学生，尼古拉斯很自然有过他的同性恋阶段。不过现在，尼古拉斯有了政治决心：至少是政治家称作钢铁意志的气质。而这一点维特克没有。他穿着肘部打补丁的便服，戴着厚镜片的眼镜。基思说：

"阿什拉芙，迪尔卡什。伊朗，巴基斯坦——有什么区别？我是说，都是阿拉伯人。对吧？不对，等等。阿什拉芙是阿拉伯人。"

"不对，阿什拉芙也不是阿拉伯人。她是波斯人。区别在于，基思，"维特克说道，"伊朗是个腐朽的君主制国家，而巴基斯坦是个伊斯兰共和国。至少名义上如此。再来点葡萄酒。哦，对不起。你不喝，是吧？"

"我喝一点。接着说下去……去迪尔卡什家，她父母晚上是喝汽水的。你能相信吗。一个成年男人和女人，晚上，喝汽水。阿门喝酒吗？"

"喝酒？对他来说，这简直——喔，难以置信的粗鄙。但反过来，他抽大麻。"

"阿什拉芙棒极了，但和迪尔卡什一起，我从来没……"基思停顿了一下。"眼下，这算是哪出戏？"他点了一支烟说，"阿门和山鲁佐德的双乳？"

"阿门，"维特克说，他的脸低低地压在棋盘上。"要比我更是个弯男。 远远超过我。"

"这么说，有程度高低之别。嗯，这有道理。当然有程度高低。"

"当然有。阿门非常的弯男。因此，对山鲁佐德的双乳这一事上，他觉得问题很严重。"

"我再也没见到他了。"

"我也见不到他了。比以前任何时候都糟。"

"健身。"

"健身。"

"太瘦了。"

"太胖了。大概到周一下午之前，他都太瘦了。这下他太胖了。"

大多时候，维特克和他们一起吃饭，但他不住在城堡里。他和阿门住在山坡下的一幢现代公寓里。基思想到阿门，十八岁，缺了一颗上切牙，有种海盗的帅气。毛茸茸的睫毛卷过来又卷过去，像是闺房里的拖鞋。基思不想这么说——但他挺喜欢阿门的。每次见到他，都觉得胸口一阵紧压感。虽然和山鲁佐德的存在带来的阿尔卑斯山般的持续紧压感无法相比，但是感觉是不容置疑的。基思说：

"他的肤色好看极了。还有那些肌肉，看上去像是穿了一件盔甲。金色的盔甲。 丽丽觉得自己还不够瘦。婴儿肥。六个月前，她经历了一场婴儿肥极度焦虑感。"

"她应该过来。阿门把整个楼上都变成了矫形外科室。所有那些挂在钢索上的加重块。身上有几块地方他不喜欢。他对这几块地方简直怒不可遏。"

"哪几块?"

"是他天杀的前臂,天杀的小腿。事关比例。他很有艺术素养,比例很重要。比例协调。"

"这是他和山鲁佐德的双乳有争执的原因?比例协调?"

"不是,比这还更基本一点。"

他们坐在对面山的阴影中。头顶上及远处,云朵找出哥特色的灰暗色彩和各种夸张滑稽的图形,准备好下一场大雷雨——这场雨已经等了很久了。维特克说:

"这就像蒙泰勒镇上酒吧里那些合不上嘴巴的乡巴佬。甚至还更极端。基思,阿门是在撒哈拉沙漠长大的。他习惯看到的女人都像是保龄球。然后,某天下午,他下了泳池,上来呼吸一下,看到一个六英尺高的金发美女。光着上身。那两个,直瞪瞪朝下盯着他。是说山鲁佐德的双乳。"

这么说来是真的,基思心想。"光着上身,"他压住反胃说,"你开玩笑吧。我以为丽丽只是逗我玩。"

"不是的,山鲁佐德下了泳池,光着上身。那是自然界的本真状态,可是,对于阿门,这就成了困扰他的坏事。"

"唔,我试着从他的角度看看那两个。"

"这有点复杂。他有艺术素养,因此有点复杂。有时候,他说它们像是个叫做女性的可怕的雕像。不是石雕——是金属的。听听这个,有时候他说它们属于一个厚玻璃瓶子,待在实验室的后间里,和所有其他畸形怪异的东西待在一起。"

"那可真的是——真是难对付的弯男……对我,我想我会泰泰然然接受的。我想我对双乳认识得很清楚。我奶娃娃的时候是用瓶子喂的，没经过裸胸的阶段。"

粗大的雨珠开始这儿一滴那儿一滴地落了下来。

"要是我们都看起来像保龄球，或者是喜欢保龄球，"维特克说，"可能会少点麻烦。阿门的姐姐，如阿，她可一点都不胖，我觉得她不胖，可是……她看起来像——那个史蒂夫·麦柯奎恩主演的恐怖片叫什么名字来着？噢，对了，《变形怪体》。"

六十四格棋盘上的三十二枚棋子，现在两边只剩下各七枚了。

"打平手？"基思说，"给阿门提个建议。下次见到山鲁佐德的双乳的时候，他假装那是屁股好了。你的身上有哪个部分阿门不喜欢呢？"

"他哪儿都不喜欢。我都三十一岁了。你们这帮人都还是孩子。太大，太小，太这个，太那个。你们什么时候会对自己的身体满意呢？"

晚饭后，他和山鲁佐德在某个偏远房间（猎具室，墙上挂着驼鹿的头，交叉摆放的短剑，壁炉两侧各放了一个大炮的小模型）的厚地毯上玩了一个小时的纸牌。那天晚上的大部分时间他都在和她母亲交流，他现在的视角（山鲁佐德手中的牌呈扇形，离他的下巴六英寸）可以看明白青春是什么。她的其实要比乌娜的窄，但上面的皮肤却是饱满而丰润，而且还具有一种自我放大的特质，她的皮肤——青春丰润的外皮……他们一起大笑了几次，她的脸上还好几次展开大大的笑容。而且她还不时满脸笑意地看着他。快到半夜时分,他们才就着灯笼的光爬上塔楼。

"我是山鲁佐德,"丽丽在黑夜中说,"躺在这儿的是山鲁佐德。但她被下了药。她完全任你摆布。被下了药后,她无力抵抗。"

"什么样的药?"

"她没法说话。她无力抵抗。把你最坏的招术使出来吧!"

事后丽丽说:

"不要出去。靠在窗边,探出身去。"

他探出身去,抽着烟。星星无踪、蝉声哑寂的夜……十七年前的这一刻, 1953年7月15日,家人允许他去看父母卧室里的陌生人。卡尔已经在了,助产士正在收拾东西,枕头上他母亲一脸湿湿的红润,透着英明之气。基思当时还不到四岁。他的心突然狂跳起来,靠近了摇篮——不对,在他的印象中,不是婴儿床也不是婴儿篮,而是一张床,上面躺着一个已被确认是婴儿的生物,顶着一头厚厚的、湿漉漉的长到胸部的金发,温暖的脸颊,睡梦中挂着一个无所不知的微笑。之前他见过一两个新生的婴儿,而且对婴儿的长相,他也没有什么幻想,因此这是个错误的记忆(或许他一直都这么认为的)。在后来的日子里等候着她的方方面面和岁月光环,美化了或说是恢复了错误的记忆。可是,在这一刻(探身窗外,边抽烟边思考),他决定这一不可能的情景——他已经成形的妹妹,是他处在幻觉状态中,亲眼所见。他顿时就爱上了她,要保护她。

没有星星,也没有鸣蝉。只有四分之一的月,以等待盈满的角度,仰面躺着,像是一个准备好吮吸奶瓶或者母乳的婴儿。

"我们的雷暴雨在哪儿呢?"他回到床上时,丽丽说道。

基思躺了下去。丽丽对他,也像是个领养妹妹……他想,在此,一切都会决定下来。在意大利的城堡,一切都会决定下来。就在一开始,他提着包爬上塔楼时,和山鲁佐德隔着三个台阶(滚动的棕色中露出的那一弯白色),他强烈地感觉到他的性喜好还会改变。有一阵子,他担心得很:他可能会变成弯男,被阿门迷倒;他可能会喜欢上围场前草地上某只漂亮一些的母羊;至少他也得会变态地喜欢乌娜、孔秋塔,甚或是多多!……这是我青年时代的高潮,他想。在此,一切都会决定下来。

过了一小时,两小时,三小时,它来了。业余的,尖细的,像哑剧中的枪声。几乎可以看得见穿着礼服大衣的大胡子恶棍,他的短枪周围松垂的烟圈散了开来。业余的——而且像是从石器时代传来的响声。

"你?"丽丽突然说道。

"是的,"他说,"我。"

"唔。明天,你所有的梦想都会实现。"

"为什么呢?"

"暴雨之后。我们露一下自己。她。下面的游泳池旁。"

第一场
幕间休息

要等到 1976 年,"为我十年"才被称作"为我十年"。1970 的夏天,进入这十年才不过六个月,但他们都很确定七十年代将是"自我十年"。这是因为所有的年代都成了"为我十年"。从来没有过可称为"为你十年"的时代:语言层面上说,"为你十年"(倒退到封建王朝的黑夜)应该是叫"为汝年代"。二十世纪四十年代可能是最后一个"我们十年"。直到 1970 前的其他年代,都是不可辩驳的"为他十年"。因此,"为我十年"是"为我十年",错不了——自我迷恋出现了新的强度。不过,"为我十年"同时也是不可置疑的"为她十年"。

都是安排好的,都是历史的安排——专门为了基思安排的。或者说,他有时是这么感觉的。所有的安排都是考虑基思的。

1945 年后,穷人中(根据某位杰出的马克思主义历史学家的理论)的女人出去工作了。直白地说,那是因为孩子们不再出去工作了。之后是高等教育,大学中的女生翻了倍,从原来的四分之一增加到一半。而且,千万别忘了基思的需求:抗生素(1955),避孕药(1960),《同工同酬法》(1963),《民权法》(1964),全国妇女组织(1966),"阴道高潮之迷思"(1968),全国堕胎权利行动联盟(1969)。《女宦官》

（爱情和浪漫是幻觉），《女性地位》（小家庭是消费主义的骗局），《性政治》（无底的不安全感驱动男人统治的欲望），《我们的身体·我们自己》（如何解放卧室），这些书都出现在1970年，一本接着一本，时机再好不过了。它正正式式地来临了，而且专为基思而来。

直到2003年，1970年这一年才赶上了他。

那天是四月一日，愚人节。他才刚刚以极不寻常的方式邂逅了他的第一任妻子。邂逅完了后，基思的当即反应是给他的第二任妻子打电话，把整件事告诉他（他的第二任妻子觉得简直是太令人愤慨了）。到了家后，他又对第三任妻子更详细地说了一遍。他的第三任妻子一向都傻傻地开心，觉得这事儿滑稽极了。

"你怎么会笑呢？这意味着我这一辈子都毫无意义。"

"不对，这只是意味着你的第一次婚姻毫无意义。"

基思低头看了看手背。"我的第二次婚姻看起来也不是明智之举。突然觉得。感情受挫填空白真是会犯错啊。"

"唔。可是，你不能这么说啊。想想两个男孩，想想纳特和格斯。"

"那倒是。"

"那你的第三次婚姻怎么样？"

"看起来挺不错的。全靠了你，亲爱的。但当年，我只是……现在我想起来感觉甚至更糟了。是我的想法。"

门铃响了。"是西尔维亚，"她说（指的是她的已长大成人的女儿）。"想想光明面。你应该感谢上帝，至少和那个老泼妇没有孩子。"

　　从前，有个漂亮的姑娘，叫"爱可"。她爱上了一个漂亮的小伙子。有一天，他出门打猎，和同伴们失散了。他向他们呼唤着：你们在哪儿？我在这儿。爱可，小心地隔了一段距离看着他，应答道：我在这儿。我在这儿。我在这儿。
　　我待在原地，他说。你过来找我吧。
　　过来找我吧。找我吧。找我吧。
　　待在那儿！
　　待在那儿！她流着泪说。待在那儿，待在那儿，待在那儿。
　　他停了下来，留心听着。我们半道见吧。来吧。
　　来吧，她说。来吧，来吧，来吧。

　　我们的马克思主义历史学家写道：

　　出色的时装设计师——那一帮出了名没有分析头脑的家伙——有时候能比专业预测师更能够预见到未来的模样。这一现象是历史上最无解的问题之一；对文化史学者来说，则是最关键的问题之一。

　　那么，就目前讨论的年代而言，时装界发表了怎么样的评论呢？为了这次意大利之行，基思小心地把他不怎么大的衣柜标准化了一下：牛仔裤、衬衫、T恤衫以及唯一的一套西服。但你要是在春天看到他，他和肯里克在国王路上晃来晃去。两人穿着一模一样的衣服，脚上是一双高跟蛇皮靴，大摆喇叭裤，抓钩一般大的皮带，佩斯利花纹的衬衣，带金色肩章的紧身短上衣，一条脏兮兮的丝巾在脖子上打了个结。

姑娘们怎么样？我们拿山鲁佐德举个例子：不算太夸张的细带凉鞋（中细跟），接下来是一大片裸露的棕色小腿和大腿，两条坚实的花梗往上，往上一点，再往上，再继续往上，直到再上无可上的一刻（这过程中的悬念任谁都会要了他的命）出现了花冠。花冠的形状是一条夏天穿的浅色裙子，比表带宽不了多少；接下来，诱人地从髋骨低低地开始，又是一片棕色（肚脐周围温润的凹面），尽头是透明上衣的褶子，最后是无所支撑的双乳间的沟壑。

大致总结一下：男孩穿得像小丑，因为他们急切地（而且也是正确地）把属于他们三分之一的地位无条件地拱手相让了。而姑娘呢？这个——所有这些袒露——是不是想给权力转移的苦药裹上一层糖霜？不是，因为不管怎样，她们都会得到权力的。是不是一种表达感谢的形式呢？或许是吧，不管怎样，她们都是会得到权力的。现在他的看法是，袒露就是袒露，并非是女性权力的展露，不全然是，袒露的是女性之广、之大。

基思的书房，或称作工作室，在花园另一头。他站在水槽边，照料着手背上的伤口。三月初受的伤，指关节撞上了砖墙，不怎么重。伤口已经结了第三次痂了，但他还在照料伤口，轻轻地点一点，吹一吹，珍爱着它——他那可怜的手。这些小伤口就像小宠物或是小盆栽，你突然得照料它们，要喂食，要带出门遛，或者要浇水。

人过了半百，人体上的那层保护膜，皮肤，开始变薄了，而世界四处都是刀锋和尖刺。有这么一两年，你的双手像是学童的膝盖，时不时都有破皮和小伤口。然后，你学会了保护自己。这便是接下来你一直会做的事，直到临近生命终点，你其他什么都不做——只是保护你自己。而在这学习过程中，一把门钥匙就是一枚钉子，信箱上铁皮盖就是一把切肉刀，连空气都充满了刀锋和尖刺。

2003年4月10日，基思在咖啡馆里看报纸。巴格达攻陷了。这场在伊斯兰和基督教之间的新战争：基思不变的幼稚想法（来自他身上那个被挫败的诗人）是，我们以前处得很好啊，信徒和异教徒……这不真的是两种不同宗教、不同国家之间的战争。这是不同世纪间的战争。未来的历史学者会怎么称呼这场战争呢？可能是时间战争，或者是时钟战争。

刚刚被废黜的政权的秘密警察组织叫做"吉哈兹·阿尔-哈宁"。这个组织包括行刑部队——工作人员都精通痛苦之术。可是，"吉哈兹·阿尔-哈宁"的意思是渴望的工具。这个词他唯一能理解的意思是用来描述人体。

在意大利的城堡里，另有一种伤口将要来临了。那是行刑带来的感官刺激的另一极端：她那带来至乐的钳子，她的双唇，她的指尖。过后留下的是什么呢？她的镣铐，她的铁烙。

变化已经到来了，就在他们的四周。年轻人，他们该怎么办呢？翻天覆地的变化、权力的重新布局：这就是他们开始和其他千千万万人一起感受到的，大家都摸索着前行。这是一场革命。我们都知道，革命时会发生什么。

你看到，有什么消失了，有什么留下来了，有什么来临了。

第二部

土哥/帅豪

1：警察在哪儿？

在恒星炽烈的光轴下，他裸着上身，坐在泳池旁，脸对着《佩雷格林·皮克尔传》的书页。佩雷格林刚才试图（未遂）给他有钱的未婚妻艾米莉·贡里特下药（再奸污）……基思不断地看着手表。

"你不停地在看你的表，"丽丽说。

"我没有啊。"

"你在看，从早上七点你就一直在这儿了。"

"八点半，丽丽。美好的早晨，我想和孔秋塔道别。你知道的，我和孔秋塔感情挺好的，不仅仅是因为我俩都是被收养的……哎，我不是在想时间，而是在思考给姑娘下药。他们都是这么做的。

丽丽说："时间和给姑娘下药有什么关系呢？我想，给姑娘下药是你唯一的希望了——那个年代。你就是那样做的。"

"是啊，"他这一刻想到了另一位前女友：多丽丝。"是啊，而不是对着她们唠叨性革命，让她们听到耳朵生茧……你决定了吗？是不是打算把上身晒黑了？"

"是的，答案是不。你站在我这个角度想想。愿不愿意和人猿光着身子坐在一起？"

他站起身，走到水边。乌娜和阿门分别按早上的习惯，来了一会儿又走了。基思纳闷泳池产生的不可靠的光学作用。泳池的四壁和底部是一种金属灰。水静止时,水面像一面镜子一样,闪着坚固的不可穿透的光亮。当水起了波纹,或者光线变了(从阴影变成耀眼的亮光,或者从耀眼的亮光变成阴影),水面变成了半透明,你可以看到深水处池底上粗大的塞子,甚至还有硬币和发夹。他对此惊奇极了,这个镜子般不透明的灰色新世界,而不是他年轻时代晃动的、滑溜溜的、起着缎带般蓝色波纹的泳池。

"她来了。"

山鲁佐德从分成三层的台阶上下来,这下正穿过凉棚和温室,向水池走来。她光着脚,但穿着网球服——一条淡绿色的绗缝裙子,一件黄色的弗莱德·派瑞的网球衫。到了低处时,她跑起来(他想到一只苹果被切开两半),脱掉网球衫;然后长长的手臂拗成了一对翅膀,把比基尼的上装解了开来(比基尼不见了——稍稍耸了耸肩,不见了)。她说:

"又是一件没劲的事。"

当然,这也不是没劲的事。一边,如果稍稍注意一下眼下的景观,会是浅薄粗俗得丢脸(而且一点都不酷),因此,基思眼下的任务很艰难,一边看着丽丽(穿着家常便服、夹趾拖鞋,仍旧待在阴影里),一边又要和目前只能留在他最荒凉最孤寂的眼角的风景做着亲密的交流。脖子已经不得动弹了差不多三十秒,为了松松不得动弹的脖子上的神经,基思朝上朝外看去——看到了小丘陵金色的山坡,在淡蓝色中波动着。丽丽

打了个哈欠,说:

"另一件没劲的事是什么?"

"嗨,我刚刚得知——"

"不,另一件没劲的事是什么?"

丽丽看着山鲁佐德,于是基思也看起来……这就是想法,是她俩在他心中唤起的想法,山鲁佐德的胸(两个对称的圆球,相近相邻,左右可以互换):警察在哪儿?警察到底在哪儿?在这样无法把握的时候,这是他经常问自己的问题。他们在哪儿?那些警察们。山鲁佐德说:

"对不起,没听懂。"

"我是说,第一件没劲的事是什么?"

"卫生间,"基思说,"你知道的,公用,还要按铃。"

"哦,那什么是第二件没劲的事?"

"让我先下下水。"

山鲁佐德往前迈开步子,继续往前走,然后扎进水中……是的,公用卫生间说都说不清的乏味。前一天下午,山鲁佐德两只弯着的膝盖紧紧地并在一起,她的拳头紧紧抓着粉红T恤衫的下摆边缘,一边笑着,一边拖着脚小步往后退去……这下她浮出水面,肌腱紧绷着爬了出来,全身是闪亮的水珠。毫无遮掩地袒露在你的面前,光着身子,呈现自然界的本真状态。可是,对基思来说,这一景观是反自然的——不像是真实的,倒像是某个类别的变异。蝉叫得更响了,太阳刺着眼睛。她说:

"够凉快了。我讨厌水像汤一样温温的。你知道,和血的温度一样。"

丽丽说:"第二件没劲的事,比第一件没劲的事更没劲吗?"

"差不多——不对,更没劲。有人要加入我们了。哦,好吧,这些事是拿来测试我们的。格洛丽亚,"山鲁佐德说,双手枕在脑袋后躺了下来。"格洛丽亚,让贾奎尔大大怦然心动的姑娘。她蒙了羞,被遭送到深闺——就是这儿。和我们在一起。格洛丽亚·布尤提曼。拼写和美人加男人一样。她比我们大,二十二岁了,可能二十三岁了。呃,我们能做什么呢?这是贾奎尔的城堡。"

基思碰到过贾奎尔,或者说在他在场时,见过他一两分钟——贾奎尔,山鲁佐德的叔叔(那个家庭就是那样的)。此刻,基思说道:"好名字啊。格洛丽亚·布尤提曼[1]。"

"是的,没错,"丽丽小心地说,"但她配得上这个名字吗?这个名字和她相得益彰吗?"

"有点儿吧。我不知道。我想她是那类需要慢慢品才有味道的。相当寻常的模样。贾奎尔被迷倒了。他说谁也比不过她了。他叫她宇宙小姐。为什么宇宙小姐总是来自地球?他想和她结婚。我搞不懂。贾奎尔平时见的女孩个个都像明星。"

"贾奎尔?"

"是的,我知道。他不是什么美男,可是他非常有钱。而且非常热切。而格洛丽亚……她一定有深藏不露的地方。不管

---

[1] 原文该名字的意思是"辉煌、美人、男人"。

怎样,可怜的格洛丽亚。她只喝了一杯香槟,就去阎王的门前走了一遭。事情过去两个星期了,她才差不多可以从床上坐起来。"

"她蒙羞是为哪遭?什么样的羞?我们知道吗?"

"性事上的,"山鲁佐德说。阳光落在她的牙上,让她带上点贪婪的神情。"我当时也在那儿。"

"噢,快说吧。"

"呃,我发誓不透露的。我真的不该说。不,我不能说。"

"山鲁佐德!"丽丽说。

"不行。我真的不能说。"

"山鲁佐德!"

"哦,好吧。不过,我们真的不能说……天哪,我从来没见过那样的事。而且还完全想不到。她看上去挺一本正经的。来自爱丁堡,天主教,高贵得很。她居然差点儿蒙羞而死。我们等等维特克。他喜欢这类事儿。"

维特克穿着帆布平底鞋,卡其短裤,戴着一顶破破的草帽一路走来,远远地抛下后面的阿门。阿门的身影还在第二层的小树间,几乎还看不清楚,但显然是吓坏了。基思想了想。困扰——既有积极意义,又有负面意义,含有"被围困"的意思。阿门被山鲁佐德的双乳围困了。

"我以为他们去那不勒斯了,"丽丽说,"去接如阿。你知道的,那个变形怪体。"

山鲁佐德说:"你可不要在维特克面前叫她变形怪体。他认为这是很不尊重人的……阿门怎么了,维特克?他看起来很烦忧的样子。"

但维特克什么都没回答，只是叹了口气坐了下来。

"因性蒙羞，维特克，"基思安抚地岔开话题。"有位高贵的姑娘几乎蒙羞而死。"

"噢，她没事儿，格洛丽亚，"山鲁佐德说，"问题在于，她是为一位色情大佬画那些画的。我们——"

"不，等等，"丽丽说，"你说的色情大佬是什么意思？"

"组织色情时俗讽刺剧的人物，但不是《噢！加尔各答！》[1]……你看，格洛丽亚首先是个舞蹈演员。皇家芭蕾。但她也会画画。她为那位色情界巨头画这些小幅画。芭蕾舞者在半空中干得起劲。"

"半空中？"丽丽说，带着点不耐烦。"在半空中？"

"芭蕾舞者在半空中干得起劲。那个色情大佬在威尔特郡举办了一场庞大的午餐聚会，格洛丽亚也得到了邀请，我们不过隔了六十英里，所以我们也去了。她让自己蒙了羞。我从来没见过那样的事。"

基思靠在了椅背上。太阳、蝉、双乳、蝴蝶、嘴巴里咖啡留下的涩味、法国香烟火辣辣的味道和他妹妹无关的因性蒙羞的故事……他说道：

"不介意的话，全说出来吧，山鲁佐德。要有细节最好了。别挤牙膏似的。"

"好吧。第一件她做的事是几乎在室内游泳池里被淹死

---

[1] 《噢！加尔各答！》由英国戏剧评论家肯尼斯·泰南制作，1969年首演。该剧由六个和性主题相关的短剧组成。

了。等一下。贾奎尔把我们放下后。他说，你要陪着她。可千千万万别让她喝什么酒。因为她不喝酒。她不能喝酒。但她看上去非常紧张不安。当然，我也得上厕所，等我回来时，她已经喝完了一大杯的香槟。我从来没见过那样的事，她完全认不出来了。"

"她还小吧？"基思说，"人小，有时候会是那样的。"

"她挺小的，但不是那么小。之后好几天，她吐得很厉害，接着躺在床上不能动弹。我们真是那么想的，真是觉得可怜的格洛丽亚这下要蒙羞而死了。"

"我觉得整个地方都爬着淫荡之辈，"丽丽说。

"不是那样的。我是说，泳池边也有好几个强壮性感的男人，和招贴画上的美人。你知道的，那些看上去像是用淡色巧克力做的人，但他们有分寸，不能裸着上身。不关性事。格洛丽亚也不是裸着上身。不是裸着上身，哦，不是。她是裸了下身。她差不多要沉没前，比基尼下装不见了。她说是在按摩浴缸里被吸落的。"

"……被按摩浴缸吸落了，"维特克说，"那可真是好极了。"

"她就是这么说的。被按摩浴缸吸落了。因此，那个小伙子，职业马球手把她捞出来时，他只好抓着她的脚踝，倒拎着她，把她好好地抖了抖。那个场面可真让人开眼界的。随后，我们一给她穿好衣服，她就上楼去了。舞池里，他们将她在男人间转过来转过去，浑身乱摸。她像是在梦游。他们摸着她。我是说，真的摸她。"

基思说:"是怎样真的摸她?"

"嗯,我回去再看时,她的裙子挂在腰间。不仅仅是这样——裙子被塞到了袜带里,为了它不碍手碍脚。你猜都猜不到。那男人一边舌吻着她的耳朵,一边两只手都插在她的内裤里面,摸她的屁股。"

一阵停顿。

维特克说:"这也是一流的。手插在内裤里。"

"那两只毛茸茸的大手在她的内裤里……这全然不像她了呀。"

"酒中有真相,"丽丽说。

"不对,"基思说。不过他没再多说。酒中有真相?特酿酒、金馥力娇酒中有真相?红粉佳人鸡尾酒中有真相?这么说来,克拉丽莎·马洛和艾米莉·贡里特被下了药后的行为,是真相?非也。但是,姑娘把酒举到自己唇边时(格洛丽亚,维奥利特),你可以认为这是真相。他不自在地说:"自己是怎么回事,她总该知道吧。格洛丽亚·布尤提曼。"

"应该是这样。好戏还有呢。和那个马球手一起在楼上的卫生间里。"

泳池边,一片若有所思的寂静。

"坦白地说,那之后,有点让人失望。贾奎尔四点光景来了,谁也找不到她。我们上楼去,所有的卧室门都被锁住了。这是宅子的规矩。然后——在走道里。有两个庞大的兔女郎招待或是什么玩伴。前封三女郎,两个庞大的女人。长着难以置信的模样,像是退休了的赛马。一整天都在试图制服她。她们正狂敲着卫生间的门，一边嚷着：你出来了吗，格洛丽亚？冲水了吗，格洛丽亚？门开了，她跌跌撞撞地冲了出来，后面跟着马球手。"

"贾奎尔对此的反应怎么样？"

"他怒气冲冲地走了，没看到这一幕。"

他们等待着。

"好吧，他们在里面才待了一两分钟。马球手说，他们是很清白的。你知道，嗑了点可卡因。我想他们只是亲亲抱抱了一下。马球手的脖子上有口红印。不只是一点痕迹。是一张微笑的嘴巴。甚至都可以想象得到微笑的小牙齿……"

维特克说："那可真够让人失望的。"

"没错儿。但是，在车子里，她哭得撕心裂肺。而且打那之后，她有过好几次自杀的念头。"

山鲁佐德孩子气地拿指关节揉了揉眼睛……据他读过的一本英国小说，男人可以理解他们为什么喜欢女人的双乳——但理解不了的是他们为什么这般喜欢它们。为什么呢？来，好好想一想，他对自己说：冷静地列一下它们的优点佳处。但不知怎么，这一想最终还是指向了理想状态。一定和宇宙有关，基思想，和星辰日月有关。

年轻人永远发着一点点低烧。认为二十岁的年轻人一直感觉极佳，我觉得那是记忆很容易犯的错。山鲁佐德的睡前故事结束后没几分钟，基思坐了起来（有时候连最简单的直起身都给他减压症的感觉），找了个借口。他要是在家，以前他会可怜巴巴地呼唤他们家温柔的牧羊犬桑迪,她的毛皮黑黄相间。桑迪会过来,皱起眉头,舔着他的内手腕……二十岁的年轻人和地心压力搏斗着,他们因压力降低而难受,出现典型的减压症状。肌肉、关节都出现疼痛,痉挛、麻木、恶心和麻痹。在塔楼里睡了悲剧性的一觉后,基思又一次直起身来,走到隔壁的卫生间,把脑袋放在了水龙头下。

从现在开始的任何一分钟,他又会觉得快乐了。他肯定得很。快乐自何而来?让他的脸蛋变了模样的快乐。和大多数人不一样,基思不得不去爱上他的家人,而他的家人也不得不去爱上他。他的妈妈蒂娜做到了,维奥利特做到了——对维奥利特是轻而易举的事。但和父亲卡尔却从来没有真正做到过。而且整整有十年,尼古拉斯也做不到。据蒂娜说,当十八个月的基思跌跌撞撞地出现在家里时,五岁的尼古拉斯的眼睛里冒着被背叛者的决死一战的亮光。而且尼古拉斯把这当成了一种习惯,言语行动双管齐下欺负他的小弟弟。基思对此照单全收。这就是他的生活。

他的十一岁生日过了两个星期,基思在早餐房里做数学。一只晕头转向的黄蜂爬上了窗棂,又掉了下来,爬上去又掉下来。他感觉到尼古拉斯就在他身后。眼前的情况已经好多了(感谢维奥利特含着泪的干涉),但他还是紧张起来。尼古拉斯说道:我决定了,我喜欢有个小弟弟。基思点了点头,没转过身。所有的数字游走了,又游了回来。他开始觉得快乐了。

2：瞧瞧他点亮了她

"我找不到运动服了。我的网球鞋也不见了。"

他从塔楼走下来（把头疼留在了意义重大的卫生间里）。山鲁佐德穿着淡绿色的短裙和黄色 T 恤衫。基思收到了她锐利的话语和语调里带点顽皮的指责，好像是基思把它们藏了起来——藏起了山鲁佐德的网球鞋。他在她上面的一个台阶停了下来。他身高六英尺二。他说：

"你和谁一起打网球呢？"

"当地的有钱人。"她耸耸肩，"据说是出挑的意大利花花公子。知道了吧。常见的那类意大利土哥。"

"你是想说土豪，还是帅哥？"

她皱皱眉头说："我是想说土哥。难道我想说的是帅豪？"

"你网球打得很棒吗？"

"不算好。过得去吧。我上过不少课，那小伙子说，关键全在于长得什么样。最重要的是你的外表。其他都随之而来。"

他身高六英尺二。他说："顺便提一句，你叫做山鲁佐德真是名副其实。格洛丽亚·布尤提曼之耻辱。格洛丽亚·布尤提曼蒙羞之日。我等着你再给讲些类似的故事。"

"哦，我当时难受极了。她求我不要说出去。格洛丽亚哭泣着，巴巴地求我不要说出去。"

一时间，山鲁佐德的眼睛湿润了。她好像是把格洛丽亚的眼泪一路带到了意大利。基思说：

"呃，可你没法不说的呀。"

"是啊。我们都想听到界限该划在哪儿，你说呢？她说，拜托了，噢，拜托了，千万别告诉乌娜。妈妈正好是去机场了。"山鲁佐德两臂抱在胸前，侧身靠在墙上。"但她还是知道了格洛丽亚和马球手一起锁在卫生间里。贾奎尔在屋子里大光其火。太尴尬了，因为他们事实上已经订婚了。脖子上的唇印还有内裤里的手。 别告诉乌娜。"

"还有比基尼下装被按摩浴缸吸落的事。最终，你告诉你妈妈什么事了？"

"噢，我一到这儿，她就把我拷问上了。我不善于说谎，谎话里有点真的就好一点。可卡因是真的。他见谁都给。所以，我只是说格洛丽亚在里面抽可卡因。和马球手一起。妈妈没特别在意。"

"这么说来，格洛丽亚清白了。"

"这下，我把所有都告诉你们这帮人了。等她来时，我们都会知情地傻笑。她就会知道是怎么回事了。"

"但我们不会那样的，不会傻笑的。你好好训练一下维特克，让他不要傻笑。"

"好吧，你训练一下丽丽。行了。"

她绕过他。她转过身来。她六英尺六。他说：

"你真看见过她画的那些小画像？"

"是的，见过了。色情大佬把它们都挂在楼梯的墙上。芭蕾舞者浮游着，天知道在做什么。这儿一条腿，那儿一只手臂。我见过了。我觉得画挺可爱的。"

基思努力琢磨着，在生命存在之链上，他的位置是在哪儿。她转过身去，爬得更加高了。他闭上眼睛，看到了完整的她，正包裹着一层叫做青春的连体衣。

那天下午，他们走下通往村子的陡峭的小径，为了能手拉手地一起散步，像对情侣的样子：丽丽和基思。深深的巷子，被碾得碎裂的卵石，黑紫色的影子，午休时刻，万声俱寂，只有微细的肠胃蠕动声。墙上乱涂了几个白色的字：墨索里尼永远是正确的！他们的上方，无论哪个角度都能看得见，是圣马利亚得了风湿病似的脖子。五点钟，钟声响了起来，荡漾着。还有一点时间，可以手拉手，散散步，做一对情侣。

"看，"他说，"那不是狗，是一只耗子。"

"不是的，"她说，"确确实实是一只小狗。"

"它都不想做一只狗呢。"

"别这么说，你都让它不好意思了。"

"……它真的看上去不好意思了。"

"是啊，可怜的小东西。可能是一种腊肠犬，或是狸犬。我猜可能是混种的。"

"可能，妈妈是狗，可爸爸是耗子。"

宠物店颇为自豪地有两个街面橱窗：左边的隔出一个小动物园（猫仔、吱吱叫着的仓鼠、唯一一只吓傻了的兔子）。耗子独占着整个右边的窗子,戴着神气的蓝色颈圈,还有塑料骨头,柳条狗筐,还有它时常栖息的红色天鹅绒垫子。他们不是第一次停下来赞叹这小东西了。耗子一般的大小,灰色的毛紧密而粗糙,胡子一抽一抽的,得了疟疾似的眼睛,粉红色的鼻头,还有一条像粗壮蚯蚓的尾巴。基思问:

"你知道有几只耗子是这种生活方式的?它看上去不好意思是因为这个呢。"

丽丽突然说:"他们正在他的城堡里打球。据说他是个出色的运动员。她说,如果她喜欢他,哪怕一点点,她一定会考虑的。"

基思听到自己张口说:"不可以啊。这对提米公平吗?"

"嗯,从某个角度看,这是提米的错。他本应该在这儿的。我跟你说过,她有多沮丧。她太绝望了。"

"绝望?"

"绝望。看,它又不好意思了。"

他说:"明白了吧?狗是不会不好意思的。那我就不懂山鲁佐德了。只有耗子才会不好意思的。"

"你为什么不懂呢?狗也会不好意思的。要是谁都把它当成一只耗子的话。"

他转过身说:"六个月之前,她举着指挥牌,帮助小学生过街。开着小货车四处送快餐。我甚至都不会在她面前爆粗口。"

"可是,她现在不一样了。她变了。你应该听听她现在怎么说话的——性,性,性。她身上女人的成分多了很多了。"

他想起丽丽描述她的——丽丽的——第一次。那是在土伦和一个法国学生。第二天早上，她在海滩边一边走一边想，上帝啊，我是个女人……女人意识的苏醒。这就是心理学家称之为动物性生日："动物性生日是你的身体自主发生了。男孩的第一次不是那样的：第一次就像是得把那件事给做了。他的心中穿过一阵无助感。他伸出手去，拉起丽丽的手。

"哦，对了，"他说，"等格洛丽亚·布尤提曼来了，你要假装不知道她的蒙羞之日。"

"维奥利特喝醉时，也有点那个样子，是吧。"

"是的，不过她就是不喝醉，也有点那个样子。记住了，我们不能诋毁格洛丽亚。你知道这是什么意思，丽丽——诋毁？"

"说吧。"

"毁谤，破坏，让人笑话。"被别人诋毁经常发生在悲剧英雄身上。该笑的笑了，该盯的盯了。"所以我们不诋毁格洛丽亚。"

"看吧，它在汪汪叫呢。是一只狗。"

"它想要回去做一只耗子。"它想离开所有这一切。不必沸沸扬扬：只要悄悄地回到啮齿类的王国。"它想离开天鹅绒的垫子，塑料的骨头。它想爬上水管。"

"你太坏了。瞧，它在汪汪叫呢。这证明它是一只狗。"

"那不是汪汪叫，那是吱吱叫。"

"那绝对是汪汪叫。你让它不好意思了。你在诋毁它。它朝你叫呢。那是它在告诉你，滚你妈的蛋。"

他们看见山鲁佐德时,已经开始沿着上坡的小路走(小路突然往下,避开了马路,再在另一头爬了上来)。山鲁佐德正从一辆奶白色的劳斯莱斯上下来。她在车窗上趴了一会儿,绿色的裙子朝前伸着。车子猛地朝前冲去,她站在那儿挥着手。一瞬间,基思以为那辆车是无人驾驶的,但出现了一支古铜色的前臂,懒洋洋地挥了挥就收了回去。

"怎么样?"他们在大门口和山鲁佐德会了面,丽丽说。

"他说,他爱我。"

"不会吧!哪一步?"

"第一盘的第一局。那局是十五平。他明天来吃中饭。他有好多好多计划。"

"嗯?"

"他绝对是完美,"山鲁佐德说,一张脸像是哭宝宝。"只除了一小点。"

现在我已经准备好了讲一讲身体是怎样变成不同的身体的。

她的美貌正时新,就在这儿,新鲜到港……基思这么下结论时,我完全同意。七八年之前,基思对他妹妹说,你现在长得这么快,维。让我们盯着你的手看一会儿,逮住它长大的瞬间。他们盯着看呀看呀,直到她的手像是明显地往外跳动了一下。山鲁佐德的性感还在源源不断地涌动着进来。都是新鲜到港的,但每天还有新的进来。她转过身,走回码头,装卸工叫唤着,小姐,小姐——又是一箱的丝绸、染料和香料。一朵英伦玫瑰,但显然被灌注了美国的活力——美利坚,更坚硬,更明丽:从新大陆涌进来的宝贵的金属。她已经没什么空间可以装入所有这一切了——谁也不知道该怎么把这所有的一切都装进去。

基思也在变化——但不是外貌上的……在城堡里,走在石板走廊上,回声比足音还响。脚步落下去,等着慢得可怜的回声响起。被切分的足音。 你好。好——而且也会在出其不意的地方不断看到自己的影子,当然在昂贵的淌着水珠的镜子前,在银质的碗和上菜盘上,在沉甸甸的用餐刀叉上,在一块块的铠甲上,在日落后厚实的含铅玻璃上。

基思的内心正在起着变化。有什么以前不曾有的东西出现了。

"好了,阿德里亚诺不足的是什么?"那天晚上,在客厅里,他问丽丽。

"我不告诉你。你等着看吧。我能说的只是,他帅极了。身体线条像是被雕出来似的,而且很有文化。"

基思的眼光转到一旁,思考着。"我知道了,他的笑声很可怕,或者嗓门很大。"丽丽严肃地摇了摇头。他又想了想,说:"我知道了,他的脑子进水了。"

"不是的,你的脑子才进水了。你的脑子还结冰呢。"

基思走进厨房。"阿德里亚诺不足的是什么?"他问山鲁佐德。

"我向丽丽保证了,不说出来。"

"是不是，呃，不可克服的？他不好的地方。"

"我不太确定。我们等着看吧。"

"是不是因为他——"

"不要多问了。不要诱惑我了。否则，我又要熬不住了。今天之前我已经干过一次了。做过八婆了。"

晚饭时候，他进行了一个思想试验，或者也可叫做感觉试验：他第一次充满爱意地看着山鲁佐德。仿佛他爱着她，而她也爱着他。他一边不冷落丽丽、乌娜和维特克，一边又不失时机地看着山鲁佐德，双眼满含爱意。它们看到了什么，那一双眼睛？它们看到了一件艺术珍品，看到了智慧、性感还有令人心跳的混乱复杂。有那么几分钟时间，他深信自己是在一个私人的放映室里，正在观看一场首演，自然自觉得令人难以忘怀。这部影片的背后，深受困扰的天才导演（很可能是个意大利人）会不失时机地和他伟大的发现上床。当然，他已经睡过她了。瞧瞧，他是如何点亮了她。你可以看得出来。

基思低下头，盯着咖啡杯底的一些细渣。他心里有什么以前不曾有的东西出现了。当丽丽的嘴里吐出绝望一词时，它就诞生了。

那就是希望。

他们到了"为她十年"——不过他们都是水仙的那朵花。他们不像上一代，也不会像下一代。因为他们记得以前是怎么样的：每个个体承受得不那么重，生活的模式更是自动的机械的……他们是冲进那片沉默的大海的第一代，海面如镜，闪耀着炽烈的光芒。在水池边，树荫下，他们以"渴望的工具"之身，几乎全裸地躺着。他们是看的主体，他们是看的对象，他们是水中的倒影，他们是有着发光器官的萤火虫。

3：全世界最尊贵的王座

我亲爱的小基思：

我给你发来一些坏消息，是关于我们那个无法想象的小妹妹的（你猜，到底会有多坏呢？）。在我抹掉你的笑容之前，我要先让你挂上一个笑容。

看到时，我心跳了起来。《心是个孤独的猎手》[1]。《橡木之心》[2]。《黑暗之心》[3]。《心归伤膝谷》[4]。然后爆发了他威猛的——

"有什么这么好笑？"丽丽说。她正把橘子酱抹在吐司面包上，又给自己倒了第二杯茶。

"这是我们玩的一个游戏。我和尼古拉斯。你过来看。"

"……再问一遍，有什么这么好笑？"

"你得拿屌替换了心。比如说，一颗高贵的……"

她说："《心是个孤独的猎手》。是不是一个女的写的？"

"嗯，如果是个女的，就不要屌，而是用屄来代替。"

"……伤膝谷。这也太傻气了，对吧？"

---

1 美国作家卡森·麦卡勒斯小说。
2 英国皇家海军军歌。
3 英国作家约瑟夫·康拉德小说。
4 迪·布朗著。有关十九世纪末美国印第安部落的历史。

"是,很傻。"他解释道,你在一个开明的家庭长大,什么都可以允许,什么都可以原谅。不去评价任何行为,只除了评价这一行为,你变得喜欢故意对着干。"我们一直都这么干的。还有很多其他的。"

"或许,他们应该不那么开明一点。对你那个无法想象的妹妹而言。"

"呣,可能是吧。"

信放在早餐盘上。早餐盘是由丽丽准备好又勇敢地带到了高高的塔楼上,传递这一确凿无疑的信息:丽丽和基思现在处于兄妹关系中——这一关系只在夜间犯下乱伦罪孽的时刻,稍稍多点生气。而昨晚,没有罪孽,没有同族交配的事发生。这事被重新安排了一下——换了一种方式,内容是茶、吐司面包和一切为四的橘子。

"我猜你想知道信里还有什么了。想偷看?没门儿。"

"别这么小气。"

"好吧。不过,除非你告诉我阿德里亚诺不足的是什么。为什么山鲁佐德这么替他觉得难受。"

"我们都有自己的缺点。"

"没错。他的缺点是?"

"可我想让这成为一个有趣的惊喜呢。"

"好吧。不过,不许打断。"

前天晚上,我带维奥利特去苏和马克家的聚会。提一下其中一件趣事。地上有一只鸭子摇摇摆摆地走来走去,四处拉屎，后面跟着一个美女，半蹲着，手里举着个卫生卷纸。总而言之，标准的嬉皮士喜乐会（或者叫变态者的节日，傻子的斗牛竞技会），维的行为不出我们近来所意料的。不同寻常的是上那儿去的路上。

"哦，我猜尼古拉斯可从来不会在这些嬉皮士喜乐会上乱来吧。"

"你是说，和别人乱上？不，他不会的。极少会那样。因为他太左倾了。我一直和他说。老兄啊，该感兴趣的革命，你搞错了。可是，他会听吗？"

"你觉得他应该听。四处乱睡。"

"不是的，我只是很奇怪。女孩总是向他抛媚眼。而他从来没有回应。莫丽·西姆斯都挑逗他了。"

"莫丽·西姆斯？不会吧。"

"是的。这挑逗太赤裸裸了，第二天她写了张条子道歉。"

"但她以几乎不和人上床知名啊。莫丽·西姆斯？真扯。"

"我也这么说来着。一次聚会后，他撞上她的门去，她出来和他道晚安。穿着条娃娃裙。她就这么坐着，膝盖弓了起来。"

"他看到什么了？"

"一整盘子的花荫私处。据他所说。"

"太扯了。"

"我也这么说来着。但他坚称就是那样的，一整盘子的花荫私处。我也不相信他。然后他给我看了那张纸条。就作为挑逗,那可真是挺极端的。"

"非常极端……昨晚上,我梦见你在牛津念性学了。在梦里,一切都正常得很。只除了你在牛津念性学。"

"我拿到什么等级的学位了?"

"二等下。我讨厌做梦。"

"你又打断我了。"

我十点光景去诺丁山的一家酒吧接她。我和诗人迈克尔·恩得伍德在一起。你碰到过他吗?出租车上(我该怎么说这事呢?),我忽然觉得自己长了胡子。不是我自己的,是迈克尔的。我只是说,不,谢谢,迈克。我们又继续讨论恩普森和I·A·理查兹了。你明白了吧,他是弯男。不是那类跳来跳去娘娘腔的那类,不全然是,但显而易见的、心满意足的是弯男。

转回正题。有几个女孩和维奥利特在一起,下一程我们需要两辆出租车。她上了迈克尔的那辆车。到了目的地(路程一点都不远)后,他爬了出来,像是刚刚经历了斯大林格勒战役。他站在那儿,头发散乱,一边将衬衣塞回裤子,把领带从肩上拽了回来,他说[1],"我说你家妹子可真烫啊。"

"烫?"

"荡。"这是他喜欢丽丽的一点:她阅读的速度和他一样

---

1 他犹如《战争与和平》里的丹尼索夫般吞咽了下口水。

（而且她知道所有关于他妹妹的事）。"荡。就像山鲁佐德那样的。据你所说。"

当时，这事看上去很滑稽很对称。直到了第二天，我才开始觉得不对劲。我给迈克尔打了电话，我们出去喝了一杯。幕间休息：

《生死之爱》[1]。《我爱露茜》[2]。"如果爱是音乐的食粮"[3]。《爱在冬季》[4]。"爱对男子不过是身外之物"[5]。《温柔地爱我》[6]。"神是爱"[7]。《爱我的间谍》[8]。停下！按说——

"爱啊爱的，他说这些又是什么意思呢？"

"哦，这个，"基思说，"当爱是动词时，你用操来替代；是名词时，用歇斯底里的性来替代。"

"停下！按说……把这封信看完了，然后我们去加入泳池边的鸳鸯吧。"

"唔。我都等不及见到他了。等等。老天。"

"等下再看。阿德里亚诺，闭上眼睛。我是山鲁佐德。"

"等等。"

丽丽说："停下！按说……"

---

1 又译《生死恋》，美国爱情片。
2 美国五十年代风行的电视连续剧。
3 源自莎士比亚《第十二夜》。
4 英国小说家南希·米特福德小说，后被改编成电影。
5 出自拜伦诗《唐璜》。
6 美国1956年黑白影片，猫王主演，并演唱同名歌曲。
7 出自《圣经·新约·约翰福音》。
8 又译《007海底城》。

"你要断了我的——"

"停下！"

事后，基思和丽丽下楼去。客厅里，大家正喝着咖啡，两人被介绍给阿德里亚诺。他们谈论着城堡。阿德里亚诺的城堡和贾奎尔的城堡不太一样。贾奎尔的城堡是山腰上的一座堡垒，而阿德里亚诺的城堡（基思马上就会亲眼见到了）将整个村子圈在它的臂膀间。过后，基思回到了塔楼。

他上楼的任务和一位浪漫英雄不相称，甚至是和他注定会成为的反英雄也不相称。这事太低卑了。只是他还能怎么做？1575年，蒙田——在哪本书里呢？——如是说：即使坐在全世界最尊贵的王座上，还是坐在自己的屁股上。人类，分离了原子，跨上了月球，会唱小夜曲，能写十四行诗，想成为神，却只是动物，躯体源自海中的鱼。总而言之，基思·尼亚林坐在冰冷的马桶座上。当然，他急不可待地想和阿德里亚诺在一起。不过，阿德里亚诺会理解的。

基思在大学念的不是性学——或者说，不再念这一科了。这些日子，他在看《帕米拉》和《夏米拉》。不过，头四个学期，他读的的确是性学。不仅仅是性学，还有死亡学，梦学，排泄学。根据他那个年代主导的新弗洛伊德学派，这些都是自我的基石——性、死亡、梦和排泄物。蒙田可以进一步这么说：全世界最尊贵的王座下端有个椭圆形的洞，伸手可及处放着一个卫生卷纸。

不过，卫生间有一件没劲的事——这个把他和山鲁佐德联系在一起的卫生间。它没有窗子,只有天窗,高得根本够不着。和英格兰一般男性居民相比,基思认为自己在拉屎这事上还算是挺有风度的。但这事的意义还是让他觉得悲伤。他同意伟大的奥登在《房舍的地理》一诗最后一节中勇气十足的安慰之词:

> 头脑和躯体用的是
> 不同的时刻表:
> 直到早上,
> 来过这儿,我们才可以
> 将昨日死去的忧虑留在脑后,
> 启动我们所有的勇气,面对
> 将至的一切。

那个很有帮助。还有这一点:将来的某一天,他会这么对他两个长大成人的儿子说: 儿子们,有朝一日你要和姑娘合用卫生间时,这是爸爸给你们的一点建议。事后,点一根火柴。点两根。因为其实令人觉得羞辱的并不是气味,而是排泄出腐朽之物这一事实。

基思擦亮了第三根火柴。虽然说基思也不是全然不在乎丽丽闻到他遗留的热气、他已经逝去的忧虑、他的昨日,但一想到山鲁佐德和她精致的敏感的鼻孔,他就觉得难以忍受。所以,他事后都再待一会儿,一边读《兰登传》[1] 或者《佩雷

---

[1] 苏格兰作家托比亚斯·斯摩莱特著的小说。

格林·皮克尔传》。有时候会待上半个小时,确保气味散尽。别忘了他今年二十岁,还年轻得很——仍旧遗泄着液体,怀着最原始的乡愁。"乡愁"在希腊语中是"回家"和"疼痛"合在一起的意思。一个二十岁年轻人回家的疼痛。

而且也足够年轻(这时他正要离开卫生间,不放心地最后又嗅了嗅),可以每天花上一两个小时,对肉体不足之处有清醒的意识还难受不安。噢,年轻多容易为鼻子、脖子、下巴、耳朵等等备受折磨啊。基思最讨厌他身上的一点正是他身上没有的一点:他为他的身高痛苦。

他,写诗的,探险的,放屁的,泵血的(无敌宇宙王,靠边小鼠辈),套上了游泳裤,趿上夹趾拖鞋,慢慢下了台阶,往游泳池走去。积聚起所有的勇气,准备好去面对将要面对的一切。

"啊,"阿德里亚诺招呼山鲁佐德,展开的手掌优雅地上下起伏了一下,"给我带来向日葵,灼灼渴望着阳光!"

展开的手掌收了回去,抓住了系在他乳白色裤子(乳白色可能是为了配他的汽车)上的丝织腰带兔耳似的长蝴蝶结。基思坐在一把金属椅上,看着——伯爵显摆似的解开了腰带。

他第一次听闻阿德里亚诺时,基思构想出一名出色的勾引者,房闱中的天才高手——又缠绵又有劲,厚重的眼皮,丰满的双唇,每个毛孔里都明显地积聚着皮脂。然后响起了山鲁佐德的保留条款: 他绝对是完美,山鲁佐德说,只除了一小点。基思花了一个晚上,开心地破坏了一把这个广告画上人物的形象，不管他是土哥还是帅豪。淌着口水，讲话结巴，令人窒息的体臭。但是阿德里亚诺根本不是那样的。

他脱下了衣服，阿德里亚诺：雪花色的便裤滑落了，饰有圆点的平跟船鞋脱掉了，山东绸的衬衣也解下了，剩下的是天蓝色的游泳衣，带着奇怪的罗纹，但还是充满故事的鼓胀着……阿德里亚诺的英语相当完美，或者说几近完美。有时候他会有点小小的混淆（而且不知出于什么原因，他不会发基思的音——他一次都没有说对过）。阿德里亚诺继承了一个古老的爵位还有无尽的财富。阿德里亚诺肌肉紧致，古典式的俊美。他高贵的眉宇间，带着点钱币的质地，银质的，透着恺撒大帝的遗风。

他来了，走向山鲁佐德的浴床。阿德里亚诺坐了下来，漫不经心却又令人无法拒绝地将手放在山鲁佐德湿漉漉的小腿之间。

"啊，"他接着说，"我知道蒂留斯第一次偷看到菲洛梅拉时是什么样的感觉了，就好比是一场干旱起风将森林变成了一片熊熊大火。"

声音漂亮有特色，不像是小个男人的声音。猜猜怎么着？阿德里亚诺只有四英尺十高。

基思走到树荫下，坐在丽丽旁边。"我以为你早就看完了，"丽丽说，"你在拉大便那阵子。"

"丽丽！"谁也不许确切地知道他去大便的事。"事实上我想看完的，但我没有勇气。来，和我一起看。不许打断。"

第二天早上我醒来时,的确感到非常不舒服,我发现:(1)床上躺着一个陌生姑娘(全身衣服,连高统雨鞋都还穿着);(2)维奥利特躺在客厅的地上,上面压着一条旧窗帘和一个文了全身的光头;最让人发疯的是(3)浴缸里一只该死的鸭子在来回游泳。嗯,好吧,算是个寻常的一晚吧。但一直萦绕我的是迈克尔·恩得伍德那事。

我们——

"鸭子,"丽丽说(他能感觉到她的呼吸落在他的脖子上)。"那可真的是糟透了。喔,看到了?他有进展了。"

基思朝耀眼的阳光下看去。阿德里亚诺的功夫已经让他上了浴床。这下正面对面地看着仰躺的山鲁佐德。他身子前倾,右手搁在另一侧的腰部。

"他在折磨她,"基思说,"看看她的脸。"

说得没错,基思想。山鲁佐德脸上的神情,像是被一个职业魔术师、催眠师或飞刀表演师哄上了舞台。觉得好玩、尴尬、极其怀疑,而且将要被锯成两半。丽丽说:

"我看到一丝微笑了。看。他的下巴几乎就搁在她的乳头上了。"

"等着看他们俩同时站起来。那会看清楚一点的。这一刻,嘘。你又打断我了。"

"阿德里亚诺——他的脖子怎么啦?"

我们下班后见了面。迈克尔非同寻常的安静——满是憎厌和胆怯。我不得不偷偷地设法绕到这个话题上。两杯酒后,他说——天啊——他说,他一辈子还从来没有被如此狂野如此<u>失去理性地</u>(他用的是这个词)打动过。他提醒我,还是有点怯怯的,读艺术系那些年头,他以码头玛丽知名。就此想一想。迈克尔<u>一点儿都不漂亮</u>。因此,我亲爱的小基思,请说说你的看法。

"失去理性地?"

"没有理智,没有情感。"然后他想到:软皮儿!他想到了维奥利特的那个叫做软皮儿的男朋友。"或许我去和维特克谈谈……"

"阿德里亚诺的大腿怎么啦?"

你的确明白这事的怪异之处,是不是?我感觉到迈克尔的胡子在我的唇上时,我能说的只是,不,谢谢。想象一下,要是他一路都<u>不断地</u>这么着。因此,基思,请说说你的想法。

又及:《文学增刊》给你寄了个小包裹。我会让邮局去贴满了邮票转寄给你的。

又又及:看起来肯里克<u>将要</u>和丽塔一起去露营。他们的目的地是撒丁岛,我想他们来蒙泰勒是完全可能的。我把号码给他。那真是个城堡吗?肯里克坚称他和丽塔只是好朋友,他打算保持这个关系。我尽职地——但我想也是毫无意义地——重复了你的建议。我说："不管你做什么，<u>别去</u>操狗宝儿。"

"为什么不行呢？"丽丽说，"要是他想要这么做。我不明白哎。"

"没有谁能明白。真的。可是每个人都知道这是不能做的。"

"噢，可是这事儿丽塔有权说话，是不是？而且她行事像个男孩。她必定会试一试的。肯里克是天堂——他是梦境。他就像是年轻的纽瑞耶夫[1]。 呣……那个从《文学增刊》寄来的是什么东西？"

"你离开我的那段时间，丽丽，我——"

"我没有离开你。那是我们双方同意的。"

"你离开我后，丽丽，我开始考虑我的未来。"他就给《文学增刊》写信了，要求试着写个书评。他想成为一名文学评论家。还想成为一名诗人（不过那是个秘密）。他知道自己绝不能成为一名小说家。要想成为一名小说家，聚会时得默默地在场，那个不错过一个细节的人。而他不是那一类的观察者，不是那一类的我。他看不懂情势，总是误解。"山鲁佐德！"他大声喊话，"从英国寄过来的包裹！多长时间？"

"一个星期到一年！"她大声喊了回来，"不定！"

"看，"丽丽说，"他在看她的手掌呢。她在笑。"

---

1 鲁道夫·纽瑞耶夫（1938—1993），著名俄罗斯芭蕾舞蹈家。

"是呀，他的手指滑过她的爱情线。哈。有希望呢。"

"矮个子的男人更使劲。他的脚怎么啦？你准备告诉你妈妈吗？"

"维奥利特的事？我们不要说维奥利特了。结果完全会是一场灾难呢。"基思若有所思地说，"要是肯里克和丽塔到了这儿，两人可不单单是好朋友呢。"

中午时分，维特克捧着咖啡盘来了，一帮人重新一起坐在太阳下。前方，从山谷里升起三柱烟朝天空升腾着，边缘带着点橄榄绿和银兰。下方，最近的小山丘上端的斜坡上，可以看见那两个经常在那儿走动的修道士——两人谈得正热烈，却没有手势，走几步，停一停，两手藏着不露。维特克说：

"阿德里亚诺。我听说你喜欢冒险。"

"这个否定也没用，我的身体就是四处作战的地图，讲述着我探险的故事。"

的确是这样：肌肉起伏的小小身架上，到处都是阿德里亚诺投身美好生活带来的伤痕。

"你的左脚，阿德里亚诺。那儿是怎么回事呢？"

在锡兰的水域，两只脚趾被一艘快艇的螺旋桨齐根割断。

"你脖子和肩上那块变色的地方呢？"

努比亚沙漠上空六英里处，热气球里的氦气着火导致的后果。

"臀部和大腿上这些黑色的凹洞呢？"

在哈萨克斯坦猎野猪时，阿德里亚诺成功地用霰弹枪将自己开了花。

"那么膝盖呢,阿德里亚诺?"

在卢塞恩,平底雪橇撞上了滑道增高的部分……他身上还有其他惊险的记号,其中多数是在马球场上被踩踏留下来的。

"有些人说我有事故倾向性的,"阿德里亚诺说,"里约热内卢面包山假日酒店四十层楼的电梯坠落了,我恰好在里面。前不久才恢复呢,几个朋友就把我捆上了去海德堡的私人飞机。我们在浓雾中降落,感谢和我同飞的机师的英勇机智,我们活了下来。上歌剧院去看《帕西法尔》,正要坐下来时,楼厅塌了。"

一阵沉默,基思觉得自己被抓住了,被轻轻推出了这个时空之外。他以为上层社会已经不再是这样的了——不再是笨拙的社会喜剧的来源。可是瞧瞧,阿德里亚诺就是最好的反证。基思说:"你应该小心一点,伙计。你应该待在屋内,祈求太太平平。"

"啊,基西,"他说,一边小指头沿着山鲁佐德的前臂滑了下去,"可是我就是为险而生的。"他握起她的手,亲了亲,摩挲了一下,又小心地放了回去。"我活着就是为了攀登不可能的高峰。"这时,阿德里亚诺站了起来。他带着点炫耀,走到了跳板旁。

"跳板弹性很大,"山鲁佐德警告道。

他大步走到尽头,量出三大步的距离,转过身来。然后往前迈出两步,跳了起来(右腿羞涩地弯曲着)。就像是围攻部队的大炮射出的炮弹,阿德里亚诺砰地一下向太阳射了出去。

有那么一瞬间,在半空中,你可以看到眼珠子暴涨的惊恐,但随后他团成一团,翻了个滚,几乎没有听到溅水的声音,他不见了——泳池大口吞了一下,咽了下去。

"……感谢上帝,"丽丽说。

"是的,"山鲁佐德说,"我以为他要落错地方了。你是不是也这么感觉?"

"落到泳池另一端的水泥地上。"

"或者是小棚屋,还有雉堞。"

"还有塔楼。"

又过了二十秒,跳板停止了抖动。他们四个都不由自主地站起身,盯着水池。整个池面几乎完全不受阿德里亚诺溅落的炮弹的影响,他们看到的只有天空。

"他在底下做什么呢?"

"你们觉得他没事吧?"

"嗨,他的确是落在浅水的这一头的。"

"这一落还真挺高的。你们看得到血吗?"

又一分钟过去了。白昼的色彩在这一分钟有了变化。

"我看到什么了。"

"哪儿?"

"我过去看一看吧?"

阿德里亚诺像是挪威海怪,猛地一下蹿了起来,伴着巨大的呼哧声,银色的额发长长地掠过。他来来回回击打着。他在整个水池搅起的动静,金色的四肢在挥动的姿态,似乎他的个子一点都不小。

但是一点都不假——丽丽那天晚上在黑暗中说的话。基思不知道他们两人是怎么做到的。之后，午餐，喝茶，喝酒，晚餐，咖啡，玩牌，山鲁佐德和阿德里亚诺从来没有在同一个时间站起来过。

他们打算入睡前，基思说：

"阿德里亚诺的那家伙全是实的。我是说，他的那家伙全是屎。"

"是实物材质。或者只是和身高的反差。"

"不是，他那下面确实有货。"

"呣。像是他倒了个水果盘进去。"

"不对，他那下面有高保真。"

"是，或者是一套架子鼓。"

"只是和身高的反差。他的那家伙全是实的。"

"也有可能不只是和身高的反差。"

"他还是照样荒谬滑稽。"

"那家伙巨大没有什么荒谬滑稽的。相信我。好梦，"丽丽说。

4：距离之策略

亲爱的尼古拉斯，他想。他在丽丽的身侧无法入睡。亲爱的尼古拉斯。你还记得软皮儿吗？你当然记得了。

就在去年的这个时候。有个周末，屋子里只剩下我们。维奥利特比你回来得早。她星期五下午就回来了，带着她的新男友。

维奥利特："基思，和软皮儿打个招呼。"我："你好，软皮儿。你为什么叫做软皮儿？"维奥利特（你知道的，她不咄咄逼人，也没有坏心思）："因为他硬不起来！"

软皮儿和我站在那儿，没有笑，而维奥利特笑得乐不可支……没过一会儿，她端着两杯果汁来到花园。

我："维，听着，不要再叫软皮儿。"维奥利特："为什么不行呢？最好还是拿这事儿当笑话，你说呢？否则的话，他会犯下心理情结的。"

这就是她理解中的现代的意义。她十六岁。呃，我过去时常希望自己有个长得和我们的小妹妹一模一样的女朋友。无法实现的念头。金发，柔和的眼睛，白色的牙齿，阔阔的嘴巴，她的各种体形特征以及它们柔和的变化。

维奥利特："他喜欢被叫做软皮儿。他觉得挺好笑的。"我："不是的。他说他喜欢。他说他觉得挺好笑的。你什么时候开始这么叫他的?"维奥利特:"从第一个晚上开始。"我:"天哪。他的真名是什么?"维奥利特:"西奥。"我:"行,叫软皮儿西奥。我是说提奥。[1]"维奥利特:"听你的,基。"我:"听我的,维。"

她怎么还是不会发"th"的音?还记得她把单词混着来?"Attic(阁楼)"成了"ackitt","because(因为)"成了"kobbers",而"Vanilla ice cream(香草冰淇淋)"是"navilla ice cream"。

我(认为得把话说明了):"努力一下,维。叫软皮儿提奥。你应该让他挺起胸来,你就可能发现没有理由叫提奥软皮儿。叫软皮儿提奥。"维奥利特(挺聪明的):"……我是不是应该叫软皮儿性感男神?"我:"这个就太晚了。叫他提奥。"维奥利特:"西奥。好吧,我努力。"

她做得非常好。那天晚上吃晚饭时,还有第二天一整天,你有没有听到过她管软皮儿叫软皮儿?哪怕一次?我,对软皮儿抱有极大的希望。他身形瘦削,雪莱一般的容易激动,一双敏感的眼睛。我可以想象他看《奥斯曼迪斯》[2],甚至自己写上一首。我把软皮儿看作是良善之力。接着是星期天下午。

你:"怎么了?"我:"我不知道。提奥在楼上流眼泪呢。"你:"是的,有个小伙子,形状不明,刚刚敲了厨房的门。那类胖得要命,却没有屁股的家伙。维说,再见,软皮儿,然后她就走了。软皮儿什么意思呢?"

---

1 维奥利特有发音问题。
2 雪莱作十四行诗。

喔，尼古拉斯，亲爱的——我一直指望着不必要告诉你这件事呢。

我："这就是为什么她管他叫软皮儿。"你："……好吧，她还小。不过，她理当不把这事儿传得谁都知道。"我："是啊。想想，要是反过来的话。"你："就是说嘛。来见见我的新女友。我叫她冷妹子。你想知道为什么吗？"我："软皮儿比冷妹子糟多了。姑娘可以假装不冷，可是男孩……"你："我要跟她去谈谈。"我："我早跟她谈过了。她一直说，她可不想让他得了什么心理情结。"你："这么显而易见的事，你告诉她，她怎么说的？"我："她说，嗯，但他硬不起来啊。"你："没错，我相信他是那样儿。"

然后我们同意：力不足，心也无余。那她想从这段关系中得到什么呢？她想从"现代"中得到什么呢？

现在，一年之后，维奥利特怎么办呢？她上弯男了——至少试图这么干。这事儿我要问问维特克。

听到羊叫了吗？

亲爱的尼古拉斯，噢，兄弟，这里的这个姑娘她……她跳水时，她跳进自己的倒影。她游泳时，她亲吻自己的倒影。泳池里，她来来回回，头一上一下，亲吻着自己的倒影。

夜里很热。听到羊叫了吗？听到狗吠了吗？

山鲁佐德躺在上层平台处的花园里。她握着一本书，放在眼睛和快要落山的夕阳之间。书是有关或然性的。基思坐在四、五码之外的石桌旁。他在看《诺桑觉寺》。几天过去了。

阿德里亚诺出入很多。

"你喜欢那本书吗?"

"噢,是的,"他说。

"为什么?有什么特别喜欢的?"

"呃,这书是多么的……明智。"他打了个哈欠,涌起了一阵鲜有的自然本能,他在扶手折椅里伸了伸腰,髋骨往前送了出去。"美丽的才智,"他说,"而且还如此明智。继斯摩莱特、斯特恩和其他所有脑子有病的家伙之后。"基思没法儿对付斯特恩。看到差不多十五页,碰到一个形容词"玩摇摇小木马的"[1],他就把《项狄传》啪地合上了。但为着斯摩莱特具有渗透力的《唐吉诃德》的翻译,基思原谅了他的一切。你看,他的这些念头还会保留一段时间。"我热爱简。"

"是不是都是关于为了金钱结婚的?"

"我觉得那一定是误传。这本书里的女主人公说,为金钱结婚是世界上最缺德的事。凯瑟琳。而她才十六岁。伊莎贝拉·索普想为了金钱结婚。伊莎贝拉有趣极了。她是个坏女孩,工于心计。"

"格洛丽亚·布尤提曼本来说今天要来的,但她又犯病了。"

"又喝了一杯香槟。"

"不是,上次一杯她还在恢复当中呢。她不是假装的。贾奎尔把她送去哈雷街的诊所去了。她身上缺少一种化学成分。

---

[1] 原文"hobby-horsical"为生造词,长而拗口。

第欧根尼基因。当然和第欧根尼无关,但听起来几乎和第欧根尼一模一样。"

"唔,和爱斯基摩人一样,和印第安人一样。一杯威士忌就不行了。他们能做的就是在城堡里晃悠。就像一个分支部落,叫做城堡晃晃族。"

"我们就是这样的呀,是吧。在城堡里四下晃来晃去。"

山鲁佐德指的是他们最近的外出——从一个城堡到另一个城堡,从贾奎尔的城堡到阿德里亚诺的城堡。基思说:

"你呢?你喜欢你在读的书吗?是什么书呢?"

"有关或然性的。还不错。不少似是而非的矛盾说法。或者该说是意外?书有吸引人的地方,但少了点世事人情。"这下山鲁佐德自己张大嘴打着哈欠。"我想去冲浴了。"

她站起身。"哎哟,"她叫道,抬起脚检查了一下。"踩到刺果了。阿德里亚诺又准备过来吃晚饭了。他带食品篮过来。活动餐车。你介意他吗?"

"介意他?"

"呃,他会有点过头的。而你……有时候我觉得你介意他。"

有生第一次,基思感觉到心中的奔涌:他想激情四射地演讲,他想高吟长诗,他想发下坚定的盟誓,他想流下温柔的泪滴——而最首要的是,他想表白。这已经确凿无疑,铁板钉钉。他痛苦地爱上了山鲁佐德。但他过去一向有这类抽象的爱慕,现在他感觉会自我控制了。他清了清嗓子说:"他确实有点过头的。但我不介意他。"

她抬起头，朝草地的下坡处望去，三匹马正在吃草。"丽丽告诉我你憎恨苍蝇。"

"是的。"

"在非洲，"她说，脸侧向一边，"你整天看着那些可怜的黑色脸庞。脸颊上有苍蝇，嘴唇上有苍蝇，甚至眼睛上也有苍蝇。他们不把苍蝇掸走。只是习惯了，我想。人类习惯了苍蝇，可是马不行。看它们的尾巴。"

当然，他看了，她转身离开——男式的卡其短裤，男式的白色衬衣，一半塞进裤腰，高挑挺拔的步子。她的衬衫有点湿，肩膀处沾着草茎。沾在头发上的草茎闪着亮光。他靠在了椅背上。砌了墙的花床之间的湿地聚集了一些青蛙，呱呱地叫几下，又舒服地咕咕着。在他的耳里，像是昏昏然的自我陶醉——好比是一帮子胖老头回顾一辈子的德行和赢利。浅水泥潭里的青蛙，自我陶醉着。

艳丽的榆树花丛中，黄色的鸟儿大笑着。更高处是乌鸦。它们饥饿的憎怨的脸，像是被切掉了一半（他想到棋盘上的黑色骑士）。再往高一点，荷马史诗中的勇士在上层的空气中，沉甸甸地如磁铁，排列队形，变成长矛的矛尖，对准了地平线之外的一片土地。

二十页过去了。很奇怪一直被留心观察着的天空似乎毫无变化，但才过了一段，矛尖不见了，换作了英伦诸岛（在意大利的云层中，这个图案出奇的流行）……丽丽默默地坐在对面。腿上搁着没有打开的《公共秩序和人类尊严》。她叹了一口气,他回叹了一口气。基思意识到他们两人是在呼出被忽略的恶气。雪上加霜,他们正经历着关系的冷落。这种冷落是周边有浪漫事发生时,关系稳定的恋人会感觉到的。丽丽闷闷地说:

"她还在举棋不定。"

基思更加闷闷地说:"真变态。"

"……拇指汤姆想带她去巴塞罗那看斗牛。用他的直升机。"

"不对,丽丽,你是说他的飞机。"

"不是他的飞机,是他的直升机,拇指汤姆有直升机。"

"直升机,那可必死无疑了。你知道的。"

"……要是你能将他抻一抻,他就会魅力十足。"

"可是你没法抻他。更何况,他不仅仅是小个子,而且是个荒唐滑稽的小个子。我们为什么不狠狠笑他,让他不要再来这儿呢?"

"得了,他有张可爱的小脸,而且他很有气场。看到他,眼睛就移不开,你不觉得吗?当他跳水或是在单杠上玩时。"

基思直到最近才注意到单杠。他以为是毛巾架。这些日子,阿德里亚诺总是在上面翻着转着呼着气。丽丽说:

"你的眼睛移不开。"

"没错。"他点起一支香烟。"没错。但那只是因为你确定他要把自己搞成一团糟了——你知道,他让我感觉非常左倾。"

"你昨天晚上不是这么说的。"

"没错。"昨天晚上他说每个上层阶级的家伙应该以阿德里亚诺为榜样。这样阶级斗争就能保持永恒的和平。阿德里亚诺千金一掷、不遗余力地去寻找新的创伤——那还何必去把他绑起来呢?给他一条绳子,带他到一棵树或是一个灯柱前就行了。"是啊,可是他还好端端地在走路呢,是吧,拇指汤姆。那就是问题了。他不是拇指汤姆,也不是米耗子,也不是原子蚂蚁,他是《猫和耗子》里的那只猫。他有九条命。他死了又活了过来。"

又几页过去了。

"维奥利特让你很难过。"

"我为什么要为维奥利特难过呢?她挺好的。她又不做和一个足球队约会之类的事。我们不要讨论维奥利特了。"

又几页过去了。

"……什么都是理所当然归他所有的神情——这是我受不了的。你会觉得长成四英尺十,"基思说了下去,"会教给这迷你混蛋一点点谦卑。哎呀,一点儿都没有,拇指汤姆教不会。"

"天哪,你真是不喜欢他,对吧?"

基思肯定了确实如此。丽丽说:

"行了,他还挺甜的。别那么别扭。"

"我还憎恨他那座操蛋的城堡。每把椅子后面站了个老古的男仆。穿着骑兵制服的黑老头站在你的椅子后面,把你恨得牙齿痒痒的。"

"还有那些喊话,从桌子的这头传到另一头。嘿。那些小明星呢?"

在阿德里亚诺城堡开阔的主厅里（差不多有伦敦一个邮编区域的大小），他们被带到了一个很深的餐具柜旁，上面排列着二十来个相框：阿德里亚诺或是坐着或是斜倚着，和一系列身材健美的美女在一起，背景或是堂皇华丽或是异域风光。基思这下说道：

"那可不说明什么。他做的不过是四处和拜金之辈混一混。他注定是会不时地和一个姑娘在一处。有人拍了张照片。有什么了不得的。"

"那他的自信源于哪儿？得了。他确实很自信。而且大家都知道。"

"唔……脆弱，你的名字是女人，丽丽——无非是金钱和封号罢了。还有瞎扯的魅力……我讨厌他总是在亲她的手、胳臂还有肩膀。山鲁佐德。"

"你没有看清楚。他其实是在试探。他说得很多，而且他是意大利人，他习惯搂搂抱抱，但他甚至都还没有示意过。他们从来没有单独在一起过。你没有把事情看清楚了。你不是总能把事情看清楚的，你知道。"

"把橄榄油抹在她的后背上……"

短暂的停顿了一下之后，丽丽说："一切都明了了。一点不出预料。唔。我明白了。你痛苦地爱上了山鲁佐德。"

"有时候你真是让我大吃一惊，"他说，"你错得会有多离谱。"

"那么，就是阶级仇恨。简单得很。"

"阶级仇恨怎么了?"

事实上,不是那么痛苦,还没有到那么痛苦的时候。他时常想,你有丽丽。你和丽丽在一起很安全……床上开始出现的问题自然令他觉得不安。不单单是曾经一度的心理学学生会注意到两者的关联性:基思担心妹妹,而丽丽似乎渐渐变成了他的妹妹。可是,关联性的意义他没有理解。而且他仍旧一天十次地看着丽丽,满怀感恩又觉得惊喜,感恩地惊喜。

"她想在村子里宣传一些慈善活动。她说,做好事让你觉得兴奋,而她想念那种兴奋感。"

"那就好,仍旧还是个圣徒呢。"他把《诺桑觉寺》扔在桌上,说:"呃,丽丽,听着。我觉得你应该在泳池边把上身裸了……为什么不呢?"

"为什么不呢?你觉得呢?要是你坐在那儿,露着你的那家伙,你怎么感觉?旁边坐着个拇指汤姆——他的那家伙也露着。嘿,为什么不呢?"

其实他有好几条理由。但是他说道:"你那上面很漂亮。样子好,还雅致。"

"你是说它们很小。"

"大小不要紧。阿德里亚诺的那家伙全是屎。"

"大小很要紧。归根结底就是大小问题。她说,他只要高那么四英寸,可能就没问题了。"

四英寸?他想。那也只是五英尺二。他说:"五英尺二也罢,六英尺二也罢,一点都不妨碍他荒唐滑稽。你怎么忍受他的?你喜欢社会现实主义。"

丽丽说："他非常健美匀称。她在哪儿看到过，这大不一样。和健美匀称的人一起。你知道细面提米。我告诉她：小个子的男人更卖力。想想，要是你才四英尺十，你会多卖力。他想带她去圣莫里茨。不是去看雪，显而易见。去爬山……闭上眼睛，想象一下他会有多卖力。"

基思呼出一口蓝碟烟，假装低低地呻吟了一下。他那包压扁的烟壳上没有健康警示。吸烟有害人类健康：如今普遍都这么认为。不过，他不在意。我想，在这一点上，基思还是个典型的年轻人，处在某些情绪时，觉得自己反正也活不了那么久……他闭上了眼睛，看到了阿德里亚诺——他穿着最高级的登山鞋，挂着铁头登山杖，提着高山号角，还有钢锥和环首螺钉——准备去征服山鲁佐德的南峰。他看了一眼草地上压扁的轮廓，她刚在那儿躺过。

"嗯，告诉她别匆忙行事，"他说，又把书拿了起来。"她不能令自己失望。我想到的其实是提米。"

至今，天气的新节奏精准地应答着他的内心状态。连着四五天，空气会逐渐浓厚凝固起来，随后是暴风雨——带着非洲式喧闹的暴风雨，正好合上他失眠的时刻。他现在和几乎不认识的时刻交上了朋友，有一个叫三点，另一个叫四点。它们折磨着他，这些暴风雨，但给他留下了一个清洗一净的早晨。然后，又一天天地浓厚起来，准备好又一场空中之战。

我不知道你在抱怨什么。记一下丽丽说的话。你还在和她玩牌玩到半夜。我见过你们一次——两人一起跪着。我还以为你们是要结婚了呢。正在宣誓呢。

我们跪着时，是一个高度的。为什么呢？

因为膝盖以下的腿部，她的腿要比你长一英尺。你们玩什么牌呢？丽丽说。她不喜欢所有游戏（也不喜欢所有体育项目）。"老姑娘"？

不是，他们玩的是"女教皇琼"，还玩了"黑色玛丽亚"、"番摊"和"梭哈"[1]。现在（更好了，好得多多了）在猎枪室的小地毯上（小地毯是一只四肢展开的老虎），两人面对面地跪着，在玩"赛跑的魔鬼"……"赛跑的魔鬼"是玩家可以互动的接龙。牌打下去，简直成了一场身体接触项目。多的是从对方手中抢牌、逗弄和大笑，到了快结束时，几乎总是有一点歇斯底里。他想玩一种叫"肌肤和出轨"的游戏。这是不是他想要的？他想玩叫"红心"的游戏。红心：那可能正是麻烦所在。

它们都有什么深意吗，这些微笑和眼波？它们都有什么深意吗，那些在公用卫生间的展示，那些令人心旌动摇的乱丢的衣物？基思看看书，叹叹气，真希望自己是一只黄色的鸟儿。把她毫无心计的友好拿自己的手和唇来玷污，他会怕得无以计量。

基思在小城市长大，海边的小城市——康沃尔、威尔士的小城市。康沃尔的岛屿将脚趾头探进了英吉利海峡；威尔士的臂膀拥抱了爱尔兰海。他唯一了解的鸟是城市里的鸽子。如果

---

[1] 老姑娘、女教皇琼、黑色玛丽亚、番摊和梭哈均为牌戏。

它们展翅飞翔（而那总是最后无处可去的去处），那是因为恐惧。

而在意大利，乌鸦为饥饿而飞，高处磁铁般的鸟为宿命而飞，而黄色的金丝雀为欢乐而飞。起风时，旋转的干冷的北风，黄色的鸟儿既不借着风飞，也不逆着风飞；它们不飞起来，也不顺着飘。它们只是悬浮在半空。

在这段令人焦虑的时间里，城堡又接待了几位男性客人。一位是年轻漂亮得让人不可原谅的上校军官，叫做马切罗。他看上去被山鲁佐德深深迷住了，但立即被维特克上了手（为什么异性恋的都看不出来了呢？他说。马切罗是弯男太明显不过了）。水池边还有过一个能说会道、博学多识的影子，叫维琴佐。他看上去被山鲁佐德深深迷住了。但他大谈了许多有关教堂修复的事。坐下来吃中饭时，他戴了个牧师的衣领。阿德里亚诺唯一一处不同于当地典型的天主教徒是他温和的反教权态度（我觉得想做礼拜的人应该自个儿做礼拜）。因此，这是不是构成了历史性的重要机会？基思慢慢意识到，他是这整个地区里唯一一位不信神、身高超过四英尺十的异性恋者。

他从来没有对丽丽不忠过。他也从来没有对任何人不忠过。我认为记住这一点很重要：在这个阶段（及将来很短的一段时间里），基思是个很有原则的年轻人。他对姑娘的不轨之举、做下的错事，到目前为止在数量上少得可怜。在对待迪尔卡什上，他犯过他时常犯的忽视罪（不犯罪之罪）。还有在对待潘西上，他犯过复杂得多的重罪（这次是犯罪之罪，而且是屡犯)——潘西是丽塔的跟班。每一个钟点,他都会想到她们,两个姑娘,两种罪。

早年,在他的宗教时代(八岁到十一岁),他在课后把《圣经》收起来,丑陋却令人信服的宗教课老师保尔小姐(他从那时就断定她是醉鬼)神情恍惚地对他说:你看,基思亲爱的,每个人在天上有九颗星星。每次你撒谎,一颗星星就会熄没。一个清醒的保尔小姐是不会这么说的(熄没——一个清醒的保尔小姐会用对词)。所有九颗星星都没了——你的灵魂就丢失了。几年下来,基思不知怎么着把这个说法转移到了他的未来:他和姑娘、女人的未来。他还剩下七颗星星。当然,威尔士醉鬼老处女馈赠的智慧(然后被他曲解地使用了)远远早于性革命。现在,他觉得,每个人都需要比九颗多得多的星星。

他在城堡里晃悠着。他和丽丽在一起很安全……他们放眼望去的群山依次排成三个层次,三种距离的策略。最近的是小山丘,斑斑点点,点缀着树林。小山丘之外是驼峰似的悬崖,高耸凌厉,像是恐龙的脊背。最远处是各种山头,顶着雪,顶着云,顶着日月。那是一片山头和云层的世界。

第二场
幕间休息

找到一面你喜欢且信任的镜子,一直用下去。更正。找到一面你喜欢的镜子。别管信不信任。那已经晚了——考虑信任已经太晚了。一直在这面镜子前,别变心。千万别在另一面镜子前扫上一眼。

其实,万事还不算太坏。更正。其实,够坏的。不过,这一事实我们得推迟好几页再说,到时会慢慢潜上来的……

过了一定年龄之后,你不再了解自己长得是什么样的。镜子不对劲了。镜子失去了告诉你的模样的能力。好吧,可能镜子确实告诉你了。可是你自己看不见。

过了一定年龄之后,你既没有方法也没有机会找到你自己模样的真相。镜子能给你(至少是在两层意义上)的只是一个粗略。

革命宣言的第一条如是说: 婚前要有性。婚前性,几乎适用所有人。不仅仅是同你将要与之结婚的人。这事很简单,谁都明白。好几年了,大家一起看着这事的到来。不过,在某些地方,婚前性是件令人苦恼的新生事物。令谁苦恼呢?对那些没有经历过婚前性的人来说。这下,他们自言自语,一下子怎么婚前就能有性了呢?那么,当年我被告知婚前无性是基于什么呢？

尼古拉斯在六十年代中期快成人时，和父亲陷入了一系列冗长、乏味的争论，而且还重复着兜圈子。每隔一个晚上就要来一次。他为什么不永远离开呢？尼古拉斯以前总这么说。要是做不到，为什么不离开很长一段时间，然后一回来，就马上再离开呢？同样的事也发生在阿恩、尤恩、还有基思所有其他朋友身上（只除了肯里克。他的父亲在他出世之前就去世了）。

兜来兜去的辩论表面上是有关对尼古拉斯自由和独立的种种限制。其实是有关婚前性。不过，他们从来不会提到婚前性（由此造成了辩论绕圈子）。这就是沙克尔顿教授，社会学家，实证主义者，进步论者。卡尔每一项都称得上——但他婚前无性。回头看，他喜欢婚前有性的主意。我们可以加注一句，这几乎是所有行将就木的男人的普遍愿望：这辈子和更多女人上更多次的床。

当基思明白沙克尔顿教授不会和他收养的孩子重演这些争论时，他任由自己觉得有点受伤了（而卡尔，已经经历过第一次小中风，第一次生命的小注销，也不会对维奥利特这么做了）。只有对尼古拉斯，血肉之亲的儿子，他才觉得嫉妒。嫉妒是一种消极的共情，是在错的时候在错的地方，产生的共情。

"男孩赢了，"他的继女西尔维亚说，"又赢了。"

"我真不想听到，"基思说。

"我真不想说。"

西尔维亚在布里斯托大学念过性（指性别）研究。她是

"幼年"记者之一,才二十三岁就已经给一张大报写每周专栏,得到多方的评论。基思第一次碰到她时,她十四岁——1994年。他刚刚卖了在诺丁山的双层公寓,搬进汉普斯特德高地的屋子。西尔维亚继承了她母亲的外貌,但没有继承她没心没肺的开心。她是那类懒洋洋的聪明人,只除了自己,让谁都能开怀大笑。

"嗯,没有听从自己更明智的判断,"她懒洋洋地说,"结果发现和一个年轻人共度了一夜,他们都一个样。任谁都是如此。穿着西装的金融人士,穿着球衣的臭烘烘的小子。第二天早上,出于习惯说,有时间给我打电话。他就盯着你看,好像你是刚刚求了婚的麻风病人。因为,给我打电话,那是感情上的勒索,明白了吧。用情专一是不可以的。男孩赢了。又赢了。"

他的两个儿子赢了吗,纳特和格斯?他的两个女儿都输了吗——伊莎贝尔(九岁)和克洛伊(八岁),她们输了吗?

基思为他自己的青春觉得感伤,但他不嫉妒他的孩子们。他们所面对的情欲世界(对此西尔维亚还有不少评论),他会觉得非常陌生,难以辨认。因此,他可以部分地理解父亲们的惊恐,因为他们自己的世界一边在消失。

> 五㖊水深处躺着你的父亲;
> 他的骨骼已化成珊瑚,
> 他的眼睛是耀眼的明珠;
> 他消失的全身没有一处
> 不曾受到海水神奇的变幻,

化成瑰宝，富丽而珍怪。

海的女神时时摇起他的丧钟。[1]

他想，前进吧，我的孩子们。按照你们的意愿、按照你们的时间来滋生繁养。但，前进吧。谢谢你的丧钟，海的女神。在你的祈祷声中我犯下的罪孽被一一记住。

整个七十年代（还有整个八十年代和后来的日子），他都常年遭受着性问题的折磨。为了缓解这一问题，基思花了几个午餐时间去了一系列梅菲尔的伴游机构。他坐在像是小型机场候机厅的接待室里，腿上放着一叠小册子，时髦的妈妈桑们时不时过来问候一下。照片上成百上千的女郎拍得各有魅力，而且可以看到她们的生命数据和其他特征。他在寻找某种特定的体形，某种特定的脸蛋。基思最终没有将这事进行到底。但他明白了某件事，某件和文学有关的事：为什么不能写性。

翻过印刷精美的页面，他感觉到了上妓院去的人的权力——选择的权力。权力会腐蚀：这并非是比喻。作家马上被选择的权力给腐蚀了。作者无所不能的权力与男性生物注定不可靠的性能力不相配。

不过意大利之夏不是艺术，那只是生活。没有什么是编造的。所有这些都是真正发生过的。

---

[1] 出自莎士比亚《暴风雨》第一场第二幕，为爱丽儿唱的歌。此处采用朱生豪译文。

2003年4月19日,他在园子尽头的小屋里躲了起来。他不想出来,但有时候还是出来。接下来在4月23日那天,他开始睡在那儿。妻子站在他的面前,拳头叉在腰上,强健的双腿稳稳地叉开,即便如此,他还是开始睡在那儿了。他需要从清醒中逃离——不仅仅是八个小时,而是二十四小时中的十八小时。在他存在的本源处,他做了一些重新调整。

睁开眼睛,清醒过来,离开睡梦的虚拟王国,下床,直起身子:一整天余下的精力,这像是消耗了极大的一部分。再说要上厕所,刮胡子,沐浴梳洗:那简直是一大部俄国小说。

后来,在相遇处,爱可小心翼翼地踏入了林间的空阔地带。她抬起手臂向冷冰冰的小伙子招呼着。他看了看她漂亮的身姿,但摇了摇头,说,不,一边转身离开了。我宁愿死,也不愿让你触摸我。

爱可被独自留了下来,该怎么办呢?她能说什么呢?碰一下我,她说着跪了下来。 触摸我,触摸我,触摸我。

二十岁的时候,时光过得多慢啊。

基思如今已经上了五十岁的高龄。分分秒秒经常漫长难挨,而一年年却滚着过去了。镜子正想告诉他什么。

他从来没有什么资格虚荣自大,也总以为自己不会那样。不过,岁月的慷慨赠礼让你虚荣自大。又借着这虚荣自大,岁月将你狠狠地骗了一把,而且还凑准了时机。

和孩子们说话时，他注意到"酷"几乎是唯一一个自他年轻时代的语库留存下来的字。他的儿子们用这个字，他的女儿们用这个字，但这个字已经失去了原本的含义：压力下的风度，只是"好"的意思。因此，也听不到"酷"的反义词，"无酷"。

对一个出生于 1949 年的人来说，这个字带来额外的难处。变老是一件非常"无酷"的事。臃肿和皱纹都是非常"无酷"的。助听器和手杖都是非常"无酷"的。夕阳公寓是多么的"无酷"。

虽说有其他的忧心之事，但他不断地想到和第一任妻子的邂逅——在那家叫做"书和圣经"的酒吧里。为了 1970 年的夏天，他付出了怎样的代价啊。这是怎样的代价啊。

第三部

不可思议的收缩人

1：即便在天堂

"阿门，"维特克说，"能理解同伴关系。他能理解下午和某个陌生人上个床。但他不理解恋爱这事。"

"嗯，比较难办，"基思说，"恋爱事比较难办。"

"在弯男中，我是个异类。我想要专一的同居关系。像异性恋的模式。安安静静地一起吃晚餐。每隔一个晚上做一次爱。而阿门——阿门说，和谁上两次床，你根本想都不应该想。你看吧，我们俩的观点稍稍有分歧。"

基思说："我在露台上时不时看到他。他慢慢走近了。发生什么了？他终于接受了山鲁佐德的胸了吗？"

"没有，一点儿都没有。事实上，更糟了。但他为着阿德里亚诺忍受着山鲁佐德的胸。"

"……阿门暗恋阿德里亚诺。"基思点燃了一根香烟。早些时候是青蛙自得地咕咕叫，现在换作了蝉安息下来神经质地嘶鸣……

"他不是真地暗恋他。不是照你说的那么动听。他把他当作一个物种来崇拜。我也是。阿德里亚诺以他特有的方式，完美无缺。"

"唔，他挺使劲的，可不是。"

"我觉得他们都倾向于这么做。小个子的人。他们没法儿让自己高一点,所以他们让自己阔一点……我老是觉得自己是在看《不可思议的收缩人》。到了他开始害怕猫的时候。"

"记得开始时,他去亲他的老婆,这下她比他高了?"

"唔,有人说《不可思议的收缩人》是有关美国阳刚的焦虑梦。硬挺有力。女人的崛起。"

他们继续玩着,聊着天,下下简单的结论。

"好吧,"维特克说,"那个弯男诗人到底有多弯?"

"有多弯?嗯,显然是个弯男,尼古拉斯说的。心满意足、坦坦荡荡的弯男。"

"唔,嗯。他有没有弯男的花腔?拖长了声音的唱歌似的调子。和我一样的?"

"我不知道。弯男的调子……"

"弯男的声调没什么神秘的。考虑到我们的爱情才刚刚被合法化。我们需要弯男的调子。让别的弯男知道。呃,维奥利特。她没有咄咄逼人之气?"

"没有。我是说,她在床上怎么样,我可不知道。"他闷闷地决定,这事等肯里克来时,问一问他。"除此之外,没有。"

"自卑感。专业人士会这么说。她想通过最迅捷的路径,找到安全感。这些你都知道的。但这么费力地去引诱一个弯男……对不起。我还得再想想,但一直都想不通。"

"我也想不通。平手了吧?这盘棋已经没什么可下的了。"

"是的,我们下棋一点不精彩。为什么呢?"他抬起头。

角质眼镜框上满是带弧度的光。"那是因为我们都在恋爱中。没有什么余下的了。"

"我不知道自己是不是在恋爱中。"这是什么呢，这个叫做"爱"的东西？"你在恋爱中。"

"是的，我在恋爱中。阿门。他下棋时，凶得很。他把棋子狠狠地砸下来。阿门肯定不是在恋爱中。"

乱蝉嘶噪，音调渐高——昆虫是这么笑的吗？基思说："阿门在花园里。他让我想起了《丛林故事》中的巴希拉。那只黑豹。透过树叶紧张地注视着，关注着莫格里。"

"他要是巴希拉，"维特克说，"那你就是班比。你看着山鲁佐德时。不对，你是小姐，盯着流浪汉看。"

"《小姐与流浪汉[1]》。记得他们第一次约会吗——在一家意大利餐馆里？意大利餐馆里的两人晚餐。"

"狗的第一次约会，这样的安排可不经常见呀。接着小姐和流浪汉去看月亮。没有汪汪地叫，只是盯着看……基思，给你一句老爹的忠告。你在餐桌上盯着她看时，你的眼睛湿了。脸上还挂了一副受了委屈的神情。你得注意着点。"

基思说："这算不上什么。小时候，喜欢上了谁，我都生病下不了床。老师打电话，我妈在家里看护我。这真算不上什么。"

"我还以为——被收养的孩子会对爱上别人很小心，难道不是这样吗？"

---

1 迪斯尼动画片，于1955年上映。

"是的，一般是这样的。但我打小就赢了一次大胜仗。是对维奥利特。我一定是认为，呃，我不知道，我一定是认为我可以让女孩爱上我吧。我需要做的就是爱上她们，她们也就随之爱上我了……山鲁佐德不算什么。我只是远远地爱慕她。"

"看看光明面吧，"维特克说，唇线上带着一丝觉得好玩的残酷。"她是丽丽最好的朋友，这样至少丽丽不会介意。"

基思咳嗽了一下，说："她是丽丽第二要好的朋友。还有贝琳达。她在都柏林。有点儿太顶真了，但山鲁佐德是丽丽第二要好的朋友。"

基思得知阿门又跳上了汽车，正满肚子怒气地去那不勒斯。他非常担心他的妹妹。谁不会呢？阿门听说如阿有时候在集市里松开了头巾，露出了她的嘴和前额的头发。维特克说：

"同样地再下一步，就结束了。"

"好的，和了。"

"呃，不是的，和局是残局阶段。国王除了被将死，动不了。这只是平局，余棋都是重复的。"

你得去试试，基思想。重复棋而平局：你可不想是那样。它们在笑话你呢，那些蚱蝉，园子里的小科学疯子。那些黄色的小鸟也在笑话你呢。一个长得像山鲁佐德的女孩，当她觉得绝望时，你怎么能不试一试呢？

当然，最终那个不可思议的收缩人从猫爪和蜘蛛网中逃了命。他只是变得越来越小，离开了世界——走入亚原子的宇宙。

"嗯，乌娜，"丽丽说，"你怎么看呢？阿德里亚诺会赢得山鲁佐德的心吗？"

"阿德里亚诺？"

谈话换了主题。乌娜坐在收拾一空的餐桌旁校稿。她非常认真对待这事儿（桌上放着一本写作风格指南、一本词典、一叠日记本和照片）。她的阿姨贝蒂刚去世不久。去世前，她写了一部回忆录。乌娜正在准备印刷出版——自己掏钱的出版社，她说。结果发现老贝蒂还真有不少值得称道的：她资助写作艺术、四处旅行，还是个情欲上的冒险家。早些时候，基思曾对贝蒂的一生时光花过半个小时。豪华游艇、巨头大亨、醉鬼天才、数次可怕的离婚、数次车祸事故、数次星光灿灿的高空自杀……维特克和山鲁佐德在最近的前厅玩双陆棋。两人玩得很起劲（用了不少翻倍的骰子），一个里拉一点。阿德里亚诺不在。他被叫去投入一些新的死亡陷阱（以凹坑或是降落伞为主题）。基思认为乌娜的眼睛是他见过最有经验的。她滴水不漏地说道：

"嗯，他非常感兴趣，阿德里亚诺。而且坚持不懈。我们都会被坚持不懈打动——女人就是这样的。不过呢，他是在浪费时间。"

丽丽说："因为他太，呃，娇小了？"

"不是的。她可能对此还有好感。她的心这么软。是意大利式的大排场让她受不了。太戏剧化了。她说，提米需要教训一下。但她会原谅提米的。时代变了，但人还是那么几类，而她不是潮流派的。我以前是的。这些我都明白。基思亲爱的，乌烟瘴气的字面意思是什么？是不是和狼烟四起有点接近？"

吃晚饭时，基思努力不去盯着山鲁佐德看。他惊奇地发现一点都不难——也同样惊奇地发现自己能优雅地唠叨一下，说上几句俏皮话，还能斗斗嘴。直到他的眼角扫了一下。她的脸早对着他的了：眼睛一眨都不眨，明显地别有意味——一向都是如此，明显地只对着他，而且（他觉得）还默默地探询着。她的嘴像一把没有拉开的长弓。从那一刻起，直到晚饭结束，不去看她成了一件他这辈子做过的最累的事。如何去拒绝生命的精华？而且那就在你的面前。该怎么办呢？这时，他说道：

"乌娜，你为什么不断地在页首和页尾划呢？"

"寡妇和孤儿，"她说，"页首的单个词，页尾的单独一行。我是个寡妇。"

"我是个孤儿。"

她微微笑了笑，说："你还记得吗？"

他说不记得了。他不记得了……他记得另一个孤儿院和另一个孤儿。有一两年时间，每个周末，他们全家（这是他们一家子做的事）开车去那儿，把他带出来一个下午——小安德鲁。孤儿院像一个二十四小时开课的主日学校或神学院：粗大的木头柱子，一排排放好的长凳，一群群安静得怪异的小男孩。安德鲁大多时候也是沉默无声。莫里斯 1000 轿车里，海边的茶室里，集市镇上的博物馆里，都有一阵阵的沉默——那种在孩子的耳朵里轰鸣的沉默。然后他们把他送回去。基思记得，安德鲁出来时、进去时，苍白脸色中的沉默。

"你不介意提这个事？"

"不介意。"他想着,此事和我相关,不是吗?"做一个孤儿不是毫不相干,但也不是一切。不是就在近旁,但就是——在那儿。天啊,那是弗里达·劳伦斯吗?"

"嗯,他们到这儿来过好几次。二十年代的时候。我还是个小女孩,但我记得他们。"

基思的手里拿着一张纸质发软的照片——弗里达令人迷惑的诚实的脸,成熟而有乡村味。D. H. 的脸稍稍侧着,下巴固执、桀骜不驯,黑色浓密的胡子剪得短短的。两人站在一座喷泉前。就是前园的那座喷泉。基思说:

"劳伦斯夫妇,在这儿……我们来之前,我刚刚看过他的意大利三部曲。在书里,他管她叫蜂后。"

"哦,在真实生活中,他管她叫屎包。大庭广众之下。是的。他非常超前。贝蒂被弗里达深深吸引了。你知道,弗里达每一天都在背叛他。弗里达。大自然的离经叛道者之一。但她这么做是基于信念。她以为自由的爱能解放全世界。"

丽丽说:"他们在这儿时,睡在哪儿呢?"

"在南边的塔楼。不是你的房间就是山鲁佐德的房间。"

"天哪,"基思说。过了一会儿他想到了墨西哥(也想到了德国。弗里达·劳伦斯,婚前的姓是冯·里奇德霍芬)。他说:"不知道孔秋塔现在怎样了。我希望她都好好的。"

"孔秋塔?"乌娜说,皱着的眉头里像是有疑心。"她怎么会不是好好的呢?"

"是,没有理由。"他想到了孔秋塔在哥本哈根、在阿姆斯特丹、在维也纳——也在柏林,那个酝酿了两次世界大战的地方。"我只是想想而已。"

十一点的钟声还没有敲过,但夜到此就快结束了——出于对乌娜的尊重。她很快要离开他们,去罗马,去纽约。不能玩"红狗"、"全四",不能和山鲁佐德一起玩"赛跑的魔鬼",今晚不行了。月影幢幢,基思提着灯笼,和两个姑娘上了黑魆魆的塔楼。

这让你觉得不安吗,基思?他爸爸问了他不止一次——他说的是和孤儿安德鲁度过的下午。 你是不是宁愿不去?基思说,不是的。我们应该去……他九岁,还没有开始觉得快乐起来,但他是个诚实、敏感的小男孩。等快乐降临时,还是继续诚实,继续敏感——诚实和敏感。现在,这两样特质得放弃其中一样了,可能两样都得放弃。

叭——,羊叫唤着。 嘎——。 嗒——
他正在和丽丽做爱。

基思唆使丽丽在泳池边脱光了上身,他有三个目的:第一,这样他看山鲁佐德时就不会那么不自在(任务已完成);第二,会在她光身子时,小幅度增加她和山鲁佐德的相似处(任务已完成);第三,他觉得可能会增加她对自己性感的自信。他感觉,因为一直待在山鲁佐德近旁,她的自信被大大削减了(结果未知)。

他正在和丽丽做爱。

幻影中妹妹的胳膊和腿仍旧朝它们熟悉的地方伸去,双手抚揉着,他的舌探寻着她的嘴……

他正在和丽丽做爱。

几年前,他读到过没有激情地做爱是一种痛苦,而且那种痛苦不是相对的。快乐是不是相对的呢?把一个舞厅和一座监狱相比,把在赛马场上的一天和疯人院里的一天相比。或者,若想在同一个地方见到快乐和痛苦——在妓院的一夜,在产房的一夜。

他正在和丽丽做爱。 啪——。嘛——。呐——!……

"老天,"丽丽后来在黑夜中说。

"羊。它们这是怎么了。心理受创伤了。"

"受创伤了。拇指汤姆害的。"

两天前的晚上,阿德里亚诺开着直升机过来吃晚饭。直到两天之前,上端草地上羊群可怕的叫声不过是表达厌烦:作为一只羊的全然可以理解的厌烦,刺耳又无计可施。羊不是在咩咩叫;羊是在打哈欠。然后,阿德里亚诺像一颗怒火中烧的星星,劈劈啪啪地从星空直向它们俯冲下来……

"它们听起来不再像羊了,"基思说,"它们听起来像是一群发了疯的喜剧演员。"

"是的,像是模仿羊的叫声。而且完全仿得过头了。"

"完全仿得过头了。是啊。羊可没那么糟。"他说,"看到了吧?拇指汤姆上这儿来,开直升机要更方便,更快。劳斯莱斯都比不上。这下子我们都被这他妈的羊给折磨死了。"

"你知道拇指汤姆有多高吗?我是说真的拇指汤姆。故事里的那个?……好吧。多项选择。四英寸,五英寸,六英寸?"

基思说:"四英寸。"

"不对，六英寸。"

"哦，还不算太坏，相对来说。"

"和他爸的拇指一样高……我想到了一个，"她说，"《纵有歇斯底里的性却孤身只影》。"

"这个不算。温柔的歇斯底里的性，淡弱的歇斯底里的性。不是那样子的。好吧——'典雅的歇斯底里的性'。这个不错。你说的那个不算。"

呐——，羊说道。 呐。呐！

在夏夜，在城堡里，在意大利，和一个芬芳的二十岁姑娘做爱。一边，蜡烛为了光亮流着泪……

> 行动是短暂的——一个步伐，一次击打。
> 肌肉的运动——朝这边或朝那边——
> 完事了，在过后的空洞中
> 我们像被背叛了似地，琢磨自己：
> 痛苦是永久的、模糊的、黑暗的。
> 并且还具有永恒的品性。

在夏夜，在城堡里，在意大利，和一个芬芳的二十岁姑娘做爱。

上帝啊，即使在天堂，他们也再难以承受。即使在天堂，他们也哪怕一秒钟都难以承受了，要发动战事。几乎有一半的天使、大天使、权天使、能天使、力天使、权天使、座天使、智天使、炽天使——他们也哪怕一秒钟都难以承受了。即使在天堂，漫游在绽开着笑颜的玫瑰铺就的柔软的紫色走道上，倚靠着芳香怡人的云朵，畅饮着永生的欢乐——即使在天堂，他们也哪怕一秒钟都难以承受了。他们起身，战斗，失败，从水晶的雉堞上被扔了下来，坠落混沌的深渊。在那地狱的深处，立起了地狱都城的黑色宫殿，所有恶魔的聚集地。撒旦，与上帝为敌的魔王。还有彼勒（卑劣者），玛门（贪欲者），摩洛克（食童者），别西卜（蝇王）。

猎枪室的地板上，他们把纸牌整到木盒里。山鲁佐德穿着一条薄薄的蓝色裙子，斜坐着。基思穿着衬衫和牛仔裤，盘腿坐着。基思想起了在家里有段时间，他和哥哥成了两个劳伦斯。他是 D. H.，尼古拉斯是 T. E.。汤玛斯·爱德华（1888—1935），戴维·赫伯特（1885—1930）。金色沙漠里的考古学家，探险者；诺丁汉矿工得了肺结核的儿子。阿拉伯的劳伦斯和查泰莱夫人的情人。基思说：

"想想都挺令人激动的。我是说，从历史意义上。戴维和弗里达在塔楼里睡过。不知是哪个塔楼。"

"听上去弗里达像是两个都睡过了，"山鲁佐德说。

"取决于谁在另一个塔楼里。"

"妈妈说，她以前老是拿引诱戴维的速度夸口。十五分钟。就在她丈夫在另一间屋子倒雪利酒的当儿。在那个年代不算坏吧。是哪一年？"

"我不知道，1910 年左右？山鲁佐德。有一件事，我必须……"他点起一支烟，叹了一口气，说道……有些叹气会在层叠的树叶间飘走。有些叹气会在石径上、草丛边、砂砾间消散。有些叹气渗入地壳，有些到了地幔。而基思需要叹出的那口气得一路进了地狱，但他到不了。于是，他叹了口气，说道："山鲁佐德，有件事我必须告诉你。我事先得先求你原谅，但有件事我必须得说。"

她的双眉和他们坐的地板一样的平直。"嗯，"她说，"很可能你已经得到原谅了。"

"……我觉得你不应该和阿德里亚诺搅在一起。"

"哦，"她说。又慢慢地眨了眨眼。"但我不打算和他搅在一起啊。好吧，我现在对提米很生气，这没错。可是，他一来，我很可能就不生他的气了。阿德里亚诺总是说爱啊爱的。可是我不想要。其实他最好还是有点策略地调个情，那样我就会知道自己有什么感觉了。"

她以臀部为中心，转动大腿，换成了跪姿。她站了起来（到此为止了）。

"我是在考虑怎样全身而退而不至于……可怜的阿德里亚诺。他开始求我的怜悯了，而我对此毫无抵御能力。他在计划上罗马去。说是有惊喜。到时候我告诉他吧。那样我心理上就会自在一点……呼。说上这些，挺累人的。我们去睡吧。你把那些杯子拿过来，我来拿灯。"

2：身体部位

心上人的颈项犹如在阴晴不定的日子里看到的那些圆形的光柱，阳光穿过云朵的缝隙筛下来。犹如一个高高的白色蕾丝灯罩……这一类的念头，基思知道，对他来说毫无助益，于是他就把注意力转向了别处。

"太大了，"丽丽说，"实在太大了。"

"我感觉像是第一次见到似的，"山鲁佐德说，"太巨大了，是不是？"

"太巨大了。"

"……而你不会称之为肥胖。"

"不，而且那还——挺得挺高。"

"挺高的。而且形状不算差。"

"看得出来。"

"是的，就是太大了，"山鲁佐德说。

丽丽说："实在是太大了。"

基思听着。和姑娘们混在一起，这样挺好的：过了一阵子，她们觉得你不存在了。她们在讨论什么呢，丽丽和山鲁佐德？他们讨论的是格洛丽亚·布尤提曼的屁股……在单杠上，完全无人理会的阿德里亚诺蜷起来，翻了个身，展开来，双腿前伸，连脚指甲都绷得紧紧的。

"太不成比例了，"丽丽接着又说，一边手挡着阳光盯着看。"像是电视上的那些土著。那些特地长了大屁股的土著。"

"不成比例。我亲眼见过——那些特地长的大屁股。而格洛丽亚的——格洛丽亚的……或许的确是和那些特地长的一样大。她是个舞蹈演员，我猜是舞蹈演员的屁股。"

"你有没有见过这个尺寸的穿着紧身衣?"

格洛丽亚·布尤提曼戴着有花瓣图案的浴帽，穿着有点毛绒绒的蓝黑色连身衣，站在泳池旁的小屋的室外淋浴头下：五英尺五，三十三英寸——二十二英寸——三十七英寸。她肤色黝黑，一副冷冷地拒人千里的痛苦身形，鼻梁上锁着的眉心像是个倒 v。格洛丽亚的连身衣往下还多延续了两英寸，像是一条不那么超前的超短裙。这不尴不尬的中规中矩，在这个地方，让人想起早几个世纪的更衣车和浸女巫的凳子……

"她又转过来了，"山鲁佐德说，"哎哟，真是个特大的哎。她瘦了一些，那可真是翘出来直对着你。泳衣太可怕了。太处女了。"

"不对，是老处女。她的胸什么样的?"

"她的胸没什么不对的。几乎是我见过的最漂亮的胸了。"

"喔，真的吗。描绘一下。"

"你知道，就像那些装甜点玻璃杯的上端。嗯，是冰淇淋水果杯。满而不溢，带上点沉甸甸的感觉。我想要那样的胸啊。"

"山鲁佐德!"

"我说真的呀。她的会保持很久的。我不知道我的能翘翘

146

地保持多久呢。"

"山鲁佐——德！"

"好吧，我不是真想要。等贾奎尔来了，你就会见到了。他会很想让它们出来炫炫的。可怜的格洛丽亚。她现在怕妈妈怕得发抖。整件事她才知道一半呢。"

丽丽说："你是说，她只知道一只伸在她内裤里的毛茸茸的大手。"

"太难以想象了，是吧。瞧瞧她，简直有点过时了。"

"像是一个明理的已婚年轻女人。非常的……"

"非常的爱丁堡。看。啊，不会吧。她把头发都剪了。我喜欢她的长发。她的脑袋相比之下显得小了，原来是这样。更多的忏悔，更多的披麻蒙灰。不是，和胸无关。"

"是的，是屁股。"

"没错，就是屁股。"

阿德里亚诺还是像个玩具风车或是螺旋桨似的在上端的单杠上打着转。基思想，我等着他从上面下来——然后走过去，高高地俯视着他。丽丽意犹未尽地总结道：

"这是只滑稽的屁股。"

这一天继续了下去，无遮无挡的热——天上没有一丝云彩。午饭，《傲慢与偏见》，茶点，《傲慢与偏见》，坐在草地上和丽丽聊了一会儿，山鲁佐德和阿德里亚诺从网球场回来，淋浴，喝上一杯，下棋……晚餐时，格洛丽亚·布尤提曼当然没有喝一滴酒，说得也很少，她方正的但下巴尖尖的脸卑屈地低着,看着桌布。乌娜在大家的期盼中,却一直没有出现。稍稍一有声调的变换,格洛丽亚就紧张起来,停下咀嚼,后来就不再吃了。其他人伸手去拿水果时,她拿着双烛台,寻找——不消说——城堡最遥远最荒凉的一侧了。她剪了头发的脑袋,穿着宽松外衣的身形隐退在走廊里。你觉得她会在路上收一下布施箱里的捐款,或是去地窖里最后查看一下麻风病人。

远处的门传来一声沉重的哐当声。"这次早退,"维特克说,"让整个夜晚蒙上了阴影。"

"她为爱受苦,我觉得,"阿德里亚诺说。

"不是为爱,"山鲁佐德说,"她只是害怕妈妈。"

"等等,"基思说,"你有没有把你和乌娜说的话告诉格洛丽亚?和那个马球手在一起,只是抽点可卡因?"

阿德里亚诺突然抬起头来(可能是因为提到马球手,吃了一惊)。山鲁佐德说:

"唉,我是打算说的,可是她老是给我看那些真的好可怕的脸色。好像我刚谋杀了她所有的孩子。所以我想着,行啊,我就随她去吧。"

"相信我,"阿德里亚诺满意地说,"她为爱受苦。"

"那不是爱。"

"啊,那我只好继续独自受苦了。挪移了太阳和星星的爱情。那就是我的爱,我的爱。"

"那是爱的反面。"

晚饭后,基思拿着笔记本去五角图书室。他列了张单子,标题是"理由"。他这么写道：

> 1）丽丽。2）美貌。山无一天不美，让我显得丑陋。而美貌是没法求得的。对吧？3）害怕被拒。被拒绝，还被传得沸沸扬扬。4）非法。既是泛指也是特指。所需的假设我无法得知。5）害怕没有看清真相。那些卫生间里的展示，在弗里达·劳伦斯曾经随性生活过的世界里可能没什么大不了的。害怕致命的误导。

……到现在，他对此有了一定的了解了——对姑娘示意这事。你和心仪的姑娘单独待在一个房间里。由此形成了两种未来。

第一种未来是不响不动。这已经熟悉得让人腻味了：和眼前毫无区别。这是你了解的魔鬼。

第二种未来是你不了解的魔鬼。它是一个巨人，腿高得像教堂的尖顶，手臂粗得像桅杆，眼睛闪亮得犹如阴森森的宝石。

身体是你的主宰，而他总是在等待它的指令。铺着厚厚地毯的地板上，他和心仪的姑娘坐在一起，每次游戏到达高潮时，两人都直起身子，只有他们的呼吸隔开了两张脸。

在那样的时刻，你需要绝望——绝望之望，他不缺少。他有的是绝望之望，但身体却不行动。他要那层表皮滑落，他要变成长蛇，承接肉食动物古老的琼浆和诸般的滋味。

他又回到了他的单子上，又加上了第六条：6）爱。他毫不费劲地找到了诗。

爱召我来迎候，我的灵魂却退缩，
自责于尘土之身和犯下的罪。
而敏目的爱，察觉我变得泄气
我刚进来，他已了然。
他便接近我，柔声询问，
是否我少了什么。

一位配得上这儿的客人，我回答。
爱说：你就应该是他。
我，这不善且不义的？啊，亲爱的，
我不能凝视你。

其实这是一首宗教诗，接下来还有几行。皆大欢喜的结尾。宽恕，还有神奇的默默接受：

爱握起我的手，笑着回答：
谁造了你的双眼，难道不是我吗？

确实，主啊，可我已将之玷污：
就让我的羞耻去它该去的地方。
你知道，爱说，谁已为你承担了罪责？
亲爱的，若知道，我将伺服他。
你须坐下，爱说，来吃我的肉。
于是我坐下，吃了肉。

可是，爱是麻烦所在。因为这是他有而她不想要的。他在慢慢地变小，而她在慢慢地变大。他是不可思议的收缩人。猫、蜘蛛，然后是亚原子——夸克、中微子，如此的微小，穿过星球到了另一端都没有遇到阻力。

"说错了纠正我，"他说，"山鲁佐德是不是穿着你的内裤？"

"来两杯咖啡[1]……你怎么看到山鲁佐德的内裤的？"

"我怎么看到山鲁佐德的内裤的？丽丽，让我来告诉你。晚餐前，她坐在沙发上时，我朝她那个大致方向看了一眼。那就是我怎么看到山鲁佐德的内裤的。"

"咍，好吧。"

"我的意思是，看到山鲁佐德的内裤不算是什么英勇事迹，是吧。也可以说是你的内裤。要想看到格洛丽亚的内裤，我想你可能早上要起得早一点。想看乌娜的也得起早。但看到山鲁佐德的内裤不算是什么英勇事迹。也可以说是你的内裤。"

"别装乖卖巧了……确实是这样的。如今，内裤是女孩外穿的东西了。"

在床上吃过了早饭，再是两人都熟知的相互入境侵犯活动。之后，基思和丽丽下山去村里。和你妹妹的约会自然就是

---

[1] 原文为意大利语。

没劲透顶的同义词。另一方面（他这么认为），如果和你妹妹上床，那可是难以忘记的骇人可怖。和丽丽上床并不是难以忘记的骇人可怖。而且一旦开始了，也不是没劲透顶。可是他的身心不一致。这两位妹妹之间他能发现的唯一相似点是自卑。丽丽爱基思，至少她自己这么说。可是丽丽不爱丽丽。可能这就是姑娘在新秩序下需要的东西——努力达到自爱自恋。听起来挺奇怪的，但很可能确实如此：她们得想和自己做爱。他说：

"……我是个男孩。这是一位女孩。"

"别那样做，"丽丽说。

"他们为什么盯着我们呢？这是一件衬衣。这是一条裙子。这是一只鞋子。"

"别这样！没礼貌。"

"盯着别人看也很没礼貌。哎，山鲁佐德还穿着你的内裤吗？"

"穿着。"

"我也这么想。真让我大吃一惊。她坐在那儿，穿着可以被称为你最酷的内裤。"

"我给了她一条……我给她看了我的内裤，她喜欢，我就给了她两条。"

他脑子里浮现出这一系列：基思给肯里克看了他的内裤，肯里克喜欢，基思就给了他两条。丽丽接着又说了下去：

"她说我的内裤让她的内裤看上去像是运动短裤，或是女士三角裤，或是拇囊炎的衬垫……你对内裤有情结啊。"

他说:"我在内裤手下受了不少苦啊。"

这其实是个有点敏感的话题——丽丽的内裤。三月,她离开了他。出门时她穿的是功能性的内裤,等她回来时,穿的是新潮内裤。他纳闷,当一个姑娘换上了新潮内裤,脑子里经过了什么想法?

"多丽丝,"他开口,似乎带了过多的怨气。

"多丽丝是哪个年代的事?"

"早在你之前了。整整五个月,每天晚上我都和她上床。花了我十个星期,才脱下了她的文胸。然后我遭遇了内裤的抵制,而且它们连新潮内裤都不是。新潮内裤之酷在于你知道它们是会落下来的。仅此而已。它们让你心理放松。"

"即使那样,你也还是对内裤有情结。"

"不是的,多丽丝才对内裤有情结。"起床时穿着内裤,睡觉时穿着内裤。基思想对她说:多丽丝,你对内裤有情结。你穿着内裤——不同的内裤,但都是内裤——一天二十四小时地穿着内裤。"我一直跟她说,现在都 1968 年了。我一直跟她唠叨性革命……你知道我放弃心理学就是为了内裤。那是我读到弗洛伊德讲内裤——作为一种恋物癖。他说,你发现你妈妈没有阳物,遭受了这一创伤之前,你妈妈的内裤就是你见到的最后一样东西了。所以,你会迷恋内裤。"当时他心想,如果那是真的,整个人类工程就应该被悄悄地放弃了。"当天我就转到了英语系。"

"受够内裤了。"

"同意。可是,随后有了潘西。"

"老天呀,潘西是谁?"

"我跟你说过的。丽塔的朋友,事实上是丽塔的跟班。"和潘西、丽丽,我遭受了内裤的悲剧之夜。"别给我看这个脸色。你什么时候和我说说安东尼?还有汤姆?还有戈登?"

"……所有这些,"丽丽说,"就是因为我碰巧给了山鲁佐德几条内裤。"

他折了几张钱,放在茶碟下。"我们过去看一眼那只耗子。"

"可能已经卖掉了。可能就在我们说话的这当儿,正在哪儿的一个可爱的小屋子里备受宠爱呢。"

"猜猜《诺桑觉寺》最后的结局怎样。弗雷德里克操了伊莎贝拉。他没有和她结婚。他只是操了她。"

"她被下药了吗?"

"没有。"不过他心想,是的,她是被下药了。伊莎贝拉,从一定意义上看:伊莎贝拉被下的药是钱。"她说服自己他是会同她结婚的。事后。"

"这么说来,她是被毁了,她入了歧途。"

"正是这样。话说回来,为什么山鲁佐德突然想要新潮内裤了?为什么她穿着可以称为你的内裤中最酷的内裤走来走去?"

"为拇指汤姆准备好她最佳的状态。"

他们开始沿着地势下陷的街道走,他一边由着自己不出声地笑了一下。不过,他同时也意识到他和阿德里亚诺陷在同样的矛盾中:他们是倒退的,是反革命。在过去的朝代,爱情先于性，如今再也不是这个次序了。

"它还在呢。阴郁得快死了。它知道自己哪儿都去不了。永远都不行。"

"你太冷酷了。"

"我还冷酷得不够呢。"

"这不过是一只小狗，有着一张滑稽的脸。"

"你该放弃狗的角度了，丽丽。把它当作一只耗子来赞美。它有着所有耗子的优点。"其中一个优点是对生命的贪恋——乡愁这一层次上的对生命的贪恋。对污泥、垃圾、粪便怀有的"回家的疼痛"。"耗子的活动空间更大。"

"你太可恶了。这是一只狗。"

……当一分为二的时刻到来时，你在两种未来间选择。你选择了未知的那种未来，且采取了行动。某种神秘的事得先发生。心仪的那个，绝非更加强烈地凸显出她自己，而会变得寻常起来。身体的部位，她的这个和那个，得先模糊了，失去了轮廓和个体性。她得变成寻常的女人，寻常的姑娘。可是，山鲁佐德就是不会那样做。

3：殉道者

阿德里亚诺有好几辆车，其中一辆赛车和独木舟一样，只有一个座位。阿德里亚诺戴着护目镜，把着方向盘，像是穿过童书一路驶来的老獾。不过今天中午，等在城堡门边砂砾路上的是一辆高高的路虎——看上去和谢尔曼坦克一般大。阿德里亚诺站在驾驶座上，也可能是仪表盘上，脑袋穿过车子的天窗，两只戴着厚手套的手挥动着。山鲁佐德、丽丽和维特克爬上了车。他们驶向了罗马。

基思下楼去泳池，想着和格洛丽亚·布尤提曼亲善一下。毕竟，家庭历史决定了他善待蒙羞的姑娘。有人或许会说（丽丽就是其中一个）这就是困难之一：基思和他的家人对付不了不光彩的事。他们既没有才能也没有毅力对付这类事，觉得宽恕来得更容易。也有人或许会更进一步说，同格洛丽亚令人寻味的失检行为相比，维奥利特做过的错事远远更为混乱更为多样。维奥利特琢磨着（嗯，你可以从她的眼睛看出来）她还得经历多少羞辱，才可以重新回去犯事。

"可以吗？你介意吗？"

"……不，不介意。"

他从从容容很有风度地拿着《诺桑觉寺》在格洛丽亚的身旁坐了下来。我们怎么来解释他的轻松平静呢？嗯，基思巴望着阿德里亚诺消失（我的脑子会觉得更自由一点）。而且他有了新的项目，或称作决策：以不爱治爱。不再爱深爱的人。我可以告诉你（可别说出去哦），对基思的兴趣——他眼力能及的兴趣——而言，这会是非常糟糕的一天。不过，眼前他很快乐：他刚刚淋过浴，他二十岁。格洛丽亚说：

"你吓了我一跳。我以为是乌娜呢。"她吸了一口气，又长长地呼了出来。"总是这么热吗？"

"一点一点积聚起来，然后是大暴雨。"

格洛丽亚的腿上也搁了一本书。她拿火车票的票根做了书签，把书放在一边。她像是准备睡觉，但过了一会儿，眼睛还闭着，她让人吃惊地开口说话了：

"今天下午山鲁佐德是不是上罗马去买单片比基尼了？我的想法可正确？我听到她这么说的。"

她的声音温暖而有教养。准确到位的发音——被称作"精凿的发音"像是很符合爱丁堡——经济学之城（也是政治哲学之城，机械之城，数学之城），慎思之城——的风格。他说：

"是的，她是这么说过的。"

"我知道——各个民族华丽的服饰。诸如这般的。但虚浮不能过头。开车要三个小时呢。我才去过。"

基思同意，路程是挺长的。

"单片比基尼。她以为自己早上穿的是什么东西？"

她的眼睛还是闭着，因此他细看了一下：方正的脸，下巴收成一个精致的尖，唇细细的，凯尔特-伊比利亚式的鼻子，男孩气的黑色娃娃头。突然，她的眼睛睁得圆圆的。他说：

"呃,今天早上她穿了比基尼。"

"是的,一套她扔了一半的比基尼。也就是说,今天早上,她穿的就是单片比基尼。九十五英里。单片比基尼是不是比比基尼便宜?是半价的吗?可能我老派了,可是说真的。"

一阵子静默,他看起了《诺桑觉寺》。他打算去核实一下弗雷德里克·蒂尔尼究竟有没有操了伊莎贝拉·索普。小说后面部分成了书信体,很难完全确定。而且这毕竟是小说中一大事件。他试图感受一下这事的分量:仅仅一次性行为决定了你整个存在是荒淫堕落的……基思觉得,骑士精神让他有责任替山鲁佐德说话,告诉格洛丽亚他们去罗马还有其他的原因。比如,和阿德里亚诺的父亲卢齐诺在丽兹酒店喝茶。基思碰巧也知道山鲁佐德不高兴单单为买单片比基尼去一趟,也打算花上一百块钱买内裤(她会给丽丽几条)。怎么回事?他心里想。曾经,他不会赞成这么做——他会去查看一下《共同的追求》[1]或是《自由的想象》[2],思考一下钱该怎么花,才更合理。格洛丽亚说:

"是我太正经了,还是一切都太离谱了?这种对暴露的迷恋。"她的目光越过他,一边微微一笑自言自语道:"啊,来了。因我所恐惧的临到我身[3]……"

基思转过身。上方的草地上,乌娜一手拿着一把园艺剪,正在查看玫瑰。

---

[1] 英国文学批评家 F·R·利维斯作品,发表于 1952 年。
[2] 美国社会文化批评家与文学家莱昂内尔·特里林作品,发表于 1950 年。
[3] 出自《旧约·约伯记》。

"我所惧怕的迎我而来。[1] 看。看她是怎样编这事的。喔,我准备好了。这事儿,你当然知道的吧?"

丽丽总是用一种貌似真诚的责备口气告诉他,他没有撒谎的才能。 你没治了,她这么说,一边两手在空中挥舞着,一边慢慢地摇头。这太可怜了。 这就是为什么你不擅长拍马,捉弄你又这么容易……基思没作声(他本来打算说上些巧妙的话),格洛丽亚说:

"我是等着呢? 还是上去,主动听凭裁决?"

"哦,要是我,就不会怕乌娜。乌娜不会在意一点点可卡因的。"

那一瞬间,他感觉到被盘问的巨大威力压在了身上。

"你什么意思?"

"哦,对不起。我听说你在一次聚会上,被抓到在卫生间里吸食可卡因。这事儿不会让乌娜难过的。那种事她都见识过了。"

又砸过来一阵令人紧张的盘问。等这阵过去了,她靠在了椅背上。

"好吧,让她来选择时间吧。"她又拿起了书,甚至还开始哼起了曲子。时间一分分地过去了;书一页页地翻过去了。她说:"我们刚刚说到哪儿了?"

"呃,暴露。这都太……是什么呢? 性解放?"

"伦敦刚刚闹过一阵子,"她说,"因为她们都开始露阴

---

1 出自《旧约·约伯记》。

毛了。"

"谁?"

"女人。哦,你知道的,是在男性杂志里。"

"这可算不上是女权主义者的决定。"

"我可没说过这是呀。我觉得这么做把每个人都贬低了,你说呢?但就是那样子。这是时代的标志……温柔的耶稣真仁爱。好吧——上你最厉害的招术吧。"

乌娜走下来了。在中层平台上,她停了停,脑袋硬邦邦地转了一下。格洛丽亚将自己裹在一条毛巾里,小小的脚一点一点地——偷偷摸摸地——伸进了夹趾拖鞋里。

"为我祈祷吧,"她说完罩在白色的浴巾里趿拉着走了。

放在空椅子上的书是一本时下流行的《圣女贞德传》。圣女贞德,一名勇士,一名标杆式的人物——领军带队,围攻城市,突破重围——年方十七。维奥利特的年纪……他翻到了最后一章。他了解到圣女贞德被作为异端处死了,但宗教裁判所的借口却与《圣经》中关于衣着的训令相关。她犯下了衣柜罪,是为了不让另一种罪行——强奸——得逞。1431年(她还不到二十岁),他们在鲁昂烧死了她,一个罪名是她穿得像男人。

基思挪到了树荫下。和格洛丽亚的谈话让他第一次感觉到揪心地想家。他想回到英格兰去,拿到一本男性杂志……他又一次感觉到了,空气中的颤动,飘浮在风中的芳香,令羊群成群结队,东冲西撞。这一切总是让他觉得惊奇——各种禁止最终总是不堪一击,而每个人又都是多么随时准备去占据新的地盘，寸土不让。自动吞并。这在孩子的发展过程中，叫做"自我延伸"。他们既不感恩，也不多思，将每一点新出现的力量和自由积聚起来。看看眼下：挡路的人在哪儿？扫兴的人在哪儿？牢骚满腹的人在哪儿？管理监督的人在哪儿？

他闭上了眼睛。等他又睁开眼睛时，影子的角度已经悄悄地变尖了。阿门在池子里，无声地滑动着，只见得到他的脑袋和水中的倒影。阿德里亚诺游泳时，像是和池水在作战，双腿踢着，双膝顶着，双拳砸着（你不得不承认，穿过水波的速度快得令人难以置信）。或许他想击毁的是他自己的倒影……在水池的另一端，阿门立了起来，平滑无声。他停顿了一下，大声说道：

"你好吗？"[1]

"很好。你呢？"[2]

今晚上还打牌吗？他的另一新项目会有多大的进展？那个靠意念变成长蛇的另一新的项目，或称作决策。他会召唤它，捕蛇的猛龙，双目紧锁，一心想占为己有的痴笑，滴涎的牙。当然，霸王龙一旦召来起了作用，便可令其离开。基思可以好好珍爱。他会改变形状，不再是条长蛇，甚至不再是哺乳动物，不再是个男人，而是最温柔的天使。

他们说智天使在崇信上帝上，最彻底完美。但炽天使是天使中最温柔的。炽天使永远在颤抖在向往，像是火舌。他就会成为那样的炽天使：痴迷地，敬崇地燃烧着。基思睡着了。

---

1 2 原文为法语。

正在漂过灰色水面的不是阿门，是格洛丽亚。黑色的圆弧旋转着。他马上能够看得出来她要轻一点，当然，是根据她躯体排开的水量。她的重量要轻一点，眼睛的色泽要轻淡一点，嘴唇的线条要轻柔一点。她钻到水下，然后在跳水台的阴影下钻出水面。

"唔，我真想睡一会……顺便说一下，忘了我说的有关山鲁佐德的话。她可以有单片比基尼。我赞成的。"

他看着她滴着水的躯体爬上了金属台阶，忽然想到她是两个不同的女人在腰际处连接在了一起。没错，一个舞蹈演员的躯体，他心想，小腿、大腿的肌肉努力往上推拉着……格洛丽亚的泳池装：今天的游泳衣（丽丽和山鲁佐德都同意）甚至比昨天的还糟糕。下端不是像条腰带的裙摆，而是延伸成一条宽松而质地强韧的短裤。

"就随她任性放荡吧，"她说，一边拿毛巾擦着耳朵，"随她拿暴露出风头吧。"

他点起一支烟。"想法这么大的变化，是怎么回事呢？"

"哦，莫大的讽刺，是不是？嗯，是啊，聪明的小伙子。错了。我原来以为这位亲爱的姑娘对我没这么友好哩。就是这样。"

"很好，我很高兴。"

格洛丽亚第一次笑了（露出了有着野蛮劲道的牙齿，洁白完美，带着极淡的一点点蓝色）。她说：

"你感觉怎么样呢？目不转睛地看呀看的。好了，都这个年纪了。她还真是个美人儿，是吧？"

"谁啊?山鲁佐德?"

"是的,山鲁佐德。你知道的,高个儿的那个,非常长的腿,非常长的脖子,高度发育的胸。山鲁佐德。当然啰,你有丽丽了,但你已经习惯丽丽了。多久了,一年了?是啊,你习惯丽丽了。山鲁佐德。你脑子中在转悠些什么,她是怎么想的呢?怎么呢?"

"你觉得很好笑。"

"你难道不明白我在说什么吗?你,还有那个意大利人。你们都是年轻小伙子。太阳烈得很。你们该想些什么呢?"

"习惯了就好。"

"是吗?那个,呃,维特克怎么认为呢?还有另外一个,我看见总是躲躲闪闪的样子。显然是个穆斯林。他怎么认为呢?有谁想要这么显摆,那就得考虑一下自己的观众。"

"这就是为什么你会谨慎一点。我是说你自己。"

"呃,部分原因吧。"她说,在柳条椅上坐了下来,去拿圣女贞德的传记。"所有这些,都是一年前才出现的。那之前,你想都不用想这些事。贾奎尔有时候会坚持,但我决定不这么做。暴露自己。"

"谦虚稳重。"

"还有另一个原因。也和男朋友有关。"

他小心地说:"如果这个原因是我所认为的那个,那么我明白你的意思。"

"你认为的那个原因是什么呢?"

"我不知道。自我贬值。自我去神秘。"

"嗯,是的,"她说,打了个哈欠。"没错,会失去惊喜的成分。但不是那样的。"她扫了他一眼,友好却带着鄙视。"我想,告诉你不会有什么坏处的。你几岁了?十九了?"

"再两个星期,就二十一了。"

"那或许我们应该等到你到了年龄。噢,好吧。"她咳嗽了一下,礼貌地表示开始讲话:"嗯,好。有些女人想让她们的胸部变成棕色的,但我不想。"

"为什么呢?"

"我想要证明我是个白种人……我不是有偏见有歧视之类的。当然,我对贾奎尔也一心一意。但我要是开始交一个新的男朋友,我或许想要证明我是个白种女人。我一晒就黑得厉害。"

"你已经很黑了,"他说,把腿盘了起来。他们在讨论身体的暴露程度。格洛丽亚是个漂亮姑娘,可能算得上非常漂亮。但是她是在深闺里,帘幕重重,处于隐匿状态。她没有发散出性的吸引力。一点都没有。他说:"我不理解,格洛丽亚,除非你全身赤裸晒太阳,否则你总是能证明你是个白种女人的。"

"是的,但我不想等到最后一步再来证实啊。你懂的,要早一步。"

他们默默地各自看了大概半个小时的书。

"太粗俗了,"她说,"真的太粗俗了。谁告诉她们这么做的?"

到了九点半时，他已经坐在了西侧露台的双人椅上。萤火虫一闪一灭的（就像烟屁股在空中被弹了出去），他在看《曼斯菲尔德庄园》。按照他的标准来看，他已经相当醉了。他想着，想以最顺畅的路线进入长蛇的屋子，可能需要一定量的药剂。他不会给山鲁佐德下药，但他可以自我麻醉一下，不再清醒理智。或许，两整杯的葡萄酒下去会让他重新发现自己属于长蛇的辉煌传承……乌娜早一点时候拿了个三明治上房间去了。格洛丽亚·布尤提曼穿着一件棕色家居粗呢服，靠在厨房水槽边一言不发地挑拣着一盘绿色色拉。

小说就是厨房水槽，他决定。这就是他得到的结论。社会现实主义是厨房的水槽。区别仅仅在于，有些水槽，有些厨房，要比另外一些昂贵得多。

他听到砂砾路发出摩擦的声音，接着是吉普车不高兴的隆隆声，他听到门打开了，又被砰地关上了，维特克压低的男高音，砂砾路嘎啦啦地被碾了过去。他继续读了下去。目前看来，亨利·克劳福德很有可能会操范妮·普赖斯。不过，到目前为止，像是一书一操。至少，一书一操，他是这么跟丽丽解释的。但更精确一点的说法是：每一本书，你会听说这一操。这事永远不会发生在女主角头上的。女主角是不会被允许这么做；范妮不会被允许这么做。也没有谁有药可下……

十分钟过后，基思一脸被烦扰了的神情，走下石砌的台阶。湿漉漉的石板散发着六月尾的冷汗。在进门处的门道上，他可以分辨出扔在地上的购物袋，雪白雪白的，散发着冷冷的昂贵的光泽。他走入院子，寒气连着滴露，凝成了一层薄雾。

厨房的水槽，会长久吗——社会现实主义会长久吗？毕竟，他是城堡里的K：他得做好准备，为即将到来的变化，分类的错误，体形的变化，还有身体变成不同的身体……

乍一看，喷泉另一端出现的影子像是一个庞大复杂的动物，表面凹凸不平，多个腿臂。然后有一会儿工夫，他觉得是在喂食，在给予或是传递养料……是丽丽和山鲁佐德正在急迫地但一动不动地拥抱着。她们没有在接吻什么的。她们是在哭泣。他往前走了走。丽丽睁开了眼睛，随后又闭上了，下巴抖动了一下。

"怎么了？"他在黑暗中一遍一遍地问，"好了，丽丽，这是……会糟到什么地步呢？ 什么事呢？"

这时，丽丽已经不再哭了。她只是隔了几秒钟抽咽呻吟一下。到底会糟到什么地步呢？在华美的丽兹酒店里，有什么样的忧伤等待着她们呢？

"真是坏得不能再坏了。"

基思判断一定出了什么事故：整个世界被缩减到了车头灯闪亮的那瞬间，大型校车，高速列车……他听到一声重重的吞咽，又呼噜噜地抽了下鼻子，丽丽又开口了。那是细细的悠悠的声音——一个小女孩围着她最痛心的事，无计可施的声音。

"而且对山鲁佐德来说，还要坏得更多更多……"

"为什么呢？"

"……因为这意味着她只好。"

"只好什么？"

"……没有选择了。和阿德里亚诺的,全变了。"

他等待着。

又一声呻吟,又一声黏糊糊的塞了鼻子的吸气声,然后她幽怨地说道:"他是个烈士。他是1945年出生的。所以她只好。"

第二天早上晚些时候,基思答应和维特克一道,离开了明显安静下来的城堡,经过泳池,下了山坡。

"我们出去走走。"

"去哪儿?"

"你应该多出去,基思,呼吸一下新鲜空气。不要整天坐在房间里看英国小说。就散散步。"

"好啊,可去哪儿呢?……从开始的地方开始。想象我什么都不知道。"

"那是我见过的最不同寻常的事之一……好吧。我们先去买了东西。"

她们买了东西。之后上酒店和阿德里亚诺会面。他们坐电梯上了楼顶豪华套房——维特克、丽丽和山鲁佐德,穿着夏装,提着袋子箱子,装着他们的单片比基尼、华服丽装和青春岁月。门打开了,卢齐诺站在面前。

"我不知道我们到底有什么期望。很有趣。我们谁也没有事先想过这一刻。很奇怪,是不?好吧。"

卢齐诺六英尺三。在场的还有阿德里亚诺的弟弟,蒂博尔特。蒂博尔特六英尺六。不消说,当然还有阿德里亚诺。阿德

里亚诺是四英尺十。维特克说了下去:

"你会很想问,嗨,他算是他妈的碰上什么了?"

"可你问不来。"

"问不来。那简直像舞台上的场景,或是某种戏剧性的场面,或是梦境。我一直想着别再惊诧了。要不就习以为常吧。"

"丽丽也这么说。"

"可我们谁也没做到。张力、压力,什么也掩盖不了,你能听得到。"

"然后喝茶了。"

基思点起一支烟。他们沿着小路走去。小路绕着城堡对面山峰的山脚,山谷像是大浪拍到了高山上。

"我们上哪儿去呢?"

"不去哪儿,只是走走。屋顶上已经摆好了下午茶,非常的英式,本来就是英式的。蕾丝的垫布。黄瓜三明治,面包的硬皮都切掉了。只有桌子没有椅子。没有椅子。卢齐诺,蒂博尔特——两人都帅得要命。接着你会想到阿德里亚诺也是非常的帅,但他低低地在下面。"

"而他是什么角色演什么角色。"

"是的,他演他的角色。决心非常强的小个子,阿德里亚诺。大家都有点不正常。为什么不能提呢?找到语言的一种形式。或许甚至可以拿来当笑话讲。老天呐,我不懂。"

"是啊。"是的,他心想。拿来当笑话讲:万一阿德里亚诺开始犯下什么心理情结了。"然后是喝酒。"

"然后是喝酒。两个姑娘都要了威士忌。非同寻常,是吧?我们坐在沙发上,我在她们两人中间。我可以感觉得到两人的心在跳。她们两人的心都在跳。啊,此时此地的情人们。"

他们停了下来。狭窄的小路上,两位修道士大步朝他们走下来。修道士穿着凉鞋,长袍垂在脚面上,一路说着话,一边身体转着向,频频点头。 早上好!早上好![1] 他们穿过灌木丛和高高低低的岩层继续往前走,一边忧心忡忡地打着手势,但两手却都藏在袍袖里看不见。

"啊,她们是如此地沉浸在爱情中。我和卢齐诺单独待了十分钟,"维特克说。"他给我一个了然于胸的睿智的微笑,我们谈了起来。或者说,他谈了起来。"

"阿德里亚诺出生于1945年。"

"是的,悲伤之至的事。阿德里亚诺出生于1945年……回来的路上,在吉普车上,谁也不吭声。除了阿德里亚诺。他还老是在说那些事。悬挂式滑翔坠落啊,皮划艇漂流落水啊……各种噩梦[2]。"

维特克解释了一下,又说:

"他非常非常的精确,卢齐诺。非常的,呃,扼要。不算是之前有过什么练习。简明清晰。他找到了语言的一种形式。"

"你还有记得的吗?"

---

1 2 原为文意大利语。

"噢,有。他说,万一不幸阿德里亚诺死在我前头,那么,最后,在他的棺材里,我的儿子和其他男人没有什么两样了。"

"他真这么说了。"

"他还说,我每天每时每刻都在祈祷他能经历这样的欢欣。爱情和生命的时刻。怀有悲悯之心的天使给予了他这个模样,上帝护佑这些天使。"

"……这些话你有没有告诉山鲁佐德?"

4：神志清楚的梦

无疑，这的确是悲伤之至的故事。一个来自另一体裁、另一种行事方式的故事。社会现实主义未能长久。语言的形式到底是什么呢？

孩子是在1944年5月怀上的。孕期只除了最开始和最后几天，阿德里亚诺的妈妈都是在监狱里。她犯下的罪就是嫁给她的丈夫。卢齐诺被征入他们称为"新军"的部队，墨索里尼的"新军"。卢齐诺得到妻子的同意后，逃避了兵役。他们两人都担心，理由很充分（据维特克说）卢齐诺早晚会被送到德国的劳改营。露西娅非常坚定，卢齐诺说。 我们知道——每个人都知道——最坏的监狱也要比最好的劳改营，保得住性命一点。我们不知道的是阿德里亚诺已经在她的肚子里了。蒂博尔特出生于1950年。露西娅于1957年去世，阿德里亚诺那年十二岁。

对此基思感到很难过。再给他一些肯定（他很快会需要了），我可以说基思想象着躺在子宫中的阿德里亚诺，难受得很。整整十五年之后， 1984年，当他第一次在产科护士的监测仪上看到他的第一个孩子开心地忙碌着，像只水池里的蝾螈，显然是很滑稽的好奇还有欢欣令其微微颤抖着，基思的第一个念头就是阿德里亚诺和他的饥饿：子宫里的阿德里亚诺的饥饿。小小的魂魄和他痛苦的脸。而这种痛苦将会包裹他的余生。四英尺十。五英尺六的可以颇有根据地猜四英尺十的高度。还有战争离得有多近……

因此基思明白了姑娘们为什么哭泣。这下规则被重写了，泛泛的合宜与否不再适用了。问题得重新问过。女主角们被允许做什么？

"你很不开心啊。来，你应当高高兴兴去做的。"

不开心的恋人，阴郁的天，日子就这么过去了：打几个瞌睡，喝几杯咖啡，几次沉默无声，短暂的消失几次，再喝几杯茶，打几个哈欠，不见了几个人……后来，丽丽和基思将不得不代表城堡去村子里：在圣马利亚举办的慈善义卖上，乌娜给他们报了名。

"我不介意的，"他说，"只不过那意味着得上教堂去。不是的。我是为拇指汤姆觉得难过。"

"不要叫他拇指汤姆了。"

"好吧。我为阿德里亚诺觉得难过。你原来是不是觉得他爸爸有点——有点矮？"

"我想象，呃，低于平均吧。不高。和你一般。不是个大个子，而且还有个大个子的弟弟。那时候她的心软化了。你知道她特别心软。"

像是个梦，维特克说。这一切都像是个梦。他说："她会吗，你觉得？"

"呃，一石双鸟。大大提升了他的可能性，而且会让她不再绝望。她会慢慢试试看的。"

基思躺在床上——他和《爱玛》躺在床上。丽丽准备去淋浴，一边在脱衣服：不是件花很长时间的事。她的身体朝着他的方向前倾，两个拇指一边脱下比基尼的夏装。这几个星期下来，恒星给丽丽上了合她品味的颜色：肤色变棕了，发色变淡了，牙齿更白了，眼睛更蓝了。她踢掉夹趾拖鞋，突然说道：

"谁操了范妮？"

"你说什么？谁也没操过范妮。"他们又开始讨论《曼斯菲尔德庄园》。基思想集中注意力——集中注意力于他熟知的世界。他装得眉飞色舞地说（讲的比想的好听）："她是女主角，丽丽，女主角是不会被允许那样做的。再说了，谁会想要操范妮呢？"

"男主角，埃德蒙。"

"好吧，埃德蒙，我想也是。毕竟他娶了她。我想这事他最终是做成了。他是男主角。"

丽丽穿着绿缎家居服坐在梳妆台前，背对着三折镜。她拿起一把指甲锉说："听起来你不喜欢范妮。"

"不喜欢。玛丽·克劳福德更是我喜欢的类型。而且她更无所禁忌。"

"你怎么看出来的？"

"有方法的，丽丽。玛丽老是在谈论海军将军的，她讲了个关于中将和少将的笑话，一语双关地影射军中的恶习和鸡奸[1]。是简·奥斯丁的书啊……但《曼斯菲尔德庄园》和其他

---

[1] 英语中海军中将和少将分别为 Vice Admiral 和 Rear Admiral。

几部不一样。坏蛋是有远见眼光的,而好人则都是不中用的。传统的价值观又抬头了。简开始变得反魅力了。这是一部显得非常困惑的小说。"

"而且一操都没操。"

"不是的,有的。《曼斯菲尔德庄园》有两操。亨利·克劳福德操了玛丽亚·伯特伦,耶茨先生操了她的妹妹朱丽亚。他是个贵族的儿子,尊敬的阁下。"

"她们被下的是什么药?"

"这问题问得好。我不知道。父母不爱她们。乏味无聊。"

"山鲁佐德给自己下药呢,那药是怜悯心。"

他想确是这样。阿德里亚诺项目成了某种社工或是社区服务的形式。"把性事作为一件好事来做。好啊。告诉简·奥斯丁去。"

"她想着他和蒂博尔特一起长大,很快蒂博尔特的身高就赶上他了。蒂博尔特长啊长的,长成了这个高大伟岸的神。她希望……"

其实他们可以听到她就在两个房间中间的卫生间里——水龙头的响声,快速的脚步声。

"要是她能先碰到蒂博尔特。她就能和他上床了。但她不能,她得和拇指汤姆上床。她认为自己找到了一个方法。"

丽丽压低声说着,盯着他看,随后转身走了。穿着浴袍走出门,下了台阶。

而基思想再回头看爱玛,还有贝茨小姐,以及博克斯山上令人生发生了大转折的野餐。

"你知道他们长得什么样的?"丽丽说。她回来了,一条浴巾裹在身上,还有一条在头上盘成一个圆锥形。"蒂博尔特和阿德里亚诺?他们两人在酒吧里并排站着时?他们像苏格兰威士忌,一个是大瓶装的,一个是小瓶装的。同一个牌子,同一个包装,大瓶和小瓶之分。"

丽丽开始穿上衣服。一切他都熟悉不过了。熟悉,而又不合情理,就像入睡前和醒来后的念头。她的肌肤只不过是她的血液和骨骼的外衣?然后她对着三面镜子在梳妆台前坐下来,开始装扮她的脸蛋,紫色的眼影,红色的脸颊,粉红的双唇。他说:

"你该在头发还湿的时候就卷头发吗?你确定是这样的?……蒂博尔特本就该是六英尺六的,是吧?不是五英尺十一之类的。"

"其实我挺佩服山鲁佐德的态度的。她努力保持积极的一面。她觉得自己能找到某种方法,去过一个缠绵的周末。一点都不出门的那种。甚至都不起来。那样的话,他们就不会同时是直立的。"

"好吧,丽丽,描绘一下横向的周末。"

基思一边听着,一边乱想着……阿德里亚诺开车带她去首都,停在某个高级酒店的附近——要是能停在楼下就更好了。谨慎起见,山鲁佐德会独自去已经订好的套房。她沐浴,喷好香水,滋润好肌肤,长长的躯体穿着一碰就散开来的睡衣在洁白的床单上躺了下来——全是为了他！为了阿德里亚诺！他，随后戏剧性地出现了，或许就站在床前。他的手指慢慢地伸向白色便裤上的蜷曲的结，然后，带着一丝坚定的微笑……

"过后，"丽丽说，"就用送餐服务。没有什么是在公共场所，没有两人都会站着的时候。就那个让她不自在得要命。她是为自己觉得羞愧呢，但就是那样子。她不断地想着他在想什么。她还会起鸡皮疙瘩。"

基思同意，她要是起鸡皮疙瘩的话，那可没什么好的。

"她的态度是这样。如果她那么喜欢蒂博尔特，那么她一定也喜欢阿德里亚诺。有点吧。唉，她还变得越来越绝望了。"丽丽站起身，双手朝下抹去。"快点，到时间了。"

他突然想到：这是我熟知的世界，这是我的地盘，在完全清醒的人中——和她在一起。他打了个滚下床，说道："我一直想跟你说。你看起来可爱极了，丽丽。我们不会分手的。我们在一起。你和我。"

"呣。呣。我想你现在是爱上她了。"

"谁？"

"爱玛。"

"噢，绝对的。她有点咋咋呼呼的，爱玛，但我喜欢她，我承认的。聪明，漂亮，还有钱。这是很好的开头。"

"喔，但她有大胸吗？……简·奥斯丁有没有说她们有没有大胸？"

"没用那么多的字。或者说，还没用上。从现在开始，任何时候她都可能说，爱玛·伍德豪斯有大胸。但她还没那样说。"

"你说过的，你说过莉迪亚·贝纳特有大胸。和一名士兵私奔的那个。"

"嗯，她是有大胸，要不就是大屁股。凯瑟琳·莫兰有大胸。简·奥斯丁差不多是告诉读者的。写在代码里。你看，莉迪亚身材最高年纪最小——而且她还壮实。那是大屁股的代码。"

"大胸的代码是什么呢？"

"效果。凯瑟琳长大了，她变得越来越丰满，体形也有了效果。 效果——那是大胸的代码。"

"可能没这么复杂。代码。可能丰满就是大胸，壮实就是大屁股。"

基思说，她完全有可能是对的。

"这么说来，山鲁佐德是丰满的，格洛丽亚是壮实的。但你不会把深林肥臀巴洛叫做壮实的，是不是？"

"深林肥臀？不。不过，语言是会变化的，丽丽。屁股也会变化的。"

"听听他说的。一开始尽是道德模式，感受生命。接着尽是下药和上床。这下尽是大胸和肥臀。啊哈，我想到了一个。《歇斯底里的性和单身女郎》。娜塔利·伍德[1]演的。这个不错。"

"不对，丽丽。这个不合适。"他想了一会儿，说，"《歇

---

[1] 娜塔利·伍德（1938—1981），美国女演员，曾获三次奥斯卡提名，以《西区故事》最为知名。

斯底里的性故事》。由艾莉·麦克格劳[1]来演。这个可以。"

"但她死了。更何况,我们讨厌那部电影。"

"我知道我们讨厌那部电影。拇指汤姆来吃晚饭吗?"

"别这么叫他。是的,他开直升机来。"

"天啊,我得找他谈谈这事儿。羊群才刚刚恢复一半正常呢。"

"和山鲁佐德说吧。她说她喜欢想到阿德里亚诺自由自在地飞翔……"

基思说:"嗯,我猜这就是他的诀窍,阿德里亚诺。四英尺十自己不够的话,他带她们去见他爸,还推出蒂博尔特。"

"……1945年关键。那样她就可以告诉自己是为军队服务呢。"

"为军队服务?"他的声音有点变。"可他在敌对方啊!"

"什么?"

"意大利是轴心国成员。所以拇指汤姆就是法西斯。"意大利和二战的知识他余下还剩两点,基思继续介绍了下去。"墨索里尼推广了鹅步。他们最后把他绑起来时,他穿着德军制服。到最后都是个纳粹。"

"……哦,这些就不要告诉山鲁佐德了。"

晚上一开始就闹得很。开始是阿德里亚诺直升机旋翼刺耳的噪音。然后在玫瑰色的晚霞中,他们被羊群的尖叫声逼得离

---

[1] 艾莉·麦克格劳(1939—),美国女演员,曾在《爱情故事》中饰演女主角。

开了西侧的露台。晚饭却是奇怪的安静——或是说，安静的奇怪？维特克、格洛丽亚和基思，对面分别坐着丽丽、阿德里亚诺和山鲁佐德。阿德里亚诺当时没坐在上首的位子上，不过他重新又觉得领头说话是他的事：

"我们在福贾艰苦卓绝地赢得了胜利，抓住了冠军宝座。我们的奖杯室里，有更多的银奖杯了！很快就要面临赛季前严格的训练，我都等不及开始了。"

基思碰巧又知道山鲁佐德指点过阿德里亚诺，让他不要再就爱高谈阔论了。阿德里亚诺立即答应，但这事留下了不祥之兆。而且这一来，让他没什么话题可说。因此他开口就谈论他的"怒火"橄榄球队，滔滔不绝，没完没了。怒火队和它的声望；在本已最为严苛的联盟橄榄球队里，怒火队绝不退让，踢出了特别出色的球。

"你在哪儿，阿德里亚诺？球场上。"

那是山鲁佐德。她的脸上挂着一个新的微笑，温顺而带点悲伤。完全的理解，完全的宽恕。基思继续听着。

"啊，我的位置。就在战斗的中心。"

阿德里亚诺是勾球前锋，处于全体前卫的中轴位置上。他说，每次并列争球开始，六颗脑袋撞在一起时，他特别享受这个位置！基思知道，勾球前锋的作用通常是用脚后跟将球传给后面绷得紧紧的十条腿的队组。显然，在怒火队不是那样的：争球开始时，阿德里亚诺只需抬起并交叉他的短腿，他后面的队员（第二排）就能用球鞋上的饰钉来抓对方前排队员的膝盖和胫骨。他说：

"效果更好。噢,我向你保证。效果更好。"

"……难道没人制止吗?"山鲁佐德问,"难道他们不报复吗?"

"啊,我们也同样地以漠视伤痛知名呀。我是唯一一名怒火队还未断过鼻子的队员。锁球队员的一只眼睛瞎了。两个支柱队员连一颗牙都不剩了。而且,我的两只耳朵都还好端端的,甚至都还没钙化。这又令我在我球队中显得格格不入。"

"比赛之后呢,阿德里亚诺?"丽丽问。

"我们去庆祝胜利。请放心,方式都正常不过的。相反,碰到千载难逢的时刻,我们就去……淹没我们的悲伤。整个晚上——一向如此。好多砸碎的玻璃。我们是名副其实的无序之王!"

"……那是谁说的,"维特克说,"橄榄球是流氓的绅士运动?"

基思说:"嗯,我也听说过了。足球则是绅士的流氓运动。"

"我在格拉斯哥一直住到了十岁。"

那是格洛丽亚。这一开口他们都朝向了她,因为她几乎都不说话。谁的眼睛都不看,她继续说道:

"有一样是非常明白的。足球是流氓看的球……凯尔特人队遇上流浪者队时,那可是一场宗教战争。难以想象。他们都应该参军上前线去。阿德里亚诺。你应该参军上前线才好。"

"噢,格洛丽亚,别以为我没试过!但有些限制规定,可惜呀……"

他一时不出声了,棕色的拳头将白色的餐巾团了起来。整

整有五分钟工夫,餐厅里的沉默在翻滚搅动着。然后阿德里亚诺直了直身子说:

"流氓的绅士运动?你大错特错了维特克。你真是大错特错了。"

阿德里亚诺接下来让大家放心,不免长篇大论地解释了怒火队成员都是有地位的人家出生,属于入会费极高的会员制体育俱乐部。他们开车去客场球赛时,一队的兰博基尼和布加迪。他甚至还特地留意过,他们肆意破坏的旅馆、饭店都是豪华五星级的。阿德里亚诺把想说的说明白了,靠坐在椅背上。

然后他们不作声地坐着,慢慢地形成了一段无望的真空。丽丽注视着他,目光恳求着,于是基思说道:

"呃,我以前也和你一样的,阿德里亚诺。十三岁之前,我喜欢橄榄球喜欢得发疯。直到有一天……"司空见惯的围挤争球。那正是他以前最喜欢的,一头砸进去,然后满是鲜血地出来。"我……"

"你失去了勇气,"阿德里亚诺理解地接了上来,甚至还伸手拍了拍基思的手。"哦,我的朋友,这事时有发生!"

"是的,我失去了勇气。"但是,在那个至关重要的星期六的早上,他的脑子中还另有一个想法——那个想法背后的另一个想法,再那个想法背后的另一个想法。1963年,他告诉自己:从现在开始,没有什么可以重新再长。所有的一切你都会需要的。 所有的一切你都会需要的。为着女孩子们。"于是我就不再砸进去了。别人注意到了。我就退出了。"

阿德里亚诺说:"可是基辅。你怎么来忍受羞辱的?还有众人的鄙视?"

丽丽说:"我觉得这挺滑稽的,阿德里亚诺。请允许我这么说。"

"我怎么忍受的?我告诉每个人,这是为了我妹妹。"维奥利特当年八九岁。他满是伤痕的回家时,总是让她非常难受。 为了你,维,我会放弃的……确是这样,从某种意义上来说。他这么做,是为了女孩们。"她感激得很呢。"

"这事直截了当,"山鲁佐德说,一边卷起餐垫。"你再也不想受到伤害了。"

收拾餐桌时,阿德里亚诺一直坐在餐椅上。后来,山鲁佐德过来也加入了。

他躺了下去,尽到了兄弟的职责。丽丽说:

"那可真是太棒了。"

"可不是。令人叹为观止。每天晚上都会是这样吗?"

"不可能的。我们不是全死了就是全疯了。我不断地拧着自己。不是想不要睡过去,而是想确定我不是睡过去了,在做梦。"

"这么疯狂的梦你是不会做到的。"

他躺在那儿,干着爱的小差事——但是最后一次了。最后一次,他幻想着山鲁佐德,幻想着所有他的想法就是她的想法,所有她的感情就是他的感情。当爱道着别,迟迟不愿离去,亲吻着它的指尖,它告诉他,像山鲁佐德这般实实在在的,这般令人信服的人,不会也不想将自己和像阿德里亚诺这般难以置信——而且有点不明不白欺蒙诳惑——的人纠缠在一起。当丽丽飘着去寻找神志清楚的梦，基思希望且深信阿德里亚诺也会飘走，像黎明融化晨星一样地消失，而山鲁佐德则会越来越绝望。

但令他失眠的是战争。在他的生命中，可能是第一次感受到了它的尺寸和重量。那不是天堂的战争。那是俗世的战争。

战争是那么的近在身旁，那么的无边无际。

战争离他们这么近，而他们从来没有想过——整整六年的地动山摇，每个月都有一百万人被杀（意大利也在其中，将它的山与山相互碾磨着捣杵着）。

战争呼吁着他们的母亲和父亲的勇气。他们都是它的孩子，它的小小的魂魄，就像子宫里的阿德里亚诺。

那场战争离他们那么近，那不只是一片阴影。那是光。带着粪便般黄棕色的光。

第三场
幕间休息

和现在在回顾这段时期其他活着的人一样,基思是核冷战(1949—1991)的老兵:冷战是各种梦魇的竞赛。到1970年,他已经经历了二十年,还有二十年在前头。

1949年8月29日,他来到人世九十六小时,就被征兵了——他被强征了。这一天也是俄国原子弹诞生的日子。他躺着睡觉时,历史现实偷偷地溜进了医院的产房,给了他二等兵的军衔。

在长大的岁月里,他对服役并不觉得憎恨,因为其他活着的人也都在部队里。除了在学校里,为了演习躲避热核武器猫到了课桌底下,似乎没有什么其他的职责。至少没有特地要去执行的。但1962年的古巴导弹危机(这场持续了十三天的危机,他十三岁的生命陷入了难以逃脱的恶心憎厌中),他进入了梦魇竞赛的精神状态中。在他的脑海中——唉,各种各样的障碍训练场,残酷成性的军士,持续的疲劳,难以下咽的食物,炊事兵快速旋转的土豆皮。核冷战的时候,只有在沉睡时,你才会见到军事行动。

在这个阶段,不知怎么的,暴力行动只是加诸第三世界,大概一百次的军事冲突中,有两千万的人死去。在第一和第二世界,决定性的战略是共同毁灭原则。而每个人都活了下来。

那儿，所有的暴力都是在头脑中。

基思躺在床上，努力想明白这些事。梦中的战争和所有那些无声的战斗的结果是什么？任何时候，任何事物都有可能消失。这一点散播出一种下意识的但无所不在的对死亡的恐惧。而对死亡的恐惧可能会让你想要性交，但这不会让你想要去爱。每个人都可能消失时，为什么要爱上谁呢？因此，在疯狂的梦境帕斯尚尔战役[1]中，受伤的或许是爱。

《简明牛津词典》是多么富有同情心的一本书啊。举个例，有关"神经症"的词条。他给妻子打了个电话读给她听。

"听着。一种相对温和的精神疾病，亲爱的，非是器官病症。这一点更妙了。包含抑郁症、焦虑症、强迫性行为等等——这等等用得好极了——但不会严重和现实脱节。瞧，多么善解人意，你说呢？"

"……上屋子里来。"

他去了屋子。这是2003年4月28日。他穿过花园，乱云满天。一切都挺不错的，他心想：他坐在桌旁，喝着一杯橙汁，很像样地扮演着基思·尼亚林的角色。后来两个女儿下来吃中饭。

他和妻子给女儿们定了四个主要的叫法：花儿，傻瓜儿，小诗儿，耗子。基思选择了第三个。

"你们下来了，我的小诗儿。"

---

[1] 1917年一战期间，英军和德军的一场战役。

她们跟他打了招呼,走过来,小小的伊莎贝尔,咪咪小的克洛伊。

家里有个传统:当两个女孩刚刚沐浴过,洗过了头发,基思会把他的鼻子凑在她们厚厚的湿漉漉的鬈发上(他品尝着洁净、年少和松树的清新),说,唔……

因此伊莎贝尔无疑是好意的。基思刚刚淋浴过,她凑到父亲的头皮前(灰白得飞快,也稀薄得厉害),剩下的几缕拿定型发胶撑得硬邦邦的,说:

"唔……不行,爹地,我觉得你应该再去洗一洗。"

于是他就去洗了。他把头发又洗了一遍——尽管他醉得很,很怕在淋浴房里摔倒。你可能会觉得,超重十来公斤或许能给你一些额外的分量来压舱,但他告诉自己,牙签上的土豆很难平衡,特别他是在滑溜溜的地面上。所幸无事,但他没有再回到屋子里去。

"你在抽烟啊,"他悄悄溜出后门时,妻子说道(1994年,他们结婚的第二天他就戒烟了)。"伊莎贝尔说,你闻上去像肯迪什镇[1]上的汽车站。"

"这种情况不会持续太久的,"他说。

革命宣言上第二条这么写着: 女人,也有,肉欲。

自古以来都是这样,当然现在更是毫无争议,谁都知道。但这一说法让人接受,还费了挺长的时间。在婚前无性的圈子

---

[1] 在伦敦北二区,属于卡姆登区。

中，信条是好女孩不是为肉欲做爱——而坏女孩也不是为肉欲做爱的（他们只是为了转瞬即逝的影响力或是简单的获利，或是出于头脑混乱，心神丧失）。还有一些年轻人自己也从来没有理智地接受过这事儿——女人的肉欲。肯里克、丽塔还有其他人，我们马上就会发现了。

婚前有性。女人，也有，肉欲。到目前为止，一切都正常。不过，宣言中还有一些条款，有些写在小字处，有些是用隐形墨水写的。

触摸我，触摸我，触摸我，触摸我，触摸我……
这些是爱可最后的话，但过了很长时间她才死去。爱固定在她的身躯里，毒害了一切。她美丽的身姿慢慢地消亡了。但她没有变成其他的东西（在她生活的世界里，这是挺寻常的而且也不见得不愉快的结局）——比如，一只小鸟或是一朵花。她只是消亡了。所有剩下的只有她的声音和她的骨骼。

她如磐石般坚硬的骨骼变成了腐殖质。她的声音荡悠了开去，隐形在森林中，在光秃秃的山坡上。**触摸我，触摸我，触摸我……**

当然，冷冰冰的小伙子继续活在他冷冰冰的美貌里。直到另一个青年，另一个乞求者（也曾一度被取笑被唾弃）抬起了他的头颅，朝向天堂。"让他爱并经受爱的折磨吧，因为他让我们爱并经受爱的折磨。"

"就让他，和我们一样地爱并知道这是如此的无望。

让他,和爱可一样,因极度的痛苦而消亡。"

涅墨西斯,复仇的女神,

听到了,应允了这一祈祷。

基思的继女西尔维亚以前说过(在听了他抱怨健身课后),老年不适合胆小鬼。但他心里慢慢地意识到,其实要简单得多:老年不适合老年人。要对付老年,你真的需要年轻——年纪轻,身体壮,处于生命的巅峰,特别的柔软,还有非常好的反射。你的性格也不应该是一枚普通邮票,而是应当混合了年轻人的无畏和岁月带来的韧性和毅力。

他说:"书啊,你为什么没有告诉我呢?"老年或许可能给你带来智慧,但不会带来勇敢。而另一方面,你再也不需要面对老年这么可怕的一件事的降临了。

其实,战争更可怕——而且对人类来说,似乎也同样的不可避免。在当地的咖啡馆里,他拿着《泰晤士报》,两手颤抖着。这完全可以避免(或者至少是可以推迟的)。为什么没有人来确认真正的战争借口[1]呢?太明显不过了。战争期间的美国总统,总是会再被选上的。 2003 年的巴格达,会有政权更替,因而在 2004 年的华盛顿,就不会有政权更替了。

尼古拉斯支持战争,企图向他灌输一些对于美索不达米亚实验的勇气和信心。可是,就在这一刻,基思没法儿承受钢铁和血肉齐飞的念头,当坚硬的机器和柔软的肉体相遇时会发生什么。

---

1 原文为拉丁文

和耗子一样，苍蝇也喜欢战争，喜欢战场。在凡尔登（1916），有驴子、骡子、牛、狗、鸽子、金丝雀，还有二十万匹马。但只剩下耗子和苍蝇（千千万万的苍蝇），因为它们喜欢战争。巨大的、沉默的黑色苍蝇。巨大。还有耗子也是肚子滚圆，像是发了战争财的人……

在他的工作室里，基思盯视着无色的天空，享受着"景色"：他自己眼角的分泌物、增生、充血带来的景观，随着他移动脑袋晃动着流溢着。他的眼睛成了培养皿，装着污垢和死亡的培养基。

乌娜告诉过他们，她一辈子都在凭直觉望南行。但现在，她说，我感觉到太阳的错误。

他们没有留意听她说（据他所知，他们都没有因此承担什么后果）。

对他们来说，这好比是野炊或是煎鸡蛋。他们整整一天坐在太阳下，浑身滑溜溜地抹了橄榄油。在青春金色的表皮下，他们像是冒着树脂。

又有一次，乌娜对他说，带着纯粹的仰慕和尊重："你多年轻啊。"甚至在那时候，他心中也疑惑这般对青春大力的推崇……曾有过1914至1918，之后是1939至1945——中间隔了二十一年。因此在1966年，根据两代人建立下来的时间表，又到了将欧洲的年轻人送上前线去死的时候了：送入死亡的葡萄榨汁机。但历史打破了这个模式。年轻不再去送死，而是被爱上了。年轻人感受到这一点，而且有了自我意识。他们知道的唯一一场战争是熟睡时,梦中的那场战争。任何事物任何人都有可能突然消失。因此,是的,全部,立即。

"嗯,谢谢,乌娜,"他说,眼光穿过露台看着萤火虫——从另一度空间飞来的小小的访客。萤火虫,发出萤光的甲壳虫,有着维纳斯的色泽。一小簇火,装着柠檬的一个光子。

他的一辈子,他早已确定,将会在此决定。

他走上伦敦的大街,几乎感觉所有的美都不见了。是什么取而代之了呢?

美即是真,真即是美。或许,这一切很美。但这怎么会是美的呢?这不是真的。在他的眼里。美,那样稀少的东西,不见了。剩下的是真。而真取之不竭。

第四部

迫切需要的东西

1：姑娘们和肉铺子

这阵子，有人来，有人走，加加减减，重新安排。肯里克和丽塔来了，如阿也来了。乌娜短短地离开了几天，又走了。普兰蒂丝、多多和孔秋塔会回来吗？贾奎尔很可能会来，提米也可能会来。目前最不祥的事是，山鲁佐德很快就会搬离公用卫生间另一端的塔楼，由从地下层召上来的格洛丽亚来住。山鲁佐德将住在主房间里——然后很可能格洛丽亚和贾奎尔会住到那个房间。

他们坐在酒吧唯一一张放在室外走道里的桌子旁。他告诉她只要肯里克和丽塔来的时候，还只是好朋友，那就什么关系都没有。

"狗宝儿是什么样的人？"丽丽问。

"等等，"他说，"我满耳朵都是这些绰号。哪天晚上，它们会蹦出来的。"他想到了现在餐桌上张开来的无形的空洞。"我这么说，*深林肥臀*，告诉拇指汤姆那次你喝了……还是习惯了叫她丽塔吧。"

"好吧。丽塔是什么样的人？"

"你说类型？"他告诉她：富裕的工人阶级（自助洗衣连锁店老板的女儿），赛车，她在肯辛顿古董市场有一个很大的摊位（衣饰珠宝）。"她比我们都大，"他说，"而且举止行动像个男孩，很有经验了。这是她的使命。她像是个女警察的反面。她的存在就是为了让大家去违法的。"

"好吧，如果肯里克不操狗宝儿，"丽丽说，"或许他可以操团宝儿。"

"丽丽！"

"或者他也可以操我。"

"丽丽！！"

"总得有人呀。"

"丽丽！"

总得有人呀……这不是一个能撩动情色的场景，这也不是一句能撩动情色的话，基思的回答更不能撩动情色。

"得了，有人几乎每天晚上都做。我。要不就是在早上。"

"是的，但不是正儿八经的。"

"不是正儿八经的。"他的指尖很想去挠挠腋窝。"我照样爱你，丽丽。"

"唔。你或许爱我，但你的——"

"别说出来。丽塔总是那样做。她总是说了出来。"

他弯身走进像个木匠小工场的酒吧——很多木质的长凳桌子，还有一个冰箱，架子上放着一排蒙着灰的白兰地瓶子。不错，还有别的：阿德里亚诺之外的意大利人。他们穿着黑色的抓绒衣，默默地站在吧台旁，像是等着当地的石匠开凿的大块花岗岩，他们的躯体沉睡着，他们的头脑和面庞像是在对着脑瓜重击的上一记和下一记的间歇时形成的。基思感同身受。和丽丽做爱再也不是重复之举了,每个晚上变得越来越像是背叛。男人有两颗心,他想,上面一颗下面一颗。当汉赛尔和格莱特[1]做爱时,他上面的心是满的——它满怀爱意,它跳动着。可是他下面的心只是可用(勉强可用)——它虚情假意,贫血乏力。而这一点,当然,是被注意到了。

"丽塔是个人物,"他说道,一边把丽丽的汽酒放在她面前。"一个真正的人物。"

"别再来一个了。而且贾奎尔也快来了。不用说还有拇指汤姆。而且战争这事,你错了。"她敲了敲面前的书。"意大利在1943年投降。然后德国就入侵了。"

"是吗?放屁……不,没什么。"

"是游击队打法西斯。妈妈在监狱里挨饿,卢齐诺在打法西斯。因此,阿德里亚诺是在正义的一边。山鲁佐德可以为了军队服务,和他上床。"

基思点起一支烟。"那事儿进行得怎么样了?他俩待得够晚的。"

"她说,像是又回到了十五岁。你知道的。分阶段进行。"

基思对阶段一清二楚。他紧咬着牙齿说:"他们目前在哪一阶段?"

"目前只是接吻。开始湿吻了。她在准备推进到胸部。"

基思喝完了啤酒。丽丽说:

---

[1] 出自格林兄弟童话,汉赛尔和格莱特为兄妹。中译又名《糖果屋》。

"你知道的。先是让他的手在衣服外面,然后是里面。她挺向往这一刻的,要是她能稳得住的话。"

基思问那是为什么。

"嗯,过去的六个星期里,它们长了不少。感觉不一样了。更加敏感了。跳跳的,痒酥酥的。她想让它们试一试。"

"试一下双乳?"

"试一下双乳。拿阿德里亚诺来试。"丽丽停顿了一下又说,"然后一点一点往前推进,她下面那啥也一样的方法。"

基思把钢笔扔在金属台面上,说:"哎,这整件事太恶心了。她很不开心——完全看得出来。她不能拿同情当药来下。这,这……你应该用你的影响力。"

"那个愚蠢的傻瓜提米在哪儿?他显然玩得开心极了,这太伤人了。他喜欢和那些信仰再生的人一起工作,但问题是,每个周末他都去打猎。"

"耶路撒冷有什么猎可打的?"

"他去约旦。他和约旦的王室成员一起打猎。"

"哦,明白了。你为什么不早说呢?那看来,我们可不能对提米的乐子不满了。是和国王一起杀动物呢。"

"我确是想过给他拍个电报。告诉他,她相思成疾。"

基思的双眼从眉骨下抬起来看着:"我觉得你没必要做那么多……呃,我有时候觉得阿德里亚诺不是他看上去的那个样子。"但他看上去的那个样子看上去已经够离谱了。"他坐在她的大腿上。像个腹语表演者的人偶。太不真实了。"

"可怜的小个子。"

"可有钱的小个子。行了。"他站起身,尽职地说:"我想我们该例行去探望一下耗子了。跟她谈谈吧,丽丽。应该的,你知道。你欠她的。别忘了她是你最好的朋友。"

山鲁佐德很不开心——完全看得出来。古老神秘的城堡,凌厉狰狞的山峦,未经渲染的蓝天——但什么都感觉不到了。外表和内心快乐的关系,这一可怕的规则基思明白。他估计她的脸上会失去一点光泽,嘴角或许会带上一点点褶子。确实,是有了新的皱眉的样子,新的褶子(这肉体的褶子碰巧成了下士的两条折杠)[1]。但痛苦只是让她更加像画笔下的人物。在如画的意大利。你感觉到她沉重的心,往下拉的力。和山鲁佐德相比,格洛丽亚,剪着贴头皮的短发,穿着暗褐色的宽松衫、工作服、紧身格子呢绒裤,砖头一般的皮凉鞋开口的鞋头有一寸厚,她表现的不过是职业化的悔恨和痛苦。

乌娜由司机开着吉普车去罗马了。维特克开着一辆菲亚特去那不勒斯接阿门和如阿了。孔秋塔从海牙寄来一张明信片,上面的字母 a 和 o 写得圆滚滚的。

在她们的上唇、眉间,硕大的汗珠挂着,像是一条条透明的泡泡包装膜。连她们的汗珠都是硕大的。汗珠挂在她们的眼睛下,像是一个哭个不休的五岁女孩的泪水。汗腺渗出来了,眼睛看到了,心脏跳动着,肌肤闪着光泽。它们是花生酱的色泽。但基思闭上眼睛时,他看到了自己是个稻草人,在寒霜中

---

[1] 原文中,肉体和下士为同一词。

僵直地挺立着。

"接下来是什么呢?"

"接下来是什么呢? 接下来还会有什么呢?"

丽丽和山鲁佐德坐在泳池边,在讨论格洛丽亚最近的游泳衣。

"是啊,"丽丽说,"蛙人的外套。一个——他们怎么叫来着,一个深海潜水球。"

"是的,要不是皮艇,要不是潜水艇,"山鲁佐德说,"格洛丽亚把整个潜水艇都穿上了。"

每隔五六秒钟,你会听到一下猛烈扭动的嘎吱声加上中间的"噗咚"一声。那是阿德里亚诺在新的蹦床上,跌下去然后又高高地蹦到和树顶一般高——这是他送给城堡的礼物。事实上,阿德里亚诺的蹦床受到了不同的评论。山鲁佐德自己对蹦床的所有用法都瞧不起(别告诉他,她对丽丽说,这挺伤人的。我敢打赌,这话太直了),丽丽让她解释一下——就这么跳来跳去的意义何在。格洛丽亚不知怎么能在下跌和蹦起时,看起来都挺优雅的(她跌落时两腿撑开,又撑着两腿蹦了起来)。阿门回来了,对此非常热衷(他一大早,发出很多声响玩上了很长时间)。基思大概爬上去一两次,胡乱地蹦跶了五分钟光景。当然,蹦床最主要的倡导者和好手非阿德里亚诺莫属。蹦跳着旋转着到达惊人的高度,他的筋脉肌肤像是缆绳和系缆墩,一个被拉紧了牢牢系住的人体。

丽丽说:"苏格兰小姐,不对,格拉斯哥小姐。1930年。"

"天哪,她是哪儿找到的?"

得记一笔格洛丽亚最新的泳衣。灰色,下摆一圈花瓣形状的淡橙色裙子。上面半截是羊毛织的,下面半截是塑料做的。

"这连塑料都不是,"丽丽说。

"不是的,连塑料都不是,"山鲁佐德说,"是油毡。"

"为什么呢?什么意思呢?就像是我们急不可待地想看到她屁股的真实形状。"

基思又看了十五页(《呼啸山庄》)。等他再抬头时,室外淋浴头下站着的不再是格洛丽亚,而是丽丽,阿德里亚诺还在蹦床上——山鲁佐德正把两手的橄榄油抹在自己的胸部上……嗯,她是这么在做。真真切切,至少有这点简单的好处。

"唉,山鲁佐德,"他叹了一口气说。是的,他是一个有道德的人,显而易见。他现在也还是个有道德的人。"我觉得那一天我可能误导你了,"他开始说了起来,"阿德里亚诺在战争中是在正义的一方。我刚在图书馆查阅了一个小时。法西斯已经失去了权威,墨索里尼是在1943年的夏天倒台的。然后是德国人……"

但是,你要记住呀,山鲁佐德,这不是意大利的战争目标(他一直想强调这一点):有朝一日,山鲁佐德,你会在阿德里亚诺身上试一试你的双乳,这可不是轴心国发动战争的目标之一啊。他总结道:

"这个国家受尽了折磨。1945年是他们的悲伤之年。"

她说:"历史令我惧怕……我们的父母不得不经历所有这些。我们很幸运。我们唯一要担心的事是世界的末日。世间的万物只能——停止。"

他提醒自己山鲁佐德的确为世界的末日做过一些事——游行啦，集会啦。相反，他的抗议都是潜意识的。万物停止。比如现在，他放眼泳池看去，由肉体和青春涂抹着。有那么一瞬间，泳池奇形怪状。"我们对此应该怎么感觉呢？"他说，"我是指万物停止。"

"妈妈说，那就是为什么年轻人总是在找乐子。你知道的，抓住今天，及时行乐。花开堪折直须折。"

好几天了他才第一次见到她渴望的牙齿，但等阿德里亚诺一脸严肃地回到她身边时，她的笑容收成了温顺的表情。

……基思托词离开，上她的房间去，和它道个别。山鲁佐德第二天就要搬出去了。还有卫生间：那可是最后一次了吗？——两天前的一个下午，她穿着一件短短的真丝家居服（腰间松松地系了条带子）出现了，她看上去晕晕乎乎的，东撞西撞的，像是根本没看到他，浑身散发出女人睡着时浓浓的暖暖的味道。很可能是吧。在有了阻隔的空间里，再也不会无意间撞上了，再也见不到衣物乱堆乱放的场景了。她从来没有在那儿像在泳池旁那样的裸露过；但她却似乎裸得更多更彻底，因为只有他的眼睛看到她……

他走进了山鲁佐德都铎-伊丽莎白式的闺房，嵌着铅条的格子窗，有裂缝的黑漆大梁。和以前一样，房间里四处动人地轻语着匆匆忙忙、漫不经心、赶着去做更有趣的事。那些诱惑——埋头在她丢弃的衣物里哭泣，钻入她没有整理过的床上稍稍躺上一会儿，坐在梳妆台前偷取那三折镜里她的倒影——

诱惑就在眼前，但他不能。床上有一条毛巾，仍旧湿漉漉地弯成一个半圆，中间微微有点拱起。她一定是坐着擦干了，还不到一个小时。这个他没有碰，而是在她的一个枕头里，把脸埋了一半进去。

他离开时，看了一下她品蓝色的护照——1969年10月，新近才换发的。照片也是新近的。有那么一瞬间，他觉得自己像是盯着一张当地报纸上的某条新闻。那张脸，属于一个大键琴演奏特别出色的姑娘，一个为流动餐车自愿服务了五千英里路程的姑娘，一个从市政厅后面的大橡树上把一只猫救了下来的姑娘。

"如阿，"维特克说，"是不见人的，他们这么说的。她甚至都还没见过我。只除了她被叫上来拿什么东西。她的活动范围局限在厨房内。我不再被允许去厨房了，除非他也去。"

维特克在摆弄他的杯子：黑色的在喝"佩佩叔叔"雪利酒。白色（一边也在抽烟）在慢慢地啜饮一杯试验性的苏格兰威士忌。

"不可思议，"基思说。他真的觉得这事不可思议。"不可思议。连小迪尔卡什都好端端见人的。她还有工作，临时秘书。而阿什拉芙……好吧，"他说（他想在自己对女人的态度中培养或是鼓励一种粗鲁傲慢）。"好吧，我这儿有个真实的故事。把这个故事告诉给阿门听。"

"阿门会从中受益？"

"是的，会让他更全面看清楚——他妹妹的情况的。"基思摆好了架势。"听着,两年前的夏天,在西班牙,我们一帮人,我们在野外喝了不少酒,然后去山间的湖泊游泳。"基思、肯里克、阿恩、尤恩。对,还有维奥利特,那年她刚满十四岁。"阿什拉芙穿着白色的两件套泳衣蹚出了水。我们一起大声叫道,*来吧,宝贝儿,给我们亮一个。来吧,美人儿,给我们来个肉铺子里的*。她——"

"肉铺子?"维特克说。

基思告诉他,肉铺子里才是光溜溜的啊。"为什么那个好笑?"

"我只是想,肉铺子,对一个穆斯林来说,那可不是最明显的诱惑。我是说,他们对肉铺子,有不同的看法。他们的肉铺子,有不同的做法。他们——"

"你到底想不想听这个故事?不是想冒犯你,我知道你喜欢男人,但这位阿什拉芙——注意了,个头不小的姑娘——半裸着走出山间的湖泊,而你想讨论肉铺子。"

维特克张开手,让基思继续说下去。

"好吧。*来吧,心肝儿,来吧,给我们看一眼吧*。她伸手到背后,然后……"他耸了耸肩,一时不作声。"眼前他妈的两座火山盯着你看。这是几年前的事了。比她们都开始这么干早得多了。" 1967年,西班牙,弗朗哥,国民警卫队半举着机关枪监管着海滩(比基尼是禁穿的)。"好吧。现在有哪儿说,穆斯林姑娘可以这么做?"

维特克温文尔雅地说:"哦,或许在某个地方有这类鲜有人知的训导。在你洗浴时,异教徒们聚在一起,高呼着肉铺子，你要将手伸到背后再……阿门该从阿什拉芙身上学到什么道德寓意呢？"

"呃，这故事会让他对团宝儿放松一点的。对不起。如阿。天哪。我有点不敬……从小被教育要尊重各种文化。我尊重如阿。但宗教——宗教向来都是我的敌人。宗教教育姑娘们在性事上沉闷乏味。"

"你知道，基思，在如阿这事上，有一点你可以学学。其实我喜欢她在这儿。这意味着，他不会不声不响地消失。这是我的境况。我爱上了一个不声不响就会消失的人。"

基思想到了阿什拉芙——一个蹦迪穿超短裙的穆斯林，一个穿着新潮内裤、晚上喝皇家芝华士威士忌的穆斯林。他想到了迪尔卡什，喝着橘子水穿着正经的裤装。而她也有令人大吃一惊的力量。阿什拉芙在湖边的展示给他的震惊，比迪尔卡什给他的震惊大不了多少。一个月纯洁的朋友关系之后，她脱掉了开襟毛衣，露出了光膀子……他有没有令迪尔卡什蒙羞？令潘西蒙羞？她们都留在了他的脑海里，一个都赶不走——他像是一个日后会成为的那个奄奄一息的老头，想知道这一辈子是怎么过去的，他的女人他的爱情。

"拿对待如阿的方法用在维奥利特身上试试？你来做阿门。绝不让她和一个不是直系亲属的男人待在一起。耻辱和荣誉。基思。耻辱和荣誉。"

"不同的方法，"他说，"平局？"

……唐吉诃德提及他心目中的情人达西尼亚时，告诉桑丘，我以己心之愿，以想象来绘她。对山鲁佐德，基思就是这么做的,而且已经做过太多了,将她变做了一个高大到他难以企及无法了解的人。在他的想象中,她得下来,得屈尊俯就。

爱的确有改变人的力量——它曾经改变了他新出生的妹妹。他全身无一处不记得那一页,他的生命中的短短章节。不仅仅是他的头脑记着;手指记着,胸骨记着,喉咙也记着。

他读到过男人开始将女人视作物体。物体?不行啊。姑娘身上多的是活生生的生命。山鲁佐德:她的双乳是一对不可分离的姐妹;她的双眼背后住着小精灵;她的双腿是美妙的温暖的生命。

2：阿德里亚诺之坠落

九点光景，山鲁佐德在理她的东西：基思已经难过地帮她提了个行李箱和一叠书。到了中午，他拿着一杯咖啡上来，听到淋浴头的咔嗒声……他伸手去拿小说（他还在无精打采替凯瑟琳和那个注定阴郁的希思克里夫加油）……这时响起了一阵慌慌张张、窸窸窣窣的动静，也就在那一刻，蝉叫了起来。蝉没有节律的发声器……基思聆听着，感觉到自己的脸湿了，挂了下来，像是在一个热得要命的浴缸里，一张动弹不得、孤独无助的脸。一阵寂然无声。

他推了推门。上帝啊，他疲倦地想，然后他的食指命中注定般地按响了门铃。

"你知道我得的是什么病？病理性贫血。哎，你怎么看呢？下个星期有个正式的晚宴他想带我去。妈妈说，如果我能受得了，就该去那样的场合。阿德里亚诺。会不会要跳舞呢？想象一下。"

山鲁佐德穿着一件她的姨婆贝蒂可能穿过的丝袍。其实她一定是穿过的，1914年在纽约。舍伍德森林绿的重磅真丝，腰际线上打着深深的褶子。他说：

"别去了，山鲁佐德。为了你自己好。"

她转过身去，背对着他。"我想的不是为了自己好。你帮我，呃……？"

于是基思站在了山鲁佐德的背后。他从来没有伸出手去，触摸过她——尾骨处小婴儿般地鼓起来，长长的脊椎，鞘翅般的肩胛骨。一瞬间，他觉得自己真的有勇气把自己温暖的年轻的手伸出去，这时她抓起大多的头发并捋到一边，露出了细长的散发着温香的颈背，上面的毛发细细软软的（高度正好在他的鼻子处）。他所有想做的就是把眉骨靠在她的肩上，让它们休息一会儿，冷静放松一下。

"我该做什么呢——我只需……？"

他把拉链往上拉。他扣好了长毛绒的小钮扣，扣好了搭扣。她丝袍上的搭扣，和仙女的曲别针一般大，掌管了那个绿色的王国和其中的一切。

基思说："我想这是最后一次了。你忘了。"

"我想是的。"她转过身，"不过，要是贾奎尔来的话，我就会搬回来。很难说的。"

过了两三秒钟以后，她又转过身去，走开了。在她身后，他锁上了门——山鲁佐德，穿着舍伍德森林绿的丝袍，窸窸窣窣地像棵树。吓人的森林里巨大的绿色女子。罗宾汉的恋人玛莉安。劫富济贫的侠女。

他叹出了一口气——这一声叹气或许一直传到了莫霍界面：那层地壳与地幔间的不连续面……他非但没有帮她脱下衣服，却帮她穿上了。会发生的，他心想。不会总是反了方向的。

基思站在钩子和架子间。他看到浴缸里有两英寸的几乎没有热气的水，稍稍有点混，漂着一层油，几乎带上了类似镜子的效果。他想着爬进浴缸；他想着掬起一捧水来喝，但他只是拉起了塞子，看着水扭转着成了一个小漩涡。

真正的暑热开始了。阴影，浓重、凌厉，却又明显的鬼鬼祟祟，是的，带着明显的害怕的神色——阴影再也不能把住它们的威势了，往里面退缩着，而太阳往前鼓着，落了下来，换了一个位置，直直地顶在上方，像是在盯视着聆听着。到了下午，村子里传来了煮食和肠道消化的各种气味，层层叠叠的，有盐味有肉汁味。泳池旁的铁椅会像刑具似的火烫火烫，把你紧紧抓住了。连咖啡的勺子也会刺痛、咬住唇舌。晚上仍旧湿漉漉的，但空气厚重，一丝风也没有。村子里的狗不再吠了（它们呜呜咽咽的），羊群愤怒和无聊的叫声听上去变得怯怯的，嗓子像是发干了。

"他很正常，"黑漆漆的夜中，丽丽说。

"……他不正常。阿德里亚诺有什么是正常的。"

"他的组合。下面的。"

"你是说，她已经见过了？"他尽力不发出声响地咽了一下口水。"我以为他还是停留在衬衣的外面。"

"是的，或者说是文胸的外面。他目前在衬衣和文胸之间。从现在开始，哪个夜晚都有可能落下来的。但她看到了他白裤子里的形状。那儿是正常的。不是像他穿着泳衣时的样子。她想他的泳衣是用棒球手套做的。别被他开车的样子吓着了。"

"什么？为什么我会被吓着？"

"有些人跟你说话，觉得非得看着你。他就是那样子的。他记住了开车的路线，转过身来说话。一路去罗马时，他的眼睛几乎都没从山鲁佐德身上移开过。我坐在后座。他一路都是侧着身子开车的。你知道吗？她还从来没有给谁口交过。甚至对提米都没做过。"

"我不知道，丽丽。我怎么会看得出来呢。"

"这就是了，你看。她刚从大学的朋友那儿收到三封信，她们都忙着当男孩。她也想试试新鲜的事。对她来说，就是除了传教士体位外的任何事。"

"……为什么叫做传教士体位呢？"

"因为传教士，"丽丽说，"告诉当地土著别再像狗那样干了，要开始学着和传教士一样。"

"天啊，这份勇气。说真的。这份勇气。不管怎么说，太不可思议了。你是说，这么长时间里她从来没有给提米口交过？"

"这就是为什么她觉得自己有点落伍了。她亲过。她说她亲过的，不管那意味着什么。"

"是啊，那意味着什么？"

"可能就是啄了一下，我想。也有可能她湿吻了一下——在头上。"

"丽丽……"

"她亲过了，但她从来没有吮过。她从来没有把它放到嘴里，真正地吮过。她问：是这么做的吗？你把它放到嘴里，狠狠地吮它？……要是肯里克和丽塔不再只是好朋友了，会发生什么呢?"

"要是他们成了恋人?很简单啊。他们会相互痛恨的。"

"嗨。我们永远也不会那样的。"

星期天,天空像是被轻轻敲击的铙钹似的,不断地哼鸣着。阿德里亚诺信守诺言,带着他们四个——基思、丽丽、格洛丽亚、山鲁佐德——去一家星级饭店吃中饭。饭店在一个叫奥番托的地方,离城堡二十英里。

他们坐劳斯莱斯去。车子像是架在发动机上的客厅,由阿德里亚诺令人胆战心惊地把着方向盘。甚至在回程时,他都没法让自己相信,除了方向盘上端的空档,阿德里亚诺的视线能够超过仪表盘。他和山鲁佐德说话时,他的头转了整整180度,而肩膀却能保持不动(琳达·布莱尔很快在《驱魔人》的电影里会这么干[1])。你能看到的全部就是一条拱起来的眉毛和一片蹙着的银白色额头。

"松露,"他不断地转过身来说,"你一定要尝尝松露,山鲁佐德。啧啧——无上的美味呀。"脑袋嘎吱一声又转了过来。"松露,山鲁佐德。神的珍馐。"

奥番托快到了。阿德里亚诺证明了他至少能看到车子的侧窗。他诧异地嘀咕道(你可以看得出来这与他的希冀恰恰背道而驰):

"这么多的人!这儿以前是个集镇。不过是个懒洋洋的集

---

[1] 1975年公映的美国恐怖影片,由威廉·弗莱德金导演。

镇呀。而现在呢?"

现在,这儿有工业,成群的工人,每个人都穿着汗衫叼着烟,住在长方体的公寓楼里,电视的天线交错得像虫窝,远处的狗恶狠狠地吠叫在封闭的阳台上回荡着——哪儿有所有这些和那些,也就必定有年轻的小伙子……

"原来不过是个懒洋洋的集镇呀。而现在呢——我不明白。我不明白。"

这下我们要跳到当天晚上的六点半。城堡西边的塔楼上,他们几个喝着沙瓦酒。酸酸的酒水,郁郁的暮色。他们客套地留了一下阿德里亚诺,他客套地推托了,开车走了。因此,他们四人被安排坐在那儿,各自避开了视线,独自沉浸在对事件的回顾和审问中。朱庇特的肚子咕噜噜地响着,而夕阳在别处山峰下的峡谷间涂抹着,在寻常的色彩上又加上了一层动荡的渐变色。

"不错呀,"山鲁佐德说。

基思转向她。她习以为常主演的影片里,有什么出了岔子。是灯光吗?是剧情不连贯了吗?是对话有问题吗——所有对话都是配音的?

什么不错呀?

"不错呀,"山鲁佐德说。

那一刻,坐在秋千沙发上,她似乎很平庸——表现在她的眼神里。这是有原因的。基思有一点理解她想去桌边,倒上第二杯白葡萄酒。她的杯子已经空了一半,呈一个角度搁在她印花的大腿上……那一双平庸的眼睛紧紧盯着格洛丽亚·布尤提曼。她站在法式窗旁,一根手指戳着圣佩露矿泉水里的冰块。山鲁佐德说:

"不错呀。今天下午你的臀部集聚了好大一群人。"

格洛丽亚像是突然吞咽了什么。她说:"意思是?"

"意思?意思是你的臀部及其引起的骚动。"

"你也一样,"格洛丽亚说,又咽了一下,"你的——你的胸部。"

"哎,你要是想把它都塞进那条灯芯绒裤里……"

"是你告诉我的。我本来打算穿宽松衫的,但你说穿别的。于是我就穿了灯芯绒裤。它们不过是灯芯绒裤。"

"灯芯绒裤。贴身,大红。裹着你的屁股,像个赢了特奖的大西红柿。"

"听听谁在说这话。穿着那件上衣。"

基思心想。女主角们被允许做什么呢?

丽丽、基思、山鲁佐德、阿德里亚诺和格洛丽亚穿过灰蒙蒙的广场沿着无尽的大街走下去,奥番托的年轻小伙子以集体编舞的形式对三位姑娘的魅力进行了公投。他们又来了。那些小伙子像是铁屑乖乖地被磁力不一的吸铁石吸在了一起,扭着身子围着转,然后,鲜明坦率地分成了两列:一列在山鲁佐德的前方,一列在格洛丽亚·布尤提曼的背后。一列往前走。一列往后退。那丽丽呢?……我可以说,她的体形,当它出现时,对称得极其完美,既没有上重下轻也没有下重上轻——经典型，不涉及一丝丝的恋物癖。不过，当然这对坎帕尼亚的年轻人来说，没有什么力道。对于滚动的双排球体的神圣性，他们是非常的忠诚。就是在这儿，阿德里亚诺犯了一个极大的错误。本来不是什么大事。他所做的不过是伸出了他的手。

"我们该怎么办呢？"格洛丽亚站在玫瑰色的露台上，问道。"像如阿一样把自己裹起来吗？"

山鲁佐德细声笑了笑，说："至少你还有理智，拒绝了那杯香槟。否则的话——唉，想想我都要哆嗦。"

格洛丽亚迅速地扫视了每一张脸。两颗泪珠从眼睛里跳了出来：它们跳出来落下时，你可以看到它们闪着的白色亮光……

这下丽丽不声不响地站了起来。

"要想在意大利非常受人欢迎，"她强调地慢慢说着，"你需要两件东西：你的胸，和你的臀。"

"你知道，"基思慌乱地说，"你知道我的老师加斯，丽丽——那位诗人？他说女人的身体有设计上的弊病。他说胸和臀应当在同一面。"

"……哪一面？"

基思想了一会儿。"我觉得哪一面他并不苛求，"他说，"不过我想你会说，他起先就已经苛求了。前面。可以看到脸。必是前面不可。"

"不对，当然是后面了，"山鲁佐德说（格洛丽亚一面转身进屋去了）。"如果是在前面，她的腿就会对着反方向了。"

丽丽说："她会后退着走。那些街上的男孩——我想算出来，他们朝哪个方向走呢？"

那天晚上的晚餐没声没息，被奥番托臭烘烘的菌类给熏死了：谁也不想吃。丽丽和山鲁佐德躲在了主房间里，因此基思跌跌撞撞地走下了山坡和维特克待在一起——还有阿门。阿门默不作声地拿出一大片极黑极油的大麻。

"天哪，这有点太劲道了，是吧？"

"开始有点咳嗽，"阿门说，"多点勇气，就没什么了。"[1]

"维特克，他说什么了？"

他的意思是画作里的人物在地板上呈扇形排开来。维特克说：

"分门别类。我的毕加索阶段。"

画布里的人物都显得笨拙无能或是内里朝外的。过了一会儿，基思问，如果男人的性征重新安排，是不是件好事。那家伙和屁股在同一面上，或许脑袋也被转到一侧，就像坐在劳斯莱斯里的阿德里亚诺……

"你知道拇指汤姆今天叫我基夫了？"基思过了一会儿说，"他管我叫大麻[2]了。真的。我刚和阿门一起抽了一烟枪凶得要命的大麻。"

丽丽说："你这个傻瓜。你知道自己没法儿对付毒品的。"

---

[1] 原文为法语。
[2] 阿德里亚诺发音不清，叫基思为"基夫"（Keef）和大麻（Kef）音近。

"我知道。你看上去真漂亮。"确实，在烛光中，她显得很漂亮，像波利斯·卡洛夫[1]。"谋杀（assassin）这词来自阿拉伯语，吸食大麻者。或者是倒过来的。"

"你在说些什么啊？"

"只是……只是难以相信他们吸食这玩意儿是为了让自己勇敢一点。我一路回来，都快吓得屁滚尿流了。现在还吓着呢。猜猜看，夜色中，我撞见谁了？一点不假。团宝儿！"

"行了，都一点了。"

"天哪，我还以为才九点半。"

"因为你是个吸了毒的傻瓜，"丽丽说，"这就是为什么。"

他们怎么说他就跟着做了。如阿，像轻盈如羽的夜色被压成了固体。 呼……然后他在厨房倒了一夸脱的水喝，听到了脚步声——他想到了山鲁佐德，忽然觉得一阵新的恐惧。恐惧？山鲁佐德？

"好吧，现在我平静多了。我冷静了。接着说吧。"

"这对拇指汤姆来说，完全是一场灾难啊。"

"是啊，看得出来，"他满足地说道，一边拉过床单盖在鸟窝似的胸口上。

"他握起她的手的时候。"

因为他是这么做的，阿德里亚诺。他们一迈出汽车，骚动，暴乱开始了，阿德里亚诺大步走到山鲁佐德身旁，握起了

---

[1] 波利斯·卡洛夫（1887—1969），英国著名男演员。

她的手。往外仰视着那些小伙子，脸上挂着恶狠狠的怒容。基思以前有一两次看到过他这样的脸色。这样经过练习用于防卫的恶狠狠的怒容你总是能在非常小个子的男人脸上看到，像是准备好了以凶残来对付凶残，吸收，转化。阿德里亚诺，拼拳先生，小笨趣。

"她说，这就好像和她自己情绪狂躁的孩子一起走，"丽丽说。

"唔，就像一个年轻的妈妈。她从背后看起来就是那样的。"

"从前面看，就糟糕得多了。她在一家商店的橱窗里看到了自己，几乎心脏病发作。不是一个可爱的好孩子，而是一个情绪狂躁的孩子。"

"天哪。那堆人……"

"在她面前上蹿下跳，舌头往外挂着。整个午餐期间，她的脉搏都狂跳着，为着他会不会在回去路上也这么干大大恼火着。"

阿德里亚诺凭着极其严格的美食鉴赏家的专长，照看这顿吃了三小时的饭。等他们在大堂聚在一起时，他又一次地把手掌伸向山鲁佐德。她转过身去，声音发抖地笑了一声，说：噢，不用担心我。我是个大女孩了。

"它就那样蹦了出来。可怜的她，她真是非常糊涂了。在房间里哭呢。"

"这么说，到此为止了。不用再为军队服务了。"

"喔，毫无可能了。这个是基本的。我是说，一个令你想到自己情绪狂躁的孩子的人,你不可能和他在一起。"

基思同意这不是一个有希望的兆头。

"然后她过去,说了深林大熊屁股的事。"

"是的,好吧,这事儿更糟,是不是,"他说,"香槟。"

"香槟。这下深林大熊知道我们知道她内裤被浴缸吸落的事。"

"嗯。我从来没见过谁哭成那个样子。像是玩具水枪。还是双筒的。"

"嗯。可怜的格洛丽亚。可怜的阿德里亚诺。可怜的山鲁佐德。"

不错呀,露台上的山鲁佐德尖声说道——基思想大喊:停!但不行:继续。他现在明白了,他才是她主演电影的导演;电影该换个体裁了。别再是柏拉图田园诗了。该上放荡的牧羊女了,堕落的森林仙子,被下了药的女伯爵。

"我猜你现在快乐了。"

"为什么我会快乐了呢?"

"为什么?阿德里亚诺走了。提米还没来。而她越来越绝望了。"

"……那顿饭真是烂透了,你说呢?我以为松露是一种肉。"女主角绝对是被允许这么做的。"像鹅肝这类的。"女主角绝对被允许越来越绝望的。"可不是五镑钱一份的牛肝菌……今天我特别为你自豪。"

基思(不是汉赛尔),眼下和丽丽(不是格莱特),进行了性行为。此次行为就他看到的组成部分有:在露台上,她两手在椅子的扶手上撑住,身体向上立起来,带来了和平;再早些时候,在奥番托,她淡蓝色的眼睛里被水清洗过的眼色,因为失望甚至难以置信而又不得不挤出来的笑容……当那些年轻人从石凳上站起来(那气势像是要去行凶),从棕榈树的树荫下匆忙地走出来时,她一定是和阿德里亚诺一样难过,却又被撩拨了起来。

3：门票

"见到格洛丽亚了吗？"山鲁佐德一脸防卫的神色说，"没有，我猜她还待在房间里吧。"

基思在旁边坐了下来。他自己还有《名利场》。

"我没法想象——我没法相信昨晚上我会是彻头彻尾的母夜叉。"

她躺在那儿，穿着系腰带的单片比基尼、抹着橄榄油还蹙着V字形的眉。她往后一靠说：

"我把早餐送到她的床上去，当然啰，她还恨着我……我想谁都在恨我。特别是像你这样的道德家。而这不过是一般人应有的礼貌。好吧，来听听你的说教。"

基思拿出来一包没开封的卡瓦洛烟（当地的牌子）……在《爱玛》的关键场景中，正是奈特利先生批评她在公共场合嘲笑一位脆弱的女人，让爱玛·伍德豪斯意识到自己爱着奈特利先生。 意识到——在《爱玛》的世界中，你的爱可以是潜意识的。博克斯山上的野餐，爱玛对贝茨小姐（心地善良的老处女）冷酷无情，而奈特利向她指了出来……那么，基思或许可以把奈特利先生的话改头换面一下，说： 假如她跟你的境况一样——可是，山鲁佐德，你实际情况远非如此。她家境贫困。出生时，她家里还挺宽裕，后来就败落了，到了晚年也许还会更加潦倒。她的处境应该引起你的同情。你这件事做得真不像话！但基思不是那样说的。他说：

"恨你？根本没有。"

"谁都恨我。而且我是活该的。"

如果基思照着奈特利先生的话说了，山鲁佐德会不会终于意识到她是爱他的？不会，因为现在不一样了。是什么改变了呢？嗯，爱玛在博克斯山上对贝茨小姐说的话，无关胸部、臀部以及（含沙射影地指向）在色情大佬家的蒙羞日。而且当她准备好听批评时，爱玛不是光着上身面对奈特利先生的，而且格洛丽亚不是——至少目前还不是——老处女。所有那些，还有这些。在1970年，你再也不能在潜意识里爱了：意识二十四小时对爱或是曾经被认为的爱起着作用。再说了，他为什么要批评山鲁佐德？在西露台上，她表现了粗俗的一面和性魅力上的虚荣，还有一种平庸。这一刻，他只能是认同一下了。他说：

"那不像你。但放松一点。我们都得强硬一点。你的心太软了。你很难过。你和阿德里亚诺的那事儿。我——我们都替你难过。"

"是吗？谢谢。但那不过是另一面，明白吧。多愁善感又蛮横粗暴。很坏的性格。"

她躺了下去，闭上了眼睛。五分钟的沉默，基思默不作声地看着，越来越紧张。他仔细看了看他的意大利烟，他的卡瓦洛。有个纸卷，有个过滤嘴，但缺乏的恰恰是烟草。他点燃了，火头一瞬间将他的鼻子烧灼了一下，就没了。

"看起来这是个值得坚持的习惯,"山鲁佐德说,一边微微笑着,整张脸都在微笑。然后她更懒洋洋地说了下去:"不管怎么着,都没借口那样做……你看吧,她没法儿回敬,是吧。呣,我想等贾奎尔来的时候,她会报复的……嗯,我觉得她有点儿急于想爬上去,格洛丽亚。有点是掘金娘。我的看法……你碰到过贾奎尔了,是吧。不可能是他的外表吸引了她,是不是?"

他点起一支蓝碟,一言不发地但重重地点了点头。山鲁佐德的寻常处(乔治·艾略特很快就会点出一位看起来非常让人赞叹不已的年轻人的弱点)仍旧清晰可见,这让他大受鼓舞。她说:

"她的父亲以前是位出身名门的外交官。最后却在爱丁堡的人口调查所里赚点微薄的薪水。她以前富过,但现在穷了。对此她是无能为力的,正如对她的臀部她也无能为力……但香槟是另一回事。我太坏了。我正好表现了自己是个毫无是处的泼妇。就是那样。"

这也让他充满了信心。但他还是说道:"不是。不是。行了,对自己宽容一点。当时那个情形一定让你挺头脑混乱的。阿德里亚诺握起你的手。孩子似的。这让你恶心。你不是平时的你。"

"……你这么说,真是好人,但有点过分了,是不是?不过虚荣而已。荡妇的虚荣。那些奥番托的男孩。我自己都大吃一惊。 我居然在意。因为我理所当然是所有注意力的中心。无一例外地都该集中在我身上。太可悲了。"

他等待着。

"我之前从来没有这种感觉，我一点也不喜欢。这种——猫样的骚躁。谁都有这样的感觉吗？归根结底就是为了这个？一场竞赛？"

归根结底就是为了这个。这么看来不仅仅是我，他想。我们都感觉到了：那个可怖的东西——社会变化——的真相。归根结底就是为了这个？一场竞赛？ 是的，他要是知道的话，他早说出来了。是的，我亲爱的爱玛，这是一场即将来临的竞赛，异性之间的也是同性之间的：一场美貌的竞赛；一场人气的竞赛，一场才能的竞赛。会有更多的暴露、比较、盯视、注意、评价——因此也会有更多的嫉妒。嫉妒：不公平的、有可能引起别人怨恨和愤怒的情绪。 这是一场竞赛，因此有些人会落伍，有些人会失败。我们会发现有多种多样新的落伍、失败的方式。他说：

"这是一场沧海桑田的变化。"

"接着，"她一边说着眼睛朝上翻，将整个脑袋都带了上去，"还有阿德里亚诺。同样的荒谬。你没法那样做，是不是？因为一个想法，和别人上床。"

是有人这么做的，他想。潘西这么做了。"弗里达·劳伦斯这么做了。你会跟他怎么说啊？"

"我就说我努力了，但发现我的心在别处。诸如此类的。"

基思发现所有这些非常令人振奋： 彻头彻尾的母夜叉，毫无是处的泼妇，还有荡妇的虚荣——听到提米已经被降格到

了"诸如此类"的,太棒了。她说:

"呃,和阿德里亚诺,至少从来没有真正开始过。"

"没开始过?"

"没有,不过是握握手。只是握握手——讽刺得很,我想。他亲过我的脖子,但总是那个时候我告诉他停下来。"

这下基思重估了他的女朋友的可靠性,还有挖苦的才能。这时他也看到了她正从东边的露台上走过来,穿着吊带裙和夹趾拖鞋。山鲁佐德说:

"我原以为哪天晚上我会突然放松下来,看看我们之间会发生什么。我原以为哪天晚上我会突然放松下来。但我从来没能够放松。我觉得我可以做到身体放松,但我从来没有真正信任过他。不知道为什么……只要他能找到别的人,我就会觉得好过一点。"

丽丽穿过了泳池。

"该给格洛丽亚送中饭去了,我想。她还是在恨我的。你看到了吗?你看到了她哭的样子了吗?"

山鲁佐德走了。丽丽来了。基思指望着从《名利场》里找到一些指点——来自那位毫不费劲地撒谎成性的女主角,贝姬·夏普。她撒谎、欺骗、自动凭着本能四下勾引着:大自然的又一位离经叛道者。因此贝姬有点帮助。不过,引导他走入故事下一个阶段的小说是他六年前十五岁时读的。布拉姆·斯托克的《德古拉》。

个头不大、体型矫健的炭黑色鸟儿,共十三只,正努力地爬升着，在山顶上方的空中。靠近地面处，黄色的金丝雀（他们其实比英国的金丝雀要大得多）突然齐声咯咯笑了起来。它们并不是在笑他，他意识到，至少不是特别在笑他。它们是在笑人类。我们身上有什么让它们觉得这么好笑？

我们是鸟儿？它们在说。 我们会飞！ 每天我们做着你们在梦中才能做的事。 我们会飞！

丽丽在看一本叫《衡平法》的书。她翻着书页。他们每一个都非常的年轻，他们每一个都不是这种人也不是那种人，他们每一个都努力想明白他们到底是什么样的人。山鲁佐德漂亮出众，但她和其他人并无二致。明天，基思心想：历史性的机会。抓住今晚，及时行乐。

事实上，格洛丽亚那天下午起来了。起来了还下了楼——她庄重威严，饱受欺凌，决不退让。她的义愤之大之深让人惊叹，具体内容表现如下：此义愤是不可遏制的。你走运碰到了格洛丽亚·布尤提曼，她能遏制这等的义愤，没有其他人能做得到。基思——可能，维特克——当然，有理由不在她的憎恶的全面扫荡之下；但丽丽未能幸免。 她连我也恨上了，她说。 因此我也恨了回去。女人与女人之间的外交或是战略，那是基思知道自己永远也不会搞懂的：那就像是从悬崖上看一片亮闪闪的海，千千万万的光点，在水滴与水滴之间相互反射着——无法追本溯源。那是一门晦涩难解的学科，就像分子热力学。而男人的不满只是闷闷不乐，遵循公平的昆斯伯里拳击规则……会好起来的，丽丽说。的确，是好起来了。

除此之外，作为隔壁塔楼的另一位居民，格洛丽亚作为楼友，看不见影子，也几乎听不见声响。这一点变得明了了——或许向来都是明了的——她永远也不会忘记打开卫生间的门。而在卫生间内，也没有湿答答的浴巾，浴缸里、瓶子里没有可以往脸上涂的东西，浴缸里、瓶子里也没有除掉涂上脸的东西的东西，架子上没有晾着的长筒袜或是泳衣（白色的浴巾里也没有留着余温的形状）。丽丽自己，过了一两天后，宣告卫生间是可以使用的。格洛丽亚沉默无言，极少见到她。连她淋浴都像是在低语：仿佛水壶在花床上洒着泪水。山鲁佐德的淋浴相比之下，好比是传疯了的闲言碎语，没边没际的谣言。

……午后那一段的停滞时刻是二十岁年轻人开始又沉重又辗转的渴望的时刻。这一切该怎么办呢？这既是一切又是空无；既包括了死亡又包括了永恒——该拿这渴望的工具怎么办呢？……姑娘们在下面的泳池里，维特克和格洛丽亚一起出去写生了，基思去了一趟隔壁的塔楼，想找到那段更有趣的时光留下的一缕香气，一点残痕。房间现在没有一点乱堆乱放。那些东西都在哪儿呢？——成堆的鞋子、皱成一团的睡衣，被踩着脱下来的牛仔裤像是双手般仍旧捧着她的腿和臀。麦当娜已经有半个星期没来了，但格洛丽亚的床单像是被熨得妥妥贴贴的，带着船员般的精确，枕头看上去扎实得像一板白垩。随后基思的眼睛看到了一个盾形纹章的图案。她的护照仍旧在这儿，他想——就在那儿，在三折镜下。但那当然是格洛丽亚的护照，不是山鲁佐德的。

他翻了一下。 1967 年更换的。格洛丽亚留着长发，闪着自然的光泽，弯弯地包围着她的笑容。明显特征——无；五英尺五；去过的国家不是很多（希腊、法国和现在的意大利，都是今年的事）。插在空白页间的是她的临时驾照和出生证……基思总是很奇怪地被出生证触动（维奥利特的出生证对他来说像是一道护符，因为他就在那里颁发了她的出生证，接受了她的到来）。你的出生证是你的纪元前——万事开始之前——以及你清白无邪的证明。是你进入人世的门票，将你置入了历史中……格拉斯哥医院；1947年2月1日；女；格洛丽亚·罗伊娜；雷金纳德·布尤提曼，外交官；普鲁奈拉·布尤提曼（旧姓：麦克沃尔）；如果已登记结婚，地点和时间——埃及开罗圣母堂，1935年6月11日……

过了一会儿他走进隔壁的房间，看了一下他自己的门票，放在盥洗袋底部的一个塑料袋中。里面还有另外一份文件，普通手写的：

　　65年 艾拉 1　　　　　67年 露丝 10!
　　66年 詹妮 5　　　　　67年 阿什拉芙 12!
　　67年 迪尔德丽 3　　　68年 潘西 11
　　67年 萨拉 D. 7　　　　68年 迪尔卡什 2
　　68年 多丽丝 5　　　　69年 丽丽 12* +
　　68年 维丽蒂 12　　　　70年 罗斯玛丽 10
　　68年"露水"（玛丽）8　70年 佩松丝 7
　　68年 萨拉 L. 11　　　 70年 琼 11

对这份表格的解释，在基思的脑袋里。我可以透露一下：数字1代表拉手，2代表接吻，以此类推。数字10是那事儿（丽丽的星号可以被解释为"口爆"，加号是指"加吞咽"。）瞧瞧。五年，十六个姑娘，八个完全成功纪录……基思的出生证上有两个"已去世"，比格洛丽亚的来得更有戏剧性。但这另一件纪录，每次都有更新，也回答了他是谁的问题。

到五点半，山鲁佐德开着敞篷车，从一个城堡到另一个城堡，一个小时后回来了，看起来像个后悔极了的孩子，双肩僵硬地耸着。晚饭开始了，表面上的张力，绷紧的凸面，让维特克随意间一语道破了。格洛丽亚骄傲地离开后，山鲁佐德讲了阿德里亚诺的事。她说：

"他很对。挺对的。相当的气愤，我感觉。我不怪他。我叫他继续过来。我强调我们还是好朋友。"

"我们希望肯里克和丽塔也会是那样儿，"丽丽说，"还是好朋友。"

"你是希望，"维特克说，"他们睡在正确的睡袋里。"

基思看着维特克离开了；基思看着丽丽上楼了……

这时的猎枪室，快到午夜了。麋鹿弹珠般的眼睛，无情地瞪视着。地板上，老虎小地毯上，像个印度人似的侧身坐着：基思面对着山鲁佐德——近在咫尺却让人望而却步，犹如打开的书页却字迹不清。他看不清楚的字母是什么呢？她穿着一件暗粉红的连衣裙，前襟五颗白色的钮扣，相间六英寸。她不断地抓挠着上臂肤色较淡一侧上的一个小红包。前一个晚上，蚊子扎了一针。基思处于他惯常的状态：每隔一分钟，他就能听到上天在嘲笑他的自制力，而每一分钟，他一想到犹如困在地狱里的灵魂，便脸红红地冒出一阵白汗。

夜快要尽了，基思快活地（也是无知地）谈论着城堡。他说外墙带着点倾斜，像是有鬼魂出没，与其说是意大利风格的，让他感觉更像是特兰西瓦尼亚[1]风格的。他继续说了下去：

"《德古拉》中最棒的一节是他爬下了雉堞——头先朝下。下来吸年轻姑娘的血。"

"头朝下？"

"头朝下。他像苍蝇似的趴在墙上。他已经对露西·韦斯特拉下了手。他已经以野兽之形咬了她。这下轮到维海尔米娜了。他咬了她三次，他还让她喝他的血。从那时起，她就在他的控制下了。"

"我害怕了。"她的声音低了下去，"要是我上楼的时候，被袭击了，那可怎么办呢？我害怕了。"

他的血——这时变浓了。"可我会保护你的，"他说。

他们站起身。他们爬上了绕着舞厅的楼梯。在凹进的楼梯平台处，她说："这已经够远了。"

"等等，"他说，把三枝烛台放在楼梯上，慢慢直起身。"你被背叛了。我是吸血鬼，是黑暗的王子。"

---

[1] 罗马尼亚中部地区。

他扮作了德古拉（他的双手吸血鬼般地举了起来，绷得紧紧的），而她扮作了他的受害者（她的双手紧握在一起，像是在行跪拜之礼或是在祈祷），他朝她靠近，而她往后退去，甚至一半坐到了木箱弧形的盖子上。他们的脸在同个高度，眼睛对着眼睛，呼吸对着呼吸。这时他们拿到了进入另一种体裁的门票……一个胸部起伏、獠牙垂着涎的世界，一个蝙蝠和尖声叫着的猫头鹰的世界，一个黏液、直型剃刀和没有影像的镜子的世界。在这个世界，没有什么是不被允许的。他看了看她全身：她的钮扣之间绷开着，像是肌肤微笑的嘴。从喉咙到大腿，全在他的眼中。

她朝他的胸部举起了手掌，停在了半途——仿佛是被推了一下，他往一侧踉跄了一下。有什么东西哐啷啷地响了起来，是三管滚动的牛脂烛台，还带着摇曳的烛芯，他们情不自禁地大笑了起来，突然间，都结束了。

接下来山鲁佐德上楼，基思下楼。月亮纯洁的荒谬，他穿过了庭院，爬上了塔楼。

然后进入了夜的疯狂。

噢，我现在知道了我该说什么该做什么。 *德古拉伯爵会想要你的喉咙、你的脖颈，而我——我想要你的嘴、你的唇。这样的话，一切都能水到渠成。是不是？*

法国人说，下了楼梯后的灵光。后来才想起来该说这话，该做这事。而更令人悔之不迭的是，这楼梯是通向卧室的楼梯……

在山鲁佐德近旁，对面，侧面，上面，背面，他感觉到了一股难以抗拒的力量。还有一样无法移开的东西。这障碍物到底是什么？它的形状和体积如何？他侧身躺成睡姿，轻声自语：

你怎么可以对我这么做？

几个星期了，基思明白他选择的项目是自我提高的反面。但他真的是做梦也没想到他要走的路有多远。

"我想你在疑惑我是不是真的是红头发的。嗯，我把所有证据都销毁了，是吧？无痕啦。我够真了：瞧瞧我腋下剃过的毛孔。看。嘿，我还真知道有个女孩从来都没有过阴毛。从来都没有过。她——"

——原谅我短短打断一下，丽塔。我刚注意到基思眉毛上的静脉从左跳到了右：一个主意在他的脑海中诞生了。我必须开始避开，回去，撤退……好吧，就迪尔卡什而言，我已经很明确我的态度了。而潘西的事，我已经让他很不好过了。如果昨天晚上他真对山鲁佐德近身的话，嗯，即刻就有后果。而这个后果到目前为止，他还故意不愿意去掂量一下。不过，我在说话的当儿，他所考虑的事（看到他没有皱纹的前额上，那个从东到西的蠕动了吗）……用他显然能够理解的语言来说，他让自己走上了自我腐化的进程。请原谅，丽塔。很抱歉——请继续吧。

"从来没有过。一旦有毛出现,她就歼灭它。她从来都没让毛长过根。那就是未来,是的。对不起,姑娘们,但海狸毛的时代过去了。再也没有密林大战了。嘿,肯里克,这儿还不错,是吧。老上档次的哦。我们整个晚上都在开车,我脏死了,是我。我想好好地去洗个澡。好好泡一泡,"她说,"我就又生龙活虎了。"

丽塔和他们在一起还不到半分钟,她就已经是脱得光光的了——她一边走向泳池,一边将连衣裙从头顶脱了下来,甩掉了鞋子。丽塔,和她初入人世时一样,大大地咧开嘴笑了一下,以跳水比赛的姿势跃入水中。肯里克慢慢地跟在她后面,头压得低低的。

警察在哪儿呢?在哪儿?虽然基思觉得山鲁佐德很可能会被警察处理(丽丽被警告了一下放了),丽塔自然应该有重案组来拜访一下。丽塔:五英尺八,32英寸—30英寸—31英寸,不仅仅是没有上衣,没有下装,而且还脱光了毛——以二十五岁的年龄,回到青春期前……基思自己,要是有权威机构的话,可能会吸引这些机构的注意。他新出现的一些模糊感觉像是一朵黑色的花,跳动着,还有一只蜜蜂在采蜜。丽丽冷眼看着丽塔,露出上排的牙齿。丽塔说:

"我们可以再来一遍吗?你是……慢慢说。"

"山鲁佐德。"

"嘿,小雀儿,那悬得可真够久了,你说呢——那个悬念!过了那个绕舌头满嘴巴的名字——是阿德里亚诺,对吧。喔,你这个小个子大人物,是不是啊宝贝儿。你中间的名字是什么？甜心？"

"……塞巴斯蒂阿诺，"阿德里亚诺说（终于记起来要为这个中名骄傲了）。

"那我就这么叫你了。你介意吗？告诉你吧，塞巴，我的心让一个叫阿德里亚诺的人伤透过。他是个天杀的禽兽，他是……啊，你是维特克。我可被迷住了。你是格洛丽亚。你，小孩儿——你，当然，是丽丽。行！你们在这大太阳底下的，都在干些什么坏事呀？"

"……没做什么啊，"山鲁佐德说，"听上去假假的，但就是这样，什么也没做。"

肯里克恶狠狠地低声要求带他去最近的酒吧。

陡峭的山径上，基思几次转身对他说一句简单的陈述句，才刚开个头，他就挥挥手，余下的话他只好咽了下去。后来肯里克要求休息，坐在岩石上抽烟，然后是坐在一个树墩上抽烟，拿八个僵直的手指揉了揉头发……

肯里克也是一个怀孕的寡妇的孩子。事件发生在中期妊娠刚开始的时候（快速行驶的敞篷车，夏天的雨）。整整有五个月时间——消失了父亲，未出生的儿子，一个一边哀悼着逝者一边期待着新生的母亲。黑色的丧服，还有侧影那熟悉的曲线，像是生与死之间的一个问号。老的秩序让位给新的秩序，不是即刻的更换，还没开始呢：充溢的乳房，变弱了的膝盖，特别想吃的食物，破了的羊水，收缩的子宫，阵痛，阵痛，阵痛。

整整五个月，逐渐长大的胎儿沉浸在悲痛的浆水中。这就是两个朋友间的差别。基思的妈妈生基思时，她相信他爸爸还活着；所以在他的圆盆子里，尚未出生的孩子从来没有尝过悲痛的分泌物。寡妇在古英语中同"空洞"，但这两个女人，这两个寡妇，她们不是空的。

肯里克说："那是什么意思？"

"墨索里尼永远是正确的！"

"问题是，兄弟，你有没有感觉过——你不知道自己是谁了？"

呃，没有，基思心想。不过我现在感觉到，好比自己在自己的身体里飘进飘出。"有过差不多的感觉，"他说。

"……好吧。我就交给你了。继续带路吧。"

4：情感教育

他们走进了宠物店对街那个像木匠工场的酒吧。喝酒的人穿着抓绒衣，像是装扮成羊羔。肯里克说：

"我现在说得相当不错了。早上好。请来两杯白兰地，大杯的。[1] 这是我要的，你能来点什么？"

两人站在吧台前，六七双古老的眼睛看着他们。肯里克一口喝完了第一杯，浑身颤抖了一下。他们感觉没必要压低声音，点了支烟。基思说：

"可以开始了么？"

"好啊。等等。尼古拉斯向你问好。你收到包裹了吗？尼古拉斯不喜欢我，是吧？他觉得我一无是处。他觉得我一无是处还目中无人。"

"不是的，"基思说——但这话里有些真的。那个一无是处还目中无人的家伙，他的哥哥时常问，是什么吸引了你？他是个酒鬼，输家，而且还势利。我知道，和他在一起，你可以暂时不用循规蹈矩做高尚的人。你是个高尚的人——这不是装的。但这让你觉得累。你时不时需要休息一下。这话里也有些真的。他回答哥哥的说法时，他强调了肯里克的表现力——而

---

[1] 原文为意大利语。

且他非常能吸引姑娘。他吸引了丽丽。一瞬间,基思的眼在他的冒着泡沫的啤酒上睁大了一下。"尼古拉斯,"他说,"觉得你很酷。好了,可以开始谈了吗?"

"开始。"

"你操了狗宝儿了!"

"……是的,我操了狗宝儿了。但这不是我的错,我不得已才操了狗宝儿。"

"我早知道了。我一见到你,我就想——他操了狗宝儿了!我跟你说过,不要去操狗宝儿。"

"我知道你跟我说过,我也没打算这么做。我是说,我不傻。我见识过,操狗宝儿给阿恩带来的后果。还有伊恩。而我还得和她一起待四十二个晚上。我知道这事儿有多严重。我们甚至在渡船上长谈了一番,都严肃地同意我不会操狗宝儿——我是说,我们同意只是继续保持好朋友的关系。我打定主意不操狗宝儿的。但我不得已操了狗宝儿。请再来一杯。[1] 我会解释的。"

他们露营之行始于三个星期前一个明媚的大清早。丽塔开着她的 MGB,肯里克提着他的工具包(装着营钉和营绳)。他们坐了从福克斯通[2]到布洛涅[3]十二点钟的那班渡轮。接着他们轮流开车,停了两次吃点东西,一直往南开到夜半。肯里克说:

---

[1] 原文为意大利语。
[2] 位于英吉利海峡英国境内肯特郡的港口城市。
[3] 位于英吉利海峡法国境内,法国北部加来海峡省的港口城市。

"非常棒。她是一个极好的旅行伴侣，狗宝儿。唧唧呱呱话很多，但很有趣——而且无惧无畏地让人难以相信。而且什么都是她付的钱。你知道我那五十镑。输光了。"

"赛马。"

"轮盘赌。等我到法国时，我已经没有足够的钱回英国了。唉。我心想，这是个好主意。我喜欢且尊重狗宝儿，我们不过是很不错的朋友。我告诉自己，你得做的就是记住一件事。不要操狗宝儿。唉。后来我们找到了一处营地——你知道，你只消伸出脑袋说，露——营？那是在里昂的南部。后来在帐篷里，热得要命。真的是热得难以想象。"他耸耸肩。"热得我只好操了狗宝儿。就是这样。"

"呣，"基思说。基思也是二十岁。他的确可以理解在一个热得难以想象得帐篷里，里面有个丽塔，会让事态不可掌控的。"呣，是的，在一个热得要命的帐篷里。感觉如何呢？"

"令人惊叹。德国人开始排队等候淋浴时，我们还没完。"

"……后来出什么岔子了？"

"我不想谈这事了。"

"是的，他们也都这么说。"

"好吧，我操了狗宝儿。那又怎么样。我不想谈这事了，行吧？"

"好吧，阿恩也这么说。谁也不想谈这事儿。"

"或许那就是为什么大家都还继续这么干。继续操狗宝儿。如果话传了出去，他们就会停下来……我一直想把这事当作一种仪式，标志着人生进入新阶段。一件你必须要经过的事。操狗宝儿。"

基思含糊地说:"或是你倒时差时做的事。"

"呃?"

"加斯。我老师。他从新西兰回来。他说他用牵狗绳带着他妻子去公园了,然后操了狗。"

肯里克含糊地说:"或是你打牌时做的事。"

"呃?"

"你知道,那个桥牌什么的。他的同花顺让他有极好的位置去操狗。"

基思说:"不是的,你第一次说的没错。这是品格的历练。情感教育的一部分。这个时代每个年轻人都得……"

"得放弃一些孩子气的事。"

"得表现一下他是什么材料做的。"

"得操一下狗。"

一阵静默,然后肯里克若有所思地说:

"你知道,你和我是怎么闲聊小妞们的?她就是那样聊男人的——她操过的男人;不操她的男人,她操他们。但听着,我们可不这样对妞儿谈论妞儿的事,是不是。老天。"

肯里克和基思两人之间无话不谈(每一个文胸的搭扣,每一个拉链头)。因此,基思完全出于习惯地说道:"在帐篷里,你们是怎么脱衣服的,还是你们早就——"

"不是的,兄弟,我没法儿谈这事儿……我可以琢磨这事儿——有点像在脑子里写着这事儿,但我没法儿谈这事儿。"

写着这事儿?尼古拉斯更瞧不起肯里克的一点是,他的脑力发展到了十七岁就停止了（他被伦敦最好的一所学校扔了出来）。他从来什么都不看。看看肯里克，很多人被他的下巴完美的线条和富有艺术气质的颧骨给蒙骗了。就像丽丽被蒙骗了……基思非常不情愿地说道：

"哦，对了，你和维奥利特度过的那天晚上。我只是想问你一件事，不要细节。你认为她享受吗？"

"享受？呃，是吧……说真的，跟你讲实话。我记不得了。我是说，第二天我也记不得了。那是在聚会之后。先生，请再来一杯。谢谢。[1] 她醒过来时，说：昨天晚上，你可是个调皮鬼啊。所以，我想着大概是发生什么事了。我试着在早上也调皮一番，但没成。抱歉。"

他们谈论了维奥利特，谈论了城堡。肯里克是不惧怕女性美的，说：

"那个高雅的胸前居然还有料？天哪。这样的脸长在这样的身体上，真是太少见了。嗯，见不着。我想这就是为什么她得需要那根脖子。想一想，要敢对山鲁佐德调情，你得有多自恋啊。"

"自恋？"

"到一定程度吧。我也挺喜欢另一个的。没有头发有屁股的那个，穿着的泳衣，像老妈的。"

他们喝完了酒。基思带肯里克看了看村子的风景点（主要是教堂和耗子）。肯里克问：

---

1 原文为意大利语。

"你和丽丽怎么样啊?"

他们正往一个陡峭的小路走上去,后面跟着一群山羊——也可能是母羊和羊羔,毛皮白得像城市的雪,拖着步子,上下颠动着,像一台大织机。

"我是想和你谈谈丽丽。有关她性自信的问题。我想着你或许能帮我一把。"

"怎么帮?"

这天是星期五。他们是这么打算的:大约在五点半左右吃个晚中餐,或是早晚餐,或是带肉的茶点。然后想去的人可以一起去蒙泰勒的一个夜总会,由阿德里亚诺赞助。不管怎么说,格洛丽亚冷冷地把这一打算告诉了基思。当时她独自坐在庭院里,膝上放着速写簿。

肯里克说:"丽塔在哪儿呢?"

"她在睡觉。谁都在睡午觉。要我指给你看在哪儿吗?"

"哎呀,不要不要。倘若可以的话,我就在楼上晃悠一下。去弄一杯酒什么的。"

基思爬上了塔楼。他打算让丽丽准备一下——从他的角度出发,把现实朝他打算的方向推进一把,和自己的私心结合起来……他想到了泳池旁的丽塔,她那双倍的、三倍的裸体。丽塔让他想起了十岁、十一岁时的维奥利特,完全是情色的反面——她裸着身子时,非常的苗条,但还是带着一层肥嘟嘟的肉。

丽丽站在窗边,往外看。她转过身来。

他说:"什么不对劲了。"

"我敢打赌,你和你的狐朋狗党觉得这事很好笑。你知道那是什么意思吗?"

一瞬间,基思觉得自己的计划已经败露——因为他从来没见过丽丽这么愤怒。她说:

"你撒谎。为什么叫她狗宝儿?"

"什么?……为什么不应该叫她狗宝儿?我是说在朋友中间。"

"她姿色十足!"

"呃,"他说,"可能以她的方式。好吧,她姿色十足。我从来没说过她毫无姿色。"

"那为什么叫她狗宝儿?你难道真不知道那是什么意思?"

"狗?真的?"他听完,说,"好吧,在美国可能是那个意思[1]。在英国,狗就是狗。我们都叫丽塔狗宝儿。尼古拉斯叫丽塔狗宝儿。那是因为她——她让你想起一条狗。"

"怎么会?"

"老天。她的举止像条狗。"他慢慢说了下去,"丽塔的举止像条狗。她像是总在蹿来蹿去。你看得到她的舌头打着颤。她像总是在呼哧呼哧地喘气。还有她总是扭屁股的样子,像是在摇尾巴。她像一条狗似的扭屁股。"

"她可不扭屁股!"

---

[1] "狗"在美国英语中有"丑女人"的意思。

他擦去嘴唇上的汗。"……其实你是对的。她不扭屁股。她不再扭屁股了。她以前扭,但她停了,不再扭了。我问过她这事儿——我会让她扭一下给你看。你会想到一条狗的,我发誓。"

"好吧,基思,为什么我不漂亮呢?"

她很少会叫他的名字……这么可怕的问题,没什么可回答的。也没什么可做的,只除了往前迈一步,进入问题,抱住她摸摸她的头发。

"为什么我不漂亮呢?"她用那悠悠的声音说,"山鲁佐德很漂亮。丽塔很漂亮。甚至格洛丽亚微笑的时候,她也很漂亮。每个人都很漂亮。为什么我不漂亮呢……"

你会漂亮起来的,他不断地说。他们一起躺了下来,她睡着了。他也试了一下——午睡,打盹,睡眠,在光天化日之下,去造访夜的疯狂……丽丽醒来后,洗澡穿衣,他在一旁很关注地看着她,陪着她说话。他一遍一遍耐心地告诉她,肯里克认为她很好看。

"可爱,小麦色,"五点半他们走下石阶时,他告诉丽丽。"而且你还瘦了。他就是这么说的。你的眼睛亮晶晶的。"

"嗯,对不起。就是我以为会看到一个丑女。"

"我也对不起。我真的不知道所有这些狗的事。根据你的说法,看来狗宝儿已经叫做狐宝儿。"

"她看起来像只狐狸。"

"是啊,可是太迟了。"而且丽塔的举动不像是只狐狸。不知怎的,丽塔是男人最好的朋友,确切意思虽然含糊不清,但结论却毋庸置疑。"那还是叫狗宝儿吧。"

"潘西是那样说话的吗?她是不是那个从来没有长过阴毛的?"

"不是的,但她有丽塔的口音。她说起我来的时候,很有趣。递我睡衣。我可饿死了我。挺好的。我喜欢他们说话的调子[1]。"

"嗯,你有一半的家人是从那边来的呢……我看得出来,肯里克不是很开心,"他们迈入庭院的时候,丽丽说道,"不过我们还是不知道为什么千万不能做。"

"千万不能做?噢,是啊。没错,我们还是不知道。但某个角度看,太令人称奇了,可不是。我一遍遍地告诉他。一遍遍地。"

"你一遍遍地念叨了。"

"我一遍遍地念叨了。他完全知道千万不能做。但就在第一夜,第一夜,他做的第一件事是什么?"

"他起来操了狗宝儿。"

"一点不错。"

"而那正是你千万不能做的事。"

食物摆放在餐具柜上,年轻人慢吞吞地沿着柜子走——冷

---

[1] 指英格兰北部的口音。

肉、菠菜色拉、土豆色拉、豆子色拉。身体挨着身体，各种各样的可能性，身体散发出来的香味，手，头发，腰臀部。众人一个接一个在餐桌边坐了下来。你会明确知道会越界的：肯里克，眼皮子沉沉地垂着；丽塔，生动活跃却气势汹汹，这两人已经保证越界是必然的。不是偏移了体裁，而且要变更等级证书。未成年人不许进来——这会被定级为 X。每个人早知道是会越界的。

阿德里亚诺转向维特克。"来干一杯，我的朋友！"他大声嚷道。

维特克耸耸肩，说："为异性恋干杯。"

于是有好一阵子，在丽塔的指挥下，姑娘们讨论了她们想要的孩子的数量。丽塔自己想要六个，山鲁佐德四个，格洛丽亚三个，丽丽两个。

"不对，"丽塔说，"我要八个我。不，十个。"

这么一幅多产肥饶的母性前景令他们都停顿了片刻，但丽丽很快说道：

"哦，那你赶紧行动吧。"

"喔，我可行动了哩，宝贝儿。现在是我操的年代。将我把那事儿弄清了我，我就老老实实了，一年一个。"丽塔猛地大喝了一口，说："哎呀，格洛丽亚亲爱的。这样的温度，你怎么还戴得牢那样的胸罩啊？那两个小可怜可不是要想出来透透气啊？"

格洛丽亚难得地向高温妥协了一下，穿了一件淡色的宽松上衣，领圈低低的。宽肩带是医用的灰棕色，两条锁骨被压出了凹痕。她的眼睛朝下朝两侧扫了一下，脸红了。她轻声说："只是更舒服一点。"

"你不会看到我的小可怜待在那种东西里的。"丽塔举起一根手指在空中划了一道。"嘿，这摆明了的事，谁也不喷出来。我有两个背我，前背和后背——对此我很高兴！奶头儿可以是……唔哇，亲亲，我懂的，但它们总是他奶奶地挡道儿。甚至在床上也会挡着道。"丽塔咧着海豚似的笑脸，转向山鲁佐德。"哎，姑娘，我甚至连你的都不想要，要了这俩，我怎么跳凌波舞？"

维特克说："文胸这事儿，我真是搞不懂哩。文胸的政治化。姐妹们烧文胸，这算是怎么回事呢？我还以为文胸是你们的朋友哩。"

"文胸，呃，文胸将一致性强加于女人，"丽丽说，"因此它们是坏的。"

"文胸让每个女人都一模一样，"山鲁佐德说，"而胸部却各有不一。文胸让每个女孩都像罩在套头衫里。"

"而这是永远行不通的，"格洛丽亚说，"不，我们决不同意。"

她像是不愿再说下去了，但丽塔说："说下去，乖乖，说呀。"

"好吧，"她说，又咳嗽了一下。"咳，咳。所以说，这不过是巧合，对吧。不戴文胸让你的胸部更令人注目一万倍，这仅仅只是巧合，是不是？文胸让胸部保持静止。"

"……她说得没错，你们明白的，"丽塔说，一边对山鲁佐德点了点头。"今晚上，我会一直看着你那对儿的。天哪，妞儿，你移动的时候——看着你穿过房间，简直像是在看一部他奶奶的惊心动魄的惊悚片。它们会不会？会不会？而你的那对儿，"她告诉格洛丽亚，"你丫的穿着的是大吊床，看起来里面包着的那对儿还不赖。你应该选几个晚上，刷地脱了，小娘儿，让我们都眯一眼。要是你身材成比例的话，注意，你的那对儿可要比山山的那对儿还要鼓呢！你不喝酒，对吧，亲爱的。我也不喝。不像有些人。不像某些整天泡在酒里的可怜儿……好吧。再来一盘，我。过一会儿，再来一盘。我吃起来像猪，但从来不长体重。女孩儿都为这点恨得我痒痒的，丽儿。但怎么能怪她们呢？谁还要来喂上一点呢？"

阿德里亚诺露着很多眼白，举起了盘子。

"你吃什么呢，塞巴亲爱的——牛肉？那可是今晚上的精华呢。其他人呢？"

肯里克垂头弯腰地坐在桌首，手臂护着一水罐的酒。另一只手非常缓慢地对叉子进行一系列的实验。基思说：

"哦，好啊，丽塔。我正想着呢。你不再扭屁股了。这是怎么了？你没了标志性扭屁股了。给丽丽瞧瞧，扭扭屁股。"

丽塔扭了扭屁股。真的是这样：她让你想起了狗——你穿好外套，伸手去拿牵狗绳，那个时候狗的模样就是她这一刻的模样。"再来。"

丽塔又扭了起来，说："嗷。哎哟。不行，基思，我有原因呢我。别过来，我告诉你什么原因。我还是慢慢地坐下吧……哎哟。"她身体前倾。"不能再扭了。看见了吧，问题是，基思,我这辈子还从来没有这么被插过菊花。"

肯里克的叉子掉在盘子上,咣当一声。

"而且也不单单是他一个,"丽塔说着抬了一下下巴。"不是说我是被强迫的什么。叫我假娘儿们好了,不过不管是爱也好战也好,都是公平的。塞巴,够了吗?还是想再来一段儿?不是,不单单是肯里克。他们谁也不能在外面逗留不进来。我知道是为什么。因为我是个男孩。我是个男孩我。我是个男孩。"

基思看了一圈桌子。丽丽眯起了眼睛抿起了嘴巴。山鲁佐德坐得笔挺的,全神贯注。格洛丽亚散发出一股强烈的冷气。维特克,皱着眉,微笑着。阿德里亚诺像是个震惊中的孩子。丽塔说:

"我是个男孩,没有胸,没有屁股。"

"也没有腰,"丽丽说。

"好好谢谢你呀,小裙儿,我差点忘了。也没有腰。所以,他们几乎是义不容辞地要把我给翻过来,可不是嘛。特别是他们就是有那方面倾向的。比如肯里克……明白了吧,这把他带回了在学校的日子。他想着板球队的队长。这么想着才让它给硬了起来。这么想着才让它给动了起来。是不是,亲爱的……哎呀呀,每个人都不吱声了。我又说错话了不成?"

肯里克捡起了一把餐刀,轻轻地拿刀口敲了一下酒杯。叮——轻柔的声音荡悠了三四秒钟才散去。

"第一次发生的时候,"他开始说,"……第一次你和丽塔面对面交媾的时候……你觉得这是你一辈子的梦想成真了。

你想着：这就是操了……所有其他的——都不算……这才是操……但她不是一个男孩……她是一个男人……不，甚至都不是个男人。比阴沟还下流，我同意的，而且花样百出——我也同意。但毫无感情……第一次发生的时候，你伸出了一只手，接下去她的大拇指就在你的屁股里了，一只卵蛋在她的喉咙里，另一个夹在她的耳朵后，等下再上。四边的睫毛在那家伙的头上忽闪着。她的睫毛。然后你来做所有其他的。那是第一次，棒极了。然后是……你知道她怎么干吗？她半夜里把你摇醒，要是你太累了，她会很严肃地告诉你，你是个弯男。你恨女人。其实恰恰相反，她才恨女人。她也恨男人。基思。基思。想想，把丽丽摇醒了，要是她不同意的话，她就是女同。或是势利的，或是性冷的，或是信神的。单单是个男人，不会那样做的。没有哪个还没被关进监牢的男人会那样做的。她觉得自己可厉害了。确实是这样，但又不尽然。对这事儿，她没有自然的才能。没有才能……因为没有……没有同情心。就是这样的。"

丽塔一直听着他说，脑袋在脖子上有节奏地晃动着。她说：

"哦，他是找同情呢，是吧。他是要别人可怜。因为他吓坏了。他要他的妈妈。你太老派了，亲爱的。你就像是二手家具。瞧，对里克来说，他想要一个傻乎乎羞答答的小东西——拽着一条湿答答的小手绢。哦，你不能这么做啊。那太粗鲁了，太坏了。噢，上吧，你这个小狗狗，干你的坏事吧。我敢保证我不会享受的。天哪，我们以前有没有这般没劲过，我们这些雀儿？我们以前是不是他奶奶的这般没劲？……好了，谁来跳舞呢。我想要扭上一把了。该我跳凌波的时候了我。"

意大利人都是阴谋者。意大利是个阴谋的国家。这一说法是阿德里亚诺创制的,或是他传出来的。晚上十来点钟的安静时分(这样的安静是跟在每一次犯规、每一次踩踏之后,赛手们各自在检查自己的伤口),阿德里亚诺逗留在餐厅里:只有他们俩。丽塔深深地看到了阿德里亚诺的眼睛里去,仿佛他是唯一一个真正懂得她的男人……意大利和阴谋:这是切萨雷·博尔吉亚[1]和卢克雷齐娅·博尔吉亚[2]的国土,是尼克罗·马基雅弗利[3]的国土,是亚利山德罗·卡廖斯特罗[4]的国土,是贝尼托·墨索里尼的国土。基思·尼亚林填下去了太多的英国小说,最近进入了那块比较冷僻的领域,叫做非虚构作品——特别是意大利现代历史。他在那儿发现了一个幻想假扮的世界。

直到这个夏天,基思才开始试一试操纵别人。他的第一个发现是这事儿让你无暇他顾。基思很忙。他不像贝尼托·墨索里尼那般的忙。他据说七年里进行了 188,7112 次的交易(或者说,无一日休息,每三十五秒钟便作一次主要的决定),纪录了 1,7000 小时的飞行时间(相当于一个全职飞行员一辈子

---

[1] 切萨雷·博尔吉亚(1476?—1570),教皇亚历山大六世的私生子,文艺复兴时期意大利最令人恐惧的野心家、强权者和完美的阴谋制造者。
[2] 卢克雷齐娅·博尔吉亚(1480—1519),教皇亚历山大六世的私生女,善于玩弄政治阴谋。
[3] 尼克罗·马基雅弗利(1469—1527),意大利政治思想家、历史学家、作家,认为为达政治目的可不择手段。
[4] 亚利山德罗·卡廖斯特罗(1743—1795),意大利冒险家和魔术师,也被认为是江湖骗子。

的飞行时间），同时也在每个早上阅读 350 份报纸，而且总是能在每个下午都找到时间进行现代五项的剧烈运动，再在每个晚上，穿插和他的小提琴单独在一起的长长的一段时间。基思不需要做墨索里尼那么多的事（而且顺便提一句，墨索里尼总是错的）；但他也还是得巡视一番。

而且那感觉还没退去。他像是飘浮着，在自己躯体里进进出出……

丽丽坐在西露台边沿的秋千沙发上，手里握着一杯普罗塞克葡萄酒，一反常态地专注。她在看星星——脸侧成一个角度，难以置信地皱着眉。这一刻，他也感觉同样的难以置信：星群看起来像是属于另一个半球。他说：

"想到星星白天也在那儿，挺奇怪的。只是看不到它们。"

"白天它们不在那儿，到了晚上才出来的。你一起去吗？"

他说他想自己会去的。

"哦，我不去。丽塔太可怕了。好歹我们知道了为什么。为什么千万不能做。"

"是的，我想我们可真知道了为什么千万不能做。"

"你最好向山鲁佐德道歉一下。因为你找她来让我们恶心（sick）。"

"你知道吗，丽丽。Sick（恶心）的这个意思来自 Seek（寻找）的某个古早的方言。意思是：放一只狗上去。"

"你太恶心了。你为什么看上去那么——像磕了药似的？"

"你会照看肯里克的，是不是，丽丽？你会顾着他的。"

"别去了。去吧。他的意思是同情？还是共情？"

"呃，一回事吧。从词源上来看。"

"词源上来看。去吧。我来照看他。"

"晚饭时候，你看上去好看极了。你的漂亮来临了。已经在这儿了。"

然后，当然，他还得和女主人周到一番。

她坐在客厅双陆棋棋桌旁，支起的腿上放着一本书（一本统计学的书），用手稳住了。

"呼，"她说，"那可是……像那类带有警示作用的电视剧，当然你是非看不可的。维特克也很喜欢。她说的是哪种语言？一种方言？"

基思说："她和朋友说话时用的，她们觉得别人就听不懂了。不难，但句子说长了就不容易懂了。"

"……天哪，别人在做的事。以前我一点都不知道。她让我觉得自己像是才三岁。结果完美得很，是不是。丽塔和阿德里亚诺。今天我可要安安心心睡个好觉了。"

"你不去吗？"

"我有点想去，但怕挡了别人的事。你不去吗？"

嗯，问题是，山鲁佐德，我得出了城堡。他说："或许什么都不会发生。或许阿德里亚诺会有抵制的力量。"

"不可能啦，"山鲁佐德说。

最后要去看一下肯里克。他坐在厨房的桌边,一大罐的咖啡,脸上挂着一副空荡荡的平静。他说:

"那事儿,真抱歉。有一个有趣的理论。我刚刚和,呃,有屁股的那个,她说——格洛丽亚——她说,一旦丽塔开始付钱,我根本就没戏了。她说,女人憎恨不主动付钱的男人。甚至 AA 制,她们也憎恨你。女人都免不了。长在骨子里的。你猜怎么着了。阿德里亚诺刚刚进来,和我握了握手。他们在楼下的车子里。"

"我还是走吧。呃,可能她对你来说年纪太大了。那挺精彩的,你的餐后演讲。不过,不会让谁避之不及的。"

"你是说,挑战? 唔。这么说吧。男孩们注定要操狗宝儿的。他们也应该操一下狗宝儿。但只能是她第二天就要上夏威夷去。永远不再回来。瞧瞧她跳舞的那样子。"

"你去和丽丽放松一下,"他说,"她人挺好的,而且感情细腻,举止端庄。"

"端庄。这下,那才是让我兴奋的。"

基思又进一步提了个建议。肯里克说:

"你是说真的? 为什么呢?"

他匆匆忙忙走下石阶,空气中弥漫着一股汗水淡淡的气息。 你知道吗,山鲁佐德,我只好离开屋子。为了让肯里克和丽丽上床。然后,这事儿了结了,我就可以和你上床了……天上散着星星。星点看上去尖锐又冷冰冰的:上帝用了大头针来固定宇宙的黑暗背景。那些星星就是看得见的针尖。他自己的星群呢？属于他自己的处女星座呢？还有剩下的七颗恒星呢？在夏天结束之前，我还会灭掉几颗呢？

劳斯莱斯咬牙切齿，竖起鬃毛。如果能清晰地看到未来，基思会登上通向丽丽身边的台阶，或者去蒙泰勒，他可以从那儿搭车回英国。基思伸手去拿他的蓝碟烟。他想，这是品性的测试。他停顿了一下。这是我的情感教育。他点起一支烟。他吸了进去。

第四场
幕间休息

又呼了出来,在三十三年之后。

他清了清嗓子,不是低低地吼一声(他通常的方式),而是咳咳地叫了一声(像是来复枪的子弹飞了出去)。十分钟之前,他刚从卡姆登镇上一个叫"烟室"的小店回来,这短短的一趟非同寻常。这一刻,一条颜色浑浊的舌头孩子气地从口角伸了出来,桌子上乱糟糟地摆满了各种各样软壳的、硬壳的、听盒的,还有烟夹子,他正把各种各样打印的标签贴了上去。一条说:香烟令你性感倍增。又一条说:戒烟,可能会导致精神疾患。1994年,基思和尼古丁分了手,但现在又复合了,而且相爱至深。

他咳嗽着、干呕着,稍稍有点喘不过气来。他又一次调皮地伸着脏兮兮的舌头和颤抖的灰白色的手指,把第三条标签(事实上是他自己对常见的健康警示的篡改)贴上了目前在抽的金维吉尼亚散装烟丝包。这条标签说:"非抽烟者比抽烟者寿命长七年。猜猜是哪个七年。"

他布满血丝疼痛的眼睛盯着它看。

近日出门上街时,他时常想:美不见了。很快他的立场又推进了一步。他心想:美从来没有过——从来没有过美。两条前提都是十足的错误。它的消失——美的消失，发生在他自己的心胸内。

美，现时的美，在厨房的餐桌旁，他的对面。

"呃，我必然会感觉自己有点蠢，是不是？"他对他的第三任妻子说（他们在讨论那次在"书和圣经"酒吧与他第一任妻子的邂逅）。"整整二十五年，完全驴头不对马嘴。差不多都一辈子了。要是你没救我一把的话，亲爱的。"他喝了一口咖啡，"我可能就成诗人了。"

"你是位受人尊敬的评论家。还是一位老师。"

"是啊，但我本来可以是个诗人的。都是为了什么？都是为了——为了一次课。"

"往光明面看，"她说，"这可不是随便哪种常见的课，是吧？"

"那可真是看这事极其正面的方法。不管怎么说吧。"

"这简直让你的眼珠子像是支棱在杆子上还支棱了一整年。"

"两年，还更长，三年。那可是整个麻烦的一部分。"

"把这事就认作你要得到我必经的阶段吧。"

"我会的，我就是这么想的。"

"你有儿子、女儿，还有你的女人。"

"我有我的女人。你知道，所有这些都是在几个星期前开始的。还有别的什么事。还有另外的那件事。我不知道到底是什么。这不可能和维奥利特相关的，是不是？怎么可能呢？"

他在四月的阵雨中穿过了花园。但现在是五月了。

253

革命宣言的第三点用反写加密、印在书页的下部。这是一条"潜伏"条款，含蓄不明，但并非有意为之，而且也仍旧没有完全被理解。它是这么说的： 表面会开始渐渐超越实质。当自我成为了后现代，事物的外表会变得至少和事物的实质一般重要。本质是心脏，表面是感觉……

那天早晨，基思睁开眼睛时，心想：我年轻时候，老人看起来像老人，慢慢变得和他们的树皮、核桃制成的面具相称起来。现在，人们各有各的老法。他们看上去像是待了太久的年轻人。时光赶上了他们，而他们还梦想着保持一个模样。

在他的工作室里醒来，爬下床，还有其他各种事——这再也不是一部俄国小说。这是一部美国小说。篇幅不是短了很多，但有明显的收获：总体上更轻松欢快，有关每个人祖辈的事少了许多。

基思对卫生的要求，在卫生间的区域里全部得以满足。但这也有个问题：洗脸池上方面对面有两个镶着玻璃的柜子。他刮胡子时，必须把两个柜子紧紧地关住了。如果不关好的话，他会看到自己的秃顶相互印照着直至无限。

这是和两闺女在一起时典型的游戏和乐趣。他们玩了"我是小间谍"和"让你选"的游戏。他们玩了"钓鱼"的牌戏。然后他们一起数了克洛伊左臂上的雀斑（共有九个）。她就他最喜欢的三种颜色和最不喜欢的三种颜色提了问。伊莎贝尔就他最喜欢的三种口味的冰淇淋和最不喜欢的三种冰淇淋提了问。接下来，克洛伊用打嗝报出字母表，伊莎贝尔告诉他有一个很深很深的游泳池，连大人都得戴游泳圈。

"男孩子在这儿的时候，"伊莎贝尔说，"你有没有觉得难为情？"

"难为情？为什么？因为他们长得又高又帅？不，我很自豪。"

两个女孩像小黄鸟一样地咯咯笑了起来……

他溜回了自己的棚屋，盯着汉普斯特德高地长满茅草的凹坑看了一小时。维纳斯星升了起来。到底是什么呢，那另一件事？

现在可好多了——在社会圈子里。

以前有阶级，有种族，还有性别。三种制度都不是已经消失了就是将要消失。现在，我们有的是年龄制度。

那些二十八岁到三十五岁之间的，最理想最清新，是超级精英，属于沙皇阶层的；那些十八和二十八之间的，加上三十五和四十五之间的是波维尔阶层，是贵族；所有其他六十岁以下的组成了资产阶级；六十和七十之间的每个人都代表无产阶级，普通大众；那些年纪还要更大的则是佃农和奴隶的幽灵。

普通大众：多数人。噢，我们会成为普通大众的（他指的是婴儿潮的那代人。这个名称越来越不受人喜欢了）。而且我们也会遭到憎恨的。基思读到：至少在一代人中，国家管理的关键是把财富从年轻人处转移给老年人处。他们不会喜欢的，这些年轻人。他们不会喜欢这波银色海啸。老年人滥用社会服务，诊所医院弥漫着他们的臭气，就像是可怕的移民潮涌而至。会有年龄之战的,还有逐年的大清洗……

这一未来的可能性或许解释了年龄制度进一步的反常现象:不会遭遇任何反对。老年人不会吵吵嚷嚷,也不会惹是生非。他们甚至都不抱怨,再也不抱怨了。他们以前是要抱怨的,但现在消停了。他们不想吸引注意力。他们老了。麻烦已经够多了。

可是,我们觉得这很好,我们认为这——年龄制度——很合适,而且还民主得既深刻又灵活。当代的现实是最理想最清新阶层口中的滋味。垂死之际,我们当中没有多少人会享受过这一无可估量的特权——白肤色、高贵的出身,且还有男根。不过,我们当中的每一个人,在故事的某个点上,都曾经年轻过。

纯净的、冰冷的、乳白色的湖泊,被柔软的草捧着。从来没有野猪、公鹿在这儿喝过水,湿过蹄子,从来没有昆虫在水面上滑过。他来了,那个冷冰冰的青年,他伸长了身子,弯下了头颅,润泽了他饥渴的眼睛……

从最初的一刻开始,爱之到来快得如同光亮,那青年成了虐待自己的人。他的双手探入了水面,为了去拥抱去爱抚其中的实体——但水面抖动起来,它消失了。

> "我笑的时候你也笑。
> 我从我的泪水里见到你的泪水滚落。
> 我告诉你我的爱,我见到你的双唇
> 像是在告诉我你的爱——虽然我一点也听不见。"

随后这就发生了，但已经晚了：你成了我。现在我明白了……我想要什么，我是……让死亡快快降临吧。当他呻吟时，唉，她也跟着呻吟——爱可，或者是爱可的鬼魂。或者是爱可的爱可。唉。触摸我，亲亲我，触摸我，亲亲我，触摸我。

让死亡快快降临吧。这就是他最后的愿望。他的愿望实现了。

西尔维亚说："你是个失败者，妈妈。不是单指你，是整个的第一波女权运动。你们错过了机会，机会不会再来了。"

"我们和拿破仑一个样。"

"你们和拿破仑一个样。"

据西尔维亚说，性革命，就像法国人（可能是吧）将最重大的精力集中于扩张上了，而没有停歇一下巩固根据地。她的观点是，宣言中的第一条——或许只需要这一条——应当这样写（基思知道这可是明显不过了，因为他害怕的就是这个）：家庭分工对半开。

"对半开。所有家务、孩子这些无聊的狗屁事。一人一半。可是你们没有把这事落实到底。你们张开翅膀朝错误的方向飞了。你们抓住了错误的权力。管理的权力，做决定的权力。更多的狗屁。邮箱里来了一些可怕的文书文件，爸爸走过去取了，站在你的身旁，看上去一脸迷茫，你把文件从他手中抢了过来。我见到他……我知道他现在身体很勉强，但即使在他很健康的时候,他做的事都不及你的十分之一。而且你也在挣钱。而且你都不对他吼。你只是容忍了他这么做。"

"我和你不一样。这是由于我的背景。"

"是啊,因此这就是你抗议的形式?乒乒乓乓地洗上十分钟的碗。你是个失败者,妈妈。"

到现在他都已经习惯了别人视他不见,当着面谈论他,基思(一如惯常地)不着边际地温和地说:"你妈妈性格平和。我的第二任妻子有点儿躁郁症。和冥后普洛塞耳皮娜一样。这一刻阴郁得像是冥王,下一刻像太阳般的明亮,破开重重的乌云。"

"又来了,"西尔维亚说。

"我的第一任妻子后来发现特别的变化无常——每一刻都有变化。嗯,有一种亚原子能每秒钟转换成自己的对立面三万亿次。她没有多变到那个地步,但她非常多变。"

两个女人都叹了口气。

"微观世界像女人。你们知道我什么意思。对于保持理智没那么自豪当回事儿。宏观世界也像女人。你们应当高兴才对。平反正名了。现实是像女人的。"

"他这是溜回自己的棚屋世界了。"

"只有中间的世界才像男人。"

"可是这正是我们生活的世界呀,"西尔维亚说。

基思坐着抽烟。进了来,又出了去:熟悉的苯、甲醛和氰化氢的混合。阿门曾经说过,在利比亚,烟是个时间单位。村子有多远？三支烟功夫。你要花多长时间？一支烟。

他想，是啊。是啊，不抽烟的人长命七年。那个叫做时间的神会减掉哪七年时光呢？不会是那激扬鼓荡、血脉偾张的七年。不会的。会是挺冷静的那段年龄，在六十八岁到九十三岁之间。

他沿着地图上的坐标方格走着，穿过城市流动不息的金属，他非常感恩地注意着人行道口涂着的指示：往左看，往右看。不过现在——他开车时，这种感觉也出现过——他不断地怀疑还有第三个方向他也需要注意。还有第三个方向可能会窜出什么东西来。不是右，不是左——而是偏向的，斜穿的。

第五部

创 伤

1：转折

很快来了等待，然后来了变形，然后来了扭转，但首先到来的是转折。

两点半的时候，他走进塔楼的卧室，丽丽和肯里克一起躺在床单上。丽丽穿着她的绸缎家居服，肯里克穿着衬衫、牛仔裤和球鞋。斜菱花的月光沐浴着他们的身体，纯洁无邪，但是他们的脸隐在黑影中。基思说：

"你醒着吗？……我开了劳斯莱斯。"

丽丽毫无睡意地说："拇指汤姆在哪儿？"

"和狗宝儿坐在后座。天知道在干什么。"

"是他们响着刺耳的声音开走了吗？那可是一个小时之前的事了。"

"我一直坐着想事儿。"

"嗯，我想你可真是想事儿了。这下子，你往哪儿搁你的脑袋啊？你可以上隔壁去，爬上深林大熊的床，我可不在意。"

"他在这儿干什么？"

"他？他在这儿干什么？哦。他和我做爱了，明摆着呀。太美妙了。有些男人就是知道怎么让女人觉得美丽。然后他把衣服穿了回去——因为他不想让你知道。可以理解吧。然后他就睡着了。或许他只是在装睡。"

"我想能看见你的脸。肯里克?……推他一下。小地毯上有个枕头。推。"

肯里克滚了下来。闷闷的令人恶心的一记噗通声,之后再无声息。

丽丽说:"顺便提一句,肛交是两个兽一个背。是不是?"

他说:"我想能看到你的脸。"

"但是你没必要非得那个方向来的。"

"我想能看到你的脸。"

到了下午三点,两位访客已经打点好行装,准备上路了。任谁见过这个场景,都不会忘记:丽塔和如阿,在同一个取景框里——如阿和丽塔,在泳池旁。

同时,肯里克和基思穿着泳装躺在草地上。他们光溜溜一根毛也没有的胸部、平滑的腹部、均匀地晒成棕色的大腿:打造得不算特别完美,也不是纯洁无邪,但无疑是年轻的。

肯里克支起一只胳膊。"这儿是伊甸园啊,"他令人作呕地说,抖颤着叹了口气又躺了下去。"……天啊,那些鸟看起来可有点粗野。乌鸦。不是树上那些颜色鲜亮的温顺的小苦力。老天,它们像个笑话,是吧?"

"看看那些在上空的。"基思是指那些"磁铁",在地平线上打出一只只黑洞。

"它们也很酷。不。我是说乌鸦。"

乌鸦，它们总是在扒拉垃圾的憎怨的脸，因饥饿发出的粗糙的叫声。基思也声音沙哑地说出了他的问题：有关昨天晚上和丽丽的……他不再为诡计得逞而兴高采烈了；他开始怀疑有些人比他更会耍诡计。基思感觉像是一个物理新手，第一天便引发了一系列连锁反应，然后就只能站在那儿干瞪眼睛了。肯里克说：

"我认为什么事也没发生。但我记不得了。再说一次。令人震惊，那事儿。而且很鲁莽无礼。但就是那样了。我记不得了。"

是的。基思的计划包含了一个明显的弱点：其中有肯里克。"我还以为你不喝酒了。"

"我也这么想，但喝了所有那些他妈的咖啡后，我又喝了一桶葡萄酒，再回头去喝威士忌。老天。现在好一点了。我睁开眼睛时，第一件事就是不知道自己是谁了。等等。或许会想起来的。"

"……描绘一下宿醉。我都不知道自己有没有过。"

肯里克显摆了一下良好的（新教徒）教育余留的一个碎片，说道："宿醉就像是……就像是宗教裁判所。是的，完全相像。宿醉拷问着你的罪行。你一旦坦白，拷问变得更厉害了。提一句，如果你觉得自己从来没有过宿醉，那么你就从来没有过。"

"难道不是和跟人上床是一回事吗？要是你不认为自己做过那事儿，那就是没做过。"

"呃，这两事混在一起挺滑稽的，性和酒。你可以醒来后说，对不起，你没做，而事实上你却是做了……好吧。我们在露台上聊了一会儿。然后我们上了塔楼。我记得心里在想，她多好的姑娘啊。我记得心里在想，她多忠诚的姑娘啊——丽丽。"

这并不是像听上去那么有信息量：忠诚，对肯里克来说，是一个用途广泛的赞美词。各种各样的酒吧俱乐部、斯诺克台球厅、小赌场都被他赞美为"忠诚"。

"抱歉，伙计。你不能问她，我猜。不能和丽丽核实。"

"我可以，不过她——"

丽丽穿着她的蓝色比基尼正穿过草坪朝他们躺的方向走过来。脚步非常轻盈，基思想，像是从健康食品或是香水广告里走出来的姑娘——比如，瑞维他的燕麦脆片，4711科隆水。她在肯里克的一侧跪下，小心地在他的唇上吻了一下。他们看着她沿着山坡走了下去。

"嗨，那让我想起了一件事。换一下话题。丽塔。你见到她跳舞了吗？"

"整个夜总会的人都看她跳舞了。"汗水淋漓的夜总会，清扫一净的地面，围成一圈的人群，五彩的灯光，旋转的镜球，丽塔的无袖背心和米字旗超短裙。"凌波舞。"

"凌波舞。"肯里克往后一躺。

"老天，最后一圈的时候，那根杆子离地面不会超过九英寸。"

"明白了吧，那才是她想要的。令人叹服，是不是。对她来说，那是最佳状态。整个地方的每一双眼睛，"肯里克说，

"被她的下面吸引得挪不开眼睛。"

"我们会那样做吗？要是做得到的话。"

"可能吧，要是做得到的话。不过我想不出来怎么可能。然后怎样了呢？"

"然后到了外面她说，你开车，基思，我和塞巴一起坐在后座。"

"你能看见什么吗？"

"没看见，我没有扳下镜子。我不敢看。但我听了。"暗潮汹涌的静寂，偶尔有几次发了疯似的激烈动作——猛然迸发的摇晃、抽动、啪哒啪哒地撞击。"听起来有鞭打的效果。来自他的。不时的来一阵子。"基思又躺了下去。"我下了车，他从后座爬了过来。他们就开车走了。"

肯里克先是勉强地笑了笑，继而不可遏制地大笑起来。他说："鞭打。她是有点能耐的，狗宝儿。我还是太年轻，做不了那些弯男的事。我太年轻，而那事也太弯男了。"

"那感觉怎样的，那个弯男的玩意？"

"真的很可怕。当时还挺酷的。丽塔说的没错。我觉得自己并不喜欢——因为姑娘都喜欢了。她们不喜欢的时候，我更喜欢一点。或是假装不喜欢。几点了？我可以喝上了吗？……那个吻让我想起了什么。有过接吻的。"

"仅仅是接吻而已？"

"是的。我认为。你知道，我百分之九十敢肯定，昨天晚上我不是个调皮的男孩。让我来告诉你为什么。"他支着胳膊撑了起来。"差不多有一个星期了，我一直在喝酒……我要宣告一下了。我要宣告,我再也不去操谁了。"

"谁都不操。连山鲁佐德让你操,你也不干吗?"

"连山鲁佐德也不操。而且我要正正式式地宣告。我要把它印在我的护照里。一个特殊的印章,像是签证一样。今晚上的帐篷里,我要做的全部就是打开护照给狗宝儿看。天哪,你看到那个蜜蜂的个头了吗?我敢打赌,那一定是装了一枚大针的……这儿是伊甸园呢。"

玫瑰嘟着嘴,傻傻地笑着,香味左飘右散,心醉神迷。他们讨论着鸟雀和蜜蜂。这是伊甸园。而基思感觉已经非常堕落,说:"听你这么说,挺遗憾的。我是说丽丽。但她原本会做吗?你说呢?她原本会做吗?"

到了中午时分,从泳池处,他们看到劳斯莱斯从山腰边的拐弯处开了过来。丽丽和基思走到雉堞上,往下看:丽塔飞速地跑上石阶,汽车在砂砾路上粗暴地来了个三点调头。她停下脚步,踮起脚尖挥了挥手。那边出现了一只古铜色的前臂,懒洋洋地摆动了一下。

"他早餐做得棒极了,"丽塔一边扭着身子脱下所有的衣服一边说,"在他的阳台上吃的。塞巴住的地方,不是一个城堡。而是一整个镇子。"

她这时站在了泳池旁的淋浴下,一只手随时准备握着水龙头。但首先,她有不少要告诉大家的……这时,在下面的只有他们四个,还有,山鲁佐德。

"餐盘上放着鲜花。三种不同的鲜果汁。羊角面包。酸奶和蜂蜜。小小的香草煎蛋放在小小的银质椭圆形盖盆里。哦,漂亮极了。只除了茶。我喝不来。我喝不来那个脏不拉叽的,我。我要我的泰特莱红茶。我应该随身带一两包的。唉,我怎么居然没带呢?我可非得要我的泰特莱不可哩。"

"她走到哪儿带到哪儿,"肯里克说,"她的泰特莱。"

"没有我的泰特莱,我可就疲沓沓地没用哩。肯里克,去,好人,去给我拿一杯来。喔,去吧。"

肯里克站起身,一边随意地说着:"不要觉得被冒犯了怎么的,要是不想回答的话,就不要说。他怎么样呢?阿德里亚诺。"

正是那个时候,如阿出现了,先是在泳池的远侧,到了泳池的后面,在泳池旁小屋的侧边急转了个弯,停了一下,挺了挺身子,往后仰了仰;她黑色的袍子只告诉三件关于罩着的身体的事:性别,当然;高度,当然;还有挺不可思议的是,年轻。

"瞧瞧他给我的这玩意儿,"丽塔说,手探向她的脖颈:一条波状的银项链,闪着沉沉的亮光。"我那古老的尼罗河畔的花蛇[1]……哎,山山,从来还没谁这样对我做过爱呢。他开始的时候是这么的温柔。正当你为此神魂颠倒的时候,他变了风格。你想,喔,我有没有感觉过这般被塞得满满的?我觉得这一定和他的周长有关。"

然后她转了一圈。那一刻,像是急速往上向一片金色和蓝

---

[1] 出自莎士比亚《安东尼与克莉奥佩特拉》第一幕第五场。

色推进：她俩在那儿，在意大利一座山上的一座城堡里，如阿和丽塔——是的，穿着整身长袍的团宝儿，浑身光溜溜的狗宝儿……丽塔大声嚷嚷：

"老天爷哪，宝贝儿，你一定他奶奶地罩在那里面被生煎呢！来，把那顶篷子给摘了，小雏鸡，过来和我们玩玩水吧！"

中饭是前一个（非常遥远的）晚上的剩菜。然后他们就走了。

"你知道吧，"山鲁佐德平静地说道，"她比我们都好。"

"谁啊？"基思说。

"如阿。"

丽丽说："喔，得了，为什么？因为她穿了一件苦刑的工具？再说了，为什么是黑色的？黑色吸收热量。为什么不是白色的呢？她们为什么穿得和寡妇一样呢？"

"嗯，那或许不假。但她比我们都好。"

小小的跑车越过第一座小山的斜坡已经有一会儿了，基思还在继续往外看着。等他转过身来时，已经没人了，没有山鲁佐德，没有丽丽，一个人也没了，他突然觉得很空，突然间天底下只剩下了他一个人。他站在泳池旁，盯着看。水纹丝不动，这一刻是半透明的。他可以看见池底的铜币和一只脚蹼。然后光线变了，一朵云匆匆地从侧面赶了过去，替太阳遮了遮羞，一个黑海星似的东西从深处翻滚着浮了上来。水面从玻璃变成了镜面，黑海星遇见了它的原形——一枚飘落的叶子。

晚饭前，只有他们两人在露台上。丽丽说：

"你为什么不愤怒呢？"

"为了你和肯里克的事？我猜想你是拿我开涮吧。有些男人就是知道怎么让女人……你听起来像是丽塔在说阿德里亚诺。"

"而你就像肯里克听她在说。完全无动于衷。"

"因为你让这事儿听起来毫无可能。"

"噢，你不相信我。你不相信肯里克努力过了。因为我不够有吸引力。"

"不是这样的，丽丽。"

"这事儿肯里克是怎么说的？"

"嗯，他才不会告诉我呢，是不是？"

"他不会？……行了。他没做。他让人很愉快。我们亲了一下，搂抱了一下。但他没努力更进一步。这就是全部经过了。"

"啊，但你原本会做吗？这才是关键。你原本会做吗？"

"什么，这样你就可以……不，我原本就不会。听着。你和我有誓约。我们发过誓了。记得吗？我们或许会分手，但我们永远也不会对彼此做那事。永远也不耍手段。永远也不欺骗。"

他承认确实如此。

"……我不知道你到底想的是什么，但我一直在琢磨。狗和狐狸之间有没有另一种动物？因为我们就是那样的。我们不是林鼠，我们不是红松鼠。我们是灰松鼠。你知道，真正和我们不同的并不是有钱人，而是美丽的人。你没有看明白各种景。而我可以，有时候，因为我是女的。从来不是平等的，永远都有人受伤。我们都是可塑景，你和我。我们仍然还挺可爱的，而且我们让对方开心。你看，我们不能在这儿分手，是吧。就目前看，我足够爱你。你应当以爱回报我。"

他咳嗽了一下，又继续咳嗽着。你若是抽烟的，有时候可以咳掉其他堵了你嗓子眼的东西。她什么都知道，他觉得。于是他也就说了出来。"我简直不相信我这么说了。你原本会做吗？请忘记我这么问你了。对不起，我真是对不起你。"

"《爱情故事》。那部我们都讨厌的电影。记得吗？歇斯底里的性意味着你永远也不必要说对不起。"

"很好，丽丽。这是你第一个像模像样的。"事实上，没过多久他就会明白，作为一句格言，这是多么毫无用处。真相是，爱意味着你一直得说对不起。"对不起，丽丽。你说的全对。对不起，丽丽。我对不起你。"

在厨房吃晚饭时，一起的还有山鲁佐德和格洛丽亚。基思低着头，告诉自己：好吧，这下至少噩梦会停止了——有关丽丽的噩梦。噩梦各种各样，但都无一例外会这样：她在哭，而他在大笑。这些梦总是让基思有足够的力量将自己从梦中唤醒。因此，甚至在梦境的疯狂宇宙中——你无比急迫地想要什么东西，东西来临了，东西到手了。你醒了过来。而那是唯一一次真正算是发生过的（他认为）：正是——也仅仅是——在这个意义上,你的梦想算是真正实现过。

那天晚上稍微好了一点,那件不可描述的事。你甚至可以说朱庇特和朱诺做了爱,表现了朱庇特的雄风,很配他天之王的地位。朱诺不仅仅是他的妹妹也是他的妻子。

"我希望提米会来。"

"我也这么想。"

"这样对每个人来说,就变得非常简单了。特别对她来说。她就可以不再……"

绝望了,他想。很快他就放弃了。

目前,阿德里亚诺退缩了。第二天早上,挂在每个人嘴上的不再是提米的名字。而是贾奎尔的到来。已经纷纷扬扬地说了很长时间,这下他的到来落实到了某一个日子,这很明显地给格洛丽亚·布尤提曼增添了威望和合法性。毕竟,贾奎尔正快马加鞭要来到她的身旁——而提米还不负责任地逗留在耶路撒冷。这下权势高低换了方向了。

中饭时,格洛丽亚拿着确定日期的电报扇风,问山鲁佐德把东西腾出主房间时,要不要她来帮忙,又加了一句:

"你一个人肯定不行的。尤金尼奥不在——提米也不在……这事儿只要在星期二前做完就行了。当然,我待在塔楼,一点没问题。但你知道贾奎尔。"

"我知道贾奎尔。好的。天,这是他的城堡。"

"这主房间一个人住实在太大了,是吧。"

"是的。"

"也没有提米的影子,是吧。"

"是的。"

"我是说,我们连提米的一根毛都还没见到,是吧。"

"是的。"

"嗯,你还有——天哪——五个晚上独自一个人在上面。"

还有以下。

格洛丽亚拿着针线活(她在做一床拼布被罩,拿碎布一块块地拼起来)走过时,基思正在不屈不挠地在一间客厅里做一些笔记(他正在整理,准备好接下去看狄更斯和乔治·艾略特)。她说:

"我想你对贾奎尔的到来高兴得很。"

"……你为什么这么想呢?"

"因为这意味着仆佣都会回来了。这地方快要变成一个大烟灰缸了,你不觉得吗?那本书你还没看完吗?"

她是说《傲慢与偏见》。"差不多看完了。"他正在写下夏洛特·卢卡斯嫁给柯林斯神甫这一深谋远虑的婚姻的细节。"你为什么问呢?"

"我想着我也看看。如果你能慷慨借书的话。或许你是那类书呆子,对自己的书特别稀罕?他的,呃,盖了藏书章的平装本。"

"等等。"他看看她,她看上去还是老样子——笨重的凉鞋,沉闷的暗褐色宽松衫,一簇簇的短黑发。"是不是你已经看完《圣女贞德》了?"

"哟，又来讽刺了。我忘了你是多么会讽刺的。"

"图书室里有一套包装精美得多的。皮面装订的，还有插图。"

"不用，如果可以，我还是用你的吧。这样我可以爱怎么脏就怎么脏了。这是不是我喜欢那类书？"

基思想到了贾奎尔，乡村庄园的帐篷里，大礼帽下笨重的浅色身形。他说（改了别人的话）："这是一部有关金钱之情色效能的小说。中产阶级的年轻妇女——以如此清醒的笔调揭示了社会的经济基础。"

"……你们这些聪明的小伙子。太好笑了，真的，因为你们什么都不懂。"

高温持续着。每天早上，它就伸展开来，将自己暴露无遗，那种样子简直完全不知廉耻。他们醒来时，它已经在了，伸展着，暴露着，像一头野兽。厨房里满是卷心菜和下水道的气味。牛奶很快就变味了。池水达到了九十八点四度。我永远不会疲倦，太阳如此说道。我就像大海。你们会累的。但我永远不会疲倦。

"喔，行了，丽丽。你什么意思啊，不停地自慰？"

"她就是这样的。她不停地自慰。至少一天两次。"

"一天两次？"基思连姑娘们是不是自慰都不确定。"在哪儿？"

"卫生间里。浴缸里用淋浴头。把水量开到最大，水流就像一条急疯了的蛇。她说在房间里的一次没有那么好。压力小了点。"

"……花多长时间呢?"

"两分来钟就完事了。特别是她一边还搓着胸。现在那两个都跳跳的,痒酥酥的。你猜猜,她管淋浴头叫什么?她叫它雨神。"

他在黑暗中说:"她知道你把这些事都传给别人听吗?"

"我跟你说过。她会把我杀了的。"

"你跟她说我们之间的事吗?"

"不。好吧,一点点。"

前面已经提到过,阿德里亚诺退缩了。等他又重新开始来访时(也重新开始忠心耿耿地使用跳水台、单杠和蹦床),他没有一丝不好意思也没有得意洋洋。他还带来了位同伴……阿德里亚诺走进来时,基思正坐在图书室,腿上放着本没有打开的《雾都孤儿》。他说:

"请在弗里西阿娜两边的脸颊上各亲一下……她一点也不懂英语,所以我们可能就用意大利语了。我真心希望你的朋友肯里克没有过于被打击了兴致?"

基思才刚刚在弗里西阿娜的脸颊上各亲一下,觉得她可以被认为仅仅是个头非常小。她光着脚(穿着粉红色的棉裙),和阿德里亚诺差不多高——两人相近的高度让基思想起了《不可思议的收缩人》续集中,男主角和巡回马戏团的姑娘之间奇特的调情。要不然,她就像诸如索菲亚·罗兰或是吉娜·劳洛勃丽吉达的声名狼藉的妹妹——个子小得多,但却不见得年轻多少。后来，他会意识到，有些女人脸上那层戴了面具似的光亮的脸色，是因为她们意识到时间开始发生了。

"对丽塔的兴致？"基思告诉他，"没有。事实上，阿德里亚诺，"他说，"我觉得事情结果挺好的。从你的角度看。"

"我相信确实如此。因为她第二天早上就永远离开了。不过，对此我并不自豪。显然，发生了这事后需要调整一下策略。有关山鲁佐德。我可以告诉你，因为你没有偏见。你对结果如何一点没兴趣。"

一旁，弗里西阿娜在图书室里转悠着，浑身流淌着浓缩的诱惑。她爱慕地摩挲着家具、书脊和风景。一次，又一次，她走到阿德里亚诺旁边，摸摸他的肩膀或是将双唇贴在他的下巴上擦了擦。这让他很不安，他像是也这么告诉她的（基思想着自己听到了"轻浮"）。阿德里亚诺继续说了下去：

"女人，基思，即便是还没有被唤醒的女人——我认为山鲁佐德就是这类人，尽管有这个提米，有时候也会因为想到别处激烈的性行为而兴奋起来。"

基思默然无声地叹了口气（他早担心谈话会提到这点的）。他决心加大他给丽丽的注意力。他说："你这么认为？"

"有时候。我尽量给了丽塔各种鼓励，让她描绘我们一起度过的那个晚上。她做到了？"

"呃，是啊。以她的方式。"

他点点头。"你看到了，弗里西阿娜对注不注意她不会太难受。山鲁佐德当然啰，是另一种类型。那种恰到好处的稳重。说话纯洁，想法也纯洁。但她有她的需求。我碰巧知道现在的需求是迫在眉睫的。让时间给出答案吧。你来泳池吗？我强烈推荐弗里西阿娜展示的身体。"

丽丽就着泻下来的烛光在脱衣服。她说：

"吃晚饭时，她有多么不同，你注意到了吗？"

这指的是山鲁佐德。基思说："我只是诧异为什么晚饭吃了一半，她要去睡觉了。是拇指汤姆得罪她了吗？"

"和拇指姑娘二号一起？"

是的。二号。晚上时，阿德里亚诺的女伴不是弗里西阿娜，而是瑞切尔。丽丽说：

"有点过分了，是吧。拿勺子喂了他整整两碗的焦糖布丁。"

"还坐在他的大腿上喝咖啡。"

"还把裙子拉了起来。不是的，你完全错了，一如往常。山鲁佐德一点都不在意。你有没有注意到她有多开心？她要我发誓保守秘密，但我实在忍不住了。提米从特拉维夫打电话来了。他已经上路了。"

"……啊，终于。他什么时候到呢？"

"她想是明天晚上。但提米这人，你永远确定不了。你知道提米的。随心所欲。她指望着他随时走进门来。背着背包。你知道提米的。"

"背着背包。是的，我们知道提米。是的，我们知道贾奎尔。他们都是有钱人。所以他们怎么样做，你都该完全接受。"

"嗨，嗯。想想吧。在贾奎尔来之前，他们将要在主房间里度过一个美好的长周末。这下，她正留着自己呢。不再自慰了。为着提米的到来,把自己保存好了。"

"挺明智的。"

第二天,他留在房间里,强迫自己把《简·爱》看完了。他钦佩这本书,却看不下去:更多的孤儿、被监护人、监护人,更多的怒言疯语,火光冲天,瞎眼失明。每隔二十分钟,他就去雉堞上抽烟,体会了理论上称为"自杀意念"的感觉。他没有考虑过这事,自杀;他只是想象了一把。地心引力,地心引力的贪婪,下面庭院构成的地心引力的深井。消亡的行为是随他把握的。那会像是向死亡抛个媚眼(或是一次猛冲,一次狠扑)。对自己会得到的反应,你毫无疑问。山鲁佐德和基思:结束了。他干涩地认同了这一点。回到了简爱小姐和罗彻斯特先生的身旁。

然后转折到来了。

在下午的这段时间里,他接到了三位年轻姑娘的来访。转折到来了。

"哦,"山鲁佐德说。她穿着整套的比基尼,胳膊夹了一条卷起来的毛巾,毛巾里裹着其他的衣物。"我不知道你在这儿。对不起。你介意我在这儿冲个澡吗?楼上有淋浴的,但那个太——没这么好用。"

压力小了点,他心想。

"压力小了点,"她睡意朦胧地说,"我喜欢淋浴,让你的肌肤留下痒酥酥的感觉。楼上的只是水滴。相比之下。"

他坐在桌边努力着:努力着不去努力地听。然后,响起了一记敲门声。他站起身。发现楼梯是空的。她的声音从他背后响起。

"我必须得知道。"

是格洛丽亚,塔楼之间的通道上一个背光的身影。"知道什么?"

"伊丽莎白·班内特有没有嫁给达西?"

他告诉了她。

"简有没有嫁给宾利?……太好了,感谢上帝。对不起打搅了。"

她转身,又转身。她说:"有没有严重的起伏转折?警告我。"

他不明确地警告了她将要面对的变化,特别是伊丽莎白和达西的。

"我以前总是整天儿看书,但一旦穷了下来,"格洛丽亚说,"看书似乎没什么意思了。"

浴缸的水在流。隔了这段距离,听上去像是耳边放着一个海螺。

"是不是山鲁佐德在里面?……唔,惹人想入非非哟。"

他走回屋去,接下来一阵静寂。一个小时没声没息地过去了。在这段时间里(基思后来意识到),他看了一页半的夏洛蒂·勃朗特。

"我最后泡了个澡,"山鲁佐德说,"做做白日梦。"

她穿着长长的白衬衣站在他上方。她平顺的长发带着股柠檬味，沉沉地贴在她的脖子和肩膀上。她的眼睛亮晶晶的，但同时又眼神迷离，让他想起了和那件黑色真丝家居服的邂逅（东撞西撞的，浓浓的睡梦的气息）。她带着一丝焦虑的神情说：

"基思，等一下我能不能和你说句话？"

这是她第一次叫他的名字。别死了，他告诉自己。不是现在。别，可千万别死了。

她说："大概五点半？女性喷泉旁。丽丽洗澡那会儿。"

下午晚些时候，来了他的第三位访客。她给他一杯茶，头上的一个吻，还有一封哥哥尼古拉斯的信。他侧着脸打开了信。信很长，主题是维奥利特·沙克尔顿。 我亲爱的小基思，在内心那肮脏、破败的杂货铺里[1]。我的心在痛，困顿和麻木刺进了感官[2]……

是的，他想。 有如饮过毒鸩。

"你不打算看信吗？"

"呃，现在不看，"他说，"我没心情。"

他把信放回了信封内，当作书签插在《简·爱》的倒数第三页里。

没有他的设计，没有他的提示，这事儿开始落到实处，必然要发生了。他所有必须做的，从现在开始，就是什么都别说。他所有必须做的，从现在开始，就是什么都别做。

---

1 出自叶芝诗《马戏团动物的逃弃》。
2 出自济慈诗《夜莺颂》。

五点一刻左右，他坐在女性喷泉旁。丽丽在洗澡。

在神话中，紧张或迷乱的美女会被变形为各种各样的东西或活物。一朵花，一只鸟，一棵树，一颗星星，一座哭泣的雕像——或者是一座喷泉。庭院中央的喷泉有它自己的生命数据，大约七英尺六高，44英寸—18英寸—48英寸。水聚集在最高处的盆里，将披肩长发展开抖落下来，堆在腰际，然后再向下往臀部展开抖落一次。这一从女性到活物装饰的变形似乎是最近才发生的，但这座喷泉正是五十年之前，弗里达·劳伦斯背靠的喷泉。基思带了本书。他没有打开来。他只是在女性喷泉旁坐着，等待着。

2：等待

她娉娉婷婷地朝他走来，肌肤青春饱满。她穿着这样的一身——二十岁古铜色的光泽；蓝色牛仔裤和白衬衣；还有一件他只在伦敦见过一次的配饰。那个时候，她正穿过某个大学稍稍有几处水摊的拼花地板的走廊，戴着有流苏的学位帽，穿着一件短短的黑袍，戴着一副无框眼镜。

"这不是太对，是不是？相互的。"

"不，不太对，"他说。她指的是他带来的书——《我们相互的朋友》。这或许是全世界的文学作品中唯一一个例子：一个错误被铭刻在书名中了。而且这是作者最后一部小说，不是他的第一部。他说："应该是共同的。严格地说。"

"嗯，严格地说。"

什么都别做，他告诉自己。同样地，对此他也有一半的把握：到了要和山鲁佐德说话的时候，从现在开始，就是什么都别说。可是，他感觉到，嗓子里有许多连贯的句子堆积起来，推推搡搡着，敦促他，劝说他。

"我准备把他和乔治·艾略特穿插着看，"他说，"不过，我想着，狄更斯的，我从最后一本开始，倒过来看。看了那么多女人的东西后，简，艾米莉，夏洛特，安妮，这下是乔治，再看一个男人的东西感觉挺奇怪的。"

山鲁佐德往后靠了靠说:"格洛丽亚以为乔治·艾略特是个男的。她说,我会喜欢他吗?呃,听着……我马上会说正事的。趁着我还没忘记。丽塔。我知道夜总会里大家都很喜欢她。街上他们喜欢她吗?蒙泰勒的小伙子。"

基思估摸了一下。他告诉过丽丽蒙泰勒的小伙子多多少少对丽塔忽视不见。不过,现在他说出了真相:丽塔在镇子上掀起的骚动需要戒严和骑警才能解决——但不及山鲁佐德经过时得需要高压水炮和橡皮子弹……他极其简洁地说道:

"相当程度的混乱,不过,不及你的。"过了一会儿,他说,"眼镜。"

"眼镜。我清洗了隐形眼镜,但我看不见,找不到它们了。而且我也想用功一点。这好像是浪漫喜剧。摘下你的眼镜,佩蒂格鲁小姐[1]。啊,你是……谁会想到呢?好吧。深吸一口气。"

她的胸鼓了起来,他的胸也鼓了起来。而她身后的城堡像是泄了气,失去了体积和重量。她从上装口袋里,拿出一个棕色的信封给他。基思读了起来:"**预计推迟八天句号你知道事情是……**"基思继续读了下去。山鲁佐德说:

"那天晚上——那天晚上伯爵为什么没有吻我?"

"伯爵?"

"德古拉伯爵。"

---

[1] 温妮弗雷德·沃森(1906—2002)小说《佩蒂格鲁小姐之一日》中的人物。佩蒂格鲁小姐是牧师的女儿,家庭教师,拘谨保守,但被遇到的美国歌唱演员的社交生活所改变。

别，别死了——可千万别死了。他等了一下。"伯爵想吻你的，"他接着又说，用上了第三人称——他的代理——直截了当的口吻。"他非常想。"

她朝别处看去，说："是因为丽丽。显然。我听说了你和我们相互的朋友之间的事。你们上次分手，那主要是她的缘故，是不是？"

他点点头。

"嗯，主要的缘故在她，又会是这样的。我确信你是知道的。你的朋友肯里克来之后的事。但你不想伤害丽丽。而我也不想伤害她。但她是会受到伤害的。因此，我给你个建议。你的感觉如何？对于我。"

"我想——在控制下。现在。"

"是吧？我以前总是感觉到从你身上传来的什么。我还是有点喜欢的。我没有，我没有回应，但我喜欢的……好吧，我对你不算太了解。但是，这事儿我是知道你的。如果我们，如果你和我开始点什么关系，一种开放的关系，你是不会想要瞒着丽丽的，是不是？"

他明白，这一点之正确既非常关键又很有说服力。他只是说道："是的。"

"好吧，我给你个建议。"

给我的？我，这不善且不义的？他柔情涌动地看着他的朋友：蝴蝶轻盈地拍打着的翅膀。基思深深地觉得很温暖：山鲁佐德比他大得多，也睿智得多。她把眼镜戴了回去（棕色的眼睛消失在两圈椭圆的白光后），说道：

"整个夏天,有一次吧?她举着烛台穿过庭院,发现我们在打牌。她感觉有点怪,就过来看了。多少个晚上有一次?二十个晚上吧?一比二十?"

他点点头。

"所以。所以,要是只有一次,丽丽发现的可能性只有百分之五。要是有两次,可能性就提高了。但不会到十次的。因为那时候你就变了,她会知道的。主房间再往前有个女佣房。她要是一直找到那儿的话,一定是非常非常地想探个究竟。就这样。我的建议。一次。"

"一次。"

她站起身。她转过身。她整个身体转了过去,但继续透过两圈白色的椭圆看着他。

"今天星期几——星期三?星期六吧,就星期六。没有阿德里亚诺。还没有贾奎尔。当然了,没有提米。只有我和你。我们玩赛跑的魔鬼时,我会开始喝一杯香槟……说些诸如很累人的之类的话。但你懂的。我不想要爱,我只是想要上床。这下子,听起来不太对劲了吧?但你知道我什么意思。"

基思觉得自己可能要呕吐了,然后恶心的感觉过去了。他点起一支烟,在这绿意盎然的景致里看着她走远了。她的步子小得奇特,双肩微微耸着,像是踮起脚尖在走。但她的脚踵和脚跟,还有上面粘着的草茎,仍牢牢地扎根在土壤里……女性喷泉准时地喷流了起来。

直截了当,基思很快想到。这是个必要的调整,而他已经进行了一半了。他得利用早已恭候他的位置:降低一个等级。

"好吧，"他说。

好吧。低一级的天使。不是痴迷的炽天使，敬崇着，燃烧着。低一级的天使。不，只是一个人。亚当，而且是堕落后的亚当。

他还有七十二个小时。他几乎马上注意到时间出现了问题。

"你为什么那样子盯着你的手表看啊？晚饭时你也是那样子。像是个乡巴佬，从来没见过手表似的。"

"手表坏了。"他摇了摇，又凑近了听。"差不多都停了。看。坏了。看到了吧？秒针。"

"秒针怎么了？"

"已经停止不动了。几乎不动了……你是说本来就该是这样？"

他最担心的事是：死去。不过，除了不死，他所有得做的事就是什么都不做。不要张嘴说话。他重又开始担心上帝的作为，地震，核战争，外星人入侵，瘟疫，还有火山爆发。还有提米。不告而至的提米——滚滚而来的橙色烟雾，猩红的地域火焰，比埃特纳火山或是斯特龙博利火山都可怕得多。基思知道，挡在路上的只是这个世界。这个世界会让他做吗？这是问题所在。这个星球会允许吗？

星期三晚上，在塔楼里，见不着朱庇特和朱诺，而布伦威尔·勃朗特（不知怎么让他想到了也感受到了）对他的妹妹夏洛蒂做爱。不。是夏洛蒂对她的妹妹艾米莉。不。是艾米莉对她的妹妹安妮——最病态最虚弱的组合,艾米莉三十岁死了,而安妮(《阿格尼斯·格雷》)二十九岁就死了……基思和丽丽做了爱——这次的表现,他发誓,会在星期四晚上和星期五晚上重演。星期六下午,为了让他和山鲁佐德的时间延长、不受打扰,他决定也在星期六下午和丽丽做爱。要不然的话,他得来一次自恋的实践活动。是啊,不是和丽丽做爱,就是来一次自慰。

她后来说:"他甚至都没有勇气给她打电话告诉她。之后他还用电报在伤口之上再加上侮辱。你真应该看到那电报。"

事实上,那封电报基思已经熟稔于心。丽丽说:

"我都没法儿板着脸装严肃。"

是的,基思也觉得很难不笑出声甚至一点都不笑。**预计推迟八天句号你知道事情是老事情阿卜杜拉给了我一生只此一次的机会让我管理扎尔卡外面自然保护区的黑熊重复一下黑熊句号你知道事情是老阿卜杜拉非常肯定他们**……等等。基思出于敬畏和无限的感激,在黑暗中微微笑了。丽丽满怀同情地说:

"她做了那么多的计划。第一件她要做的事,便是要用胸压过他的每一寸肌肤。然后至少是一个小时的69式[1]。好了,他在那个什么地方不知在搞什么?佩特拉?"

"一座玫瑰红的城市,丽丽,有时间一半的古老。"基思的手表是仿古董的,但有荧光(三根黑色的指针,呈漂亮的锯齿状,像剖肚挖肠的剑):手表让他相信现在甚至还不到十一

---

[1] 原文为法语。

点半。"你觉得克劳迪亚怎么样呢？绝对有个规律。阿德里亚诺的女朋友越来越高了。不过，不是越来越年轻。她们看起来都像是老去的小明星。"

但丽丽只是继续愤怒地说了下去："他已经三个月没见她了。她现在满身胀得都流出来了，他甚至都不会认出她了。"

再过五天，我就二十一岁了（他对自己说）。星期六将是我青春的高潮：第一幕的结束。这些都是可以想见的——这些对罪过和错误的想法（迪尔卡什，潘西）。都是可以想见的——这些小小的恐惧和敌人，这些微小的恐惧和细微的敌人。

他已经发现，他趴在山鲁佐德身下的想象，改变了之前山鲁佐德趴在他身下的想象，而想象这两件事同时发生则是改变了这两种想象。这下，星期四来临了，他感觉自己像是一个马上要开始一次不可思议的刑期（毋庸置疑是活不下来的，比如美国给算得上是最恶劣的大规模谋杀者判上五百年的刑期），或是像个苦行僧退回到苏里南的洞穴里，决意一直要待到基督或是马赫迪的来临（或者是时间的尽头），或是像一个……基思翻过身，想努力定定他的思绪。他在花园里小心地晒着太阳（让腿的后侧也上点色），《我们相互的朋友》在草地上打开着（脱下你的文胸，佩蒂格鲁小姐。啊，你是……），偶尔看进去一个半个的句子（脱下你的裤子，佩蒂格鲁小姐……谁会想得到呢？）：他正在读饭桶约翰·哈蒙，还有那个爱钱的狐狸精贝拉·维尔弗……

他不喜欢提米主要的一点是他随心所欲。我了解提米。你了解提米。那不就是像他的作为嘛——掐死一两头黑熊，叫上一辆吉普车，赶上下一班离开阿曼的飞机，背着背包闲闲地走进门。基思的表甚至都不计时了。等等。嘀嗒了一下。然后，过了好一会儿，又嘀嗒了一下。才九点一刻，难以置信。

期望，期待，不是一种无所事事的被动状态，而是最忙碌的最生气勃勃的活动：那便是青春。而这等候也教给他一些文学上的认识。他现在明白了为什么好几百年以来，死亡是完成男性性行为的诗意的同义词（就这样永生——或在狂喜中迷醉死去[1]）。就在那一刻，不是之前，可以死去。

"橱窗里那只耗子要多少钱？"维特克说，"那只有滑溜溜尾巴的耗子。"

"那不是耗子。或许是梗犬，"丽丽说，"和小型腊肠犬杂交的。"

"不对，都透露在它的眼睛里呢，"山鲁佐德说，"还有胡须。"

"那碗里的食物，"维特克说，"不是它吃的。它想要一些精心挑选的垃圾。"

"放在一个像是垃圾桶的小罐子里，"山鲁佐德说。

"你们太坏了，"丽丽说。

"那只耗子多少钱？我要去问一问，"维特克说，拖长了

---

[1] 出自济慈诗《明亮的星》。

声音说"问"字。店门叮咚一声,他走了进去。

"丽丽,要是便宜的话,你得把它买下来,"山鲁佐德说,"你可以把它养在你房间的面包桶里。"

"你们太刻薄了。狗也是有感情的,你们知道。"

"是啊,但不是很多,"基思说。他听到教堂的钟声敲了十下。"人道一点的做法是买了它,然后放生。"

"姆。团宝儿——哎呀说错了——可以带它去那不勒斯,"山鲁佐德说,"把在码头上放了。"

"别说了。看——它痛恨你们呢。你们俩。你们在折磨它。"

的确,一阵刺耳的吱吱声或汪汪声从玻璃窗里传了出来。

"别去笑话它!你们这么做太恶劣了!"

那是格洛丽亚。她站在几码远的地方,伸着手里的速写本。她本来在广场对面眯着眼睛看傻大的圣母马利亚的塑像。

"你们千万别这么做,"她大声嚷嚷,"你们千万别笑话狗。"

店门又叮咚一声,维特克犹犹疑疑地说道:"它——它是白送的。那只耗子一分钱都不要。它在橱窗里已经待了一年半了。没有任何人问起过。"

它们默默地站在那儿。一辈子待在宠物店的橱窗里,基思心想。贱价出售,没有人买,甚至连问一下都没有。闭塞,贞洁……

"还有更糟的,"维特克说,"它的名字叫阿德里亚诺。"

这也一点都不好笑。

"……这是什么呢?"格洛丽亚说。她刚刚走过来,速写本捧在胸前。"我不明白。我以为这是一只狗。"

"而且,噢,看,它在哭呢。"

"那些是旧泪,丽丽,"基思说,"泪水很早之前就干了。"

格洛丽亚还逗留着,其他人走开了。他们上了陡坡,前面挡了一群山羊。他们跟在后面慢吞吞地爬着。随着缓缓摆动的肩膀的节律,老公羊推搡着往前挪,铃铛也伴着节律响着。你不由自主会看到的是真正可以称得上恐怖的一系列性器的破相和畸形。瞧瞧那一个,他们都在默默地说。天哪,瞧瞧那一个。从后面看,这一群公羊是一队拉绳袋子蹒蹒跚跚地在游行,每个袋子里放了个坏了的蔬菜——一只烂了的番薯,一只长了凹坑的土豆,两只发黑的牛油果。上帝呀,瞧瞧那一个。

"罪孽的工价,"格洛丽亚赶了上来,说,"嗨,你们看到了吧。"

后来,过了一段时间后,过了很长一段时间后,他们在煮咖啡,格洛丽亚拿着一张白纸跑进厨房。

"给你们的耗子画了一张画,"她边说边出去了。

呵,阿德里亚诺,活生生的诡异,粗糙的紧贴的毛发的每一点起伏,脐带似的尾巴带着静止的能量,白色的颈圈,豪华的垫子。

"……她真有两下子,"山鲁佐德说。

"没错,"基思说,"可是有哪儿不对,是不是?"

"是的。"

"是的，"丽丽说，"看出来她做了什么吗？她让它看起来像只狗？"

他们想了想。山鲁佐德说：

"不管怎么说，可不只是一张漂亮的脸蛋。"

"漂亮的脸蛋，"丽丽说，"还有巨大的——"

"是的，我一直觉得自己开始接受了，"山鲁佐德说。"但每次她转过身来，我听到自己说，天啊……"

就在你觉得他们将要开始讨论别的事的时候——（比如说）仍旧左右着他们的感情的潜潮暗流，他们尚未摆脱的思想和信仰，在他们体内所囊括的各种人群（那些有冲突的人群，他们游行着、举着标语牌、喊着标语、唱着老旧老旧的歌），在泳池边的格洛丽亚·布尤提曼坐在了一只蜜蜂上。

格洛丽亚前所未有的（她马上就会换回去的）穿了件正常的连体泳衣，没有额外的裙摆、短裤或是褶裥。这一点点的自由，她马上付出了代价——屁股上被狠狠地蜇了一下。

接下来几分钟有事可干了，基思心想。他们几个都围在了一起，他、姑娘们、维特克和阿德里亚诺（还有皮娅）。

"这感觉像是烧伤了，"格洛丽亚说。她举起无名指擦掉了一滴眼泪。"像是烧伤得很厉害。"

她痛苦的前额浸在粗黑的发根里。这一刻基思得空注意到，她看起来既严肃又有异国风情，非常奇怪。她像是刚刚在戈兰高地上的以色列集体农场里跑完一场接力赛，或是在贝鲁特或是麦纳麦某个中东国家没落的首都的浅海处，救起了一个落水的孩子。她皱着眉往下看，又往侧边看，勾起拇指露出了一圈弯月。有四层颜色：黑色的泳衣，螫过处周边的红肿，晒过的大腿的柚木色，一直照不到阳光的皮肤的较淡一点的颜色——但无论如何算不上是白色的（不管她一厢情愿怎么想），而是湿润的沙色。

"基思，你真让我讨厌了，"他们在树荫下坐下时，维特克静静地说，"你还管自己叫喜欢女人的。连我都几乎要忍不住了。你为什么没有要求咬它一口，把毒液吸出来？"

"是啊，噢，我心不在焉。"你难道没有看见，维特克，山鲁佐德弯身看格洛丽亚的屁股时，她的胸是什么模样吗？她身体前倾，欣赏将死的蜜蜂留下的作品时，两个胸挤得更紧了。

"你至少可以亲一亲，让她好受一点。唔，有意思。或许你该是个弯男。那是个水蜜桃，格洛丽亚的屁股，或许你也得是个水果[1]才明白。"

"或许是吧。"但，维特克，那胸部全新的角度——新的高度。"在奥番托得到了很多的赞美，格洛丽亚的屁股。"

"肯定的了。当地的弯男的赞美。但你还是没懂。那是一个漂亮的屁股。"

她又来了，山鲁佐德。她的双乳匆匆忙忙地跑下坡地的台阶，手里拿着一瓶炉甘石洗剂——是用于格洛丽亚的屁股的。

---

[1] 水果有男同性恋者的意思。

这个笑话不好笑。那个我可不相信。什么呀，不要让我笑话了。去你妈的，别烦了。等等等等，只是时间仍然只是两点四十五分。基思决心以最佳方式来消磨时间——对丽丽非常的体贴。

他们甚至出去散了一会步。

"她讨厌他打鸟、捕鱼、猎狐，更不用说杀黑熊了。提米可算是处而未决。她现在满脑子想着等他一到这儿，就立即把他踢出去。"

基思由着自己幻想那该有多棒啊。再接下来——和山鲁佐德相爱，和山鲁佐德住在一起，和山鲁佐德结婚，让山鲁佐德多多生他的孩子。是丽丽又把他带回到了地上。她说：

"天哪，他都错过什么了……嗯，我想她从丽塔那儿得到些想法。山鲁佐德不是狗宝儿，这是显然的，不过……记得肯里克说的她的睫毛的事？拿睫毛在那家伙头上挠痒痒？她觉得那听起来挺甜蜜的。"

那天晚上，阿德里亚诺专门的晚餐客人是耐丽莎，五英尺五，更加深情款款。喝过咖啡后，阿德里亚诺抹了抹嘴，确定打算整个晚上开着他的玛莎拉蒂去皮亚琴察——参加怒火队赛季前的训练。

星期五早上，他们准备好野餐的食物去了海边。

不是去地中海。地中海，从字面意思上看，是世界的中心；而从比喻意义上看（根据一本著名的小说），也是世界的阴户——地中海早已试图打动过基思·尼亚林,但没有成功。是的,去意大利的地中海一分钟就到。木板道,露天的洗手间,脚桶,帆布躺椅,遮阳伞,疲倦的小浪头——还有意大利人,一半觉得有趣,一半觉得愤慨,在太阳、沙滩、海水和他们自己之间小心地保持一定的距离(他们在淋浴头下是怎样地扭动着冲刷着)。基思觉得,每个人看上去都像穿了太多的衣服。只有格洛丽亚穿着油毡花瓣从更衣室走到了外面的门廊上,看上去非常自在。

所以星期五那天,吃完早餐后,他们开车往东去远一点的地方——亚得里亚海。

基思开着老菲亚特。车上只有他和三个姑娘。丽丽说:

"你能不能开得快一点?"

"到处都是火山坑,"他说,"还有发疯的意大利人。"

"一个早上我们几乎都没有见到一辆车子。看。他的指关节都发白了。照这个速度下去,我们甚至都到不了那儿了。"

等他们来到最后的一个坡地时,在突然出现的黑影下,基思觉得自己像是行驶在平地上——感觉大海在直直地耸立起来,像是一堵黑色的悬崖……他们找到了山鲁佐德知道的地方。无人的海滩,柔和的空气飘在上空,柔和的沙子让人瘫陷。他们一个接一个地进入了闪着金光的冷冽的咸水中。

"我们不要就在浪头中拍拍水了,"山鲁佐德说,"来吧,敢试试吗。来吧,我们游出去——到那儿去。"

于是他们游了出去——游出很远很远……他们迎着浪头,游啊游啊。四个两栖动物不带一丝疑虑地向宇宙的远处游去——那儿，天与海的交接处，是乌云的住处。基思在丽丽的一侧游着。鲨鱼、梭鱼、大章鱼、剑鱼、鳄鱼、海怪等等，就在身下游蹿着，他尽力不去留意。他很快开始想象，这些生物在玩抽人选的游戏呢，四条腿，依尼——米尼——密涅——哞。他们的腿，烤一下，汁水饱满。很快，恐惧感变得抽象了，转成了欢乐感：海水有力地托载着他，离开岸边已经太远了，海岸线像一把刀锋尖利、笔直，但同时又递送着地球呈弧形这一可怕的消息。

他们像是一直会游下去，游到阿尔巴尼亚和它金色的沙滩。但山鲁佐德回头了，然后是丽丽，然后是基思。等他终于将自己拖出水中（感觉像是从蹦床上下来），格洛丽亚还在远处的海中，很远，很远。碧蓝中的一个黑点。

"她转身了，"山鲁佐德说，"我想她转身了。"

基思坐在岩石上，满腹疑心地把手表又铐上了手腕（中午十二点都还不到），抽起了一支蓝碟烟。盐分和臭氧让烟味变得饱满多了……他的妈妈蒂娜：她以前总是游出去——游出很远，很远。每一个阳光明媚的夏日，她都带孩子去海滩边。某个时候，她会让浴巾落下，站起来，然后游出去，游出很远，很远。她游过抛锚的大油船，就在天的边际下消失不见了。基思总是敬佩地看着她自信的泳姿，并不焦虑。尼古拉斯七岁，基思四岁，睡着的妹妹大概十一个月大，由他们负责护卫。当他们的母亲游出去，游出很远，很远，维奥利特由他们负责护卫。那时候，蒂娜才二十五岁。二十五岁……

伴随着散落的掌声，格洛丽亚蹚着水走过了浅滩。五分钟

后,山鲁佐德转到岩石边(丽丽俯卧着,头朝着另一方向),平静地说:

"主房间往前的房间。有一条去北边楼梯的通道……万一有什么不测的话。"

他点点头。

"虽然听起来不怎么样,但我们可以说我们在北边的露台上看星星。"

她转身走了,又是那种奇特的步子,身体往上像是悬着,肩胛骨耸着,脚跟贴在洒着卵石的沙滩上……

地平线有多远?基思想,这一定是个常量,这个距离对在任何一个平整的海岸上任何一位观察者来说都是一样的:弧线上的那个点。而那是一件很可怕的事。你一旦抵达那个点,越过它,往回看,那么,正如水手所说,你沉没了你的出发点——你沉没了陆地,沉没了意大利,还有城堡,还有主房间往前的房间。

从海边回来的路上(山鲁佐德开车,开得很快,像是在和时间赛跑),基思有了他第二个重要的想法:给丽丽下药。这是一个目的性很强且厚颜无耻的行为,明确地违反了什么都别做这一重要的原则。但基思最后感觉到了这一点——他的特殊顾虑之本质。

他觉得山鲁佐德的估计基本是正确的:当她抖颤着坠入无意识时,有百分之五的可能性,丽丽的女巫雷达会感觉到嘀的一声——她会拿起烛台,找过来。基思确定,百分之五,还是太高了。而且，他也不是没有想到，这样一个幻影——拿着烛台的女人，能导致的可能不仅仅是缩短他和山鲁佐德在一起的时间：可能会使在一起完全不可能。一比二十——当其他的一切都看似圆满，其他的一切都闪耀着完美的光泽，难道那不正是往下行然后堵住了你的血液流通的念头？往下行，让渴望的工具不能得逞……

而且，你看吧，他这下子已经明确了他的路障、干扰波、玻璃墙的特殊性。这和奥番托、蒙泰勒的小伙子有关。基思没法儿发出他的喝彩、嘘声，他没法在那些小伙子的选票上再加上他的那一张。这会是罪不可赎的，就好比丽丽在痛哭，他却在一边开怀大笑。以喜欢另一个的方式来背叛她：这正是他毫不犹豫打算去做的。但投票必须是秘密的。重点是，不能被她追究。基思不想伤害丽丽。因此，他要给她下药。

没有哪种鸦片制剂或是马用镇定剂他能拿到手。但丽丽自己有些味道很重的棕色大颗药丸（瓶子上的标签写着地塞米松：适用焦虑症），这是她乘飞机旅行和为了在机上入睡服用的。于是，星期五晚上，基思试服了一下地塞米松。他用一把剃须刀片切碎了药片，把粉末溶化在一杯普罗塞克酒中（这是丽丽最喜欢的餐前酒）：他的舌头一点点都尝不出异味。吃晚饭时，他感觉到他的小小顾虑和敌人都奔散了，他的指尖连碰到最柔软的东西都会发出哼哼声。等他到点和他的双胞胎进行犯罪活动时（十点四十分至十点五十五分），他几乎都没法儿撑住不睡着了。坐在餐桌旁的山鲁佐德，看起来像是一个好色但很有艺术品位的机器人专家的作品——而且大众化。终于，她看起来大众化，不再是特别的山鲁佐德。

那个星期五晚上，特威德尔德姆和特威德尔迪做爱了。还是换过来的？事实上，是特威德尔迪和特威德尔德姆做爱了？

"我爱你，"丽丽在黑暗中说。

"我也爱你。"

药让他连续地熟睡着——连续地做着梦。整整做了一个晚上的梦，丢了护照，没有救起维奥利特，火车误点，几乎和阿什拉芙上了床（她姨妈不断地来吃晚饭），光着身子在参加考试（而钢笔没有墨水），基思在批评声中醒了过来……

批评声来自哪儿？不是丽丽。她一听到或感觉到门闩拉起，无声地从他身边起来，溜进了卫生间。批评声，非同寻常的尖锐的、针对他个人的批评来自内心。批评的源头，他学过了，叫做超我。超我——不同于自我和本我，或者叫自大我。自大我很有用，忠实地投身于性别社会角色的爬升。超我是良知的声音，是文明的声音。也是老一辈的声音：他的先辈（不管他们是谁）和他的保护人，蒂娜和卡尔。他们两人，很自然地，都支持丽丽——还有两性之间诚恳体面的行为。那样看来，或许超我就是秘密警察。

丽丽穿着纱笼裙和比基尼上装，说："你下来吗？你怎么了？"

"是啊。"他知道这种感觉有时候是会发生的。眼下的不安集中于和其缘由不太相干的事上。和如阿有关，可能吧。和时间有关……现在是八点钟了，上午；很快，他命中注定的欢愉会穿过十二小时的明暗交界处。山鲁佐德正出现在东太平洋上了，朝西越过黄海。他说："真奇怪。我为迪尔卡什觉得内疚。很突然的。"

"迪尔卡什？哎，你有没有看了你的信了？"丽丽头上套着件T恤衫（领口挂在发夹上了），你可以看到她被蒙住的嘴唇说，"但你都没有和她上过床。"

"当然，没有上过。"

"那就好了。你没有做下最坏的事。上了一次两次的床，然后连一个电话都没有。尼古拉斯怎么说？弄了，扔了；操了，忘了。"

"……当然，我没有操过迪尔卡什。天哪。"他举起一个手放在了眉毛上。"就想想也够呛了。但我的确——的确忘了她。我做了另一半。我的确是做了。"

"嗯，你没必要看起来那么垂头丧气的。"

"是尼古拉斯，"他说，"把我介绍给她。他在《政治家》杂志社有一份暑期工，迪尔卡什在那儿做临时工。他说，迪尔卡什——甜美极了。来，认识她一下。她在——"

"你为什么觉得我会想听迪尔卡什的事？迪尔卡什之后，我们再谈上一个小时的多丽丝和她的内裤。茶还是咖啡？你下来吗？"

"过一会儿，"他说，转过身去，想缓解一下脖子上的疼痛……迪尔卡什，丽丽，是被允许"见面"的，但不被允许"交往"——在公众场合和一位不是近亲的男人在一起。她被允许在房间里招待我。差不多两个月里的大多数晚上她都是这么做的（六点半到九点）。我们一点都不用担心来自她热情欢迎的父母的干扰。老两口子在楼上的大客厅里看着电视，喝着汽水。不管怎么样，一开始，也没有什么可以被干扰的。我们只是坐在那儿，聊聊天。

你很悲伤，她曾经说过。你看上去很开心，但你很悲伤。

是吗？我和一个姑娘有过一段——一段令人困惑的时间。在一个夏天。她回到北边去了。不过我现在开心了。

是吗？好的，那样我也就开心了。

她的姐姐，戴眼镜的佩林，有时候会敲门，丽丽。她会等着，然后往里看想一起聊天。但我们得留心的是佩尔韦兹，她七岁的弟弟。小佩尔韦兹长得非常的英俊，向来都是闷声不响的；他哗的把门推开，走进来。要想赶他出去，是一件很不容易的麻烦事。他会在沙发上蜷起来，两手抱在胸前。佩尔韦兹痛恨我，丽丽，我也恨了回去。但佩尔韦兹皱着的眉头，因着他浓密的眉毛，显出一副厉害的神色，令人印象深刻——（基思后来想，）那是阿拉伯抵制派的皱眉和怒容。

后来有个晚上——可能是我第二十次上门……她的房间本来就暗，丽丽（那堵湿漉漉的花园的墙），等我越过很长的距离伸出手去握住她的手时，房间又暗了一层。有一段时间，我们只是并排坐着，直盯盯地往前看着，一句话也没说，心中却满是柔情。这时，毫无预告地，房门猛然被佩尔韦兹扭开了，简直像是及时的解救。

后来，她送我出去，丽丽，我们的手又碰到了，我说：

我能感觉到你的心在跳。

她说： 我也能感觉到你的心在跳。

故事还有更多,丽丽。用这个方法来给夜晚计时挺好的。它正走过了西伯利亚。然后是巴基斯坦。没剩很长时间了,丽丽;但故事还有更多。

基思光着身子从床上爬起来,又开始觉得开心了。这是所有男人都最为喜欢的日子。今天是星期六。

3：变形

那天早上，城堡的厨房里呈现出一片澄明的正常，只除了开着的窗子上方墙上的那口钟，可怜巴巴的像是个瘸子在走路。山鲁佐德吃着一大碗的早餐麦片，丽丽吃着葡萄和橘子，格洛丽亚吃着抹上橘子酱的吐司面包。基思近来一向早上都是吃煎煮的早餐，但他害怕野味做的熏肉上的细菌，就像他害怕氢弹爆炸、射精过快、革命政变、痢疾腹泻，还有背着背包闲闲地走进门的那个男人……他探身在冰箱里找了盒原味酸奶，山鲁佐德伸手越过他取了牛奶。没有说话，也没有微笑或是手势，他的眼睛却不知怎么被指引到了一瓶香槟酒上——半隐在最下面一层的桃子和番茄后面。

"昨天我们游了个马拉松，"她说，"今天我们就悠闲一点吧。"

山鲁佐德穿着睡袍和拖鞋。她把硕大的碗又装满了。小腿交叉着，拖鞋天真烂漫。在这个阶段，更有助益的是想想大腿的内侧，比外侧更加柔软更加滋润……他走开了，留下她在咯吱咯吱慢慢转着的吊扇下。我们可不那么信赖吊扇，是吧。因为总是觉得螺丝要松开了。

基思一个人坐在石桌旁，出乎意料地看了一个小时的《弗洛斯河上的磨坊》：可爱得让人无法抵制的麦琪·塔利弗被公子哥斯蒂芬·盖斯特引上了歧路。麦琪的声誉——还有她的生命——都快要被毁掉了。两个人单独在一艘小船上，顺水沿河漂着，沿着弗洛斯河漂着……

嗯，他深深地吸了一口蓝碟烟，沙哑着嗓子问道，你感觉怎样呢？

迪尔卡什说，那个……当然了，一开始我有点害怕。

当然，很自然的。

没错。

比你原来以为的更可怕，还是没那么可怕？

嗯，没那么可怕。

你十八岁了。你不能永远推迟下去。下一次就不会是那么了不起的事了。

没错。下一次。谢谢你这么温柔。

他们俩在讨论的是迪尔卡什的初吻——她这辈子第一次接吻。他刚刚成功地做了这事。基思并非莽然行事的。他们事先已经讨论过了……她的嘴唇颜色和面色一样，两者的过渡只在于质地肌理的变化。当他吻住唇色一样面孔上的和面色一样的唇时，那两片唇没有张开来，他的也没有。

下一次，他开始说——

门被猛地推开了，是满怀敌意的佩尔韦兹。他走进来，立在他们跟前，双手交叉抱在胸前，像撒旦一样英俊。没有下一次接吻了。他不再去她家了。他再也没见过她。

这时基思打了个喷嚏，又打了个哈欠，伸了伸懒腰。青蛙满足地咕咕叫着。蝉没完没了地问着问题,又"知了知了"地应答着,结巴着想把话说出来——答案从来都是一样的,问题也从来没有变化。

"你父亲被派到哪个地方?"

姑娘们在厨房里找吃的。经过了《旧约》似的早餐,摩诃婆罗多似的午餐。千载难逢地,钟嘀嗒嘀嗒嗒。或是橐咯橐咯。或是喀哒喀哒。或是咯得咯得。或是咳咔咳咔。或是哔剥哔剥。格洛丽亚说:

"战前是在开罗。之后是里斯本。之后是赫尔辛基。之后是雷克雅未克,冰岛。"

如何来总结这一特别的外交官生涯?基思巴不得有别的事来转移一下注意力,在他的词汇里找寻着"流星般快速上升"的反义词。他找了个中性的词说(从现在开始他只会说一些显而易见的话——家常话,重复话):"往北边走呢。你还记得里斯本吗?"

"在里斯本的时候,我还是个婴儿。我记得赫尔辛基,"她说,还一点都不装地打了个哆嗦。"比冰岛还冷。开罗那阵子是他一直谈论的。嗯,皇家婚礼。"

"哪个皇家婚礼?"山鲁佐德说,"谁和谁结婚了?"

格洛丽亚往椅背上一靠,心满意足地说(此刻,与提米截然不同的贾奎尔正一路飞奔而来,冲向她张开的双臂——多佛、巴黎、摩纳哥、佛罗伦萨):"法鲁克国王的姐姐法丝亚和未来的伊朗国王。他们在两个国家都不受欢迎。因为他们属于不同的派别。法丝亚的妈妈气冲冲地离开了——好像是嫁妆的事。婚礼持续了五个礼拜。"

基思看着格洛丽亚的头钻到了桌子下面；头又露了出来（还有一个草编包）。她把他那本皱巴巴的《傲慢与偏见》放在了他面前。

"谢谢。我挺喜欢的。而且这书讲的不是为了钱结婚。是谁这么和我说来着？是你吧，山鲁佐德？"

"不是我。"

"是你？看书这类事，你难道不是挺懂的？你大错特错了。伊丽莎白第一次直接拒绝了达西，记得吧。而且她父亲不允许她只为了他有钱就嫁给他——都快结尾了。我真是吃惊极了。"

基思本来会说，《傲慢与偏见》只有一个缺点：近尾处有一个重要的缺席——一幕长达四十页的交欢场景。当然，他没吭声，只是等待着。每十分钟，碗柜上的钟才关节炎患者似的抖一下。他想，这就是"时间相对性"吧。山鲁佐德说：

"不管怎样，结尾还是欢乐的。"

"是的，"格洛丽亚说。

"只除了那个操了中尉的烂女，"丽丽说。

他拿了一杯咖啡走到雉堞上。三点半了。

你可以再来办公室了，尼古拉斯在电话上说。 迪尔卡什已经收拾好她的圆珠笔、蜡纸，上路了。盯着电话机整整一个月啊。在等待中憔悴。她的心渴望地呼唤着她的基思。

基思镇定冷静地听着。这类事尼古拉斯最喜欢。

痛苦,渴望,吞噬着她弱小的心。可怜的迪尔卡什。被她的基思勾引而思淫,被她的基思诱骗又抑贬。

……哦,得了,我告诉过你的。

好吧。被她的基思湿吻再生恨。被她的基思交了颈却没了影。

得了,都没到那一步呢。

好吧。被她的基思啄了一下又绝尘而去。这下你得应对佩尔韦兹,还有他所有的堂表兄弟和叔伯舅。

……我爱过她的,但有什么意思呢?迪尔卡什——这么甜美……

基思没有再去看迪尔卡什,也没有解释。他找不到这样的词——既要真实又要仁善的词。或者是既没有不真实也不伤人的词。因此,他就不再去看迪尔卡什了。接吻的那天晚上,他们道别时,她说: 嗯,我很高兴,和一个好人做了这一次。那句话他永远也不会忘记。但即使那时候,他也在想——迪尔卡什,噢,别,别,你可得找到一个比我好得多得多的人。把你一路带到现代社会。想象一下。两手交握——你的心一直爬到了你的嗓子眼。唇触碰着唇——整个宇宙绕着轴干飞转起来。迪尔卡什,是不是该转移到下一步的时候了?

不行,我不能和这些信教的姑娘做这事儿,他在电话上告诉尼古拉斯。 迪尔卡什之前,我和潘西有过一段奇怪的时光。天哪,这个夏天我还没湿过床单呢。你见过我有多苍白了。另外,刚刚搬进来的新姑娘,今天晚上我要带她出去吃晚饭。单单看上她一眼,你就知道了,呵,她知道所有这一切都是怎么回事。小多丽丝。

……基思站在雉堞上,僵硬地点点头,又松垮地摇了摇头。是的,他不再去看迪尔卡什;是的,他没有给她写信。他让她盯着电话,想不明白有哪儿不对了——她的初吻。他那样做可不太好。

一个好人。那时候的基思比现在要好,毫无疑问。到九月的时候,他会有多好呢?

所有这些都清理了以后(这时四点差一刻),他下到泳池边,让自己毫无保留地沉浸在心仪姑娘几近全裸的美丽中——心仪姑娘的每一寸美丽……很久以前,噢,很久很久以前基思已经琢磨出最佳的位置:在丽丽的背后,山鲁佐德视线内某个被忽略的破败的角落(而且碰巧也不在格洛丽亚的监控范围内。她敏捷地带着严厉的神色倏然转身,但总是转向另一边)。

女性的身体像是由成对的部分组成的。中分的头发,连左右前额也是;接着是眼睛、鼻孔、鼻隔、嘴唇,有分隔小坑的下巴,喉部两瓣左右对称的声带,锁骨处左右两侧的凹陷;再接下来是对称的肩、胸、臂、髋骨、阴部、臀部、大腿、膝盖、小腿。看来只有肚脐是独一的。男人也同样,只除了中间的那个异样。所有部分男人也都有一样的,但男人还有这中间的问号。这个问号有时候会变成一个感叹号,随后又变回问号。

这让他想起一件事。花半个小时积极在床上乱伦活动一下或许是个好主意：能让丽丽睡得更熟一点。但另一方面，把她从一帮人中带离会显得粗俗——他不能冒这个风险。因此，他想，好吧，操，我就自己上一下吧。他短暂地离开了一会儿。

六点钟，他从热水浴里出来，做了十下俯卧撑，又走进冷水淋浴。他刮了胡子，刷了牙和舌头。他剪好又锉平了指甲，手上的脚上的。他一脸坚定地吹干又手势稳得令人叹服地剪平了阴毛。他穿上刚从干衣机里拿出来还温温的牛仔裤和一件干净的白衬衣。他准备妥当了。

有一个夜晚要降临了，一个从来没见过的夜晚……到了六点四十五分，基思正弯身在酒水台上。他顺利地把事先碾成粉末的地塞米松撒到了丽丽的普罗塞克酒里……当然，他已经训导过自己现在不要盯着山鲁佐德看，连瞟一眼都不行，于是他一直避开她的脸（有一种怪异的感觉，好像她脸上有什么不对的地方——某种会消失的瑕疵）。只是快速看了一眼她罩在外面的模子和形状：黑色天鹅绒的拖鞋，扎了一条松松的布带的白色连衣裙（长度到大腿中部），没有戴文胸那是当然的，还有不消说是她最酷的——他看得到它及腰的轮廓……但现在，不一样了。这是他马上要打开的生日礼物（他完全配不上），这些衣物不过是包装：都是会脱落的。是的，他现在处于长蛇状态。未来只有一种可能。

他顺水推舟。今天晚上，他告诉自己，我会释放、缓解、安抚山鲁佐德的绝望——我要给山鲁佐德以希望！从现在开始，我将是雨神。

七点二十分,一个男人无声地走近了,背着背包闲闲地走进了门。

基思还是觉得心脏病发作。但那只是维特克,背着重重的邮包袋。

"我来了,"他说,"给你们带来了整个世界。"

他们这时坐在餐室里。基思的手表早已表明是七点三十分。这可真奇怪。时间像是有了全新的问题。他扫了一眼手腕。七点四十分。锯齿状的秒针像一只甲壳虫似的在表盘上逃窜,连分针也像是坚定地往前在赶。是的,时针也明显地一路往北拖行,迈向夜深时刻。

"我像是阿特拉斯顶天巨神,"戴着浅黄褐色的围巾、角质眼镜的维特克说。"或者,我就算是弗兰基·阿瓦隆[1]吧。整个世界就在我的手中。"

整个世界。就在那儿,那个邮包袋中,那个在押犯人编织的麻袋。所有的《生活周刊》、《泰晤士报》、《旁观者》、《听众》、《邂逅》……

基思看了一眼,整个世界。世界都挺安顺的,世界都挺美好广阔的,但世界想和坎帕尼亚的一座城堡、和基思与山鲁佐德有什么样的关系呢?此外,丽丽递给他一个厚厚的棕色包裹,说:

"你的。"

---

[1] 弗兰基·阿瓦隆(1940年—),美国著名歌手、电影演员。

311

当他处理当地的事物（订书钉、包裹上的封口）时，他们都开始阅读有关世界的事了——有关地球这颗星球的事……回过头看，只要你不是戴高乐、吉普赛·罗斯·李[1]、吉米·亨德里克斯[2]、保罗·策兰[3]、珍妮丝·贾普林[4]、E·M·福斯特[5]、维拉·布列顿[6]、伯特兰·罗素[7]，1970年是相当平和的一年——只要你也不是柬埔寨人、秘鲁人、罗得西亚人、尼日利亚比夫拉人、乌干达人……

"嗯，"格洛丽亚说，她头发一根根直竖的脑袋俯在《国际先驱论坛报》上。"他们通过了《同工同酬法》。但还要几年才见效果呢。女人的工资。"

维特克说："尼克松告诉我们，环境问题，时不我待。美国必须——我照读——偿付过去的债务，恢复空气和水的清洁。然后他去佛罗里达的海岸倾倒了六十吨的神经毒气。"

"这可怜的无助的大个子正在扩展战争呢，"山鲁佐德轻声说道，"为什么呢？"

"巴解组织声称，他们在慕尼黑的老人院里，杀了七个犹太人。"

"瞧，他们禁了香烟广告，"丽丽说，"你怎么看呢？"

---

[1] 吉普赛·罗斯·李（1911—1970），美国演员。
[2] 吉米·亨德里克斯（1912—1979），美国著名音乐人兼创作歌手、被公认为是流行音乐史中最重要的电吉他演奏者。
[3] 保罗·策兰（1920—1970），生于讲德国的犹太家庭，父母死于纳粹集中营。以《死亡赋格》一诗震动战后德语诗坛。为里尔克之后最有影响力的德语诗人。
[4] 珍妮丝·贾普林（1943—1970），美国歌手、音乐人和舞蹈演员。
[5] E·M·福斯特（1879—1970），美国小说家、散文家。
[6] 维拉·布列顿（1893—1970），英国作家和平主义者。
[7] 伯特兰·罗素（1872—1970），英国哲学家、数学家、罗辑学家、历史学家。

她指的是基思。基思照例在抽烟。但他没有说话。到现在他什么都没说，一个音节、一个音素都没说。他比以往任何时候都确定沉默的誓言之神圣性。但他这时有些戏要演一下。于是，他开口说话了，干燥的嗓子发出粗哑的声音让所有的人都侧过来看他。

"这日子有点麻烦的。"他接着解释。

虽然他还没有开始读大三，基思（有些人可能会觉得此举毫无魅力）在夏天早些时候给《文学增刊》写了信，要求试写一篇评论。结果，在他面前是蓬蓬的一堆灰色包装纸，还有一本砖头似的专著：《论 D·H·劳伦斯作品中的唯信仰论》，马文·梅多布鲁克著，罗得岛大学出版社。规定的长度是一千字，交稿日期是四天之后。丽丽说：

"给他们打电话，告诉他们你做不到。"

"我不能这么做，总得试一下。至少得试一下。"

"才不过是个学生，"格洛丽亚说，"你就已经在找活干了。哦，志向远大呀。"

"我们都该是那样儿的，不是吗？"山鲁佐德站起身说道，随后她走入了长长的走廊。

基思抬起头。山鲁佐德走入了被夕阳染成一片火红的长长的走廊。连上天都与他一个想法。他看到了最后一道十字形的亮光，火辣辣地越过臀尖，照在大腿和臀部的交接处。而且从背后，都能看到双乳往外突出的力。丽丽说：

"你知道，呃，那个唯信仰论什么意思吗？"

"什么？不知道。但我会弄懂的，等我……等我看了八百页之后。"

丽丽的鼻孔鼓舞人心地翕张开来,紧扣的下巴哆嗦了一下。她像是费劲地对着一张单子看,说道:"所有有关意大利的,你都已经看过了。诗作也看过了。你还看过什么?"

"劳伦斯?让我想想……我看过三分之一的《儿子与情人》。还有《查泰莱夫人的情人》中有关屄的那部分。"

"啧啧,"格洛丽亚说。

"……再啧一下,格洛丽亚。得了。这不过像是手表在走动而已。我不是在骂人呀。那可是引用一位前卫作家说的话哦。"

"闭嘴,"丽丽抱怨道,"你一股子甜腻腻的腔调。"

"等等,"他小心地说,因为山鲁佐德折了回来。"维特克星期二去伦敦。是不是,维特克?你能不能把信封投到邮筒里?"他转身看着丽丽,等着她开口。"我明天快读一遍,星期一写书评。各位,很抱歉,这就意味着我不能一起去废墟了。"

"在你的生日,"丽丽说,"在你的二十一岁生日。"

"很抱歉,丽丽。很抱歉,各位。"

基思重新部署了一下。一切看起来平静又清晰。已经八点二十分了。维特克已经下了山坡去工作室和阿门待一起了。更多的灯亮起来了。他们一个一个地去厨房,装满了盘子又回来。世界就在他们的面前,他们像是在本科生公共休息室里吃饭的学生,但这正常不过了,这就是社会现实主义,厨房的水槽。《生活周刊》,《时代周刊》。 色拉很不错,一个声音说。

请你把黑胡椒递给我，另一个声音说……

确实，忽然间他们已经在吃水果了：十点差十分。丽丽的头往下又低了一寸，她的嘴构成了一张悲剧的面具。格洛丽亚起身开始把盘子和杂志收拾起来。基思不在意地把《论 D·H·劳伦斯作品中的唯信仰论》放到了一旁（看起来没那么深奥难懂，而且有相当一部分是关于弗里达和谁都上床的事），说道：

"我只是在想来生的性事。"

是什么让他坏了第二条原则？他已经坏了第一条原则（什么都别做）；这下他正在坏了第二条（什么都别说）？是什么？威力，那是部分原因。东侧的每一秒钟都闪亮着威力，阶级的威力和美貌的威力，再稍稍添加了（不能漏下这一点）将要开始的职业生涯和斟字酌句表达自己观点的威力（与此同时，定下了和马文·梅多布鲁克一样的职业前景）。但不管怎样，他都情不自禁。因为每一口吸入的气都是纯的氦气，比空气远远轻得多。这就是我青春年代的高潮，他想着，一边说道：

"就来生来说，我想这取决于你转世成为什么，是老虎？还是土狼？在以色列，他们就这么规规矩矩地坐着，等着最后审判日的到来，是不是。在阿门和如阿的天堂，那儿只有女孩没有男孩，还有一种很好喝的普罗塞克酒，丽丽，维特克说的。对我们来说，这事儿还没完，因为加百利天使告诉亚当，在天堂，天使们也交媾的，而且他们……"

他闭嘴，消停下来，柔声低低地嘶叫了一声，眼睛从眉骨下抬起来看了旁边的人一圈。谁也没在听。谁也没留心。基思酷酷地拿起一本《邂逅》打开,蹙着眉头看。

"你们打牌吧,"丽丽慢吞吞地说,"哦,看。噢……《顺其自然》。"

"是啊,真让人难受。披头士最后一张唱片,"山鲁佐德说,"《顺其自然》。"

格洛丽亚一手摊开托着下巴,说道:"新英语《圣经》,坏主意,那个……啧啧,难道是时代的缘故不成?唉,得了。贾奎尔已经到了摩纳哥了。布尤提曼要悠悠慢慢地睡她的美容觉去了。丽丽,来,让我们把臂同行……把《圣经》搞得像聊天,现代味十足,这肯定是个错误。那个新英语《圣经》。"

"格洛丽亚,我同意极了,"基思说,"《圣经》,《圣经》,我正在读各个版本的《圣经》呢。"

"哦,有何高见?"

"听听这个。真是太滑稽了。听听。某个爱管闲事、自以为是的小人物,叫约翰·约翰逊牧师,从捷克往俄罗斯偷运五千本《圣经》,被抓住了。他早先已经从保加利亚往乌克兰偷运了二十五万本《圣经》。为了什么呢?……结果是,这蠢猪进了莫斯科的监狱。莫斯科最最差的监狱。"

基思感觉到丽丽的鞋子摸索着往他小腿上蹭。他抬起头来。格洛丽亚激动地说开了:

"噢,那可真是可贵极了,的的确确。真正的无价之举。像你这种小水枪乱喷一位授了圣职的传教士。你要讨论这些事,脑袋里的那条舌头正经一点,我会为此感激你的。为了坚定的信仰而冒着牢狱之灾的风险。对不起，我是个天主教徒。我现在就在我信仰所在的国度。是的，一点没错，我碰巧信仰上帝。我认为那个人勇敢得让人难以置信。"

基思说："告诉我，格洛丽亚，你是不是也碰巧相信圣诞老人？不，你当然不相信。你长大了，不再相信了。当然，小时候你也相信的。唉，真遗憾，圣诞老人没有出现在你的神圣大书里。你也可以长大了，不再相信《圣经》了。是啊，多遗憾呐，《新约》里提都没提到圣诞老人会来的事。"他尖着嗓音继续说了下去，"你知道的——每个耶诞日，会有老头子穿着红色的外套，白色的毛边。他驾着会飞的驯鹿拉的雪橇，从空中飞来……想一想，或许会让你们这些蠢猪把这些事……"

丽丽又踹了他一脚。她的脑袋动了一下，指使他的眼睛不是往格洛丽亚看，而是山鲁佐德煞白的脸。她变了，不一样了。你知道她像什么了吗？她像是照片上的那个姑娘：一个大键琴演奏得特别出色的姑娘，一个为流动餐车自愿服务了五千英里距离的姑娘，一个从市政厅后面的大橡树上把一只猫救了下来的姑娘。

十二点左右，基思独自在猎枪室玩了两个小时的单人纸牌后，来到了黑暗的塔楼。一束参差不齐的灯光一路跃动着下来，陡峭的台阶上，一位举着灯台的女郎在迎候他。

"我是过来找你的，"丽丽说。

"什么事？"

"我不知道。我感觉有点奇怪。"

她回转身，往上走。他随后跟上。

"你今天还挺早的。"她侧身看他，"……而且还醉了。"

"呃，"从十一点二十左右开始，基思喝了三大杯巴菲特力娇[1]酒——一种粉红色的黏答答的甜得发腻的酒。又喝了几乎一整瓶的本尼迪科特甜酒。他跟着她走进房间，说："是的，好吧，按我的标准来看。"

"我想你如释重负吧，"丽丽说道，一边爬上了床。

"如释重负？如释重负？我为什么要如释重负呢？"

"你没有被一脚赶出门去，出了那么大洋相后。不仅仅是你想说的是什么，而且是你怎么说的。残酷成性。你够运气的了。"

"啊，好吧，我够运气。我他妈的怎么知道她是信教的？"

"你是说山鲁佐德。"

"是的，我是说山鲁佐德。"他解开衬衫的钮扣，解开皮带。他倒在床上，说，"她看上去不像是个信教的。"

"你看上去也不像……是提米，你这个笨蛋。"

"提米？提米有这么信教吗？"

"信教？他是个身体力行的宗教狂徒。你有没有注意听过？偷运《圣经》正是提米一直在做的事啊。那就是为什么他在耶路撒冷。他们去那儿是为了让犹太人皈依的。"

他关掉了灯，躺了下去。

"你也冒犯了深林大熊。"

---

[1] 原品牌直译为"完美爱情"。

"噢，去它的深林大熊。"

一阵短暂的沉默。然后她说："你有没有注意到区别？格洛丽亚浑身抖擞起来，准备战斗。而山鲁佐德。她的双眼冰冷刺骨。"

"可怜虫，"他说。

"唉，我觉得山鲁佐德有哪儿不对劲。你觉得吗？你看到她变得有多苍白？"

"苍白？"

"你是说你都没有注意到？格洛丽亚说，她看上去像是个鬼马小精灵。你怎么会没有注意到？"

他说："嗯，我没有注意到。而且她看上去不信教。她的胸看上去不信教。再说了，你怎么不睡觉？"

一阵长长的沉默。然后她的四肢一起僵直地伸了起来，让人害怕。一片电灯光中，基思紧紧地闭住了眼睑。

"我怎么不睡觉？"她说，"我怎么不睡觉？你是说被下了药后？"

我不是在这儿，他想着。我不是在这儿，而且，这反正也不是我。

"天，那简直像是在喝一杯钡剂。我以为自己一定是在排卵。我回到这儿打了嗝，才意识那是什么东西。"

打了嗝？丽丽，唉，今天晚上事情的结局我实在失望得很。是的，我很失望。我有其他的想法——有其他的计划和希望。

她说:"地塞米松让你打的嗝很臭。"

臭嗝?丽丽,你有没有感觉到稍稍有点对牛弹琴?话说回来,是从我的角度看。让我解释一下。现在这个时候,我本该和你的朋友山鲁佐德在主房间再往前一点的卧室里绞麻花。现在这个时候,我本该在她丝缎般光滑的大腿上擦着嘴,然后再挪到下边,来第二杯玉体的琼浆。相反的是?相反的是,我发现自己被提讯了——这个世界里有丝丝入扣的责问、排卵和臭嗝。他说:

"等等。"他的眼睛慢慢张了开来。"我把杯子搞混了——仅此而已。你的那杯我原来打算自己喝的。"

"……你为什么需要镇定呢?迪尔卡什?不是的,"她说道,"你这个撒谎的。你和山鲁佐德订了个上床交欢的约会,是不是?然后你满嘴胡言骂上帝,把一切都搞砸了。"

如此这般一直说到了三点半。基思的故事不算真的可以证伪(或者说他那时是这么想的),而且他坚持不改口。就如此这般一直说到了三点半。丽丽关了灯,留他独自想着去。

基思·尼亚林从烦躁不安的梦中醒来时,发现自己在床上变成了一个巨大的跳蚤。他的房间,普通的人类的房间,静静地躺在熟悉的四壁之间。他的眼睛还是人类的眼睛。但那就是他的模样了——一只有着人类眼睛的巨大的跳蚤。

4：扭转

盯着看吧，盯着看吧，看完了事吧。一圈电话亭大小的空气围裹着他，抖动着，震颤着，在他四周锣钹齐声大作，但他还是得走进厨房。他得走进厨房因为他想喝咖啡。苦臭的嘴想来点尼古丁，他得先喝咖啡来醒醒……

他走进时，三个姑娘并没有尖声大叫起来，或是爬上椅子，或是争先恐后地朝大开的窗子冲过去，像萨姆莎妹妹一样，深深地透透气。她们只是坐在椅子里，盯着看。看完了事吧。丽丽看着他，带着一种无边的疲倦；格洛丽亚看着他，眼里是对一个被击败的敌人的轻蔑；而山鲁佐德漠然的扫视让他觉得自己是无形的——道德上的无形，就好比贫穷和肮脏，据说对印度高级种姓的人来说是无形的。盯着看吧，看完了事吧。

……他坐在西边露台的双人椅里，流着汗骂着娘，颤抖着哭泣着，一边抽着烟。陪伴他的是梅多布鲁克教授，唯信仰论，诺丁汉、撒丁岛和瓜达拉哈拉，D·H·劳伦斯，还有弗里达·冯·里奇德霍芬。设若这一可怕的理论是正确的，外表是由内心的快乐塑造（设若表面是由本质决定），那么基思的确是有了六条弯弯的腿，无牙的淌着口水的下巴，鼓起的棕色肚皮，金属色的外壳，砸过来的苹果在他的背上腐烂着发出臭味。暴风雨快要来了,而且为时已晚。不是天空而是空气本身带着脓疮的绿色。空气本身就像是要呕吐出来了。他听到树上的黄色小鸟——笑得都尿出来了。

是有过自怜:那天早上镜子里那还是个胚胎,他的脸是一个过度自怜的胚胎。就其他的事而言,和丽丽的事,他能闻出自己浑身上下充满了负恩忘义的污臭。他也感觉到了自己是个混蛋。"为什么我是个混蛋? 为什么我比人家卑贱?"他不断地嘟哝着。"为什么他们要给我加上贱种的恶名?混蛋?贱种,贱种?[1]"在这儿,意大利,基思是1944年的萨罗共和国——一个颓废、溃败、无能、空洞的共和国……

但是男人善变。比他们自知的更为善变。甚至在他们自身的变化中也有变化。生命已经宣告他死亡,但在体内的某个地方,在他的股沟处,或许还搏动着一丝希望。他感觉到和死亡一起到来的明晰清澈。

对丽丽,基思有攻略。牛仔裤后袋里放着尼古拉斯有关他们的小妹妹维奥利特的信——还没有看过。

策略上的审慎要求他熟悉信中的内容。他一次再一次地展开信封,考虑了一下。但直觉施虐似地告诉他不许看,他的决心敌不过。于是他只是从哥哥坚定的笔迹上获取一些勇气。

对丽丽,基思有攻略。对山鲁佐德,基思也有了攻略。

雷声从远处又响起来了。闷声低语的雷,据说能涤荡残污。

---

[1] 出自《李尔王》第一幕第二场。

中午时分,他抬起头来看到丽丽透过落地窗盯着他在看。她一脸法医的明察秋毫,前个晚上他已经见得多了,而现在更见凌厉。她推开玻璃门的动作之迅猛,基思判断得出她来找他。她已经有更多的研究让案情更为明晰了。他觉得有点心慌,但他还是能放手拥抱水落石出最后的结局。

"你——看上去——太可怕了,"她说,"听着,我少了两颗药丸。我数了药丸,少了两颗。这是怎么回事?"

他没有回答。

"你不回答。两颗。你试了一颗,是不是?你以为这药丸什么味道也没有。你每天抽一盒法国烟,所以你什么都尝不出来了。你试了试。然后你给我下药,为了自己和山鲁佐德去寻欢。"

基思点起一支蓝碟烟。他的心口鼓着一只紧绷绷的气球,灌满了笑气和催泪气。气体无色,带点甜味,让他既想哭又想笑。连他也看得出他的命运之低调的工艺,默默的平衡:他坐在这儿,直面和山鲁佐德睡觉——没有和山鲁佐德睡觉的后果。(他殚精竭虑地想着)这世上,到底有没有,还是全然没有哪儿都没有,因为没有和山鲁佐德睡觉,有一点点加分,一点点道德上的补偿?

"丽丽,我把杯子弄错了。仅此而已。"

"杯子弄错了?你怎么可能把杯子弄错了呢?杯子根本就不一样……我问过格洛丽亚了,她说你晚饭前喝的是啤酒。"

他并不欢迎这狠狠一刺——这一刺直刺到了他的胯下,但他预料到了。格洛丽亚说的没错。装在大啤酒杯里的啤酒,不是细细的长脚玻璃杯。"那是后来的事,"他说,"我先喝了一杯普罗塞克。我前一个晚上也是这样喝的。"

"我好像记得你就是去拿了一杯啤酒。"

他说:"好像记得,丽丽?你怎么会记得的?你被下药了。对不起,但就是这样子的。"

"是的,被下药了。为了你和山鲁佐德上床交欢的约会。"

基思呼出一口气,想了想男人的愤怒:把男人的愤怒作为战略来使。他的脑子里已经准备好了开场白。 丽丽,你居然会——等等……缺乏经验但观察力强的尼古拉斯曾经建议他,愤怒还是值得一试:如果你的处境实在太悲惨,男人的愤怒还是值得尝试一下的——因为一些女人,甚至是最出色最勇敢的,还是本能地害怕男人的愤怒。尼古拉斯说,连最无畏的恐怖主义者在男人的愤怒前也是软弱的——因为这让她们想起了父亲。这一刻的基思,双人椅上一个佝偻的身影,在丽丽盯视的苔原上——不,基思不打算借助男人的愤怒。他没有愤怒的才能。愤怒,只是掌握了推迟的权力。

丽丽说:"不是什么约会。不是什么交欢。她可不是那个样子的。这不是她……不是的。你觉得她和你在调情,你就开始打算出手了。那就是为什么你在卫生间洗了一个半小时。"

基思动了动。据尼古拉斯说,当女巫雷达第一次出错时,你要抓住时机,这一点显而易见。他说(刚刚流浪狗似的打了个喷嚏,手掌上粘满了鼻涕):

"得了,丽丽。你对自己的理智思辨极为骄傲。想一想。

我和山鲁佐德单独待在一起有——多少？——二十个晚上。如果我是那种……那种人的话，我早就出手了。天啊。我喜欢她，她是个可爱的姑娘，但她不是我的类型。你才是我的类型，丽丽。你。"

她仔细看了看他。"那药丸呢？"她又紧紧地看了看他。"唔，要是你看起来没那副要寻死的模样，你的故事听起来会真实一点。"

这时基思决定冒两个必要的险（昨天晚上她有没有查看《简·爱》？她多久数一次药丸？）。他说，他背诵：

"这么看来，你注意到了。听着，我看了尼古拉斯的第一封信后，吃了第一颗药丸。为了准备好看第二封信，我吃了第二颗药丸——或者说打算吃第二颗。行了吧？"

"你甚至都还没看过一眼。信还夹在《简·爱》里呢。"

"不对，不在《简·爱》里。"他伸手探入后裤袋里，"昨天晚上我就带着。也看了。那就是为什么我会喝醉的原因。我真的无话可说了，丽丽。维奥利特。真的是非常的糟，糟得不能再糟了。帮帮我。我需要你来帮我把这事想想透，丽丽。帮帮我。"

她由着他牵着手坐到了双人椅上。他把信放在她的腿上摊平了。

我亲爱的小基思：
　　我亲爱的小基思，在内心那肮脏、破败的杂货铺里。我的心在痛，困顿和麻木刺进了感官。只要心摆得正，头脑怎么想关系不大。

"叶芝，济慈，"他低声说，"沃尔特·罗利爵士。"基思现在处于很奇特的状态，希望有关他妹妹的消息真的是非常的糟，糟得不能再糟了。"那句是罗利最后的话，"他说，"当时，他正把脖颈搁到了断头台上。"

他们开始看了起来。维奥利特，并不总是最可靠的姑娘，但这次没让她哥哥失望。

过了一会儿，丽丽拿了一杯咖啡来了。咖啡是给他的，他谢了谢，默默地喝着。她站立着往远处看，两手交握，眼睛里有一层新的光泽。

"好吧。格洛丽亚说，她对啤酒不是完全有把握。全然没有把握。所以，我想吧……瞧瞧，在这儿我们有些什么？喔，多美的风景啊。"

山鲁佐德和格洛丽亚穿着收腰的烟灰色套装，臂挽着臂，穿过露台，走向通往山径和村庄的台阶。

"教堂。"

"可悲，是不是，"基思说，"绝对他妈的可悲。格洛丽亚是罗马天主教，是吧？山鲁佐德不是。她是哪个教派的？"

丽丽告诉他，至少提米是五旬节教会的——必须承认，基思觉得这一点他还是需要了解的。他说：

"好吧。圣马利亚。天主教。他妈的暴风雨要来了，哪个港口都可以停，啊？"

"这事儿为什么让你这么激动呢?昨天晚上,你真该听听自己,睡梦中,还在呻吟哀号。"

"所有这些虚伪。"

"你还尖声长叫呢。像是被阉割的猪。"

"丽丽,这是原则问题。她们相信圣诞老人。为什么?因为他带来的礼物是永恒的生命。"

"……唯信仰论是什么?"

"意思是每时每刻你他妈的想干什么,就干什么。应该、必须这些说法与我无关。[1]"基思感觉他的身体放松下来。他接着说:"这意味着事反律法的,丽丽。我很诧异你居然不知道。弗里达也是同样的,德国人,明白了吧。裸体主义和男人的浆糊。厄洛斯崇拜。尼采。奥图·格罗斯[2]。什么都不压抑![3]"

丽丽说:"你饿了吗?我刚在想,你瘦了。一个星期都没好好吃过。"

"是啊,不算什么。她们在下面,双膝着地呢。天啊。跪在地上啊。你都不知道该笑还是该哭呢。"

独自一人的那会儿,他走到墙边往下看。看得见两个挺胸收腹的紧致的小小身形走过卵石路。孩子们在她们面前来来回回地走过,但没有年轻小伙子跟在格洛丽亚的后面或是山鲁佐德的前面,排成弯弯曲曲的队伍。

---

[1] 语出 D·H·劳伦斯。
[2] 奥图·格罗斯(1877—1920),奥地利精神分析学家,弗洛伊德弟子。
[3] 语出奥图·格罗斯。

图书室里，他把梅多布鲁克教授的书放在一旁，仔细地查阅着一本粗浅的平装本《世界宗教》。他终于找到了《约翰书》。然后他揭开奥利韦蒂打字机的罩子，打出一行字：亲爱的山鲁佐德，我能不能和你谈一下？晚饭后，我在猎枪室看书。就说几句话。基思。写完后，他悄悄走到客厅，穿过被降级贬罚的区域，像一个低卑的无足轻重的鬼魂，或许能住个颓败的村舍，但配不上意大利山腰上的城堡……看起来他得到的惩罚是被剥夺教友的权利。当格洛丽亚拐入走廊，带着大妇的威严说话时，那像是从外空黑暗处传来的召唤：

"噢，基思。"

"嗯，格洛丽亚。"

"今天晚饭有两个选择——肉和鱼。早些时候，我尝过一点鱼，我觉得不是很新鲜。吃肉吧。"

"谢谢，格洛丽亚，你考虑真周到。我就吃肉吧。"

"嗯，吃肉吧。"她说。

仅此而已。基思感觉多了一点点的胆量。走过前厅时，基思把叠起来的条子交给山鲁佐德，她接下了，但没朝他看一眼。

他们四个在厨房坐了下来：一个是天主教的，一个是新教的，一个是无神论者，一个是未可知论者。没错，基思和丽丽不一样，是未可知论者：他知道自己是会死的，天堂和地狱一说是对人类尊严庸俗的侮辱，但他同时也知道人类对宇宙的认识还非常有限。在他看来，这个结果在众人眼中很是陈腐平庸——但上帝可能是真的。他和丽丽争论时，是这么说的：要说上帝全然不是真的，是背离主题，狂妄自大，而且也不理智，丽丽。我蹒蹒跚跚地走在边缘上——无上帝论的边缘上，丽丽。但那就是你该做的。蹒蹒跚跚。这时他对她说：

"我不要了。"一手盖住了酒杯。

吃色拉时，格洛丽亚对山鲁佐德说："我们什么时候换房间呢？不是今天晚上。我不太……舒服。我觉得我和你昨天晚上一样了。反胃。"

"马上会过去的。我现在已经好了。星期二早上。尤金尼奥会帮忙的。"

"贾奎尔在佛罗伦萨了。你可怜见的。噢，我真希望提米在这儿。"

基思对山鲁佐德的战略，在那一刻只是百分之九十九点九的不诚实：其中有微尘大小的一个盲点。他打算告诉她他经历了一次精神和信仰的变化。是的，山鲁佐德，我有了变化。或许有位牧师……不，不是牧师。精神领袖？……等我们全都回了伦敦后，或许有位精神顾问我可以去谈一谈？基思知道这么做成功的几率并没有比在同一天晚上宇宙间出现一位全能神更大。但他得试一下。这一刻，他在和谐的主题中寻求一些安慰：如何蹦出希望的嫩叶，保持永生不谢——等等。

"唔，"丽丽尝了一口鳎鱼说。

"唔，"山鲁佐德尝了一口鳎鱼也说。

"我确信鱼新鲜得很，"格洛丽亚说，"不过基思和我很高兴吃羊肉。维特克说，七点半。今晚上早点睡，我想。走向废墟，"她总结道，"我们都得精神抖擞点。"

十二点差一刻时，《论 D·H·劳伦斯作品中的唯信仰论》看完了，被扔到了一边。

山鲁佐德上楼时，的确是将头探进了猎枪室。基思也的确坐着成功地宣告了他的意向：对于上帝的存在与否，他突然觉得愿意被说服，特别是通过五旬节教会的教义（依据这一教会对预言、奇迹以及驱魔的重视）。

"我对《圣经》挺了解的，"他说，"约翰福音书中的那节总是让我特别感动。这对再生基督徒的想法特别关键，是不是。你知道的——风随意而吹，你听见风声，却不知道它从哪里来，往哪里去。所有由圣灵所生的，也是这样。对此，我觉得很有共鸣。"

他叽叽咕咕地说了两分钟。山鲁佐德皱着眉直视着他，像是他在说的不是全然不可能，只是佶屈聱牙，毫不相干。还乏味——别忘了乏味。基思看不懂她：一只看得见的手叉在一边看得见的腰上，她站姿的变化。她的漠然。这一姿态，有一种——有一种几乎是非基督徒的意味。他说：

"那样的轻视，我大错特错了。我太浅薄无知了。这事儿，我想再多思考一下。"

"好吧，"她尽职地耸了耸肩说，"既然你问了，圣大卫在田间教堂有个叫乔弗雷·温莱特的人。如果你乐意，我给他写个条子。"

"好的。很好。"

好的。很好。我们已经除掉了这些宗教上的屁话,山鲁佐德,打一回牌,喝一杯香槟如何?至少这一点是很清楚了。事实上,这一事实的棒击是前所未有的沉重:宗教是情欲的反面。这两大主题,赛跑的魔鬼和上帝,上帝和赛跑的魔鬼,无法结合。至少那时候他是这么想的。

"提米极其信赖乔弗雷·温莱特,"山鲁佐德说,"晚安。"

"晚安。别告诉丽丽,"她关上门时,他一边说道,"她不会赞成的。"

于是,为了圆满结束这个周末的种种成绩,无论是道德上的还是才识上的突破和胜利,他伸手从后裤袋里掏出信。没有了丽丽的呼吸吹在他的脖子上,他又读了一遍。

> 我的心在痛,困顿和麻木刺进了感官。只要心摆得正,头脑怎么想关系不大。

> 那天上班很没劲(八月休假季),我琢磨着晚上看个暴力一点的电影刺激一下。我想看《太阳盟》——让理查德·哈里斯在里面受了两个小时折磨。我想找两三杯有劲一点儿的提提神,就去了剑桥路口[1]的萨拉森头颅酒吧。维奥利特告诉我这个地方,"不错"。我不明白,除了卖酒这点外,为什么维奥利特认为这个地方<u>不错</u>?维奥利特和酒之间有什么关系——英格兰和酒之间又有什么关系?

> 这地方绝对不是最糟的酒吧。地毯比浴室的足垫湿不

---

[1] 伦敦市中心查令十字街和沙夫茨伯里大街的交叉路口周边区域。

了太多，烟灰缸还没有漫溢出来，喝酒的人还没毫无顾忌地商量要把你杀了。我应当插一句，那个星期，我已经两次上了晚间新闻了（越南）。我在点酒的时候，我感觉到脸上飘来一阵发酵的气息，肩上被拍了一下。还没转身，我就已经感觉到暴力的降临（由<u>我</u>受折磨的暴力）。这种感觉很奇怪。种类的不同，类型的变化——截然陌生事物的降临（《奥吉·马奇历险记》里，他看着他哥哥拿枪托砸醉鬼的时候："伤口裂开时，我的心又回到了原处。我心想，如果那人流血了，会不会让他明白自己在干什么呢?"我觉得说得很好。）我一点没有惧怕。你知道的，我是<u>不会</u>被吓坏的。但真是一种奇怪的感觉。

我转身，发现自己正对着一张庞大的、下颌粗壮的菱形脸，一嘴长期嗑药的牙，舌头在下牙上转悠着。这张脸无疑是要让我吃苦头的，都不需要使什么力。他说："你是不是有个妹妹叫维奥利特?"我慢慢地加重语气地说："<u>是啊?</u>"——因为我知道快要降临的是什么。

这时他露出了上牙，点着头冷笑了一下。然后他开始大笑起来。没错，他放声大笑。然后这个混蛋傻瓜朝我上上下下地看了一遍，朝后退去，和其他靠在馅饼保暖炉旁边的傻瓜们待一起去了。他们一起瞪着我看，咧开嘴冷笑，再放声大笑。顺便提一句，作为傻瓜，他是什么身份完全不相干。我甚至都没什么必要指出，对于作为傻瓜的傻瓜，我并不蔑视。但事及你小妹妹的滥交，只有一个<u>混蛋傻瓜</u>才会特地来告诉你。

我亲爱的小基思,来,一起考虑一下其中的意味。1) 喜欢把那样的事传给哥们听的人,想一想那该是哪样的人。2) 那就是维奥利特认为不错的家伙。3) 对我,由于阶级差别的原因,他有隐含的暴力(哎呀,大哥,你准备怎么办哩?)——傻瓜们的复仇。因此,可以有相当把握地说,对她,他也有隐含的暴力。4) 他们的反应勿庸置疑是帮伙的。也就是说,维奥利特是那类和整个足球队约会的姑娘。

记得吗,年轻的时候我们时常说,谁敢碰她一个指头,我们就把他给宰了?一想到这事儿,我们总是激愤得很。我们过去时不时这么说,一遍又一遍。我们不怕杀人。

经历了这事后,《太阳盟》似乎太小儿科了。于是我去了禁忌影院,看了《滴血屋》。

我跟她提过一下,侧面的。她说,还挺忿忿不平的:"我可是个身体健康的姑娘!"她为什么都不好好说话了?她为什么听起来像是已经习惯了蹲监狱的人?

你是唯一知道这事儿的人。赶紧回家。

过后,基思穿过不出所料没有星星的庭院,爬上了通往塔楼的台阶。

"听到了吗?"丽丽在黑暗中说,"不是轰隆隆的雷声。圣马利亚的钟声。马上你就是——二十一岁了。"

他没有回答。她吻了吻他的耳朵,他的脖颈。他没有回应。她的手抚摸着他的肩、胸,慢慢地往下移。现在,是向丽丽感恩的时刻。现在是向丽丽道谢的时刻。但基思不再觉得感恩了。

"我不行,"他说,"维奥利特。"

他的身体,迈入了第二十一个年头,本能地反应了。但基思无动于衷。丽丽握着它,然后把它甩到了一边。

"你知道吗?你的那家伙,"她说,"小于平均水平。"

他马上决定不要把这话太当真。但他又明白,这事儿上姑娘说的话注定是永远忘不了的。

"喔,真的啊,"他说,"有意思极了。比其他人都要小。值得了解一下。"

"是的,小多了,"她说,转过身去。"小得多了。"

高高的苍穹之上,巨型的轮子载着巨大的秤砣,骨碌碌地车过来车过去:上天的滚雷,为了世间的战斗已经准备好了……

天刚亮时,丽丽窸窸窣窣地动了起来,他模模糊糊地有点知道。有一会儿(他感觉到),她站在他上方往下看,并不是怀着爱意。刚刚失手洒了一地(他以前不小心把一袋两磅重的糖倒进了老爷爷座钟精密的部件里),但让别人来清理吧,在梦中可以清理吧,想到这儿他进入了梦乡……

基思听到车门砰地关上了,随后是砂砾路上橡胶轮胎发出了缓慢而可怕的吼声。他开始将真实和想象分离,将事实和虚构分离。女性的身形和模样,然后思绪像是难解的字谜的线索——这些慢慢地散开了。他又回过头去,搞错了好几次方向后,才回到了开篇第一句。 对 D·H·劳伦斯来讲,这必定是大大减轻了压力——形成……形成一条不加掩饰的自我中心的信条，一定是作为……基思坐了起来，两脚搁在地上。一切都是空荡荡、光秃秃的。他是个无性人，没有爱，也没有性，而他二十一岁了。

他光着身子，推了推卫生间的门。门上着锁。他听了听，没有响动。在腰间系上了一条浴巾，他摁响了电铃。他听到了啪哒啪哒的脚步声。

"哦，原来是你。早上好，"格洛丽亚·布尤提曼说。

她站在镜子前，指尖捏着一条淡蓝色的夏装裙子，比在肩膀上，像是在估摸裙子的长度。

"你没去，"他说。

"嗯，我假装生病了。我讨厌废墟。我是说，废墟就是被废弃了呀。"

"一点不错。"他说，像是预见到这一点，"你装的。"

"唔，我还得补补。我想看上去像是在发烧。一点点紫色的眼影通常就有这效果。"

"真的啊？"

"嗯，我甚至还在床下放了一个烂苹果。为了营造病房的气味。我们现在说话这当儿，房间还在开窗透气呢……我真是挺拿手的。谁也猜不到。"

"嗯。"

"哎，抱歉我让你久等了。穿衣服之前，我在做祷告呢。我总是裸体祷告的。"

"为什么呢?"

"为了谦卑。你有反对意见吗?"

"没,没有。"

"我以为你可能会有反对意见……"

有个声音对他说,不用着急。一切该怎样就是怎样的。一切正是该怎样就是怎样的。

"是啊,我以为你可能会有反对意见。"

"反对祷告,还是反对裸体祷告。"

"两者都反对。"

"你祷告些什么呢?"

"嗯,首先,我赞美主,然后感谢他给予我所拥有的一切。再问他多要一点儿。不过,这可能没什么意思,你说呢?"

"是吧?"

"告诉我。如果你必须给出一个原因,你最反对我们这些信教的人是什么?"

不要担心。继续下去吧。万事皆已注定。

"好吧。是失落了勇气。"

"在我身上不是这样的。"

"为什么呢?"

"很简单。我信主。而且我知道自己是要下地狱的。"

保持沉默。继续看着她的眼睛,保持沉默。

"就是这样的!"她说,"然后我很快冲了澡,正在穿衣服。"

"穿到哪儿了?"

"鞋子，"她说。

他们一起往下看去。白色的高跟鞋。他说：

"看来，还差不少。"

"是，还差不少。"

她把头侧着微微一仰，抿着嘴笑了笑。又礼貌地咳嗽了一声："咳—哼。"她又上上下下把他打量了一遍，有一瞬间让他觉得自己是来铺地砖或是修管道的。她转身，慢慢地走了。

耶稣基督啊。说，没有蜂螫。说啊，没有蜂螫。

他说："没有蜂螫。"

她停下脚步，一只手顺着后颈摸了一下。"告诉你实话吧，基思，那儿我也抹了一点。我在化妆的时候。你知道。用了遮瑕膏。"

他心想，我站在一个非常奇特的地方：我在未来。而这是奇中之奇：我非常清楚地知道该怎么做……暴风雨的五脏六腑照亮了房间，所有色彩都变得病态可怖，闪着灼热的光泽，连白色都不例外。又一个奇怪的念头：白色很庸俗。向前迈一步。

向前迈了一步，他过了一会儿说："很苍白。很冷。"

她分开了两腿。

他的浴巾掉在地上，弄出很多声响——像是一个倒塌的帐篷。而她的裙子滑落时却毫无声息。她的眼睛继续盯着镜子，她做的第一件事是以他从未见过的方式关注她的双乳。她激情澎湃地说：

"噢，我爱自己。噢，我如此深爱自己。"

炸雷劈向屋子，两人谁都没眨眼。他甚至更靠近了一点。

她把腿并了起来。"喀嗒,"她说。

讲个笑话。讲两个笑话。什么笑话都行,但第一个必须是黄色的。

"你忘了擦干了。"

她的背脊抖索了一下,拱了起来。

"因为你被更高层次的事转移了注意力。"

"瞧,"她对着镜子里的两个身影说。"我是个汉子。我也有阳物。"

说,你就是个汉子。说啊。你就是个汉子。"你就是个汉子,"他说。

"……你是怎么知道的?我就是个汉子。我们很稀有——本身就是汉子的女人。往后站一站。"

她两腿分开身体往前倾,小小的左拳握在浴巾架上。

"瞧,那蜜蜂其实螫得很深。瞧。"

她的右手在动作,是他以前见过的,但从来不是从这个角度。 说和金钱有关的事。

"我想给它买样礼物。你的屁股。丝绸的,貂皮的。"

她的右手在动作,是他闻所未闻的。

"瞧,"她说,"我用两个手指时是怎样的。"

那一刻,他觉得天旋地转。我进入未来还太年轻了,他想。随后,天旋地转停止了,被催眠的感觉回来了。她说:

"瞧现在是怎样的。不是屁股,而是尻处。"

他木然地盯着——远处的未来。

"……有人或许会说,这有点儿滑稽可笑——一开始就上这个。但我们在模仿恶魔的黑暗弥撒，你和我。你知道——倒着来。每件事都是倒着来的。站稳了，我会一手操办的。明白了吧？努力保持不要射。"

几分钟后，她的膝盖跪在了浴室足垫上。"很好，"她说，"唯一能延长时间的方法是允许我唧唧呱呱说上一会儿话——你介意吗？……做大多别的事的时候，可以说话……在我看来，通常也没有什么大的目的……不过，你这个时候不能说话……这个时候……好了，这很可能是你从来没有见过的……够大，也够硬。和浴巾架一样硬。我可以让它完全消失，然后再出来时更大了。哦，瞧，已经又长大了。"

对啊，他想。对啊，把握精髓了，格洛丽亚。你要想让它大，就告诉它，它够大。

"完全消失了。看着。镜子里……再来一次？……再来一次？……好吧。过一会儿，我就要加速了。现在，仔细听好了。"

他仔细听好了——她给出了一整套的指示。这也是他闻所未闻的（后来他会管这叫做邪恶的点睛之笔）。他说：

"你确定吗？"

"我当然确定。好吧，我要加速了。我不再说话了，但会发出很多声响来的。事后，基思，我们稍微吃点早餐，然后上我的房间去。同意吗？最后，你可以摸我的胸，亲我的嘴。还有握我的手……我们好好利用这一天。或许，你情愿写你那篇小书评？"

第五场
幕间休息

他们是黄金时代（1948？—1973）的孩子。在别的地方，又被称为"经济奇迹时代"（意大利），"辉煌的三十年"（法国），"壮观的经济振兴时代"（德国）。黄金时代，他们从来没有过这么好的时代。

这一时代的背景中，你听到的音乐是前进的音乐。比如，那类在克利夫·理查德的《年轻人》（1961）中听到的音乐。我们说的不是歌曲，令人想到的是那组长长的反复出现的乐章，这儿拍几下，那儿敲几下。伴随着前进的音乐，年轻人将一幢荒弃的建筑变成了一个生气勃勃的社区中心——为年轻人组织的年轻人俱乐部。

在黄金时代，几乎每个人都能在背景中听到前进的音乐。第一部电话，第一辆汽车，第一幢房子，第一个夏天的假期，第一部电视机——全都在前进的音乐伴随下出现了。然后，1966年，性到来了，黄金时代的儿童完全占领了主导的地位。

第一次世界大战时，人口学家说，全球的银色化，将会构成历史上最重要的人口变化。黄金时代变成了银色海啸，六十年代的人群成了六十岁的人群。曾经的年轻人现在都成了老年人。

"只有一人例外，"他告诉妻子，"克利夫·理查德。他照样还是个年轻人。"

"我以前有一件出生就带来的衣服，"他接着说，"但那件衣服出了问题。再也不合适了。已经穿得很旧了。我想，可以送到干洗店去的，但得找个裁缝做点隐形修补了。"

"再去看一下医生吧，"她说，"去找圣玛丽医院你挺喜欢的那个医生。"

"好啊。从美的俱乐部到美的俱乐部。"

第一个美的俱乐部针对十八到三十岁年龄段，是一个集合了不少度假胜地的旅游网络。第二个美的俱乐部，是圣玛丽医院的咖啡厅。第二个美的俱乐部没有什么年龄限制，但确实较为适合更加成熟的顾客。他说：

"我没有告诉你。上次我去的时候，那家伙告诉我，可能得了慢性疲劳综合征，呃，也叫做肌痛性脑脊髓膜炎。是小脑里有病毒。但显然我没有。反正，你知道，小美，我觉得好多了。"他已经有很长时间没那样叫她了（"小美"，是"美人儿"的缩略说法）。"那不过是心理上的。"

"是什么让你那样想的？"

"不知道。敲敲木头，好运不要断了。真的很让人觉得压抑的。想想，从为我十年进入了唯卧十年，从美的俱乐部到美的俱乐部。棒极了。"

我们到了革命宣言的第四条。是的，这条导致了最多的痛苦。

……据说，十七世纪的时候，有过理智和感情的脱节。诗人不能同时思考和感觉。莎士比亚做得到，玄学派诗人做得到。他们可以用脑子来写感情和性。但这种能力消失了。诗人不再能自然地同时思考和感觉。

我们现在在说的就是，当黄金时代的孩子成为成年男女的时候，相似的事发生了。感情早已和思考分离，随后感情和性也分离了。

因此，感情发现自己的位置（又一次）发生了变化。这事几乎结果了他，结果了数千数万的人，或许是好几千万的人。

结局降临时，闭上了深深爱着那双眼睛的眼睛，冷冰冰的小伙子进入了死者的疆域。

> 他直接奔向冥河的河岸
> 注视着自己模糊的影子
> 可怕的激流令他颤抖。

模糊的影子：仅此而已。那就是河水会给他的倒影——一个模糊的影子。

深林山泉的仙子们剪短了头发，哭泣着。爱可，或说是爱可的鬼魂，或说是爱可的爱可，重复着他最后的话语：再见了，再见了。唉，唉，唉。人们没找到他的尸体。找到的是一朵花：白色的花瓣围着一颗黄色的心。

我们被引导着以为年轻人的消亡——消退萎缩至无——发生在一天一夜之间。这一点，他和他的孩子们，黄金时代孩子们，看法有所不同。

西尔维亚说，她会顺道来一下，让他们看看她的新制服。她作为女权主义者的新制服。基思准备好大吃一惊，因为西尔维亚就是那样的。在厨房，她缓缓地脱下呢外套（那是2003年5月15日），缓缓地说道：

"这是个笑话，明白吧。"她穿着一条白色的超短裙，上面画了圣乔治的红十字，上面是件露背装，整个胸部印着"妓女"一词——还有身上多处的饰品（可脱卸的），肚脐上，下唇上，鼻翼两侧。"我给它六个月时间。但这是一个笑话。"

"我希望这会洗得掉。"

"得了，妈妈，当然洗得掉。你以为等我到了九十岁，还想要在腰上围着一窝的毒蛇？我要去参加脱衣舞娘协会的游行。和姐妹们一道。我们都是这么打扮的。我希望你会为我骄傲。"

她离开之前，问了基思一点事——他是怎么了解有关小雀儿的知识的。

"哦，分阶段的。还有不同的版本。小学时，有个臭小子差点儿让我吓破了胆。后来是尼古拉斯。后来是生物课，我们在解剖一条虫子的时候。"

"你知道我怎么得到性教育的？纳特和格斯怎么得到的？伊莎贝尔和克洛伊怎么得到的？我们是色情控。"

他说:"我们是不是改进一下色情控这个词,西尔维亚?……色情偏执怎么样?"

"好吧,色情偏执。嗯,很不错。更像偏执症。你和一个新男友在一起时,你就是那样的。你偏执得想知道他有多色情偏执。你知道,老爸,我们是网络上的蜘蛛。我们所知道的一切都来自无穷无尽的鸟糟之物。他好多了,妈,你觉得不?老爸好一点了。"

以前,基思很崇拜蜘蛛,但现在对蜘蛛的感觉他不再有把握了。蜘蛛吃苍蝇,苍蝇吃屎。你就是你吃的食物——你每天吃喝的东西成就了你,这话要是有点正确的话,那么蜘蛛是什么呢?

不过,蜘蛛是活生生的,而苍蝇却不是。基思仍旧认为,杀死一只苍蝇是一个具有创造性的行为——因为苍蝇是死亡的斑点。小小的骷髅头,小小的海盗旗。戴着防毒气面具、配有装甲的存活主义者:不是在二十一世纪的伦敦,或许。到目前为止,只发生过一起——那只苍蝇从花园小径上的一摊鸟粪上对他怒吼,利用吸盘,坚守着阵地,在喷雾中对他怒吼着。

西尔维亚走了。夫妻俩继续对付两个小女儿。基思延长了家庭分工对半开的试验,帮着整了一顿简单的晚餐——色拉,意大利肉酱面和红酒。

他说:"我不想再想我自己了。这是个好兆头,是不是?而且从身体上来看,也简单一点。"

"怎么做呢?"

嗯，这么说吧。两个月之前，小美，醒过来，然后再起床，是一本俄国小说。一个月之前，那是一本美国小说。现在，只是一本英国小说了。一部有关 1970 年的小说——有关中产阶级的起起落落，而且长度绝不会超过 225 页。

"那是进步。而且美也回来了。谢谢你。一如既往地。"

性已经够糟了，哦，作为一个主题，而自我也是够黏腻了。各种语言中各种各样的我。自我（*Ich*）：弗洛伊德喜欢用这个词表示"自我"。性已经够糟了（但还是得有人来做），然后又有了自我（*Ich*）。那德语词听起来是怎样的呢——*Ich*，自我？

第六部

再次进入的问题

1：床上的伊丽莎白·班纳特

我们稍微吃点早餐，然后上我的房间去。我们好好利用这一天。或许，你情愿写你那篇小书评？……我这样的人很稀少，你知道。我们俩是难得一见的。

十三个小时以后，在五角形的图书室里，丽丽说：

"你太烂了？你是什么意思，你太烂了？"

"我太烂了。就是太烂了。看。"

他指了指奥利韦蒂打字机架杆上撑着的那页纸。五点左右的短暂幕间休息时间，基思光着脚从塔楼上跑下来（在天震之时，天庭的地面忽然裂开，裂缝曲曲又折折），噼里啪啦打出了两段话。这休息时间是因为格洛丽亚·布尤提曼需要十分钟时间装扮成伊丽莎白·班纳特。明白吧，对《傲慢与偏见》他们有不同的意见，而格洛丽亚想要证明自己的观点。

"读一下那两段，"他告诉丽丽，"一整天都是这样的。读一读。讲得通吗？"

"……劳伦斯深信，"她念道，"他所处的文明最大的灾难就是对性有毒害的仇恨。与仇恨结伴而来的是对美病态的恐惧（在劳伦斯看来，这种恐惧在精神分析法有最好的体现），对<u>活生生</u>的美的恐惧导致了本能器官和直觉能力的萎缩状态。"

"讲得通吗？"

"不通。你脑子不正常了？……你的头发是湿的。"

"是啊，我刚冲了个冷水澡。想要清醒一下脑袋。我太烂了。我写不了。"

"……喔，天哪。就——就当作你的每周论文作业好了。"

他停顿了一下说："是啊。是啊，当作我的每周论文作业。嗯，很好，丽丽。我已经感觉好多了。废墟怎么样？"

"哦，彻头彻尾的苦不堪言。甚至都看不出来算是什么的废墟。可能是公共浴室吧。而且下了倾盆大雨。格洛丽亚怎么样？"

你看，格洛丽亚争辩伊丽莎白·班纳特是个……不可能的，基思反对说。 那时候，一个都没有的。肯定的。但格洛丽亚坚持就是那样。当她引导着基思翻阅小说的时候（指出相关的重点，引用说明问题的部分），基思开始觉得，即便是莱昂内尔·特里林[1]、F·R·利维斯，哪怕不情愿，也会觉得有必要考虑一下布尤提曼的解读。而且，外套也特别地令人信服——她甚至有一顶软帽，像是翻过来的柳条水果盘，用一条白色的丝巾在下巴下方固定了。

"劳伦斯怎么对付整本小说的，我也怎么对付吧，"他告诉丽丽，"两段都不要了，重新写过。格洛丽亚？她怎么样？我都不知道她在这儿呢。"他想起格洛丽亚有关撒谎的教诲（千万不要多说。就假装真实得乏味，不值多提），但他还是听到自己说："等她瘸着腿来拿杯热汤才知道她也在。穿着件

---

[1] 莱昂内尔·特里林（1905—1975），美国文学评论家。

粗呢大衣。看起来憔悴得很。"

"喔,她算是躲过废墟一劫了。"

你看,在他们讨论简·奥斯丁时,格洛丽亚抓住两个主要场景来说明她的观点:到宾利家的时候,伊丽莎白的外表特征(书的开头部分),以及后来在班纳特先生警告女儿不要投入无爱的婚姻的时候,她说的话。是的,格洛丽亚斩钉截铁地说,像是要了结这件事。 她和我一样的坏。她就是这样的。哦,我敢打赌她就是这样的。装扮成伊丽莎白是在一场可以被称作"实用批评"的争论之后。之后她说,这下你相信我了吗?我是对的,你错了,说,伊丽莎白是……

呃,好吧。你证明了自己的观点。

"嗯,我没有选择,对吧,"他告诉丽丽,"我只好继续做下去,直到做完为止。"

"我还是去给你做点什么吃的吧。让你继续做下去。对了,生日快乐。"

"谢谢你,丽丽。"

他写完书评时,还不算太晚——才过了一点。才过了一点,基思觉得智慧、快乐又骄傲,还富足、美丽,隐隐有点害怕,稍稍有点疯狂。而且累得难以想象。十二个小时之后,贾奎尔就要到了。我们的主角对此的感觉如何呢?只有一点:贾奎尔在他的眼睛中,代表了传统,代表了他所知道的社会现实主义,代表了过去。毕竟,这一天基思是在一种属于未来的体裁中。

丽丽——丽丽一直等着他。

"眼睛闭不上。不知道为什么。"

整一天（他想象）丽丽的探测仪、传感器，她的磁针，都在启动运作中。这一刻，她需要一些落实保证。基思自己也吃了一惊，居然能够做得到。动作，或叫互动，虽然愉悦（持续的过程非常微弱）而且动情（截然相反的情），几乎古旧得有了讽刺意味，就像是一圈莫里斯舞，或是像人类取火最早的尝试之一，钻木取火——拿两根木条摩擦。

"山鲁佐德给她拿去了一托盘，"丽丽一边说一边抖着进入了睡梦。"嘴里含了根温度计躺在那儿。额上放了个冰袋……听到她打喷嚏了吗？有点儿……你等着瞧，明天她就好端端的了。"

第二天，基思四下看着，想找到一星星的值得怀疑的迹象——但一点也没找到。因为格洛丽亚，照她自己的话说，厉害透顶了。基思早已经知道，他在另外一个世界里；他也知道自己处于严重的麻烦中——但只是心理上的。目前，他只是躺着想，满怀纯粹的佩服：这才像回事。欺骗应该是这样干的。

比如，吃早饭时，他很高兴听到山鲁佐德这么说：

"很坦白地说，我佩服她的勇气。是的，确实佩服。你们知道的，整个下午她都在说废墟？甚至在教堂时，她也在说这事。她不断从旅游册子里大声读上一段两段的。整个晚饭时间，她像是认为自己能行的。都半死了，还想继续玩。我管这个叫勇气可嘉。"

而丽丽呢,就格洛丽亚和她的微恙,基思享受了一下无知的愉悦,为他的漠不关心(以及自我中心)被谴责了一下:格洛丽亚的星期天——难道他甚至都没注意到吗?——一直都是一阵阵的头晕,一阵阵的发热,可怜兮兮地忙着跑卫生间呀。

"你怎么可能一点都没注意到呢?"

"嗯,就是没注意到啊。"

"天哪,"丽丽说,"我还以为自己在看《急诊病房十号》呢。"

格洛丽亚还不满意,四下传播着她的情况过了一夜更糟了。她要求派医生来,医生来了,从蒙泰勒开车过来,说是找到了一种著名的坎帕尼亚病毒。他用大蒜和橄榄油给格洛丽亚洗了耳朵。等贾奎尔到来时,马上坚持要换房间,格洛丽亚几乎躺在担架上从塔楼搬到了主房间。

"可怜的格洛丽亚,"山鲁佐德说,"芦苇一般的纤弱。"

这真的会发生吗?有一天,他打开《评论季刊》,发现一篇题为《再论〈傲慢与偏见〉:作为女汉子的伊丽莎白·班纳特》,作者是格洛丽亚·布尤提曼——和基思·尼亚林(也可能是与基思·尼亚林对话,也可能是由基思·尼亚林记录)。他深信,她的阐释虽然颇有争议,但不能轻易置之不理。

你难道不会读英语吗?她问他。听着。这是倒数第十页。集中精神听着。

"丽兹,"父亲说,"我已经允许(达西先生)了……如果你现在已经决意嫁给他,我当然让你来决定。不过我劝你还是再仔细想想:我了解你的个性,丽兹。我知道,你不会觉得幸福,也不会受人尊重,除非你真正能敬重你的丈夫……要是婚姻不相称,以你这样活泼的天资,会是极其危险的,很难逃得了丢脸和悲惨的下场。

"我了解你的个性,"格洛丽亚重复道,"活泼的天资。""丢脸和悲惨。""不会觉得幸福,也不会受人尊重的。"不会受人尊重。你觉得那会是什么意思?我再问你一遍。你难道不会读英语吗?

是啊。唔。其他人都没有一点点和她有类似的情形。这么说来,班纳特先生知道她是个女汉子吗?

不算完全知道。他知道她对性出乎寻常地感兴趣。他不知道她是个有阳物的女汉子,但他确实知道她对性的兴趣。

我觉得我听懂了。

还有,她在泥泞的乡村路上走了三英里赶到宾利家,引起众人说她的坏话。注意,无人陪伴。漂亮的眼睛,脸蛋"也走得通红",头发看起来"那么蓬乱","简直像疯狂了"。然后还有弄脏了的长袜。她的衬裙"糊上了足足六英寸的泥"。她的内衣全是脏污……真他妈的,难道你不是对这些东西挺精通的吗?"象征"啦什么的?

基思躺在那儿,听着。

还有牙齿非常好。那是阳刚气的表现。瞧瞧我的……我们达成一致意见了吧。伊丽莎白是个女汉子。作为一个女汉子,那对付的唯一方法就是为了爱情而结婚。有了感情,交欢一定要跟上。现在可不是这样了。

……那在他们的新婚之夜?

我演给你看。自己去玩上十分钟。我要找一些婚礼穿的东西。

等他回来时——一件白色的棉布裙临时扎出高腰线,白色的披肩,白色的软帽用一条白色的丝巾扎紧了。

阁下,我请求您记住,我还不到二十一岁。

他努力地解开层层叠叠的长衬裙短内衣,密密麻麻的搭钩扣子。几分钟后,他差不多在床尾了。她侧身支起肘部说:

班纳特先生明确知道的就是,如果她为了金钱结婚,那必然是会走偏迷路的。女汉子这一点其实不过是额外的而已。关键是你光了身子时是什么。看起来是什么样儿。

摸起来是什么样的感觉(柔软裹着的硬挺)。还有你怎么想的,他心想,继续动作下去。

不过是个额外的而已。作为一个女汉子。但这是很稀少的。

整件事结束后,基思躺在床上,想象着几乎全是闲闲地上些研讨课的未来,讲解世界文学中每个女主角和对立的反角,从《奥德赛》开始(喀耳刻,然后是卡吕普索)。他用粗重的嗓音说道:

我要给你理智与情感。

你怎么做呢？她天真地问道，眼睛朝上看着，一边用双手摩挲着脸颊和太阳穴。把我干得累趴了？……请你不要在这儿抽烟了。留下了证据，而且本身就是肮脏的习惯。

薄而精致的机票挺明确地告诉他们这一事实：他们的夏天快要结束了。丽丽说：

"接下来会怎样呢？你和我？我想我们是要分手的。"

基思迎上了她的眼睛，又转回去看《荒凉山庄》。喔，又来了，老天——丽丽，那些事儿。他专注地想了想这个问题。分手主要的缘故在她，又会是这样的。山鲁佐德说。你的朋友肯里克来之后的事。这像是棋局上的难题：他（基思）目前认为，他（肯里克）错过了他（基思）想让他（肯里克）和她（丽丽）上床的事——不是因为他（基思）可以和她（山鲁佐德）上床，而仅仅是想提高她的性自信，诸如此类的。这就像棋局上的难题，但是个盘算出来的计谋，和真正棋盘上的互动大相径庭。他说：

"从某些角度看，这是让人恐惧的念头。我们现在还是不要决定吧。"

"让人恐惧？"

他耸耸肩，说："哼，这位戴洛克男爵夫人。霍诺丽亚。她够厉害的。不明不白的过去，手到擒来的阴谋家。"

"这下你喜欢上了戴洛克男爵夫人了。"

"从艾瑟·萨莫森到她，变换得挺好的。艾瑟·萨莫森是个好人。还是他妈的圣徒，她居然让天花毁了容，还自觉骄傲。想象一下。"

"另一个你喜欢的人是谁?"

"贝拉·维尔弗[1]。贝拉差不多和贝姬·夏普一样好。你能相信那个贾奎尔吗?"

"贾奎尔?他不算是个太坏的家伙。"

"是的,他是个坏家伙。他多坏啊。我说,谁在乎?但他确实够坏。"

夏天过去了。他们马上要回去了;而活生生的贾奎尔就像是他们将要回去的生活的捎来的传言。在基思的眼里,老贾奎尔是上层英国的一段大纲提要:他是阿斯科特赛马会[2]、上议院、亨力皇家赛船会[3],他是康斯坦布尔画中的风景、朗声的大笑、牛粪、浴羊的药液。而且,在过去几天里他对贾奎尔的密切注意中,基思发现了一样非凡的才能:格洛丽亚·布尤提曼深层次的大师级的欺骗性,简直是一场欢闹。她真是挺拿手的,他想。她非常聪明。而且她一点不理智。

在肉欲狂欢的那个生日,我看到的是什么体裁呢?这是他没法回答的问题。是什么方式,什么类型,什么性质?

和格洛丽亚在浴室时,不对劲的不仅仅是色彩——全是幻彩荧光和蜡像馆的色调。声响也是不可救药的不对劲。而且毫无延续性。一会儿,雷声听起来像是塑料垃圾桶拖过庭院,下

---

[1] 狄更斯小说《我们共同的朋友》中的人物。
[2] 在英国伯克郡阿斯科特赛马场举行的一年一度的赛马会
[3] 在泰晤士河上的亨力镇上举办的一年一度的赛船会。

一刻,就像是听到了炸弹引爆。那人形呢——他和她?格洛丽亚做得比他老到多了,这很自然(她演的是主角);但他一直疑心自己演戏的水平。

后来在卧室时,灯光和气氛相对正常了些,但也不见得正常多少,黄色的猛烈的电闪,正午时分的黑暗,然后是强烈的银色阳光,再是仿佛要淹了整个世界的《圣经》中的大雨。

他一遍又一遍地想着,我到底是在哪个体裁中?那光泽和静止的表面总是让他想到精装杂志的页面——时装,魅力。但是什么类型呢,是戏剧,是叙事?他很确定肯定不是爱情浪漫小说。每隔几分钟,他就会想到可能是科幻小说。或者是广告片,宣传片。但这是1970年,他不知道——那时候他不知道是什么方式。

似乎只有当你在镜子中看着时,才会明白。

有什么东西被分离出去了。这一点他确实明白。

贾奎尔?不可能是他的外表吸引了她,是不是?山鲁佐德说过。不是,不是他的脸(像个白化病人,肿着红色的嘴唇),也不是他的身材(壮硕,骨骼粗大)。也不可能是他的头脑。原因很清楚:要能被贾奎尔激发兴趣,你得对奶酪极其感兴趣。他在英格兰西南部的连绵的土地生产了大量的奶酪。而那就是他永恒的话题:奶酪。

白天,他看上去像是一个笨重的有身份的农夫(斜纹布裤子,软毡帽,粗花呢外套,轻便手杖),到了晚上,他像是一个笨重的有身份的农夫穿上了燕尾服(他不变的晚餐服)。基思从来没有见过他不是一边在吃一边在说话。这两个动作造成了某种口腔的洪灾——口水泛滥。而另一方面，基思的第一印象弄错了老贾奎尔。他说的不全是格洛斯特双料硬干酪、卡尔菲利干酪、莱姆斯伍德奶酪，也不是各类的意大利奶酪。贾奎尔还有一个副话题：他辛辛苦苦地替保守党说话。

早下午是他选定的和格洛丽亚上楼的时间。他会把最后一块气味浓烈的帕尔玛奶酪或是多塞特蓝纹奶酪塞进嘴里，一边流着口水坚持恶狠狠地骂着不是富人税就是工会的兴起。然后，他朝下伸出一只手，格洛丽亚就会陪伴着他穿过舞厅，走上环形的楼梯，一身悔悟和勤勉的神态。

这个时候，丽丽和山鲁佐德总是相互看一眼，下巴微微一抬。阿德里亚诺回来了。从怒火队的赛季前集训回来了。他的左脸颊上，从眼睛到下颌骨上有一片紫色的淤青，忠实地敲上了橄榄球球鞋的印记（上面连鞋钉都数得出来）。第二天淤青就消淡了。阿德里亚诺最新的伴侣，康索拉塔，碰巧和格洛丽亚·布尤提曼一样高。

"你们都在说些什么啊？他不是流口水。他只是享受食物。"

丽丽开始了她初步的行李整理——毛衣叠起来放在防蛀的塑料袋里，鞋子搁在衬纸上……闲闲的聊天像是十六转的留声机。

"享受食物？"基思翻过一页。"给他一块切达奶酪，就像那部潜艇电影。《大北极》，记得吗？"

"洛克·赫德森。"

"是的,记得最精彩的那段吗?那家伙打开出了问题的鱼雷舱,半个北冰洋滚进了船舱。给贾奎尔一块切达奶酪,你就会看到那景象。"

"他就是喜欢食物……你知道阿德里亚诺现在怎么在做吗?他在扮酷。"

"我再问一遍。四英尺十怎么可能扮酷?扮什么样的酷?"

"呃,所有其他的姑娘似乎都喜欢他。每当她们摸摸他的大腿,或者亲他的侧脸,他总是带着某种神色转眼看山鲁佐德。"

"什么样的神色?做一下。"她做了一下,"天哪……贾奎尔的睫毛。"

"他的睫毛?他的睫毛怎么了?"

"它们不是睫毛——那是两套白头粉刺,上面插着鬃毛。而且他还是个法西斯。他投票给希斯[1]了。"

"他支持自由党。他说的。"

"自由党……他的那些下流的笑话。他带她上楼时,该去访问好望角的时候了。该去埃及式体育锻炼的时候了。"

"那不过是午睡的俚语罢了。埃及式体育锻炼。军队里的俚语。因为阿拉伯人据说很懒……看明白点,有钱的男人就是有一大帮的姑娘跟随。这是事实。"

---

[1] 爱德华·希斯,保守党,1970年6月竞选胜利,成为英国首相。1974年下台。

"同意。那你为什么不也跟着去抢，"他慢慢地问道，"那头胖猪？"

"他甚至都算不上胖。不算特别胖。他只是壮硕而已。有些姑娘就是喜欢壮男人，让她们觉得有安全感。你不过是个叽叽叽叽的小流浪儿。仅此而已。"

基思说："是美感问题。她肤色黑个子小。他像一条巨大的白面包。谁在乎，我明白，但一想到他们俩躺在一起，难道不会让你浑身发冷吗？"

"很可能她对性不怎么感兴趣。不是每个人都对性感兴趣的。你以为每个人都兴趣十足，不是这样的。看一下她的背景。姑娘是不应该享受性的。所以，她就躺在床上，想着英格兰。"

"苏格兰。"

"而且他也不仅仅只谈论奶酪。"

那天晚饭时，基思密切地关注着他——这个穿着燕尾服的乡巴佬蠢瓜。在基思看来，没错，贾奎尔就是一直谈论奶酪（要不就是辛辛苦苦地替保守党在说话），而且他看起来胖得离谱，还几乎淹没在自己的口水中了，还……这样的印象，或许有些扭曲，但扭曲不是出于嫉妒也不是出于占有欲。从某种意义上，他希望是出于那两个原因，但不是。扭曲还一直带着点诡异。他看着贾奎尔的嘴唇，发红，干裂，脱皮，他看到了还感受到那两片嘴唇是在热吻中。基思想，他吻的不是格洛丽亚。他吻的是我。

"你好一点了吗？至少你现在敢出门了。"

"差不多恢复了，谢谢你。"

"你让我们好几个人都特别为你担心了很久。"

"是的。我得说情况是挺危急的。"

"……天哪，他可真讨厌。"

基思在南边的露台上，逮住她正一个人在做拼布被罩（方的三角形的硬卡纸，绸缎和天鹅绒的边角料）。这时，她抬起头来，没有什么亲密感地说（另一侧落地窗里如果正好有人看着，会以为她在说早上的天气——清新美丽——或是纱线的价格）：

"是啊，可不是。可怕。那两片嘴唇。那些睫毛，像是一排粉刺。"

基思小心地在秋千沙发上坐下。"这么看，我们对贾奎尔有一致的看法，"他说。这真的发生了吗？他和格洛丽亚对贾奎尔有一致的看法？"还有那口水。"

"还有口水。还有奶酪……自然，那就是为什么我拖长了我的，呃，病痛。不要被他压在身下，再拖上一两天。但我已经拖到极限了。对他来说，我已经病了好几个月了。"

"几个月？"

"自从我喝了那杯香槟以后。记得吧？被逮住和马球手在鬼混。"她严肃地缓缓地摇了摇头。"那件事我永远也不会原谅自己。永不。太不像我的作为了。"

"和马球手鬼混？"

"不是，被逮住。我是说，闻所未闻。"

基思继续在秋千沙发上荡着。似乎没有什么理由不问这个问题（因为现在无所不可了）："他是什么样的？在楼上的房间里？"

格洛丽亚伸手去拿另一片硬卡纸，另一片布。"就和他在其他地方一样。贾奎尔是个乏味的人。乏味的人不会听别人说话……我本来想说在床上不算太糟，他熟睡的时候。当然，他打鼾。就像是一条大白鲸。而且把所有的枕头都弄得透湿。"

"可是，行了，又不是相亲，对吧。你们俩不是订婚了吗？唔，我想老贾奎尔有其他吸引人的地方吧。"

她平静地说："听着，你这个傻瓜。搬到伦敦去要花钱——而我没钱，你这个傻瓜。你这个没劲的傻瓜。"

"好吧，我听到了。我听着呢。"

这时贾奎尔的脸（正在嚼着什么东西）端端正正地出现在窗子的另一面。格洛丽亚的手指轻轻挥动着，给了它假得令人吃惊的微笑。她说：

"好吧，起先我想着让他娶了我，蜜月一过，就马上开始着手离婚。但我觉得自己没法儿这么做了……已经另外有人了。"

"谁啊？"

"你，"她像是在说。

她像是在说，你。我们很快就会明白，是基思听错了。但在这革命性的时刻，我们可以先退开一步……男人有两颗心——上面的，下面的。传统告诉我们，一切顺利正常时，两颗心齐心协力。但在这一刻，这件事中，两颗心的反应截然不同。基思上面的心沉了下去,抖颤着,难受起来,或者说满怀恐惧地沉到了某种未来。而下面的心感觉到一阵诗意——不是像人们常说的心蹦了出来,而是充盈起来,挺立起来,疼痛起来。他说:

"我?"

"你?不是,不是你。休。"

"休。"

"休,他是威尔士人。也有一座城堡。难道那不是巧合吗。你看,窍门是找到一个有钱又漂亮,还知道聆听的人。"

"有一刻我以为你是说我。"

"你?嗯,你知道聆听,我想……你只是一个学生。"

"你也只是一个学生。"

"我知道,但我是个姑娘。"

贾奎尔开始摇动门把。格洛丽亚说:

"那头蠢猪难道没看见有个门扣?"

"需要点技巧。要先拉再推。是个智商测试。"

"那么他通不过的。天哪,有谁放那头蠢猪出来吧。"她对着贾奎尔一脸困惑的脸装着手势——指一指,拉一下,再推。"我得让他开心。拜托你了。否则乌娜会给我那张戈尔戈脸看的。乌娜能把我吓死。我有时候有种可怕的感觉,她是知道我其实什么样的。"

过了一会儿,他说:"伊丽莎白·班纳特。"

"嗯?怎么呢?"

"你们不一样,你们俩。她来自过去。你来自未来。"

"哦,"她说,"女汉子自然调整自己,与时俱进。"

贾奎尔这时候拿手掌在拍打门框了。

"唔,格洛丽亚——你知道主房间前面一点有个女佣房。"

"你是怎么听说女佣房的?"

"我可以从北侧的楼梯上来。我们或许可以溜进去一两分钟。等他出门时。"

"为什么?瞧瞧你,"她说,大笑起来,"你吓坏了。你已经有心无力了。而且你也清楚得很。"她转身去看贾奎尔将肩膀撞上了玻璃门。"当他们蠢到那个地步的时候,我憎恨富人,你呢?我憎恨富人。但问题是,他们拥有所有的财富。我看一下。女佣房。啊,他出来了!"

贾奎尔跌跌撞撞地出来了,站稳了脚步,直起身子。他看了一圈天空、山坡、阶梯、人工洞室、白晃晃的泳池。他的下巴放松下来,笨重的身体轻轻地咕哝了一声。基思看到贾奎尔握着的左手里漏下一些奶酪泡芙。他将剩下的都塞进了自己的嘴里,说:

"都是空气,它们都是些空气。"他舔了舔手掌。"和生活中的很多事一样,都是空气。来,亲爱的。与你一起去泳池。"

"我觉得还没有康复到可以去泳池。"

"不,不。穿着泳衣啊。还是应该说,脱了泳衣。"

"贾奎尔至少给我带来些穿得出去的泳衣。"

"噢,给你,"基思把书递了过去说。《理智与情感》消失在格洛丽亚的草编袋里。

"来吧。我要所有的脑袋都朝着你,"贾奎尔说,"你漂亮的奶头儿。你那一对漂亮的奶头儿。我要每个人都看到它们而哭泣。"

他真的这么说了吗,贾奎尔?离开露台时,基思突然想起他的妹妹。维,他在木框的莫里斯1000车子里问她,你为什么把脚伸到窗子外面?维奥利特(八九岁光景)说, 因为我想要每个人都看到我漂亮的新鞋子。我要每个人都看到它们而哭泣。

然后,其他的记忆也乱糟糟地纷至沓来。比如那时候,她跑过整个园子,帮他把打得太高的板球捡回来,又再跑回去,一边一直哭着——是为别的什么事哭泣。

然后,又有其他的记忆出现了。她需要被拯救。他和这些都有什么关系呢?在他进入这个新世界里(非常的发达,非常的先进),思考与感受被重新安排过了。而这一点,或许会指给他另一条途径,他如此思考着感受着。

乌娜回来了。这一点每个人基本都认可了:乌娜回来了——还带着普兰蒂丝和孔秋塔(多多在阿尔卑斯山附近被抛下了)。基思费劲地在脑子里给她们腾出点地方。的确,乌娜静静地留着心,她历练多年的双眼果真紧紧跟随着布尤提曼小姐的一举一动。直杆似的普兰蒂丝,骨骼支棱着,像是阿米什人的帽架。孔秋塔也变样了。贾奎尔在这儿,维特克也回来了，提米马上就要来了，而所有的仆佣也都在，城堡不再觉得空空荡荡了。或许，他的意思只是看来没有耍计谋的空间了。

他们只好腾出塔楼，丽丽和基思俩。他们被迁到地牢层的一个房间里，黑得可怕但却出奇的适意。在这儿，基思积极投入了工作，分门别类，建立系统，最后把他二十一岁生日庞大的档案都按字母顺序排列好。他想要把它在列进去了，列入那张和他的出生证放在一起的表格，写在"琼11"下面。不是"山鲁佐德10"甚至也不是"山鲁佐德12a"，而是"格洛丽亚99Z*"！以前他都不知道有那么多可以做的事。

"可是你按住我的手臂，"丽丽说，"我觉得一点也不能自慰啊。"

"那就是了……要是它那么小，为什么你不能整个儿放进嘴里呢？"

"……为什么我想要它在我嘴里呢？"

"来吧。接着再试。"

"这下我脑袋都翻个儿了……不，我不行。你看起来都像换了个人了。你发生什么事了？"

丽丽说了这些话，但不是在黑暗中——再也不是了。

格洛丽亚·布尤提曼有个秘密。一个天大的秘密。她秘密地结过婚有三个孩子。类似这个规格的秘密。格洛丽亚其实是个汉子。类似这个规格的秘密。

2：翁法洛斯

"你管这个叫什么？单片比基尼，我说。"

"但这个不像你的那件，是吧。你的那件就像是没了上装的比基尼。"

"她这么做是为了哄贾奎尔高兴的。是他坚持的。但她至少前进了整整一代，是吧。就像是这儿有了个全新的客人。丁字裤？"

"前面非常窄……她脱毛吗？她是不是和丽塔一样？"

"三点式？不是，有时候带子上面看得见一点点边缘。"

"这么说来，她是剃的。"

"修剪的。"

正解，山鲁佐德。形状上是个等腰三角形。不像你那样没有设计过的对称的两侧（我猜想）——也不像你那样的，丽丽。

"一条缠腰布？但不是前面，对吧。"

"不是，不是前面。是后面。波涛汹涌得那个样子。"

"比坡跟鞋的后跟好不了多少，是吧。后面的。我知道了。遮羞的无花果叶。"

"一片定制的无花果叶。"

"嗯，一片昂贵高档的无花果叶。没错，就是一片遮羞的无花果叶。"

正解，丽丽。瞧瞧说这话的是谁呢。两个人的眼睛都睁了开来，她们知道自己是光着身子的吗？那是在伊甸园里，人类已经堕落。在堕落之前，你是不需要一片遮羞的无花果叶的。再考虑一下另一句说法（两千年之后提出来的）：我还从来没有碰到过一片最终没有变成价格标签的无花果叶。正解，丽丽。所说的都是正解。

格拉齐亚，阿德里亚诺最新的女伴（也是最后一个），五英尺十，对着大张着四肢躺在躺椅上的阿德里亚诺吹着彩虹色的肥皂泡，肥皂圈后面那张嘴，厚厚的，嘟嘟的。丽丽说：

"我明白了你说的格洛丽亚胸是怎么回事了。"

"嗯，她让我觉得自己有点儿笨拙……不管怎么说，她的屁股还是庞大无比。"

"嗯，还是大得都荒诞了。"

现在，提米也在这儿了。提米到来时，不是走着来的，而是有两辆出租车。不是背上背着个背包，而是带着一大家子印着花押字的皮箱，还有他的大提琴。他的大提琴，像是被装进棺材的如阿，有着生育能力很强的巨大的臀部。

但还是一次漂亮的进门——提米的。瘦高，纤弱，松垮，含糊，有点懒洋洋的时髦——像是一个名家里手的涂鸦之作。

"呃，呼，"山鲁佐德说着在沙发里坐了下来。"可爱的炉火。"

"可爱的炉火，"基思说。

啊，是的：山鲁佐德。他激励着自己。基思握着酒杯坐在炉火前。他已经放弃了剖析自己改变了的状态。他放弃了，回头继续做着无事可做时做的事（目前时常是这个状态）：他珍惜着十三个小时。那构成他秘密的十三个小时。从规模上看，无法和格洛丽亚的双重或平行宇宙相比。对她来说是怎样的呢？一位研究心理的出色的学生曾经说过：秘密制造巨大的扩张。也就是，秘密予以一种第二个世界的可能性，与显明的表象世界平行共存。基思对山鲁佐德说：

"你知道，在狄更斯小说中，好人看着炉火时，他们看到的是深爱的人的脸，坏人看着炉火时，他们看到的只是地狱和厄运。"

"你看到的是什么呢？"

基思大幅度地转过脖子，像是坐在劳斯莱斯里的阿德里亚诺。很奇怪，他和山鲁佐德像是在房间静止的中心：其他人都在做别的事。年纪大一点的妇女在一侧，贾奎尔和提米在玩一个很吵闹的纸牌游戏（叫做卢牌戏，下赌注、抬高赌注、赌注翻倍、抄起赌金，声音不断）。

"两者都不是，"他回答道，"在两者之间。嗯，那天晚上说的话，我很抱歉。但不要因此永远鄙视我。我不知道你是信教的。"

"我不信教。"她也转过头去看。她挺立如塔楼的脖颈，粉红的衬衣，褐色的开襟毛衣。"我不信教。我是说，一定意义上，我是信的。但仅此而已。我和提米不一样……而且我也不鄙视你。是我，仅仅是我的问题而已。"

基思把头凑近了些。

"我对自己有所发现。我不能——我不能做这件事。好吧,假期中,一瞬间,一阵冲动。或许。但不是……有预先谋划的。有点软弱,是吧。但似乎我就不是那类型的。"

"一定是有点爱的。"

"超出这个概念的。我只是被困住了。我想,这和爹爹去世时的情形有关。我所拥有的,我困在其中走脱不得。"

"你看着炉火时,看到的是什么呢?"

"没错,我有时候看到我父亲的脸。"

"唔,"他说。上个月,上个星期,从那两片唇里,从那双眼睛、那对平直的眉毛下说出这样推心置腹的话会让他觉得又感动又荣幸。而现在他心想:哦,你不是那类型的:那么就这一点你应该做些预先谋划的。"我想这可以理解的。"

"这样最好了,我觉得。即使这意味着我错过了所有的乐趣。或许等我再成熟一点,我会更勇敢一点的。"

这话让他睁大了眼睛,但他同时又有一阵陌生的想给她指点的冲动,比如——山鲁佐德啊,你属于过去的那个时代。你没有装备来应对未来。"嗯,提米来了。我没有什么可抱怨的。"

"好。挺好。"

阿德里亚诺和孔秋塔像是一对小夫妻,进来取取暖。有一会儿,房间里一片寂静。

当他看着炉火时,他看到的是什么?火,他想,是爱的元素,神经质的,侵蚀的,吞噬的。火是爱的元素,木柴烧的火是一场纵欲狂欢——再扔进去一条,看着群蛇,所有的蝮蛇,拱起身子，往这一边往那一边，然后它们跃了上来，钻到底下，绕到后面，用唇舌用指尖，蛇信子吐着涎水舔食着。

孔秋塔说："'火'用意大利语怎么说？"

"*Fuoco, incendio*，"阿德里亚诺说。这几天他神色憔悴。"*Inferno*。"[1]

基思握着酒杯，坐在炉火边，守着秘密，继续坐着。

格洛丽亚·布尤提曼不再躲躲藏藏了——至少是身体上。

她在泳池旁戴的那片无花果叶（其实有好几片，银的，金的，还有淡铂金的），引介了一个撩拨色欲的重点，而这是不管山鲁佐德、丽丽，还是弗里西阿娜、瑞切尔、克劳迪亚、皮娅、耐丽莎、康索拉塔、格拉齐亚都还没探索过的。这就是松垮。好像是腰上的橡皮筋故意弄松了。她在泳池旁淋浴的时候，你觉得任何一秒钟那松薄的一圈一定会脱落到地上的。你只需在旁边等着。当她跃入水中，你要是来得及站起身，你会在滑溜溜的水底下看到它，硕大的湿漉漉的一片白色，然后她的手往后一伸拉了一拉。

贾奎尔会穿着他的农夫装，摇摇晃晃地下来，从树荫下替她加油（他自己从来没有脱过衣服：在太阳底下待上五分钟，他的脸就成了内胎的颜色）。而提米呢，柔和的溜肩，漠不关心地沉浸在自己的宣传册说明书上（打猎，五旬节教会）。阿德里亚诺这一天无人陪伴（他努力地做着新的项目：瑜伽。不

---

[1] Fuoco，火，火焰；incendio，火，火焰，激情；Inferno，地狱。

知怎么加倍的孤单)。更加意想不到的是穿着白衬衣棕色皮肤的阿门的固定出现。在阳光下，他的墨镜盯视着你。

有时候，盯视的可能是基思的墨镜：他拿了一副丽丽的备用镜，为了可以端详——无需顾忌也不用眨眼——格洛丽亚·布尤提曼的肚脐。这是最新的发现：布尤提曼的腹部。它不像山鲁佐德那样的，呈凹面，也不像丽丽那样的，平坦的延续。那是格洛丽亚整个身体造型设计的主板，一段丰美的隆起。"翁法洛斯"，诗人们是这么称呼的，它代表了地球的中心，就像是地中海柔和的鼓起。

她的身上也有一点质的区别。格洛丽亚的身体是已经完工了，整体的，最后的定稿。他想，是她的肤色。丽丽，连山鲁佐德也同样，总有些什么像是在发热、不稳定地随时准备变化。突然出现的斑点，生理的紧急反应。她们还处在那个状态，而她已经出来了。或许那只是金发女的直白？

一切都在掌控中。差不多一小时时间，他用摄影机似的记忆拍了一些照片，接下来要上城堡了——脑子里的"翁法洛斯"活色生香。在城堡里，闭上眼睛，九十秒的自恋实践活动。这一来似乎把什么都解决了。以前，想要格洛丽亚和想要山鲁佐德不一样：来了又走了，不会积累。爱（他知道）让整个世界扩展开来；而这（不管这究竟是什么）让世界缩减到单单的一个点上。和格洛丽亚的身体活动什么也没有产生，只除了想要重复的原始欲望。而这种欲望多多少少被一种原始的恐惧平衡了。

那个肚脐，那个黑黑的空洞是格洛丽亚和她母亲最后的连接。当然,这也标志着一个她自己的孩子会长大的区域。

"你怎么知道女佣房的?……那是你要和山鲁佐德一起去的地方,对不对?直到她没了勇气。"

格洛丽亚在泳池旁收拾着草编包。其他人都一路纵队地沿着花园小径往上走。她像是不和他同谋,没有一丝笑意地说道:

"没错,我追踪了你在山鲁佐德身上犯下的错。我很好奇。德古拉算是怎么回事?"

"她告诉你了?"

"她只是说,她现在害怕吸血蝙蝠,因为你假装是德古拉。有天晚上。描述一下。"

他稍微说了一下。她站起身,背上包,草编包沙沙响了一下,他跟在背后。

"明白了吧,基思,那就是为什么老派的姑娘喜欢'强奸'的想法。不是实际的事,而是想法。因为如果她们想要的话,可以享受,就不是她们的过错了。"

"不是她们的过错?"

"不是,是贝拉·卢戈西[1]或是克里斯托弗·李[2]的过错。典型的山鲁佐德。看来德古拉错过了吸她血的机会,"格洛丽亚说,"那真是极大的遗憾。"

---

1 贝拉·卢戈西(1882—1956),美国演员,出演1931年第一部《德古拉伯爵》电影。
2 克里斯托弗·李(1922—2015),英国演员,出演二十世纪五十年代的一系列的吸血鬼电影。

"我没有什么可抱怨的。你那天太棒了……为什么是遗憾?"

"极大的遗憾。"她在陡坡上停了一下,转过身来,平静而认真地说。"那件男孩和大胸女孩干的事。哼-唔。他们操她们的胸。"

"……是吗?"

"喔,我敢打赌,他们是这么干的。如果我把那俩挤在一起,还勉强可以做一下。不过,当然啦,你得留心我的十字架。"

基思等着一个声音来告诉他该怎么做。没有声音,但他听到了自己的声音:"你可以向我演示一下。在女佣房里。等贾奎尔出门的时候。"

"我已经侦查过了女佣房。等我的指示。不要作声了。"

"你知道,格洛丽亚,你确实是个老派人。也是未来派的,但归根结底还是老派的。靠着男人生活。你可以成为一个出色的舞蹈演员。"

"……你看过很多书了,不过,你知道这本书吗?《粉红的小芭蕾女孩》?粉红的小芭蕾女孩祈祷,要能够旋转,快速的旋转,还会高高地跳起来,像小仙女一般成了一片轻盈的羽毛,优雅地在空中飘移。我永远也成不了舞蹈演员的。我的屁股太大了。我没法儿把屁股全部挤进芭蕾短裙里。不要作声了。"

"也可做一名画家。你的画出色得很。"

"画画,有点不干净的东西在。不要作声了。"

"你有个大秘密。是不是真的啊?"

她停下脚步。"……丽丽告诉她讨厌跳舞。不得不跳时,她非常讨厌。这能告诉你她什么样的本性?"

"我不知道。什么样的呢?"

"对了,我确信你的性生活需要一些活力。我注意到丽丽早上有一种被使坏了的神色。别拉她脱离她的本性。别那样做。不要作声了。"

他没有移步,让她先走在前头了,他可以看着她走:两个不同的女人在腰际处连在了一起。

花:丽丽对花的了解并不多,但有些花,她确实知道不少。她说,能看得出意大利的秋天降临了——仙客来在树荫处盛开了。仙客来没有月见草(它的表表亲)的坦率,将污点藏在紫色的褶皱里。根据尤金尼奥的园丁智慧,野猪喜欢仙客来球茎的辛辣味。花香经了冻:有一股冰冷的芳香。四季都能闻得见它的气息,但秋天是真正属于它的季节。

"夏天过去了,"丽丽说,"能在空气里感觉到。"

是啊,继之而来的秋天。九月的沉默。

他们继续往前走着。

现在丽丽在整理行装了。她用短便条打了个草稿,开始准备第一稿。她把 T 恤衫一件又一件地叠起来……

"我已经弄明白了,"他说。

"弄明白什么了?"

"提米是个笨蛋。伯爵是个傻逼。贾奎尔是个笑话。"

"基思是个小毛孩,"她说(他觉得挺不像她的),"还是个蠢货。"

"是啊,按照你的观察,你是这儿唯一一个脑子不进水的。我们这一年龄的人中。阿德里亚诺是个疯子,完全可以理解,而其他每个人都是信教的。或者不是一个无神论者。对你来说,那就够得上是疯子了。"

"维特克不是个疯子。"

她说的就是这些了……基思想,整理行装是丽丽的艺术形式。事实上,这是唯一一个她没有私下不赞成的艺术形式。她整理好的旅行箱是一个完工的拼图。野餐的篮子,她也给予同样的精确度,连她的沙滩包,看起来也像是个日本花园。这是她的本性。

"秋天来临了,丽丽。是时间回去和真实的人们在一起了。"

"这些人是谁呢?"

"普通人。"是的。像肯里克、丽塔、迪尔卡什和潘西那样的普通人。像维奥利特那样的普通人。"正常人。"

"你为什么不再正常了呢?你的这些新花招。扮角色演情节的。"

"但正常的标准改变了,丽丽。很快所有那些就是正常的了。在未来,"他说(他其实是在抄袭格洛丽亚),"性事就如演戏,丽丽,上演一出各类表面上的和感官上的戏。哎,夏天结束了。项目结束了。"

"你终于看完了?"

"什么?"

"英国小说。你没怎么看哈代。虽然你当然会喜欢《无名的裘德》里那个女流氓。"

"阿拉贝拉。不过是个母兽而已。"

"为了那个罗莎蒙德·文西,我永远不会原谅你,"她说(又提起了他们就她最喜欢的小说《米德尔马契》的讨论)。"有那么可爱的多萝西娅,你却满心想和那个贪婪的臭娘罗莎蒙德·文西上床。谁毁了利德盖特。女流氓和男恶棍。这些就是你现在喜欢的人——女流氓和男恶棍。"

"好吧,哈代我消受不了。我崇拜他的诗歌,但他的小说,我消受不了。"

是的,哈代的小说他消受不了——苔丝也好,芭丝谢芭也好。有时候基思觉得英国小说,至少在起初的两三个世纪里,只问了一个问题。她会堕落吗?她会堕落吗,这个女人?他想知道,等所有女人都堕落了之后,他们会写什么呢?好吧,会有新的堕落方式……

"哈代我消受不了。不行,跳到劳伦斯了。给我 D·H·劳伦斯。"

"可是你一读他,便扭着打滚。"

"那倒是的,"他说,坐了起来。"他是个疯子,但他也是个天才。所以他非常激流汹涌。劳伦斯小说里的那些性交——更像是打架。反正这个不怎么样。"

她说:"《歇斯底里的性中的女人》。"

"这个不怎么样。《草垛中的歇斯底里的性》。这个才好。"

"我们拿阿德里亚诺怎么办呢？"

"拇指汤姆？"

"不是，不是伯爵。耗子。"她举起一张厚厚的白纸。"深林大熊的阿德里亚诺。"

他突然警觉起来。基思已经有一段时间没叫阿德里亚诺拇指汤姆了；而丽丽也没叫格洛丽亚深林大熊。他们两人的专用语也像其他东西一样，变老了。他说：

"让我最后再看一眼……听着，他最近的行事中，变得相当的反屁。"

"反女人？"

"是的，也反屁。"更喜欢屁股。"梅勒斯管康妮的屁叫她的喙。然后他就不再正常了。"

"……那个很疼的。"

"你和戈登试过了，让你疼了。但戈登的那家伙很大，丽丽，和其他男人一样。不过，和我是不会疼的。好吧，不说了。你可不可以整个儿塞进你的嘴巴？"

"天啊，我已经说过了。"

"啊。呕吐反射。"这其实是格洛丽亚的说法。这是现在女性面临的挑战，她说。超越呕吐反射。"让自己成为呕吐反射的主人，丽丽，我们就可以——"

"我从中得到什么？"

"不要问你能为——"

"得了,闭嘴,你这狗屎。你以前总是说想在床上保持正常。你说,这就像是保持理智。保持理智就是保持正常。"

"没错——我以前的确是这么说来着。"他以前的确是这么说来着。毕竟,弗洛伊德说过,性的怪癖是个人的宗教。"随便你,丽丽。而且你要是不喜欢,我也不喜欢。"

"好吧,我不喜欢。"

"行……我想还是把这个扔了吧。她画画真是有两下子的。"

"深林大熊?很奇怪,是不是?所有那些装淑女的东西,这下子穿着性用品商店买来的遮羞布。"

"嗯,那是贾奎尔。他虚荣,想把她摆出来炫耀一下。"

"他一定是带了满满一箱子的紧身小黑裙。还有开叉裙和缎子上衣,把她的胸都挤到了下巴下面了。而且她看上去很相配,是吧。"

这是格洛丽亚的又一特质:你这一刻看着她,之后会总是琢磨衣服的另一面发生着什么。丽丽说:

"穿着那种裙子的人,我妈妈有个叫法,鸡尾酒侍女。"

"……过来躺一会儿,"他说,"穿着那条纱笼裙,还有那张椅子上的露背装。"她的眼睛往上一翻。"还有那顶帽子,"他加了一句。

完事后,他一如往常地说了那句话:主语,动词,宾语。她没有回答。他的眼睛往窗口看去——低低的黄色太阳照耀着,有一半是雾气和泥土。

丽丽说:"那是拇指汤姆对山鲁佐德说的话。"

"又爱上了？不会吧。提米还在这儿呢。"

"他认真极了。不再花里胡哨的。她认为阿德里亚诺马上要告白了。"

基思漠然地说："伯爵？你真的确定不是那只耗子？是啊，要是耗子这么告白，丽丽？我是说，向你告白。你得答应。否则的话，就伤了它的感情了。"

"很滑稽。你这狗屎。她很担心。她很担心阿德里亚诺会做出莽撞的事来。"

独自一人时，基思琢磨着格洛丽亚画的耗子阿德里亚诺。每个人都同意了这是耗子。手随眼到，诡异神秘：突起的小胸脯弱弱的，带着罗纹的圆柱体尾巴。那是一只耗子，但你得承认她漏掉了耗子那种神态。格洛丽亚的阿德里亚诺远远比宠物店橱窗里看到的那只更为有尊严——看起来没那么不体面。在生命存在之链的位置上，格洛丽亚的阿德里亚诺被拔高了一截。格洛丽亚的耗子是只狗。

那个动物性的下午，在他们某个间歇时刻（格洛丽亚在换衣服），基思翻看了她的速写本：圣马利亚和圣彼得大教堂一般雄伟壮观，村子里的马路清除了村民的纠纷和堆积的垃圾；丽丽的美已经伴随她长久了；阿德里亚诺有着马克·安东尼的脸孔，但他的身躯却令人迷惑地按尺寸比例画；露着上身的山鲁佐德一点没为她"高贵"的双乳觉得尴尬，而基思自己，被敷衍地画上了像肯里克的眼睛和嘴唇。

那是出于宽宏大量还是感伤情怀？或许甚至是出于宗

教——以宽恕之举来保证权威之势？对基思来说，不管怎样，美化不具有艺术性。他想，这么说来，艺术应该是真的，因此也是不加宽恕的。但手随眼到，诡异神秘。而那正是她在卧室里的作法：手与眼惊人的谐调。他琢磨着，格洛丽亚画中的格洛丽亚会是什么样的呢？看着全身镜里裸身的自己，一支笔一本速写本，她会怎么选择来表现镜中的她呢？当然会把身材标准化。脸也会变得诚实，不会暗藏秘密。

仙客来冰冷的气息。像过去的季节，转瞬即逝，只剩冰冷的残余。这个夏季是他青春的高潮。来了又走了，结束了。丽丽，他的初恋，他唯一的爱，可能也结束了。不过，从格洛丽亚·布尤提曼的例子中，也收获了许多（他在九月的沉默中感觉到了）。现在，他想到了伦敦，和伦敦千千万万的姑娘。

维特克在客厅的桌上整理着白棋。他这么做是出自好心，因为基思不再和维特克下棋了。维特克如释重负，基思也是。不过基思现在和提米下棋了。

"你知道我是什么吗？我是个失意的家长。我甚至都不是个弯男，我是个爸爸。阿门。近来出现了点新情况。"

基思抬起头：维特克，常常像是和哥哥尼古拉斯占据同样位置的维特克。再过七十二个小时，基思就会在哥哥的拥抱中，把一切都告诉他……

"阿门在恋爱了——以他自己的方式。不是我，当然。是那种无望的激情。你知道吗？我感动得不得了。我喂他吃，服侍他。他也对我这般的甜蜜。我是个失意的家长。"

"他爱上谁了呢?"

"其实,都好得很,"维特克说,"三天前,他送如阿去汽车站。我以为他会陪她去那不勒斯。但是他没去,就送她上了车,直接回来了。为了在他的爱人的旁边。而他的爱,难以说出名字的爱。格洛丽亚。"

没有什么可迟疑的了。基思必须回到一些正常人当中去了。还得尽快。"格洛丽亚?"

"格洛丽亚。他说他直了,是直冲着格洛丽亚的屁股去的。"

"……再说一遍。"

"我再组织一遍。阿门考虑变直——为了格洛丽亚的屁股。"

"和,呃,他有什么雄心?"

"没有,没那么高尚。他是考虑以格洛丽亚屁股之名变直的。为了向格洛丽亚的屁股致意。"

"我想我明白了。"

"他不喜欢她的脸蛋或别的什么。也不喜欢她的脾性。也不喜欢她的画笔。单单只是她的屁股。"

"只是她的屁股。"

"只是她的屁股。他倒是也挺喜欢她的头发的。"

基思点起一支烟。"嗯,我注意到他突然总是在下面了。"泳池边,阿门坐在扶手折椅里,双腿端正地盘着。他的墨镜凸出得奇怪,像是一对天线。"我在想啊,他有没有和山鲁佐德的胸和平共处了?"

"恰恰相反。他认为它们比以往更凶猛了。但他勇敢地面对山鲁佐德的胸——为了格洛丽亚的屁股。现在,他处于一种温柔的绝望中。这让他变得谦卑恭顺。他处于绝望中。他说,他永远找不到有这样屁股的男人。"

"他找不到,可不是,"基思很有自信地说,"我是说,这是个很女性的屁股。"

"和山鲁佐德的胸一样的女性。很奇怪。我们喜欢的屁股是有肌肉的——几乎是立方体的。而格洛丽亚的……"

赢了特奖的大西红柿,山鲁佐德宣告。那时候——她指的是那条红色灯芯绒裤子,如此挑战人心地投在了奥番托的小伙子当中。同一天晚些时候,基思玩着单人纸牌时,摆出一个视觉上的同等效果:红心 A。就算是平面的吧。而且是红心:心。并不相配。

"那我就不懂了,维特克。为什么屁股可以?屁股,而不是胸?"

"有一个基本的差别。"

"……啊,天哪。原谅我,什么是基本的差别?"

"男人有屁股。"

无需提醒,基思知道男人有屁股。他内心所有慢慢的烧灼,摇曳的火焰,新的排序,就像木柴在火芯中屈从,发生了变化——与此相伴而来的是他身体里面的动荡。地牢地面一股冷汗的底味上,他添上了另一种味道,不是他已逝的牵挂,他的昨天,而是他的现在,他付出的代价,像是他排出的气味。

他蹲在那儿。等待着。疼痛最后的拉扯，最后的提醒。疼痛消退了……疼痛消退时，它去了哪儿？是消失不见了，还是去了别的什么地方？我知道了，他想。它走入了你虚弱处的深井中，等候着。

他躺在淡绿色的浴缸中，地牢卫生间那块寒冬的区域。吊着的肉钩、下水道、水桶、遮泥板，还有裹着结块的泥巴的靴子，像是贫民窟出来的一大家子，这是为痛苦、折磨和创伤准备的地方。但这也是让他认识到欢愉会带来烧灼、螫咬，会抽痛、刺伤的地方。

他和维特克的谈话重新打开了一线不自在——与直觉相反，他和格洛丽亚·布尤提曼度过的那一天，从某种意义上来看，是同性恋的。而种种证据还继续在增加。首先，格洛丽亚在性事上是个假小子。再者又有她是个女汉子的那件事（不算是无关紧要的）。 贾奎尔居然有胆量管我叫烟花女子，她说这话时带着真诚的愤慨。 你知道这是什么意思吗？太荒唐了。穿着高跟鞋，我有五英尺八呢。这么说着，她从床上跳下，光着身子走出房间；基思想象着她的臀部是一对巨大的睾丸。不是椭圆形的，而是滚圆的，呈弧线朝上延伸到她硬挺的躯干还有包着的头皮上。第三，她的名字：布尤提曼，美人加男人。第四，也是最明显的一点是，两个兽一个背。还加上邪恶的点睛之笔。他听说过也读到过女人也可以是施虐狂。不过，格洛丽亚对疼痛不感兴趣。她不是个施虐狂。但这引发了另一个问题。女人会不会厌恶女人——在床上？

还有第六点。这具有革命性，或许这就是为什么他还不能完全掌握的原因……她的秘密。她的中心，她的"翁法洛斯"，就像是一面盾牌中央熔炼出来的浮凸饰。

提米下白棋，走了兵往后4，黑棋也走了同样的一步。白棋再走了兵往后象4。送上门被吃的兵：这种开局也叫做"后翼弃兵"。提米修长好看的手指，每个都像是有独自的生命，收了回去，从他旁边椅子上一堆读物里选了两本，一本杂志和一本宣传册。宣传册叫做《唯一的上帝》，杂志叫做《猎枪狗》。两本册子暂时被搁在他的大腿上没有翻开。

"在耶路撒冷怎么样——你的工作？"基思问。他已经在拖延时间了。在他们的倒数第二局中，基思接受了"后翼弃兵"的开局。等提米把他的国王的兵推到第四个横格上后，基思的中心突然不见了。再下了五步后，他的棋——他仿拟的王国——已经垮了。这是他怯怯地走了兵王3，说："有趣吗？"

提米走了马后象3。"再说一遍？"

"让犹太人皈依。"

"哦，如果你算数字的话，看起来有点是场大失败。我们的首要任务是接近那些家伙，你知道，头上顶着小贝雷帽。还有滑稽的鬓角。他们非常因循守旧。"

基思问他是什么意思。

"嗯，你走上前去，告诉他们，你知道，还有另一条路。另一条路！他们就这么看着你，好像你是……你确定想走这一步？"

"摸子了。"

"你看，他们是如此的因循守旧。让人叹为观止。你简直没法相信。"

或许,那样其实挺好的。只是基思已经连续第五局在棋盘上一败涂地了;只是那个夏天,提米在剑桥大学的数学课程中拿到了一等上的成绩;只是他那些修长的手指在前一个晚上,一手在他那把大提琴的琴杆上奔走扭动,另一手雕凿出了痛苦得无以复加的赋格曲(巴赫的赋格曲。乌娜听着,闭着的眼睛里渗出了泪水)。基思说:

"唔,这一招够狠。"

"你的象要被吃了……你不介意吧?有些人会觉得不高兴的。"

"没事,我不介意。"

提米往后一仰——突然哼唧了一声,很有兴趣地打开了《猎枪狗》……基思迟疑了很久以后,在他的国王前面放上了一个无助的兵。提米抬头一看,马上送上一份可怕的礼物,一位可怕的朋友[1]——将!

他们听到吃晚饭的招呼声。

"平局?"提米说。

基思最后看了一眼这盘棋。黑棋不是成堆聚着就是四下散着,而且都没有护佑的棋。相反,白棋队形整齐,像是聚集起来的天兵,燃烧着美和威力。

"弃局,"他说。

提米耸耸肩,弯身把他的一堆册子理了理。这些对信仰再

---

[1] 英文中"将(军)!"是 Checkmate。原文为文字游戏,check(支票)作为礼物,mate 是朋友。

生的人群、对爱好鱼钩和猎枪的团体有急迫兴趣的册子……象棋、数学和音乐：基思在哪儿读到过，独这三个领域你会遇到"天才"。也就是说，那些早在少年之前，就有独创力的人。其他的领域没有天才。因为这三个封闭的领域系统不需要依赖生活：生活的阅历。或许，宗教也是有天才型的：孩子用他们纯正的力量，梦见了圣诞老人和他的雪橇。

山鲁佐德过来拽起提米的手臂，拖着他走。她迈着庄严的步子，而他笨拙而优雅地侧身走着，乌娜、普兰蒂丝和格洛丽亚·布尤提曼陆陆续续最后从客厅离开。

"那本《理智与情感》，"基思问，"看得有进展吗？"

"没有，"格洛丽亚说（穿着织有图案的黑色天鹅绒裤子，收腰的真丝衬衣），"看了七页，我就放弃了。"

"为什么呢？"

"她让我觉得像是个孩子。所有那些真相。她所了解的让我害怕。"

乌娜一边往前走，一边还半听着，于是基思说："你能相信吗？她写这本书的时候，比你还年轻呢。他们说，她写头三本小说的时候，都还不到二十一岁呢。写第一本是在十八岁。"

"不可能啊。"

"还没多少生活的阅历呢。你为什么这样挤压你的胸呢？"他说，"在镜子中。你为什么这么做？因为感觉好？"

"不是的，因为看上去好。女佣房，"她不动声色地说，"这对我们来说完美得很。我们可以偷偷地溜进去，我可以做那件我们谈论过的事。我把它们挤在一起的时候。或者，你怕了我吧？你应该怕我的，你知道。"

"我没有怕了你。"

"好的，女佣房只有一个门扣，"她说，微微一笑。"里面还有个女的，圣母马利亚。往好处想。把你自己想做是阿德里亚诺，而我是丽塔。生日礼物你已经有过了。"

他看着她走了，穿着紧身的黑裙：这次是黑桃，是倒过来的黑桃A……

整整一天与格洛丽亚的一系列纵情狂欢没有让他想起过去的任何事——除了最初在卫生间里天旋地转时那一刻的自我分离（瞧，我用两个手指时是怎样的），他感觉所有的勇气都蒸发了。就那一刻，他无法面对将会发生什么。这让他想起了一则让他反复思索的事。1962年，他妈妈一位年纪较长的朋友有个女儿叫丽兹布，像是有魔法似的胆大妄为。他十三岁，丽兹布则和将要崭露头角的作家简·奥斯丁同岁。她把卫生间的门反锁了，说她要把他的衣服剥了，让他洗澡。她伸手抓他的扣子时，小基思一边哭一边咯咯笑——像是被挠痒痒挠得快死了。然后丽兹布把钥匙放在她毛衣的V领处，朝他弯着身：如果你很怕，急着想逃走，你可以伸手进去拿出来。他把手伸出来去执行这一任务——这一进入未来的任务——但手却停在中途。他的手就像是哑剧演员的手，往一堵无形的玻璃墙爬升。那时，他十三岁，然后她让他走了（他得到允许可以跑了）。现在他二十一岁了。

"提米马上要做饭前祷告了，"丽丽站在门道上说，"你不会想要错过的。"

基思对宗教的态度似乎在进化。他现在有了感谢上帝——感谢宗教——的理由了。在她主题明确的假想中，格洛丽亚一次又一次地回到渎神的想法上。再过半个小时，他们要带我去教堂了，她独白着，一边穿上那条白色的棉布裙。我要和一位年长的男人结婚了。多幸运啊，我还是个处女。只要我现在不破了。哦，你好，我没有看到你躺在那儿……最后，又来了一次，在卫生间的镜子前。宗教让格洛丽亚·布尤提曼兴奋。如果宗教有这个效果，谁会和宗教过不去呢？

去餐室的路上，他又想起了有关丽兹布的另外一件事。他觉得这事毫不相干，但却是真真实实的。她有一个特殊的技能。在三四个场合展示过了，观众有家人和其他的客人，又一次是在一次大聚会上（学生、老师、社会学教授、历史教授），众人都赞叹不已，掌声四起。她坐在地毯上，手臂叠放在肩膀的高度，双腿抬起弯曲，单单只用肌肉的力量，丽兹布可以用屁股，从房间的这一头跳到另一头。所有其他的姑娘都试了，没有一个做得到，哪怕移开地面都不行。丽兹布和地心引力有着不同的关系——地心引力的愿望是把你拉到地球的中心。

基思摇了摇头（生活的阅历，生活！），在饭桌旁坐了下来。他在格洛丽亚和孔秋塔的中间，对面是贾奎尔、丽丽和阿德里亚诺。

3：泳池旁的小屋

很奇怪，警察对弗里达毫不在意，却对 D·H·劳伦斯有着异乎寻常的兴趣。不仅仅是《查泰莱夫人的情人》引起了他们的注意，还有《彩虹》（猥亵），《恋爱中的女人》（诽谤）。很后来的一本诗集也未能幸免（内政大臣说，下流不得体；刑事检控专员说，令人作呕厌恶）。劳伦斯底子里够是个弯男，一早先就可能被关到铁栏后。不过他不顾朋友的嘲笑，把诗集叫做《三色紫罗兰》——他说，书名有双关意，也指向《思想录》[1]。《三色紫罗兰》有两个不同的版本：有删节本和原版本。后者保留了十一首最为下流的诗。

基思找的当然是未删节本——他找到了，高高地放在图书室无尽的藏书的上端。下面，孔秋塔对着填色本坐在小书桌前。他打量一下她：头发梳成了一个紧致的黑髻，圆圆的肩膀，一手平平地放在倾斜的皮桌面上，另一只手伸出去拿色系简单的彩笔和蜡笔。填色本上——海滨、礼服、花朵。

"找到了……柏林怎么样？"

她耸耸肩说："我们去柏林墙了。"

和别人都不一样，这个夏天，孔秋塔变得年轻了。她赶着

---

[1] 原文"pansies"也指同性恋男子。《思想录》（Pensées），十七世纪法国哲学家、数学家帕斯卡撰写此书为基督教辩护。

去填色，或是照看鸭子和羊羔（她的帕蒂塔和可德里托）时，她脸上的微笑温柔极了，满怀怜爱。她早熟的亮光不见了，看起来不再异样了。

他爬下来，说："哥本哈根怎么样呢？我去过那儿了。"

"很冷。而且还物价昂贵。那是——那是普兰蒂丝说的。"

"……再说一遍'昂贵'？"

"昂贵。"

"两个月之前，你说'夯贵'。说一遍'杂志'。"

"杂志。"

"你变了。你现在是不是墨西哥人了。而且苗条了。很适合你。"

他想象，中风的多多给孔秋塔做了个例子，告诫她不能胃口太大（吃饭的时候，她不再要更多了）。不过，他思考着，失去的体重也是失去了麻烦，内心的沉重。她不再戴悼念的黑纱。孔秋塔穿上了白衣。

"谢谢……你也变了。"

"哦，真的？变好了还是变坏了？……变化了，对吗？是哪方面的呢？"

她笑着低下头去。"你的眼睛很有意思。"

"……哦，是吧。孔秋塔。在塔楼上时。山鲁佐德有时候是不是忘记打开卫生间的门？"

"总是那样子的。"

过了一会儿，基思离开了，走出门到了花园里。蜜蜂都不见了，蝴蝶也没剩下几只。青蛙不再在沼泽里咕咕叫唤着。羊群不见了,但马忠实地留守下来。基思抬了抬眉毛。在围场前方,较高的山坡上,他看得见阿德里亚诺的身影,慢慢地走着,脖子弯得低低的,两手交叉着放在腰背部上。

"骑士啊,是什么苦恼你,"基思轻声说——

> 骑士啊,是什么苦恼你
> 独自沮丧地游荡?
> 湖中的芦苇已经枯了,
> 也没有鸟儿歌唱。[1]

你的额角白似百合,垂挂着热病的露珠……[2]但玫瑰的枝条光秃秃的,柠檬园中的屋子关了。[3] 松鼠的小巢储满了食物。[4]

"这事没有什么邪恶的,"格洛丽亚说,"你被迷怔了。"

"没有。当时,我作了些评论,而现在我只是提一下。"

"你特别喜欢这事。这是怎么回事?"

"我不觉得自己特别喜欢这事。"

"噢,那就是我特别喜欢了,对吧?天哪,你可真唠唠叨叨啊……这是很多姑娘都做的事。"

---

1 出自济慈诗《无情的妖女》。
2 出自济慈诗《无情的妖女》。
3 出自D·H·劳伦斯《意大利的黄昏》。
4 出自济慈诗《无情的妖女》。

"在我的有限经验里,"基思说,他恐惧地想到别人,比如丽丽,对这一点睛之笔会是怎样的反应,"这不是很多姑娘会做的事。"

"那一定纯粹是她们的无知。如果她们不知道,她们就是傻瓜。她们傻透了。你真是被迷怔了。好吧。射的精,"她说,眼睛圆圆地转了一圈,"来——"

"等等。难道不是射精?你说了射的精?"

"那是因为这是名词,不是动词。你这傻瓜。我四周全是傻瓜……"

或许确实是这样。但有一点是确定的:格洛丽亚的四周全是意大利人——而且是小地方小资产阶级的意大利人。基思在蒙泰勒的市长宅邸里。这是一场有五六十人参加的午餐会。乌娜说服他们组队去参加(普兰蒂丝和贾奎尔被结成对子,在二十个意大利人开外的地方)。他们刚刚才坐着听完了两个长长的发言。发言者一位是年迈的要人(他的下巴有一把中等长度的胡子),另一位是穿着全身制服的胖士兵(他的八字胡都翘上了眼白)。这时,格洛丽亚非常疲倦地说道:

"射的精……包含的不少成分和面霜一样。我是说昂贵的面霜。油脂、氨基酸还有紧致皮肤的蛋白。润肤不是很好,这就是为什么过了十分钟、十五分钟我就去洗掉。但这是一种很好的去角质霜。'去角质霜'是什么意思?"

"我不确定。把角去掉的?"

"又错了。活词典又错了。'去角质霜'用来去除死掉的细胞。射的精是永恒的青春的秘密。"

"我想，一定意义上来说，这是有道理的。"

她报复地说："这下你满意了？……噢，看到了吗？噢，不。他在吃鱼呢。"她的手在布上敲了敲。"我放弃了。那个蠢猪在吃鱼！"

基思穿过餐桌的对角线看了过去。贾奎尔的下巴低垂着，感激地看着侍者用刀叉把一块三文鱼放在了他的盘子里。

"我绝望了。他就是不听。"

基思感觉到自己皱起眉来，说："鱼，为什么……？"

"你难道不知道吗？鱼让射的精难闻极了。好了。你也不知道，是吧。这下好了。"

"天啊，我记起来了。我确信鱼新鲜得很，不过基思和我很高兴吃羊肉。"

"你在啰嗦什么呀？"

"连那部分你都事先计划好了。我生日前的那个晚上。你计划好的。"

"当然是计划好的。否则你就会吃鱼的。当然了，我计划好的。"

他说："嗯，计划非常重要。你已经展示给我看了。"

"自然，你没法掌控一切，"她睡意朦胧地说（甚至比平时更不带感情）。"你以为你能掌控一切，这是错误的。你知道，去参加宴席，他们上的是鱼，我会非常气愤，我会非常气愤。你都没有其他选择。这就意味着所有男人都失去了战斗力。事实上。当然，你什么都不能说。你只能坐在那儿，气得要命。这条推论——难以相信。你说呢？"

"你让我从新的角度看待这事儿。你经常让我从新的角度看事情。"

"小基督乖乖。他吃第二份了。"

基思喝完了杯中的香槟,说:"我跟你说,格洛丽亚。你应该喝上一点。然后我们可以上那边的房间去。"

"……是啊。是啊,你一路前进啊。你一路前进,将要成为一个彻底令人讨厌的小伙子了,带着你那双起着气泡的新眼睛。"

"你私下是为中情局还是克格勃工作的?"

"不是。"

"你是私下从另一个星球跑来的吗?"

"不是。"

"你私下是个男孩?"

"不是,我私下是个阳物,女汉子……今后,每个姑娘都会像我。我只是走在时代的前列。"

"每个姑娘都会是阳物?"

"噢,不是的。只会让少数几个,"她说,"成为阳物,女汉子。好了,闭嘴,吃你的肉。"

他说:"泳池旁的小屋。"

"闭嘴,吃你的肉。"

后来,他一边喝着咖啡,一边说道:

"这是我得到的最好的生日礼物。"他说了差不多五分钟后,这么结束的:"真是难以忘怀的美妙。谢谢你。"

"啊,终于有了一点道谢……你说,泳池旁的小屋。

嗨，得下雨才行。"

多多的众多毛病中（多多是个好例子），自恋不会是其中一个，基思思索着。他坐在女性喷泉旁，腿上放着《三色紫罗兰》。劳伦斯的整个成年生活中，吸入的每一口气都是疼痛，在他四十四岁的时候，他的肺就让他窒息而死了（最后的话：看躺在床上的那人！）。《三色紫罗兰》中最后的诗是有关自恋的对立面，自恋的终结——人类自行将其结束。是自我的瓦解，那种他自己的肉体不再能被触碰的感觉。

劳伦斯曾经英俊。劳伦斯曾经年轻。但曾向多少人展露过，裸着身子，站在镜子前激情澎湃地说：噢，我爱自己。噢，我如此深爱自己——向多少人展露过？

丽丽问，她是不是可以把制服脱了（她也怪责顶头的灯光太灼人了）。法国女佣的制服从很多方面看，是成功的。但还有一些不足的地方。是什么？这个。在新世界中，丽丽爱不爱基思·尼亚林没什么关系。有关系的是丽丽是不是爱丽丽。她不爱——或者说爱得还不够。

"好吧，继续下去吧，"他说。

"你没有尽力，我注意到了，"丽丽说，把毛茸茸的掸子放在一边，拉开白围裙上的蝴蝶结。"你没有假装是个管家或是侍从。"

"是啊，"他说，"我是正常的。"

制服为什么好用？

两个原因,格洛丽亚说。让你不再是具体的人。我不再是格洛丽亚·布尤提曼了。我是个空姐。我是个护士。修女最好了,但比较费劲,没有扣带鞋和头巾根本扮不起来。

"丽丽,我跟你说说潘西。你来看看,那是不是正常的。我需要你的法律专业意见。"是删节本还是未删节本?他等着看。"作为回报,"他说,"你来跟我说说你转向新潮内裤的事。是谁建议的?哈利?汤姆?"

制服好用的另一个原因是什么?

嗯,她本来应该做其他事的,对吧。她和你说话已经够坏了。你让她没法做她该做的事。

"谁也没建议过,"丽丽在黑暗中说,"我决定的。"

"这么说来,你只是想着,我知道了——我要转向新潮内裤。"

丽丽在交欢过程中(她穿着黑色长筒袜,黑裙子往上拉着),叹了几口气。不是重重地大叹,不是低低地轻叹——和地面一个水平面的叹气。但她现在是在地牢层叹气。她说:

"好吧,如果你只是为了和别人上床而上床……如果你的举止行为要像个男人。你要想表明你想得透透彻彻的。内裤是一个信号。"

他说:"这个信号就是——我们快要下来了。只有非新潮的才待着不动。"他意识到,这并不是完全正确。格洛丽亚亲自向他介绍一种新技巧:在完全交媾过程中,保留下身内衣。而潘西(未删节本《三色紫罗兰》中的潘西)也反驳了这一规则。他说:"也有纵容自己的意味。自恋的信号。那挺好的。"

"挺奇怪的，"丽丽说，"山鲁佐德居然还要别人告诉她新潮内裤。"

"不是很明智地决定穿上了吗。正如你一般，丽丽。潘西很可能也得别人告诉她新潮内裤——丽塔会告诉她的。"

"她漂亮吗，潘西？"

"不是传统意义上的。但挺甜美的。长长的棕色头发，一张甜美的脸蛋。就像是林子里的小动物。"还有个强健的躯体，丽丽。棕色的长腿穿在丽塔指定的短得难以置信的裙子里。"丽丽，那是最美妙的一刻，丽丽。在整个……"他指的是革命，或称沧海桑田的变化。"在整件事中，那是最美妙的一刻。"

丽丽叹了一口气，说："那就继续吧。"

"好吧。阿恩带我去他们那儿。在第三次约会时，丽丽，我帮她脱了衣服。我把她的内裤卷了下来——她拱起了背，我把内裤卷了下来，猜猜怎样了。"

"我知道的。她就是那个从来没有阴毛的人。"

"不是的，丽丽……奇怪的是——我能看得出来她不想做。即便她拱起了背。她打算做。但是她不想做。不心甘情愿。没有我——要。"

"但她还是做了？……为什么呢？"

"她——我不知道。随着时代的精神走。"

丽丽说："而你也做完了？"

"当然，我做完了。"完全坦白地告诉你，丽丽，那次经历很糟。而且注定接下去和迪尔卡什以及和多丽丝也很糟。

"好吧，远远不算理想。当然，我做完了。"

"那是什么样的啊？"

"非常直接。"然后我们在那儿躺了三个小时，丽丽。听着隔壁房间里，丽塔让阿恩经受此事。"非常直接。"

"你做的事。这像是背信毁约。从我的法律角度看。你应当和她谈谈的……我很奇怪你居然能做得起来。"

"噢，去你妈的，丽丽。和她谈谈？"让姑娘做下一步的事——都花上我半辈子的时间了。"我没打算告诉潘西拉上裤子。"

"这差不多都是强奸了。"

"不是的。"这一指责当然早已针对过他了。通过超自我：良知还有文化的声音——通过父亲们的声音和母亲们的到场。"不是的，我觉得自己不过是抓住了时代的精神利用了一下。仅此而已。"

"你还继续去那儿。"

"是的，连着去了好几个月。"我的处境不妙。而且完全坦白地说，丽丽，我估计可以通过主动提供来弥补。我以为，我要多趴到她的身下去——主动提供来弥补。"我想方设法。我给她写了信。我送她礼物。"我试图主动提供来弥补。"我还告诉她我爱她。那是真话。"

"好啊。以爱来弥补侮辱……或许她真喜欢。她只是非常害羞，感情不外露。或许，她是真想要那样的。"

"你真好，丽丽。我想要相信的确是这样的。"但事实不是，而且潘西也已经证实了。那个补篇，基思暂时搁置起来了。他点起一支烟,说:"在蒙泰勒的夜总会,我问过丽塔,潘西怎么样了。我最大的希望是,她其实是个弯男。但狗宝儿说——注意,让人受伤的。让人受伤的。狗宝儿说,她回北边去了,准备和她的初恋结婚。"

"那么你和她……这么看来,这真不是她的天性。从某个角度看,真是挺可怕的,是吧。"

"是的。"

"不是他们的天性,不想做也做。这要比是天性,想做而不做更坏了。好像是这样的。"

"是的。"

"傻乎乎的名字,潘西。"

"不傻,不过是一种花的名字。和你的名字一样。[1]"

"……不要说了。"

……他还是个孩子的时候——九岁,十岁,十一岁,十二岁——每个晚上,每一个晚上,他入睡前都假想救美。在这些生动热切的想象中,他拯救的并非是小女孩,而是成年女人:声名显赫的舞蹈演员和电影明星。而且总是一次两个。他在岛中城堡的栈桥旁,坐在划桨船里等候着。透过木头的咯吱咯吱声和水流的潺潺声,他可以辨别出她们在放下的吊桥上高跟鞋匆忙奔走的声音,然后他会帮她们上船——碧穿着舞会礼服,萝拉穿着紧身衣,而基思穿着他的校服外套和短裤。他一心一意地带着她们划向避难所,而她们一边忙不迭地讨他欢心,或

---

[1] 潘西原文为 Pansy,三色紫罗兰;丽丽原文为 Lily,百合。

许还摸了摸他的头发(已经不再有了)。

维奥利特自己从来没有出现在这些假想中,但他一直都明白她是根本的缘由——她是无辜的俘虏,受冤枉的囚犯。曾经让他生出拯救之心的想法和感受,他现在已经删去了。这些想法和感受让他觉得怨憎。

他努力想进去,连着好几个小时了,他努力想进去,梦和死亡的世界。那儿是所有人类精力的来源。五点钟左右,他听到了雨点像手指轻轻敲打着厚玻璃。

提米穿着一件脏兮兮的睡袍独自坐在厨房的桌子旁,做着一份旧《先驱论坛报》上的白痴字谜游戏。格洛丽亚穿着白色T恤衫和红色的灯芯绒裤站在厨房的水槽旁⋯⋯见到提米,基思一如往常地大吃一惊——提米总是在一楼做这个做那个。他为什么不是待在楼上和山鲁佐德在一起呢?贾奎尔也是同样的。他为什么不是待在楼上和格洛丽亚在一起呢?但是,没有。这两人做其他的事。他们甚至一起开着车出去,勘察各个教堂和各类奶酪⋯⋯开着贾奎尔的捷豹,你能相信吗?

基思想问提米一个问题。 这个问题可能有点滑稽,提米。不过你能想到泳池旁的小屋的宗教意味吗?因为基思知道这是他需要的主题。他从格洛丽亚身后走上来,猛力打开两个水龙头。单单外面的天气,声音已经够响了。他说:

"看那儿,格洛丽亚。土色的雨夹雪。贾奎尔整个下午都不在。"

她的眼睛越过肩头往后一瞟。就像基思费力地琢磨《墨西哥的早晨》和《意大利的黄昏》，提米正在扭着身子，抓着头皮。

"这是我最后一天。求求你了。在泳池旁的小屋见我。求求你了。"

格洛丽亚客气地说："什么？把你吸出来，我想。"她效率极高地清洗了玻璃杯，用的可能是爱丁堡式的方法（手掌盖在杯沿上）。"我知道，先是短暂地亲亲抱抱一番，然后我会感觉到那两只手压在我的肩膀上。我知道的。"

基思听着，但没有内心的声音给他建议。那个内心的声音在哪儿呢？它来自哪儿呢？是本我吗（就是那个：处理本能冲动和原始过程的那部分思绪）？"我只是想吻你这儿，"他说，用指尖碰了碰她的上腹部。"就一次。你可以打扮成夏娃。"

"……唔，那是个有趣的问题。你怎么能打扮成夏娃呢？"

"堕落后的夏娃。穿着你的无花果叶。"

"嗯，天气可怕极了，我同意的。雪甚至都不是白色的了。肮脏的雪。让我想想……我会穿着泳衣下来，你可以在长凳上操我——长凳上垫些毛巾。然后我就会跳下水，再飞奔回去。还有，基思？"

"嗯？"

"速度至关重要。插十下，仅此而已。十下？我疯了？不，五下。不，四下。天哪——早点去那儿，准备好。希望天气不要转好。两点半。我们对一下表……对了，基思？"

"嗯？"

"那片无花果叶？"

403

他告诉她是那片金色的。她转身走开了,他继续往窗外看着。然后,不真实感让他觉得一阵虚弱。他给自己倒了一杯咖啡,站在提米的一旁——白痴字谜游戏,处女般的空格。

"亨氏,"基思说。

"对不起?"

"横一。有名的茄汁烤豆牌子。"

"什么?"

"亨氏,"基思说。他这辈子吃过很多的茄汁烤豆了。"亨氏茄汁烤豆。"

"怎么拼?……好。啊哈!纵五。字母表中的第二十六个。'Z'开头的三字母词……哦不,那可是个难题,基思。你看,这是份美国报纸。这是个难题。看起来很简单,其实很难。"

基思的手表很正常地走动着。指针指向十点差五分。那么,不多久以后,就该是在泳池旁的小屋作好准备的时候了。

"太难了,"提米说,"这儿。纵一。冥王的王国。他们说的到底是什么呀?四个字母的词。开头字母是'H'。"

他拉过一把椅子,轻声说:"我来帮你吧。"

阿德里亚诺一个人待在一间古板寂静的前厅里。

基思快步走过,很可能就匆匆往前了。但这番液化的景象抓住了他,让他停下了脚步。阿德里亚诺静静地哭泣着,像个孩子,把脸埋在已经湿透了的双手里。他的身后,是窗,还有湿漉漉的冰雹泼打在嵌着铅条的格子床上,冰雹的尾巴抖颤着呈对角线滑了下来。再后面，第三层，是像竹帘子一般的土色的雪。泪水从阿德里亚诺隆起的指节处漏出来，甚至滴到了大腿上。谁能想到伯爵会有那么多的眼泪呢？基思叫了一声他的名字，在他旁边的低靠背长椅上坐了下来。很快就该是在泳池旁的小屋作好准备的时候了。

过了一会儿，阿德里亚诺泪眼婆娑地抬起头来。那双眼睛，睫毛结在了一起，点着泪珠。"我——我把一切都和她坦白了，"他说。

"没用？"

阿德里亚诺迟疑地伸出一直湿漉漉的手问基思要烟。他抽了一口，呼了出来，咳了几声。基思想要伸出手抱住他——甚至觉得想要把他抱到腿上来。就在前一天，基思才见到阿德里亚诺在高高的单杠上。暂时放弃了会冻得过于严酷的瑜伽。阿德里亚诺爬上了铁架子，身体紧紧地合拢，打起转来。基思想到了他不久前终结的那只大苍蝇，是怎样打着转消亡的。

"我并不纯真，"阿德里亚诺说，呼噜噜地长长抽了一下鼻子。"你听到可能会惊讶，基思，我和一千多个女人有过挺深入的接触。噢，是的，一个残疾人在这些事上，可能完全没有障碍。当然，巨大的财富大有帮助。我确实非常努力，你知道的。"

基思有点怀疑。他琢磨着阿德里亚诺是否有时间来记一张单子。"我确信你非常努力，阿德里亚诺。"

"唉，我并不纯真……起先和山鲁佐德，我的兴趣完全是肉体上的。'爱'只是可靠的战略而已。去罗马看卢齐诺和蒂博尔特，似乎是有了常见的效果。唉，我不需要道歉的。她非常顽固，山鲁佐德。然后是丽塔，那是必要的战术改变。微弱的希望——但值得一试，我想。唉，我不需要道歉的。"

基思全部明白了。阿德里亚诺的那些姑娘都是雇来的演员。卢齐诺和蒂博尔特也是雇来的演员。现实——厨房的水槽——就是阿德里亚诺来自一个历史悠久不曾间断的侏儒家族——无疑是有钱且高贵的侏儒，但必定是不能参加战斗的。基思耸了耸肩说："然后呢，阿德里亚诺？"

"然后，突然间，爱出其不意地击中了我。那就像是传说中的闪电雷击。我从未体会过的感觉一阵阵地喷涌迸发着。山鲁佐德。山鲁佐德是一件艺术品。"

"现在呢，阿德里亚诺？"

"我接下去做什么？……我知道我歇不下来。好吧，我要去远游。飘过的风中我听到了'非洲'的名字……"

基思，定了定神，想：哦，是啊，你可真有'个性'，是吧。去吧：加入外籍军团，迷途者的军团……这些有个性的人物是谁啊，各有各的古怪之处？贾奎尔有个性，提米也变成了一个有个性的人物。成为有个性的人物，上层的出生是不是一个先决条件——给了你自由度？也不对。丽塔有个性。不过，丽塔有钱。那么，你是不是需要钱来成为有个性的人物？也不对。因为格洛丽亚有个性，但格洛丽亚，如她自己所说，穷得和教堂里的老鼠似的。

"再见了，我的朋友。请替我向肯里克致意。我们可能永远不会再见面了。我非常感谢你这些好心好意的话。"

"一路顺风,阿德里亚诺。"

丽丽在地牢层的房间里,看看书,休息一下,再润饰一下她整理的行装(明天早上,她还会再最后审核一遍)。她已经吃了地塞米松(去机场路上,她会再吃一颗)。钟面的时间是十二点差二十分:那么很快,就该是在泳池旁小屋作好准备的时候了。在泳池旁小屋一阵一阵喷出的烘烘热气中。雪已经停了,只剩下了雨。但下得努力,下得有决心。

事实上,黄昏降临时天就晴了。最后一些细雨闭幕行礼后,就转成了玫红橙黄的黄昏。那天晚上,基思多关注了一下天空,明白自己近来都没在意。嘟嘟嘴似的玫红,风月楼似的橙黄。太阳像特邀嘉宾似的露了一下脸,灿烂地笑了笑,随后就往左退出。就在帷幕落下之前,成熟的、热辣辣的、四肢健全的维纳斯登上了渐渐深了起来的蓝色中。他想着,每个人都应该有一片天空。我们每一个人都应该有一片属于自己的天空。我的天空会是什么样的呢?你的呢?

格洛丽亚坐在西边的露台上,画着群山的轮廓。基思拿着一杯啤酒走过去。他说:

"晚上好,格洛丽亚。"

"晚上好,基思。"

"……我在底下等了四个小时。"

她并没有真的笑起来,但她闭上了眼睛,紧紧地抿着嘴巴,不断地拿手拍打着大腿。"四个小时。为了插四下。哈,很不错的。"她低下头去,继续画了起来。

"天气又转暖了,"他说,注意到她穿着一件低胸的翠绿色裙子,锁骨几乎带着轻佻的精致,两侧的凹陷处温暖柔润。

"嗯,我琢磨琢磨发生了什么,"她若有所思地说道,"让我想想。当然,早早地等在底下了。一点半?舒舒服服地铺好了浴巾。满怀希望地直等到三点半吧。然后就不那么有希望了。直到最后自撸结束,"她一边说,一边拿橡皮擦了一下,小指掸掉了碎屑。"回到上面,告诉丽丽你多么喜欢雨天游泳。"

她继续说了下去,声音平静而专注:

"你很运气。你很运气,她没有下来,让你措手不及。否则的话,你得好好解释一番。正下午的,亮着家伙,坐在那儿。但那是你的风格,对吧?"

"我的风格?"

"是啊。甚至都还没做,就被逮住了。就像和山鲁佐德那次一样的。你甚至都没有头脑看出她已经改变主意了。还在普罗塞克酒里下了味道很重的药。可怜啊。"

没错:和格洛丽亚·布尤提曼的洲际北美防空联合司令部所部署的大范围监测体系相比,丽丽的女巫雷达不过是废弃的旧装置。基思自己呢,业余无线电,顶着一根天线,姜黄色的胡子,体重问题,糖尿病……他悲哀地想着:马可尼[1]之后,全世界还有没有一个业余搞无线电的有过一个女朋友?格洛丽亚还继续画着,擦着,打着阴影,静静地说道:

---

[1] 古列尔莫·马可尼(1874—1937),意大利工程师,从事无线电设备的研制和改进。

"有时候，早餐时，丽丽看看你，又看看我，再看看你。不是带着爱意。你晚上对她在做什么？"

"哦，你知道，让事情变得有趣一点。"

"唔，你生日那天，我碰巧制造了一桩完美的罪恶。你现在是想在事情过了以后，再被逮住……那个什么词来着？有追溯效力的。基思，你已经被证实是个无能的家伙……把喝的酒都给弄混了。我没有多说你喝的是啤酒，你应当谢谢我。"

"是的，谢谢你。我挺奇怪的。我都不知道你居然喜欢我。"

她说："我不喜欢你。"

"……你不喜欢我？"

"不。你非常讨人厌。我只是想着，嗯，他可以的。我有自己的原因。"

"什么原因？"

"我有些怨账要清算一下。这么说吧。我看到了一个机会。算是……"他们听到贾奎尔的捷豹在下面砂砾路上的声音。"算是自我表达吧。好了，我等着看这头笨猪把燕尾服穿在汗湿的毛衣外。我进去了。还有什么要说的？"

基思又利用了格洛丽亚——她的洞察预见能力，她所掌握的情况——大概两三分钟时间。他想问她有关维奥利特的事。但他用了一个类比，一个短篇的短篇：他告诉她故事的删节版。

他很快就说到了这儿："然后在十一月，丽塔和潘西与我们吻别，去北边了。八个月之后，有天晚上阿恩和我回到他的住处，她俩在街上等我们。"没有女伴的阿恩，没有女伴的基思——而丽塔和潘西坐在敞篷的 MGB 里，像是车展的模特，像是一场粗俗的梦境。"我们上了楼。只有一个房间一张大床，我们都上了这张床。"

"那是——群体的吗？"

"不是，成对的。虽然我们都赤裸着身子……只除了潘西。她还穿着裤子。"

"哦，哎呀。"

"是的，哦，哎呀。是的，相当的哎呀。"

"你——你就抱着潘西，而隔着几英寸……"

"是的。"隔着几英寸，格洛丽亚，狗宝儿都要把阿恩的屁股操脱了。"整整四个小时。"这是我这辈子最糟糕的一夜。或许这就是我在这儿的原因。和丽丽一起在意大利。"他们在早上又做了一次。一边我和潘西假装在睡觉。"

"嗯，你想知道什么呢？在北边待了八个月，所有的老东西老思想占了主导。显然不是丽塔。是潘西。"

"但她开始怎么会肯做呢？早先。她并不想做的时候。"

格洛丽亚总是语出惊人："幼儿学语。没有意义地重复别人说的话、做的事。性上的幼儿学语。潘西和你睡，只是出于一个原因。因为如果她不那样做，丽塔会嘲笑她，不像一个男人一样行事。"

基思一下靠在了椅背上。

"我只是在想，"她边说边合上了速写本，盖上了笔帽。

"记得维特克吗?那天晚上,他谈论了文胸的政治化?这就是内裤的政治化。政治化了内裤是会脱落的内裤。"

他们站起身来。"请让我在伦敦给你打电话。"

她把绿裙子理了理。方方的脸,尖尖的下巴,眼白的白,牙齿的白。"理智一点,"她说,"你一想到我,就想想你自己——待在泳池旁小屋里的自己。你还想要更多吗?还是少一点?"

"呃,少一点小屋,多一点生日。"

"我原也这么想。看看他。一辈子都被毁了。基思,你的生日从来没有发生过,你幻想出来的。我去了废墟。"

穿着礼服和米色毛衣的贾奎尔没有喘上几口粗气,肩膀也没顶上几回,就已经成功地从玻璃门内出来了。

"在雨中,废墟浪漫极了。啊,他来了。我们正在仰望维纳斯呢。她今晚上漂亮极了,是吧?"

他坐在夜空下。天上尽是星星——疯狂地漫洒在空中的星星,夜空都不知道该拿它们怎么办才好。事实上,夜空知道的。我们不了解星星,我们不了解星系(它是怎么形成的)。夜空比我们都智慧得多——多好几个爱因斯坦合起来也比不过。他继续坐着,坐在夜空的智慧下。

格洛丽亚有一点是对的。在泳池旁的小屋里,基思并不是处于风度最好能力最强的状态。他蹲在长凳上泳衣堆在脚踝上。松木的棚屋像是机房一般轰鸣着。还和糕点房一样的烘热……

有关潘西的事,她也说得不错。这是一条很重要的原则,他完全同意:不要为着追随他人做任何事。不是那件事,不是,尤其不能是那件事:最亲密的,最深入的。这对双方都是如此。就性事来说,不要为着追随他人,那样做;也不要为着追随他人,不那样做。

而阿德里亚诺——他也是对的。他说山鲁佐德是一件艺术品。她的整个人——她的模样、想法、感受,天真单纯的山鲁佐德就像是一件艺术品。而这些说法不适用于格洛丽亚·布尤提曼。因为一件艺术品不会对你有什么计谋。一件艺术品可能会有自己的希冀,但不会有计谋。

已经很明显,每一项艰难且严苛的适应会落在女孩的头上,而不是男孩头上——他们反正也都是那个样。男孩可以继续做男孩。而女孩得做出选择。天真单纯已经过去了。在这新的时代,或许,女孩们需要计谋。

4：她们早已恨上你了

生活本身继续表现完美，一直到夏天的结束，也包括结束时的那些天。会有一些揭开的真相、新的认识、即将发生的转折、报应等等。而生活在一般情况下，对这些事毫不在意，不折不扣地往前赶。

吃完早餐后，他们去游泳。还有一次机会可以戴着墨镜看一下这两个姑娘和她们的身体，他以一位档案学家的精神来看待这件事——加固记忆。山鲁佐德的脸和胸让他充满了悲伤，而格洛丽亚·布尤提曼的屁股、腿、手臂、双乳、翁法洛斯和阴户，他充满与其说是感情，不如说是一系列的冲动。是猛禽的冲动。基思又一次进入了世界。或者说他愿意这么认为。

这是提米第一次去取咖啡。一个小时后，他回来了，托着盘子下来，他看起来比平时更困惑一点。他穿着拖鞋无精打采地在一旁坐下，说：

"有人打电话来。就是那个叫阿德里亚诺的家伙。他在内罗毕。电话线路很糟。"

"内罗毕？"

"哎，大猎物。塞伦盖蒂平原。现在被撞坏了，待在内罗毕的医院里。"

"太可怕了,"山鲁佐德说。

是的,阿德里亚诺真性情,驾着直升机去肯尼亚。基思想着该是朝哪个方向飞呢。是被猎人头的蛮人或是兵蚁吃掉了一半?还是被河马几乎一咬成了两段。有好几秒种钟,他都觉得阿德里亚诺的命运在艺术表现上是一大失望,因为提米在说:

"不是的,没有特别的戏剧性。是昨天晚上发生的事。他在塞伦盖蒂 VIP 旅店入住。我也在塞伦盖蒂 VIP 旅店住过。你记得吗,很早前,我来巴加莫约来救你?很漂亮的地方。不是巴加莫约,我是说塞伦格蒂 VIP 旅店。晚上,他们用那些小信号把你叫醒。响两下是狮子。你知道,有灯光的地方看得见的。响三下是河马。你知道。"

"那阿德里亚诺怎么了?"

"哦,阿德里亚诺。哦,他把他的吉普车给撞了。想找到停车场。你看,塞伦盖蒂 VIP 旅店在一座小山上。而且,简直让人发疯,那停车场……唉,他最终是找到了,停车场。到那个时候,他无疑已经心烦意躁了。他开着吉普车一头撞进了砖墙。可怜的家伙也撞了进去,两个膝盖都撞碎了。"

过了一会儿,基思的脑袋赞同地摇晃了一下。那可真是阿德里亚诺。永永远远让那些不过是上层社会生活的装备带来痛苦。提米说:

"这儿住着的人中,有没有一个叫'基水'的?"

"那一定是我。"

"向你问好。我刚说过,线路很糟。"

接下来就是道别了。先是在泳池边和维特克、阿门道别,然后在上面的城堡里,与乌娜、贾奎尔、普兰蒂丝和孔秋塔道别。还有麦当娜和尤金尼奥。

这下是旅行了,将人们从一个地方运到另一个地方的事(在艺术作品中也不见得比实际生活来得轻松)。

出租车刚好提前来了一个小时,去教堂的人都还在圣马利亚教堂里。没有前额(平平的黑头发斜着下来直冲他的眉毛)的司机法尔琴切奥开车载着他们到了走空了人的村庄,然后兴高采烈地消失了。

"让我们去最后看一下耗子,"基思对丽丽说。

可是这一次,在凹陷的街道上,他们到了和宠物店橱窗一个层面上,迎候他们的不是红彤彤的眼睛和蠕虫似的尾巴,而是让人大吃一惊的空空荡荡。

"卖给别人了!"丽丽说。

"可能吧,也有可能它只是逃走了。"

"买走了。有人买走了。"

门上的标牌写着"关门"。基思往里看了一眼,看到一个黑衣女人拿着一个拖把和一个红色塑料桶。他说:"给我……"他从丽丽的背包里拿出袖珍词典。"找到了。'耗子'。"

"你太坏了。"

"等在这儿。"店门叮咚一声,他走了进去。他出来时,说:"你对的。女店主,她用手势装的——数出钞票。想想,有人付了不少钱买了一只耗子。"

"对极了。可怜的小阿德里亚诺。哦,想想。"

"想一想呀,它正仰躺在某个小客厅里呢。"

"所有的孩子正在抚摸它小小的肚皮。哦,想想。"

这时,圣马利亚的钟声宣告了上天的平安。格洛丽亚和山鲁佐德出门迈入绿荫葱葱的庭院。她们穿着礼拜日的服装,脸上闪亮着永恒和欢乐的光辉。提米也是,在一旁跟在她们后面走。

山鲁佐德(很快,基思就会第一次触碰到她了——基思会给她轻轻一吻),山鲁佐德直接走上前来,说:"你们错过了。哦,太悲剧了。 太感人了。"她转向格洛丽亚,眼睛满含恳求。"告诉他们。"

"阿门。在泳池边。"

"在泳池边,他朝她走来。墨镜摘掉了。如此充满灵性的双眼。"

"然后呢?"

"他告诉我,他爱我,"格洛丽亚干巴巴地说,"而且永远会是我的朋友。"

"而且他会一辈子都爱她。他看起来非常的难过。如此高尚脱俗的双眼。然后维特克差不多是帮着他离开了。"

山鲁佐德和丽丽流着泪,抱着头,低声说着再见了,再见了,再见了。基思和格洛丽亚并排走在了一起。

"高尚脱俗,"她说,"我随她爱怎么想怎么想,但真的,山鲁佐德是个傻瓜。如此充满灵性的双眼……阿门只是被我的后臀迷住了,仅此而已。我看得出来。这对基佬来说,正常不过的——他们有些特殊的口味,上帝保佑他们。 高尚脱俗。高尚脱俗，我的屁股……好好看一眼，你不会再见到我了。"

他们拐了一个弯，奇迹般地周围只剩下他们俩。一个窄小的广场，全是低飞的黄色小鸟，再没有其他的东西其他的人。

声音开口了。不要试着吻她。抓住她的手。把手放在哪儿呢？那儿。来吧。就一秒钟。那儿？你确定吗？能行吗？能行。黑色的手套和教堂的钟声让这事能行。我跟她说什么呢？声音说。

"格洛丽亚，那就是你的威力，"他说，"那就是你。"

她露出牙齿（那些神秘的隐隐带着蓝色的月亮宝石），说："……自我[1]。"

之后，意大利在车窗前川流而过，锶黄，钴蓝，伊甸园的绿，茜草的棕，茜草的红。最后，法尔琴切奥耸着的双肩把他们带上了笔直的高速公路，一英里又一英里，偶尔有一团一团形状弯曲的工厂慢慢地越来越近，旁边是立方体的公寓楼，半裸的孩子快乐地在泥地里玩着。

就在起飞之前，丽丽要了一个枕头，声音粗重。她握住了基思的手。然后飞机滚动起来，加速前行，往后一仰往上攀升，机场楼失去了平衡，摇摇摆摆地往后退去。基思和丽丽离开了弗兰卡·维奥拉的土地……

飞机进入平稳飞行时，周边还有云层。丽丽的脑袋费力地

---

[1] 原文为德语"Ich"。

想在舷窗沿上找个舒适的位置。基思点起一支烟。

"孔秋塔在阿姆斯特丹堕胎了。"

"什么?哦,千万不要告诉我那种事,丽丽……不要再说了。"

"孔秋塔在阿姆斯特丹堕胎了。四个月。你一定注意到了那个隆起不见了。"

"我没有想到那是隆起。我只是以为她瘦了。别说了。够了。"

"每个人都小心翼翼地不提这事儿。我想你是不会理解的。她是被强奸的。只有普兰蒂丝和乌娜知道是谁干的。"

"请不要再多说了。"

"你没有注意到。你经常不把事情看明白。你……噢,天哪,我们怎么还是在云端呢?"

他猛地靠在了椅子上。虽说现在已经无关紧要了,但他注意到自己再也不怕飞行了。不管怎么说,是好事。基思闭上了眼睛,他相信自己是在飞机上,天气恶劣,正遭遇着风切变和强有力的热气流。然后他坐在了一艘船上,顶到了浪尖上,又滑落下来,在狂暴的大海里颠簸着。然后他坐上了一架高速的电梯,飞速上升又猛地坠落——但却没有前进一步。从水平线上看,倒像是倒退了。他朝窗外看去,白色的机翼屏着劲,像是由肌肉和筋腱构成。插上了翅膀的马,有了翅膀的马。像是那对将预言者带上天的马的翅膀。他又一次闭上了眼睛。小小的飞机竭尽全力,将他们带上了一片湛蓝之中……

基思……基思!

晚上八点十五分,他正在那间意义重大的卫生间里淋浴。整整一天干的活都积聚在肌肤上。这一整天旧的秩序让位给了新的秩序——所有的抛弃和变化、骚动和叛乱,他所有炽天使式的罪错。这些罪错会被冲刷掉吗?就像特洛伊城被攻陷后的皮洛斯,他

  黝黑的肌肤
也被涂上了一层邪恶的色彩,
他由头至足,
被无辜父母、子女们的淋漓鲜血染成一片殷红,
血液经炎阳焙干,
泛着可怖的光泽,
也映出了无数的凶残杀戮。
他的怒火填胸,
他浑身沾满着凝血,
他圆睁着红如宝石的双目,
似个恶魔的皮拉斯,
到处找寻着老迈的普莱安。
  很快他找到了他……

基思走了出来。她跪在瓷砖上,全身赤裸,只除了天鹅绒帽子,黑色的面纱和十字架。

十分钟后,他们要带我去修道院了。女修道院——纯洁圣

母修道院。我要做上帝的新娘了……来这儿。

我不能。

过来站在镜子前。你能的……你知道,凡夫俗子叫我女耶稣,因为我能让你死而复生。

他走过去,滴着水站在她的上方,水滴在她的肩膀上,她向外凸起的腹部,她的大腿上:滴在格洛丽亚·布尤提曼柔软结实的躯体上……他听到砂砾路上车轮的嘎吱声了吗?

看着。那儿!马上操我,你永远不会死。

是的,镜子里看起来很不错,更真实。你可以非常清晰地看到正在发生着什么。没有其他维度的——深度和时间——阻隔和磨损。

"基思……基思!"

他睁开眼睛——是丽丽的脸,灰色映衬着灰色。她的骨骼已化成珊瑚,她的眼睛是耀眼的明珠。

"你怎么能睡着呢?天哪,蓝天在哪儿呢?"

"没有蓝天。今天没有。"

"十分钟之后,我们都要死了。告诉我——"

空乘匆匆走过。"安全带,"她说。

"他能抽烟吗?"

"他仍旧可以抽烟。"

"你确定?"

"丽丽。你妨碍了她的工作。"

"……我们俩都要死了。告诉我,格洛丽亚发生了什么事?"

完美的乏味是最好的保证,他说:"什么也没发生啊。我在写那篇评论。她生病了。"

"好吧,她生病。谁都看得出来。但有什么事发生了。尽管她在生病。你变了。"

"什么也没发生。"

"你变了。"

"你为什么不睡觉?"

"是的,我为什么不睡觉。听着。如果你需要我帮助维奥利特,我会的。但我们结束了。"

他感觉到喉结升起又落下。

"你知道,我之前是爱你的。起初是。直到你开始到了上床的时间,像是个搞殡葬的。后来你变了。盯得像个竹节虫似的。要恨你,不是件容易的事。但我做到了。谢谢你给了我一个可怕的夏天。"

"噢,不要那么戏剧化,"他酷酷地说,"不是全然那么坏吧。"

"是的,不是全然那么坏。我和肯里克睡了。那是美好的一部分。"

"证明一下。"

"好吧。我说,告诉他你记不得了。他是不是这么和你说的?……中途我想到过你。我想着,歇斯底里的性——就是这个了。"

他又点起一支烟。他们重归于好的那个夜晚,过去的某些日子,基思有过和丽丽一起歇斯底里的性。他和格洛丽亚·布尤提曼没有过歇斯底里的性。她的嗓音换了，变得更低沉更滑润。但是她的表情却没有因此而受到干扰（到了中午时分，他自己不再呻吟呜咽，也开始集中注意力了）。这一刻，基思明白了——她最根本的特异之处。她驾驭性事，像是在人类的历史中，性从来不曾被认为和生育相关；像是每个人从洪荒之时就明白，地球上有人类是通过其他的途径。所有千万年传递下来的意义和结果都被漂白一清了。每当他想到她赤裸的身子（而这将会是持续的事实），他看到的是像沙漠一样的东西，他看到的是一片美丽的撒哈拉沙漠，坡地、沙丘和卷扬的沙尘，阴影、绿洲、水蒸气、光的魔术，还有海市蜃楼。基思说：

"好吧，丽丽。如果你想要那样来的话。阿德里亚诺被处死了。行了吧？耗子被送入长眠了。店里的女人——她没有用手势假装数钞票。她把指头搁在脖子上，那样来了一下。发出一记湿湿的声音。是的，我很坏。"

"哪个是真事？"

"哦，行了，你自行决定。"

"……你确实和孔秋塔惺惺相惜。她的父母是同一天去世的。"

"请不要再多说了。"

有三四次丽丽抓住了他的手。那只是出于恐惧。随后飞机稳稳地驶入一片湛蓝中。

格洛丽亚的嗓音变了。有一次她像是装出野蛮人的愤怒，露出一口白牙。还有两三次，他躺在床上等着，她穿上了新组合的装扮，脸上挂着某种笑容，朝他凑过来。像是她和自己策划好了，要让他快乐……

你怎么来解释这一现象：为什么不能在梦中抽烟？你几乎想在哪儿抽烟就在哪儿抽烟——只除了教堂、火箭加油站、多数医院的产房等等。但梦乡是禁烟区，即便梦中的情形要求抽烟——在巨大的紧张过后（比如，在亡命追赶之后，或是从某种可怖的变形中恢复过来）；或是在长时间艰苦地游泳、飞行之后；或是在突然丧失亲人、突然的失去之后；或是在一次成功的性交之后。梦中成功的性交，虽然极少，但还是有过的。但你不能在梦中抽烟。

他们在伦敦维多利亚公交总站下车，浅浅地拥抱了一下便分道扬镳了。

在革命的年代，你做什么？这样。消逝的，你悲痛；留下的，你认可；来临的，你欢迎。

尼古拉斯总是提早到那儿。

而他不喜欢你也一样早到。独自坐着看上半个小时的书——这也是他晚上的组成部分。因此，基思走得慢慢的。肯辛顿教堂街，贝斯沃特路，哈德公园北面的围栏，再是皇后大道——这儿是阿拉伯区，女人们遮着面罩，男人们的胡子透着不信任。还有游客（美国人）、学生，年轻的母亲推着高位婴儿车的横杆。这时，基思开始对自己产生了陌生的感觉，有点头晕，而思路上又一片乱糟糟的。他哆嗦了一下，摇了摇头，把一切归咎于旅行。

这时是八点钟，还是和白天一样亮堂，但伦敦带上了一种羞怯不安的神色。他想，用崭新的眼睛来看一座城市时，它是会有这种神色的。有一瞬间，也就是那么一瞬间，所有的道路和人行道在他看来，不停地动作着，而且花色多得令人兴奋，全是不同的人从一个地方到另一个地方，急需从那个不同的地方赶到这个不同的地方。

他当然不会知道。他不会知道的，有一个不高大也不响亮的形容词全面地描绘了1970年的伦敦。空洞。

我以前带你去过那儿，尼古拉斯在电话上说。那家小得只够一个人坐的饭店。他的哥哥早已到了，坐在莫斯科路上面对着希腊正教教堂圆顶的意大利洞室饭店里。基思在外面停了一下，从鼓起的玻璃往里看——尼古拉斯，唯一一位落座的客人。他坐在中央的桌旁，一杯酒，一盏橄榄，皱着眉疑惑地盯着书页。基思小时候有个阶段，尼古拉斯完全是他的一切——他像农神萨杜恩占满了整个上空。而现在，他仍旧像是个天神（基思心想）。他壮实高大，坚毅的脸，浓厚而有点长的土金色头发。那是一个除了所有他所知道的外，还知道苏美尔人的陶瓷和伊特鲁里亚的雕塑的人的长相。他看上去的模样，就是他马上要担任的职业——驻外记者。

"我亲爱的小基思。噢，多乖呀……"

接下来是惯常的拥抱亲脸，经常长得让人侧目，因为自然没有理由让人想到他们是兄弟——两个劳伦斯，T. E. 和 D. H.。基思坐了下来。他很自然地想把一切都告诉尼古拉斯。

就像他保证的那样，一点都不漏，永远都如此——每个文胸的扣子每一条拉链的口子。基思坐了下来。只有一秒钟的预警，他拿起纸巾，打了个喷嚏。他说（只有兄弟才会这么说）：

"天哪，看。我坐了半程地铁。就两站。看。鼻屎都是黑的。"

"那就是伦敦。黑色的鼻屎，"尼古拉斯说，"欢迎归来。嗯，我想着——把维奥利特的事留到后面再说。你觉得怎么样？我想听你的《十日谈》。只是……"

他指的是站在饭店中央的一对高个儿年轻人——一个小伙子和一个姑娘，基思一路走过来时，曾从他们身旁或中间穿过。这家饭店比泳池旁的小屋大不了多少，只有四五张桌子，像是被这对站在中央的年轻人弄得无法动弹了。尼古拉斯露出一丝恼火的微笑，轻轻地说：

"他们为什么不走呢？走不掉，那为什么不坐下来呢？……听你和姑娘们的故事让我想起看十二岁时看《佩顿镇》[1]。或是哈罗德·罗宾斯[2]的小说。你需要多长时间呢？"

"哦，大概一个小时吧，"他说，"好得不得了。"

"而且你还侥幸逃脱了。"

"我侥幸逃脱了。天哪。我已经放弃希望，然后，我所有的生日都在同时降临了。明白了吧，她是——"

"等等。"他指的是那对年轻人。"……好吧，先把我这

---

[1] 美国小说家格雷斯·梅特里奥斯小说。1956年出版后，即成为畅销书。曾被改编为电视和电影。佩顿镇集聚了各种谣言、秘密和欺骗。
[2] 1916—1997，美国畅销小说家。

边的故事讲了。噢,是的。"然后尼古拉斯一脸坚忍地说道:"狗宝儿昨天晚上挑逗我了。你的肯里克还没有迹象。"

"他回来了。我们说过话的。"肯里克非常的不诚实,却完全没有心计,只是在电话上重复,他记不得了。基思乐意就到此为止——虽然他记得丽丽脚步轻快,穿过草坪吻在肯里克的唇上……但基思感觉到的不安和肯里克、丽丽无关。而是一种新的不安。他感觉到自己很快会推着一扇门,一扇不会开启的门。他坐直了,说:"肯里克的确上了狗宝儿,当然。"

"当然。"

"就在第一个晚上,在帐篷里。我们终于知道为什么你千万不能上狗宝儿。怎么调情的?"

"哦。哦,这么说吧,她把手伸进了我的裙子,说,宝贝儿,来吧,你知道你喜欢这事儿的。"

"她是个汉子,狗宝儿。你找了借口。"

"我当然找了借口。我可不会上狗宝儿。"他往外看去(那对年轻人),说,"其实没有什么改变。还是和琼快活地在一起。我现在有了点名气。我觉得自己非常适合电视。"

"为什么呢?"

"知识渊博。比其他有资格帅气的男人都帅。而且,还比以往更左。甚至还更加致力于帮傻瓜们扶鞍上马。"

"让傻瓜们统治。"

"傻瓜统治。我为着这一天的到来而努力。琼和我都为着这一天的到来而努力。"

"那种革命,你感错兴趣了,兄弟,"基思说,"我的革命是让世界旋转起来的革命。"

"你一直都这么说。老天。"

他指的是那个小伙子和那个姑娘。必须得描写他们一下，因为他们既不坐下，也不走开。和尼古拉斯差不多年纪，他们大概二十四五岁：小伙子高个儿，长发，穿着一件收腰的黑色天鹅绒长袍。他们踮着脚尖、打着手势、指指点点，对店堂里唯一一位侍者低声说着他们想怎么坐还有其他的问题，没法儿让人忽略。他们散发出一种进化了的神色，自觉的优雅端庄，还有童话故事里的摇曳柔和的光亮。他们秀丽的脸庞有点相似，要不是他们用修长的手指久久地触摸对方，你会把他们当做兄妹……小饭店知道他们发现自己有不足之处，整个神色越来越紧张了。

"他们过来了。"

过来了，过来了。他们很有型地蹲了下来，抬起头看着尼古拉斯和基思，姑娘露出她姣好的笑容，而小伙子——小伙子像是从他前刘海几缕漂亮的头发下嘟出了嘴巴。蹲伏，微笑，刘海，嘟嘴：在让别人屈服于他们的意愿时，这些动作显然成功过多次了。

小伙子调情似的停顿了一下后，说："你们会为这个，恨我们的。"

尼古拉斯说："我们早已恨你们了。"

"她蒙了羞，明白吧——格洛丽亚。在那个色情大佬的午餐会上，她出了大洋相。"基思把格洛丽亚犯的错，细细列了一遍。"但她来的时候,看起来正经得不可思议。你知道——爱丁堡。老派的。不像和其他几个一样,露着上身。那些维多利亚式的泳衣。她后来告诉我,她让她妈妈从苏格兰带来的。严肃的小东西,顶着一头短短的黑发,还有一个绝对巨大惊人的屁股。就像你在情人节前在广告牌上见到过的那种……"

最后,养兄弟好心地让位给这对高个儿年轻人,挪到了角落的桌子——五分钟后,他们收到了一瓶吓坏了的瓦尔波利切拉葡萄酒。于是,基思喝上一点酒,吃着橄榄,抽着烟(尼古拉斯当然是在抽烟),一边说话。同时他也在经历着一场他并不能理解的困难。有点像肝病突发——在他们的上方,立起了一个笨重的妖怪。基思看着它,这个妖怪。基思甚至也可以看着自己。基思看到基思,小口喝着酒,做着手势,催促着自己的叙述涌出来——红色紧身灯芯绒裤,奥番托的年轻人,泳池边的蜂螫,最后他说道:

"我以为我是一个人。整个城堡里就我一个人。我起床,我……我起床,我……她在卫生间。"

是什么呢?他感觉胸口像是有一团被塞住了的硬邦邦的空气。他大大地吸了一口气,又吸了一口气。

"格洛丽亚在卫生间里。举着一件淡蓝色的裙子。她转过身来……但她在生病,明白吧,格洛丽亚。对蜂螫的反应。那是医生说的。她转过身来,走开了。除了鞋子,她什么都没穿。令人叹为观止的景象。"

"你能看到吗?"

"她的屁股?"

"哦,我以为你能看到她的屁股。蜂蛰的地方。"

"噢,没有,我猜想一定蛰得挺深的。不。不,夏天真正精彩的篇章是别的事。我的家伙被口爆了,"他说,"山鲁佐德。"

他又告诉尼古拉斯山鲁佐德穿着T恤衫和舞会礼服时所瞥见的,丽丽给了她新潮内裤,吸血鬼伯爵,还有他对上帝胡言乱语把一切都搞砸的事——而且为了让讲述更生动有点,他还加了些肯里克和狗宝儿的事,狗宝儿和阿德里亚诺的事,还有,哦,没错,你为什么千万不要上狗宝儿。

"就这些?"尼古拉斯说,瞄了一眼手表。"我不明白。原谅我。你侥幸逃脱的是什么?"

基思大感兴趣地往前一跳,听到基思说:"我正要说到这个呢。一直都还有一个姑娘——小多多。"

两杯咖啡和两杯森伯加酒端到了他们桌上。谈话已经转移到了维奥利特,基思已经不再感到那么害怕了。在他和哥哥之间,他和未来的驻外记者之间,不再有一道屏障,像晾衣绳编的蛛网。胸口也不再有一团空气。尼古拉斯上洗手间,基思盯着玻璃杯上的两簇火焰:一个眼睛一簇火焰。对面,小伙子和姑娘手臂交缠着,正在组织一队十个人……

在意大利时的某一天,基思读到了那喀索斯神话的另一个版本。这一版本去掉了故事中的同性恋意味,但引入了(像是为了偿补)另一种禁忌:那喀索斯有个双胞胎妹妹,长得一模一样的,但她很小的时候就死了。当他俯身在平静的水池上时,他在水中看到的是那喀莎。杀死冷冰冰的年轻人的不是自恋,而是焦渴。他不愿喝水,他不愿打破那让人痴迷的影子……

基思检查了一下他自己的现实情况。站在角落处打电话的是他的养哥哥。地上的那本书是有关一个叫做穆罕默德·伊本·阿卜杜勒·瓦哈卜的人。侍者很胖。那个姑娘在亲那个小伙子,或者说那个小伙子在亲那个姑娘。如果对方和你一样,你在亲自己的时候,是什么感觉?

"好吧,我们看一下能不能把事情总结一下。"他经常这么做,"姑娘应该和男孩一样举止行事,时下无不是这种气氛。可是。有一些姑娘想要和男孩一样举止行事,但她们打心眼里是老派人。你的潘西。山鲁佐德,可能也是。还有些姑娘——只是走着看。琼。丽丽。还有些姑娘的举止行为比男孩更像男孩。莫丽·西姆斯。当然,还有丽塔。还有——维奥利特。"

"是的,可是……其他的姑娘意识到某一种潮流。而维奥利特不属于任何一种潮流。"

"除非是健康的年轻姑娘的潮流。维奥利特和健康的年轻姑娘一起行进。"

基思说:"她很可能是从发廊杂志上得来的信息。天哪,她还会看书吗?忧怒专栏。你知道的。"

"是的,亲爱的达芙妮。我十七岁了,我有九十二个男朋友。这正常吗?"

"是的,亲爱的维奥利特。不要担心。这很正常。"

"呣。得是这么说来着,活跃的性欲很正常。毕竟, 你是一个健康的年轻姑娘。"

"你看到她盯着这几个字看。感到难以置信地放下了包袱。那儿,白纸黑字地印着呢。"

"印在纸上了。很正式的。她是一个健康的年轻姑娘,"尼古拉斯说,"仅此而已。"

"她是走极端呢?还是自成一类[1]?"

"自成一类?你是说她是个疯子。"

"呃,她不是疯子,是吧。她是个酒鬼,有阅读障碍症,但其他的事上,她不是个疯子。不过呢,事实还是事实,她强上弯男,和一个足球队的男人约会。"

"她像男孩一样举止行事。只从本性,没有教养。就像卡利班[2]。就像犽猢[3]。"

基思说:"她的举止行事像是一个非常坏的男孩。而这对她毫无益处。我们得让她更像个女孩一般地举止行事。我们怎么做呢?我们做不到。她无法控制。我们必须——我们必须得做一回警察。"

"秘密警察。就像是苏联的契卡或是东德的斯塔西。有告密的人。道德促进及恶行防止委员会。街角上举着鞭子的男人。"

"我们其他什么也不做了吗?你接下去就打算这么做吗?别的什么都不做?听着,"基思说,"我已经决定了,对维奥

---

[1] 原文为拉丁语。
[2] 莎剧《暴风雨》中半人半兽的怪物。
[3] 英国作家斯威夫特小说《格列佛游记》中的人形兽。

利特，我打算做什么。"我会不再爱她，尼古拉斯。因为那样的话，就不会疼痛了。"看，我该做的，我会做的，但我退出了。感情上的。不要生气。"

"我不会退出。而且我也不会说那是因为你不是她的骨血亲人。因为我知道，你爱她甚于我，这是事实。"

基思坐着。尼古拉斯说：

"没用的。你以为你会怎么做呢？你就站在一旁看着。不动感情地。一边维奥利特被操死。"

"……我甚至都不想旁观。要是我能避免的话。我没有像你这么勇敢。我会闭上眼睛。我会撤离。"

"什么？"

"我会撤离。"

尼古拉斯说："撤离到哪儿？"

静默了一分钟。尼古拉斯看了看表，说：

"再想想吧。哦，我还没问过。那个丽丽怎么样了？"

"噢，丽丽。试行的重归于好是个错误。意大利是个错误。"他四下看看。钉在墙上的渔网，裹着草编的基安蒂葡萄酒，拿着一个大得古怪的黑椒磨的胖侍者（和一个超星系的望远镜一般大小），加框的照片——教堂、打猎的场景。"我是不会愿意错过的，无论如何也不愿意。但意大利是个错误。最后。反正丽丽把我甩了。在飞机上。"

"我亲爱的……"

"她说我变了。于是飞机上，她出其不意地把我甩了。不要担心——我如释重负。我欢欣鼓舞。我自由如初。"

"丽丽是会永远爱她的基思的。"

"我不想要爱。不,我要的。但我想要歇斯底里的性。"

"就像和多多在一起一样。"

"不要提多多……你为什么那样皱着眉头啊?听着,尼古拉斯,我看上去是不是不一样了?"

"你看上去很好,褐色的肌肤……"

"我的眼睛。"基思感到一阵紧。孔秋塔、丽丽,还有格洛丽亚自己: 瞧,他的新眼睛。那格洛丽亚·布尤提曼的眼睛怎么样呢?她外部的眼睛。"我的眼睛,它们怎么了?"

"它们看起来——非常清澈。衬着褐色的皮肤。我不知道。你这么一说,稍稍更加凸出了点。"

"天啊,更凸出了。你是说像他妈的竹节虫?"

"呃,它们不是像支棱在杆子上,你的眼睛。很可能是因为眼白更亮了。看来再也没有丽丽了。现在,来一杯啤酒,涤清一下,然后……"

尼古拉斯喝下他的啤酒,要了账单,问了一下,付了钱,离开了。基思继续坐着。

第二个瓶子里还剩了点酒,基思给自己倒了一点。他身体往前靠了靠,一只冰冷的手支在眉上。他觉得自己累极了……

格洛丽亚的故事,布尤提曼的神话,在他的脑子中倒塌了,像是梦中制造的一个虚拟王国,他现在剩下的只有回声——头脑中心回旋不已的疼痛。

对面的十人桌上,整个像一个的动物,站了起来。他们一起出门，三对人再加一个四人组。侍者穿着他那件备受折磨的马甲，站在门旁低头哈腰。最后离开的是那对高个儿，一对穿着黑色天鹅绒衣服的双胞胎。

那喀索斯的妹妹。那个版本的故事不仅仅是乱伦的——而且写实、感伤。原来的版本刺中了他，与他相关。他是不是，基思是不是，犯下自恋这个令人憎恶的恶行？嗯，他爱自己身上的青春的玫瑰，正是这样。那是可以原谅的。而另一方面，一种表面，有着两个维度的表面，让他惊呆，动弹不得——不是镜子中他自己的形状，而是他身旁出现的另一个形状。噢，我爱自己。这一天，通过她，他爱了自己，而这是他以前从未做过的。因为那时他也在镜子里，站在她身后。倒影——也是回声： *噢，我如此深爱自己……*

侍者阔壮的背转了过去，小胖拳头搭在腰上，瞪着看被遗弃的桌布。桌布瞪了回来，肮脏而内疚，几十个脏杯子，咖啡碟上被摁灭的烟蒂，皱巴巴的纸巾扔在吃了一半的冰淇淋里……侍者摇了摇头，重重地坐了下来，解开马甲扣。一切都归于静止不动了。

格洛丽亚自成一类，很可能的。不，得了，确实是自成一类：不仅仅是个阳物还是个信教的阳物——一个有着天大的秘密的信教的阳物。现在，基思也有了一个秘密，一个无法坦露的秘密。这还不能被称为是创伤吗？创伤是一个你不让自己去触碰的秘密。格洛丽亚知道她的秘密，而他知道他的秘密……在这个新世界中情感的位置这事上，她教会他许多，对此他深信不疑。在生物存在之链的位置这事上，她提升了他，对此他深信不疑。在格洛丽亚·布尤提曼学院里,他摘取了桂冠,赢得了第一,对此他深信不疑。他现在准备好,把她的教诲传授给首都满怀感激的年轻姑娘。我自由了,他想。

侍者的影子告诉他,该离开了。我非常累了,他告诉自己。意大利,城堡,夏季,那同一个早上的各种事(教堂的钟声,黑色的手套,露出的牙齿,那个自我)似乎遥远得难以想象了,就像是童年时代。或者像是比童年还早的时代——婴儿时代,孩提时代。或者像是1948年,他甚至还没出生的时代。

不过,现在基思·尼亚林有了自由。

有了自由,他出去混迹在伦敦的年轻姑娘当中。在未来的几天、几星期、几个月、几年里,他出门,在伦敦的街上,大教室里,办公室里,酒吧里,咖啡馆里,聚会里。在伦敦的屋顶和烟囱下,在城市巨人般的大树下,在都市的天空下。这是最奇怪不过的事。

他出去混迹在伦敦的年轻姑娘当中。而这是最奇怪不过的事。她们当中的每一个人早已经恨上他了。

尾声大写的生活

我想，是人才会这样。是人才会这样——想要知道这些人后来都怎么样了。

好吧，1971年，山鲁佐德……等等。老秩序让位于新秩序——虽然不是件容易的事。这场革命是一场天鹅绒革命，但并非滴血不流。有些人安然度过了，有些人多多少少算是安然度过了，有些人倒下了。有些人挺顺利的，有些人不太顺利，有些人在这两者之间。像是有三种层次，好比是煞风景、可塑景、美景；好比是群山选择的三种距离，好比是三种鸟儿，黑色的、黄色的，上层空气中的磁铁，形成一支射出的箭头……有些人安然度过了，有些人多多少少算是安然度过了，有些人倒下了，但他们都经历了性创伤——所有那些在场的人。所有那些和怀孕的寡妇一起经历了一次奇异的旅行的人。

对他们各自的命运，留待后话。但现在，先提供一些缩减版。山鲁佐德挺顺利的（只除了一件事），提米挺顺利的，贾奎尔多少算是顺利的，孔秋塔（他希望也深信）挺顺利的，维特克和阿门挺顺利的，尼古拉斯挺顺利的，丽丽最后也挺顺利的。

另一面是，阿德里亚诺介于顺利和不顺利之间，丽塔不太顺利（莫丽·西姆斯凑巧也是同样的不太顺利），肯里克绝对是不顺利的，维奥利特绝对是不顺利的，格洛丽亚也是不顺利的。多多（这个只能是猜测，因为谁也没再见过她）不顺利。普兰蒂丝和乌娜分别在1994年和1998年前都挺顺利的。然后她们就去世了。

而基思……呃，现在是2009年，不是2003年。简直和小说一样，1970年突然间赶了上来。这次不幸的危机——如他第三任妻子柔和但恰当的称呼，他的"犯规投球"——也已经过去了，他也是顺利的。

意大利之夏——这是他的生命存在中，唯一一段像是虚构的小说。既有时间顺序和事实真相（确实发生了），又以时间、地点和剧情的一致而自傲。它追求达到至少是部分的连贯；它又有一些形状、一些规律，有人物的梯队，道德的寓言。一旦这一切结束了，他所剩下的唯有事实真相和时间顺序——哦，对了，还有具有固有的悲剧性的形状（上升，峰顶和下落），像是悲剧面具上的那张嘴；而且，这张脸，对所有没有早逝的人来说，都是千篇一律一个模样的。

但是，原来还有另外一种行事的方法，另一种模式，另一种体裁。在此，我命名它为"大写的生活"。

"大写的生活"是"还不错的世界"，是"我想起了的世界"，是"他说、她说的世界"。

"大写的生活"没有时间来张罗高贵的礼仪、花哨的雕琢，也不会对厨房水槽加以高度的造型。

"大写的生活"不是一只船形高跟鞋，有着细尖的鞋跟和拱起的鞋底;"大写的生活"是你腿另一端的那只毫无品味可言的蹄子。

"大写的生活"是边过边写。再也不能抹掉重写。再也不能修改。

"大写的生活"以十六个小时一单元的形式出现,在醒来和入睡之间,在从不真实中逃脱和重新拥抱不真实之间。每年,有三百六十多个这样的单元。

至少还有格洛丽亚·布尤提曼,她要给我们"大写的生活"急需的东西。计谋。

1970年和1974年之间发生的一些事

整整四十个月——开始于那个他的眼睛变得清澈的九月，基思生活在拉金国里——这个性饥馑的国度，尽是鱼的灰白和猴子的棕黄。拉金国最明显的特征是，所有的女人过了几秒钟，就能判断出你住的地方——拉金国。

起初，他所有靠近姑娘的企图得到的反应都是往后一跳，或是扭身走开，或是重重地摇头。有一位非常能言善道的研究生拒绝了他之后，又说，他散发出一股电和冰奇怪的混合。"好像你得了经前综合征，"她说。那个阶段过去了。他对姑娘的示好开始变得迟迟疑疑的（伸出一只手），然后是轻声说，然后是毫无力道地想有心灵感应。异性相吸不在爱情物理的规则中。 1971年，再一次是1973年，他先后和诗歌协会（就在他伯爵府区阴湿的公寓所在的那条街的转角处）的两个神经过敏的姑娘纠缠上了：协会管财务的，乔伊，后来是佩松丝——这位一周两次诗歌朗读的参加者，最坚持不懈也最神情呆滞。 1972年，再一次是在1973年，他熟悉了通往富勒姆大街上某个阁楼公寓的狭窄的楼梯。那里面住着个替出版社遴选作品的阅读人，叫做温妮弗雷德，还有她的对襟毛衣、她的甜雪利酒、她的约翰·考柏·波伊斯[1]、她脸部的抽搐。

他漫步走过曾经走过的路，但阿什拉芙在伊斯法罕，迪尔卡什在伊斯兰堡，多丽丝在伊斯灵顿[2]（他和她在那儿的一个酒吧喝了一杯——和她还有她的男友）。每隔五到六个月他和丽丽一起度过一个纯洁的夜晚（当她在恋爱空档期时）。他自然想让她回来，她也同情过他，但她不会回来。

离1974年还有七天（那是圣诞夜），他第一次重又遇上了格洛丽亚·布尤提曼。

这类聚会是有钱的年轻人中更崇尚波希米亚风那帮人组织的——现在很少在这类聚会上见到基思了。我不会详细描述（一摊一摊潮湿的头发，光滑而繁茂）。格洛丽亚到得很迟，在屋子里四下转悠了一下，在这个尽在把握中的环境中穿行着。她的身体让你想到《第十二夜》中的薇奥拉或是《皆大欢喜》中的罗莎琳德：一个耍调皮装扮成男孩的姑娘。头发被盘了起来压在三角帽下，一条绿色紧身绸布裤。

他正等在走道上。这是他们的开场对话：

"你假装不记得我了吗？就是这样，对吧？"

"……我觉得自己不能理解你的语调。"

"你收到我的留言了吗？收到我的信了？哪天晚上一起吃个饭怎么样？中饭也可以。把下午留出来。可能没有机会了吧。"

---

1 约翰·考柏·波伊斯（1872—1963），英国小说家、文评家和诗人。
2 伦敦市中心的一个区域。

"……不。没有。说实在的,我很惊讶你居然有胆量问。"

"好吧,和你的狐朋狗党一起混吧。行。告诉我。奶酪世界怎么样了?"她退后了一步。有那么极其痛苦的四五秒钟,他感觉自己在她的雷达上显示出来了——不仅仅是扫到了,而是不偏不倚地对准了。"等等,"他说,"对不起。别那样。"

"主啊。俄南之罪[1]落在他身上了。主啊。你几乎可以闻得到。"

基思的新外套(从小时装店里花了六镑钱买的)像火球似的包裹着他。

"喔,我想和你谈谈,"她说,"待在这儿。太精彩了。我感觉——我感觉像有人放慢车速在看一场车祸。你知道,残忍的好奇心。"

格洛丽亚转身走开了……是的,太大了,就像丽丽一直坚称的,实在太大了。但现在,在他饥饿的注视中,那就像是史诗般宏大而可怕的成果,比如中国的"文化大革命",伊斯兰的兴起,美洲大陆被殖民。他看着她从一个客人转到另一个客人。男人看着格洛丽亚,都不自觉地会想到衣服另一侧的凹凸。是的,她现在隔着他有天文距离之遥,远远不在他的裸眼能及的范围。

她不断地走开又不断地回来,但那天晚上,她告诉了他很多事。

"哦,可怜见的……在意大利那会儿,你对姑娘们都很

---

[1] 指自慰。

好。因为姑娘们都对你很好。但一切都变得糟透了，是吧。你和你的姑娘们。而那还才是个开头。"

她接下去又解释道，性挫折一旦超过了某个程度，男人头脑里就有一部分开始憎恨女人。女人感觉得到。这就像是自我实现预言，她说。而这一点他早就知道。拉金国，是自我实现的，自我延续的，自我挫败的。

"而这只能变得越来越糟。啊，看到那个刚刚进来的漂亮的小伙子了吧。金色头发的高个子？那就是休。在威尔士有城堡的那个。"

"典型不过了。是啊，社会的经济基础。"

"……你就是忍不住，是不是。你听起来就像是故意要让人避之不及的。任何人的本能就是立即走开。我的腿想要迈开，但这是喜庆的节日。对所有的男人都要亲善友好。你准备好听一些建议吗？"

他站在那儿，低着头，一边抽着烟。"告诉我。帮助我。"

"好吧。到屋子里去转一圈。走到你最喜欢的姑娘近旁去。我要去亲亲我的未婚夫，但我会看着你的。"

十分钟后，她告诉他一些话，至少听起来相当的对称：姑娘越漂亮，他就越丑陋——越偷偷摸摸，越深恶痛绝。

"靠近佩特罗奈拉时，你看上去完全轻松自在。穿着有波特酒酒渍宽松衫的那个。还有莫妮卡。有轻微兔唇的那个。唔，你的眼睛不像以前那样冒着气泡似的，但你的嘴巴有点不对劲。"

"指给我看，"他说。她指给他看。"天哪，格洛丽亚，我怎么才能摆脱？"

"呃，目前看来，你已经没救了，这正是麻烦。你还是学生吗？不是了。那么我很抱歉，但我无论猜你做什么，都完全是个失败者。"

这一点其实远远不符真相。毕业时，基思拿了个特别出色的学位，几乎是随随便便地申请了些工作——他在古董店、画廊工作过；有两个月时间，他在伯克利广场的一家广告公司工作过。然后他不再做见习文案，成了《文学增刊》的见习编辑。他现在已经是那儿的全职编辑了，一边还在《观察家报》《听众》《政治家和国家》这些报刊发表一些有关批评理论的文章，文笔成熟得诡异。有十来首诗发表在不同的杂志上，还收到了尼尔·达灵顿寄来的令人鼓舞的信函。尼尔·达灵顿是《小杂志》和小书册系列丛书的出版人之一……

"哦，明白了。一败涂地，"她说，"你得多挣一点，基思。不要再挂着那张阴湿的脸。也有例外，但姑娘们要在这世上往上走，不是往下跌。你记得那首感人的歌谣吗？《如果我是个木匠，你是个贵族小姐》。"

"你会和我结婚，为我生育宝宝吗？"

"嗯，这个问题的答案是，绝对不会。滑稽的是，你所需要的只是一个漂亮的女朋友，其他人都会跟上来的。"

他问为什么是这样的呢。

"为什么？因为对姑娘来说，吸引力的规律相比之下比较模糊。因为男人的长相相比之下不那么重要。因此，我们都注意着烟雾信号。我们都仔细听着对讲机。如果我们当中有一个——漂亮的一个——认为你不错,然后我们就全注意你了。此时此地,我就能让你增加一半的吸引力。就在屋子里兜上一圈就行。"

他叹了一口气。"哦,罗宾汉。你穿着舍伍德森林的绿色。你劫了富人救了穷人。陪我兜上一圈吧……我付你一百镑。"

格洛丽亚一如既往地让人吃惊,说:"你身上带着钱了?唔。不行。相当一场表演呢,而且休会不高兴的。"

"那我就回家了。那么就是休了,对吧?"

"很可能的。他完美极了。除了有个可怕的老娘。她恨我……我二十六岁了,你知道的。嘀嗒嘀嗒,时不我待哪。"

"让我想起了。"他用弱弱的声音告诉她山鲁佐德的事。已经结婚了(和提米),已经是两个孩子的妈了(吉米和米莉),已经是虔诚教徒了(据丽丽说)。她耸耸肩,他说:"该走了。"他内里的声音(天,多沙哑呀)提供了一个建议。基思并不认为怎么样,但他说道:"好啊,节日的祝福。呃,留点东西给圣诞老人看看,那是传统呢,对吧?不要费劲弄圣诞馅饼了。就给他看一个美丽的景致:你裸身跪在地上祷告。"

她的肤色——她暗黑的铜色肌肤——更加深了。"你怎么知道我裸身祷告的?"

"你告诉我的。在卫生间里。"

"哪个卫生间?"

"你记得的。你转身,举着一条蓝色的裙子。然后我说:

'没有蜂蜇。'"

"啊,什么乱七八糟的。然后呢?"

"你弯身伏在浴巾架上,说:'其实蜇得很深。'"

"你仍旧以为这真的发生了?不,基思,是你梦见的。不过,我记得蜂蜇。我怎么会忘记呢?我真的讨厌废墟,这也没错。祝你好运!你知道的,所有这些事,就像是玩串果戏[1]。你还记得吗?一个赢了一次的果子要是战胜了一个赢了二十五次的,突然它就成了一个赢了二十六次的。你明白了吧,要想找到一个漂亮的女朋友,你得先有个漂亮的女朋友。我知道。这是话糙理不糙。"

"可不是嘛。你的秘密怎么样?还挺好的?"

"祝你圣诞快乐。"

他沿着肯辛顿的高街,走在雪地上。到目前为止,基思·尼亚林是怎样的诗人?他是幽默的自我贬损的小小倡导者(地球上还有没有其他的文化有同样的追求?)。他既不是阿克梅派[2]也不是超现实派。他是性事失败者流派的,是属于煞风景、癞蛤蟆的流派。他们的桂冠诗人和英雄偶像当然是菲利普·拉金。有名气的诗人能到手不少姑娘,有时是不少姑娘(有些诗人长得像卡西莫多,行事像卡萨诺瓦),但碰到漂亮姑娘,他们像是要故意回避,或是羞赧退开,因为这太明摆着了。拉金的女人有她们的世界,

---

1 英国的传统儿童游戏,用马栗穿绳相互击打。以击碎对方马栗的壳得分。
2 二十世纪初俄国的诗歌创作流派,鼓吹"艺术为艺术"。

> 她们工作，渐渐变老，
> 没有吸引力，太害羞，
> 或是道德太正统，
> 让男人无意靠近……

因而，带着一种怠惰的英雄主义，拉金居住在拉金国里，写着歌唱拉金国的诗歌。我是不会这么做的，基思决定。他往左转，走向伯爵府。因为否则的话，等我老了，就没有什么可想的了。不管怎样，他都不想成为那样的诗人。他想成为尼尔·达灵顿那样的浪漫诗人（"当你的嘴启开，暴风雨从我身体里滚卷而过"）。但是基思没有任何可以浪漫的事。

那个年代，整个都市从圣诞前的午夜开始关闭一个星期。都市变黑了。上帝的手搁在开关的上方：任何一秒钟，灯光就会全部熄灭，直到1974年才会重新亮起来。

1975 年的某个场合

基思先是和他的私人助理道别,再和他的秘书道别,然后坐在四周全是镜子的无声方箱子里从广告公司的十四楼下来。中庭的平地上,公司老板迪戈比穿着短夹克、德文特穿着绸斗篷等着他们的车子。迪戈比和德文特是表兄弟,在很久以前,分别写了第一部小说……

"不,我不行,"基思说,"我要去见一位漂亮的姑娘。我妹妹维奥利特。在喀土穆酒吧。"

"明智的人。试试冰冻果汁鸡尾酒。"

基思迈入了1975年伦敦的高峰时刻,但人影稀疏,混沌无色。

1972年初,他在广告公司递上辞职书时,先是迪戈比后是德文特带他出去吃中饭,他们提及自己的悲伤,为着失去这样一位"如此不同寻常的"人才——一个非常善于兜售非基本必需品的人。"去《文学增刊》,钱是一样的,"他为了找些话说,"相信我,"德文特说,后来迪戈比也一样的说法,"不会一直都一样的。"此话不假。基思现在要为在诺丁山的一个相当大的两层独立公寓付按揭,他开着一辆新的德国车,他穿着——这天晚上——一件黑羊绒的外套,戴着黑羊绒的围巾。

换工作最坏的一点是告诉尼古拉斯。哦，不，基思再也不想经过这一步了。麻烦的一部分是他不能把为什么告诉尼古拉斯。"好吧。你还是我的弟弟，"凌晨四点钟尼古拉斯对基思说。基思这些天，仍旧在写评论，可诗歌几乎就要停止了，他事先知道是会发生这一情况的。他还是会用点韵的。你无需再等候——直到八点过后[1]。嘿，小子坏，水果糖块[2]。他的工资在十九个月里涨了八倍。唯一一位仍旧给他白天时间的是尼尔·达灵顿，《小杂志》的编辑。他英俊有魅力，好争论爱喝酒，债务缠身女人成灾。基思告诉尼尔为什么。只是这为什么尼尔很可能看不上眼。

现在有姑娘了。几乎总是有个姑娘。同事——一个临时工，一个市场调研员，一个打字员，一个初级会计……1973年圣诞前夜格洛丽亚对他（对他的嘴巴）的模仿重要性还在：那张鸡喙嘴又回来了。现在又不见了。他走出了"煞风景"国度，正慢慢地以"低可塑景"出现，但这是一个有着耐心、谦卑和钞票的"低可塑景"。

他走出了拉金国。有时候他觉得自己像是个兴高采烈的难民。他寻求过庇护之地，也找到了。走出拉金国是一个非常漫长的过程（他行了不少贿赂）。经过边境移民收容所好几个月，敌意重重的审讯和健康检查，连着几个小时，他们皱着眉看他的文件材料和签证。他走出了上方是瞭望台、探照灯和铁丝网的大门。仍旧听得到狗叫声。有人吹了一声哨子，他转身

---

[1] "八点过后"（After Eight）是餐后薄荷巧克力品牌。
[2] "水果糖块"（Fruitella），水果糖品牌。

看了一下。他继续往前走。走出了拉金国。

他和丽丽一起的纯洁的夜晚已经进化到了周末，在布莱顿、巴黎、阿姆斯特丹——算不上是下流的，但也不是纯洁的周末。

他穿过梅菲尔，再穿过不见车辆的皮卡迪利，经过丽兹酒店，到了圣詹姆斯公园，右手晃着一双软皮手套（现在是十月初），他发现自己很想见到妹妹。他的想在心里，而不是行动上。他一直保持了严格控制的几何距离，和哥哥不一样。哥哥让维奥利特来和他一起住，在帕丁顿的两居室公寓里度过了1974年可怕的三个月。

"每天早上——都要上撬棍，"尼古拉斯说。也就是说，每天早上第一件事是把她从前个晚上带回来的某个窃东西的、砌墙的、乞讨的、起重（或者万不得已——开出租车的）的身下撬出来。维奥利特似乎是从无产阶级转向下层阶级（或者是以前叫做社会渣滓的阶层）。接下来，在刚刚过去的那个夏天开始的时候，她的肤色转为芥末黄（黄疸）。她住院一段时间后，又去肯特郡一个昂贵的疗养地疗养。疗养地叫"牧师住所"，是一个已经干涸的温泉。基思支付了所有费用。基思也付了所有精神病专家、治疗师的费用（直到维奥利特坚决地声明，这完全是浪费时间）。他总是给维奥利特钱。他急切地给她钱。写一张支票不过几秒钟时间，而且不会让他觉得心痛。

九月，他去看她。火车，田野，一动不动的牛像是拼图的碎片等着被拼接起来，有着绿色山形墙的庄园，维奥利特在餐厅里和一位同在修养的病友玩猜字游戏。他们在草地上散步，顶着一片惊人的蓝色。她握起他的手，就像她小时候常做的那样……基思一点点的帅气在那些饥馑的岁月（他匮乏的年代）里被彻底抹去了，而维奥利特的美丽完全恢复了，她的鼻子、嘴巴、下巴，平滑地从一部分到另一部分。甚至还提到了一个可能的婚姻——嫁给一个年龄比她大一倍的人（四十一岁），一个仰慕她、保护她、救助她的人。

今天晚上，会有果汁鸡尾酒，演出（她喜欢看演出，他已经买好了《男朋友》的票），看完演出在商船维克饭店吃晚饭。

这一刻，他正走进喀土穆酒吧，推开套色玻璃门。他们的夜晚，作为一件熟悉的能理解的事，仅仅持续了一分钟。而这一分钟也不太好。不，不对，这么说不公平：开头三秒钟非常好。他看到了她披着柔和金发的身影（穿着白衣的侧身），她正坐在圆形不锈钢吧台前的高凳上。

她的脸怎么了？脸部的肌腱韧带怎么了？然后他看明白她是在做一个多多少少能够辨认出来的人类行为。他脑子里蹦出的第一个词是：无才无能。第二个词是加重语气的：难以置信的。因为维奥利特在做的是，或者说想象她自己在做的是：对酒吧侍者施行性魔力。

那人扎着个马尾巴，穿着黑色无袖T恤衫，露着丑陋的肌肉，不停地回头瞟她一眼，不是回应她，而是因为没法相信，看她真的还在那样做。而她还在继续做着，继续做着，两手挡着眼睛两侧，送着秋波，怪笑盈盈，舔着嘴唇。基思往前走了一步。

"维奥利特。"

"嗨，基，"她说，从高凳上滑了下来。

"噢，维！"

像是蛋白蛋黄从蛋壳中脱离开来，维奥利特迅速瘫倒了，躺在那儿，形成一个圆圈——蛋白平平地散在锅底，黄色的脑袋在中央。五分钟以后，他终于把她弄到了皮扶手椅上坐下，她不断地说着："回家。回家。"

基思去给尼古拉斯打了电话，得到三个完全不同的而且相距很远的地址。他付账时（"这账单对吗？"），看到扶手椅空了。侍者指了指。基思大力推开玻璃门，维奥利特就在他的脚下，双手双膝着地，低着头，大口大口地响亮地呕吐着。

很快，他们坐了一辆又一辆的出租车，从群狗岛的冷风里到英里尽路，到邮编是 N19 的奥平顿大街。她非常想要她的床，非常想要她的室友，维罗尼卡。但在她能进去之前，她需要钥匙，他们必须找到钥匙。

喀土穆酒吧的账单——这是他和尼古拉斯或者甚至是肯里克待上两个小时以后可能会收到的账单。"这账单对吗？"侍者睁大了眼睛（然后指了指）。维奥利特在半个小时不到的时间里喝了七杯马提尼。

他爬上他漂亮的公寓里的床，撩开艾莉丝脖颈后的爱尔兰长发（就像是浓厚的橘子酱）——他可以把自己的脸贴在她淡棕色的绒毛上。

除了维奥利特（维奥利特的阴影一直在他的脑海里），他快乐吗？他想说是的。但他的两颗心，上面的（固定的，或者说处于稳定的状态）和下面的（会伸展的，或者说应该是会伸展的）不一致。他的家伙成了一个叛逆的厄洛斯。悲哀地说，是有关硬挺的问题：他硬挺不了了。即使有了，也不能长久。而且他不爱她们，他的姑娘们。以前他爱她们每一个。我这么说我自己（他心想）：我不会再在卧室里欺侮人了，我不再企图强迫姑娘做违背她们天性的事了。要做那个，得硬挺得像模像样。他就这样活着，血液不按他的想法流淌着。

所有这些花朵，鸢尾（艾莉丝），三色紫罗兰（潘西），百合（丽丽），紫罗兰（维奥利特）。还有他自己——青春的玫瑰。啊玫瑰，你病了……

> 啊玫瑰，你病了。
> 那看不见的虫子
> 飞行于夜色，
> 在嚎叫的风暴里，
> 发现了你深红色
> 欢乐的床，
> 他黑暗而隐秘的爱
> 把你的生命灭亡。

……基思翻了个身仰躺着。那天晚上在伦敦,他和维奥利特得找到一样东西。他们得找到维奥利特的钥匙。他们一直找到了十二点半。他们查出来钥匙在哪儿,又去那儿找到了钥匙。然后他们得查出来这把钥匙通向哪扇门。

1976年的几件进展

1976年7月,基思花一千英镑一周雇佣了格洛丽亚·布尤提曼。她的工作是假装成他的女朋友……

这是四月,格洛丽亚正穿过荷兰公园,脚步轻快而有风度,从公园的这一头走向另一头。而基思只是在走路,没有目的地。他招呼了她,两人开始并排走。

"帽子挺漂亮的,"她同意(他向她抬了抬深灰色波尔萨利诺帽的帽檐)。"你脱离了你那阴湿公寓的悲伤了?"

"我采纳了你的建议。"他解释了一下。他工作的简历,他生活的轨迹。

"唔,"她说,"但挣来的钱从来都不长久的。"

"你结婚了吗?……不过,我以为你马上就要去坎特伯雷了。"

"你在说什么呀?"

"格洛丽亚,当四月的甘霖渗透了三月枯竭的根须,这时,人们渴想着去四方朝圣。[1]"

"他们现在还去?"

"不,现在不去了。不再去了。这正是麻烦所在。他们只

---

[1] 出自乔叟《坎特伯雷故事集》序言。

是叹口气想，四月是最残酷的季节。在死亡之地上滋养紫丁香，[1] 格洛丽亚。把记忆和欲望混淆在一起。"

"朝圣会回来的……你应当停了这些，你知道，这只能让姑娘们觉得自己无知。"

"你说的没错。不管怎样，我已经放弃诗歌了。诗歌已经放弃我了。"

第一次，她的脚步慢了下来，她朝他微笑——仿佛他做了一件好事。连丽丽，注重实用的丽丽，都为这消息觉得难过。曾经有诗歌涌出的那部分头脑，等他去看时，碰到的是门被砰地猛力关上后的寂静。

"因为只有当你一文不名，才可以当诗人？"格洛丽亚说，"一定有过有钱的诗人的。"

"确实。但罗彻斯特伯爵[2]不在广告公司工作。"他回想到公司的走廊，满是不能发声的诗人，文思堵住的小说家，得了脑震荡的剧作家。

"和姑娘们进行得怎么样呢？"

"还行。但我得不到我真正想要的姑娘。像你这样的姑娘。"

"像我这样的姑娘是怎么样的呢？"

"会看着镜子说'我如此深爱自己'的姑娘。有着光滑的黑发的姑娘。鞋油般黑的头发。你的头发像是面镜子。我能看

---

1 暗指T·S·艾略特的《荒原》。
2 约翰·威尔默特（1647—1680），英国诗人，诗歌以讽刺和下流出名。

得到我的脸。这是你第一次让我看到它,你的头发。有着光滑的头发和一个秘密的姑娘。"

"一如我预言过的,一辈子都被毁了。"

"你把我毁了,但你现在是过去式了。我想要公共关系部的潘妮。我想要人事部的帕米拉。你结婚了吗?我妹妹马上要结婚了。你呢?"

"突然热了起来。"

突然,她停了下来,转身敞开外套……在小说中,天气和风景应和人们的心情。而生活不是那样的。现在,一阵温暖的微风,一阵热风,扫过他们,有非常微细的降水,像是一阵湿润的蒸汽,才几秒钟,格洛丽亚的白色上装透明地紧紧裹在她身上,泪珠似的双乳增添了效果,还有艺术味的翁法洛斯。记忆和欲望从地上、人行道上、死亡之地上涌上来,攫住了他膝盖的内侧。他说:

"记得吗——记得你告诉我这一点。你会陪着我在屋子里走上一圈,姑娘们就会用不同的眼光看我。记得吗?"

他作出了提议。

"潘妮。帕米拉。马上会有两个公司的聚会。我想要公共关系部的潘妮,我想要人事部的帕米拉。来参加我们的夏季聚会。来伯克利广场和我一起吃午饭——就一两次。来公司接我。假装是我的女朋友。"

"钱不够。"

"我加倍。给你我的信用卡。"

到这时,他已经去过美国——去过纽约,去过洛杉矶,对格洛丽亚从某种意义上属于哪种体裁（方法，模式）他了解得更多了。

这是个还算得上年轻的女人，纵横交错的伤疤、团块的脂肪显然还能撑起她的模样，有时候还刺上塔罗纸牌厚度的文身。这是个还算得上年轻的男人，带着他的肿胀，突出的下巴，卑贱的眉毛。

画面淡去。这是基思，腰间缠着一条浴巾。这是格洛丽亚，举着一条蓝色的连衣裙，像是在估摸裙子的长度。然后是她转身之前看他的眼神，像是他来送比萨饼或是来通泳池下水道的。接下来是身体的交换——"那个会传递爱的动作，"有人如此评说，"如果爱确实存在。"

当然，格洛丽亚在两个重要方面都不是常人。首先是她所使用的幽默、逗趣（和格洛丽亚，性是一件滑稽的事——因为它显露了他们的本性，他的，也有她的）。上方的屏幕晃动着可怕阴森的幻彩荧光和蜡像馆的色彩，仅仅一个真诚的微笑，整个幻象就会尖叫着逃遁；格洛丽亚的第二个异于常人之处是她的美丽。她把美和脏结合在一起，就像城市的雪。此外，还有宗教。

"交易达成了，"她在电话上说，"问题是，休见他以前一个女朋友次数太多了。不是你想的那种，但得好好吓唬他一下。我什么时候开始假装你的女朋友呢？"

基思放下电话听筒，想着荷兰公园里的那件白色T恤衫。天气或是天庭的纵容。看不到的雨滴，塑造了她身躯的色情之露。

维奥利特是六月新娘。

卡尔·沙克尔顿支在拐杖上,抖索着,把她交给了新郎。婚礼午餐会在她忠实的仰慕者弗朗西斯的家里举办。完美无缺的弗朗西斯,善良,受过良好的教育。"我们没有其他选择,"尼古拉斯说,"只能把他看作是良善之力。"弗朗西斯守寡的母亲也在,站在和她一般瘦削枯槁的家具中。然后他们挥手送别去度蜜月的新婚夫妇——飘着白色的缎带的奥斯丁公主轿车。维奥利特二十二岁。

基思听说,开始有些困难。后来这桩婚姻似乎稳定下来了。但到了七月,房子要整修了。维奥利特找了些建筑工人来。

他开车和她一起去第一个夏日聚会——在泰晤士河上一艘庞大的双桅横帆船上。"哼—唔,"格洛丽亚客气地咳嗽了一下,开口说,"你要知道用什么诀窍,可能会令你尴尬。我会做所有寻常的那些事,摸一摸亲一亲什么的。但这是诀窍。我会一直满眼爱慕地盯着你那家伙所在的方向看。"

基思开着车,说:"你确定吗?"

"我当然确定。有趣的是,有一个……我以为我是唯一一个知道这事的人,但有趣的是,前几天晚上有个节目也是讲这事的。他们用激光或是什么类似的光和每个人的眼睛联接好。在一个社交场合,姑娘被介绍给男孩时,她每隔十秒钟,就会朝他那家伙瞟上一眼。他也同样,只是他的视线还包括她的胸部。新婚夫妇的眼睛就是以这种方式如胶似漆的。哪些姑娘是你喜欢的?"

"潘妮和帕米拉。"

"我也会跟她们调情。你要是看到我对她们亲亲摸摸的,别大惊小怪。人们也不知道这一点。做得恰当的话,姑娘也会身体发软的。连最直的也不例外。"

"真的?"

"相信我。"

午夜时分,他在休位于樱草花山[1]的双门前排屋前停下。穿着燕尾服的基思·尼亚林打开了乘客座的门,把手伸向穿着旗袍的格洛丽亚·布尤提曼。

"玩得很开心呢,"她说,"好。你想想错在哪儿?"

"我觉得所有有着卧室躯体的姑娘都是阳物。"

"没错。正如我很久以前,不遗余力地告诉过你,极少有姑娘是阳物。这儿。握握我的手套。"

"阳物。盯着阳物。不要觉得被冒犯了,可是有没有是屄的男人?"

"没有,都是阳物。晚安。"

摸过了,捏过了,挤过了,咬过了,也被满眼爱慕地盯过了,基思开车回家。和艾莉丝大败一场,过不了关。

三个星期之后,在宝马车里,一个装着另一半谢礼(格洛丽亚喜欢这个叫法)的信封递到了格洛丽亚的手中。基思打着白色的领带,格洛丽亚穿着礼拜日服装的极简短版。第二次公

---

[1] 伦敦摄政公园北侧的山丘以及周边地区,是伦敦最昂贵的住宅区之一。

司的聚会在邮政塔楼顶部的一个旋转餐厅,是鸡尾酒和晚宴。

"真是太棒了。你知道,有那么一两个小时,我真的确实相信你就是我的女朋友。"

"唔,你又显得那么温文尔雅。好的。总结一下。忘了潘妮。她很正经,但我看得出来她正在拖垮一个已婚男人。帕米拉,我觉得,差不多是个同性恋。"

"你和她在卫生间。你怎么看出来的?接吻?"

"不,接吻她们都会来的。不是的,是呼吸。或许,亚丽克西斯可能更合适一点。"

"亚丽克西斯?"亚丽克西斯是迪戈比的秘书。"她太——她对我来说是不是太精通世故了?她结婚了。"

"不,没有结婚。她离婚了,有利的身份。四十岁的女人,她算是相当不错了。而且在这个年龄她会特别有趣,我们说的那种方式的有趣。哦,我敢打赌她一定是有趣的。但记住了,她不是个阳物。"

基思说,他会记住这一点的。"但我永远不会和伊芙琳有火花的。"

"可能会有。她喜欢看书。我不知道她有没有读过,但她看到了你在《文学增刊》写的那些废话。给她送点花,邀请她一起去吃中饭。好了。你把我放下时,我们会站在花园门口,你要给我一个激情的吻,持续一分钟。因为休会在看的。嗯,不行。一分钟会像是一个世纪的,你说呢?十秒来钟吧。但你的手一定要放在我裙子的后背上。

结论。没过多久,公司里的每个人都知道了德文特离开了他的妻子，和潘妮搬到一起住了。帕米拉从纽约度了夏日假期回来，剃掉了头发。很快，基思开始和亚丽克西斯约会。他觉得格洛丽亚像是山顶上的将军，指挥着他的生活。

他没有什么可抱怨的。从性事方面看，出现了新的问题，但他没有什么可抱怨的。他难以忘记他和格洛丽亚的那个激情之吻持续了至少有一个世纪。

1977 年来临的事

维奥利特的婚姻已经结束了。一个万年不遇的妹妹,一个千年不遇的女儿,维奥利特结果还是一个闻所未闻的妻子。

"她操了建筑工人?"

"不是,"尼古拉斯在电话上说,"她操了建筑工人们。复数。"

"她操了两个建筑工人?"

"不是。她操了所有的建筑工人。"

"但建筑工人有好几个呢。"

"我知道。"

又到春天了(五月)。基思坐在桌旁,迈德站在他身后看着。迈德(艾哈迈德的简称)是外联推广处的视觉设计天才。他们俩一起在"接生"一个新产品(一种冰巧克力三明治)。基思的新秘书朱迪思传呼进来说,有一位莱威林太太在这儿要见他。

"不,我没有结婚,"他们单独在一起时,格洛丽亚说。"还不算。还没有。我三十岁了,你意识到了吗?"朱迪思送茶进来,她停顿了一下。"休有问题。"

"他喜欢毒品,"基思重复别人的传言。

"休不是喜欢毒品。他是海洛因上瘾。"

这就明白了。休高大，英俊，还有钱——他受不了，那是多自然的事啊。他连一秒钟都受不了。

"每隔两个月，"格洛丽亚说了下去，"他都要去'牧师住所'灌灌果汁，搓搓后背。然后又重新来过一遍。他不肯去德国的那个地方。"她描绘了一下德国的那个地方——床上的皮带，穿着背心的男护士。"我们已经有一年多没有性事了。"

基思的兴趣变得强烈起来。"那你怎么办呢？"他问她，"我是说，你是个健康的年轻姑娘。"

"我靠普罗伯特，"她解释道（普罗伯特是休的弟弟），"那就是我来见你的原因。"

他点起一支烟。她挂上一副长久受难的表情。

"这下普罗伯特走了，把兰戈伦一个挤奶女工的肚子搞大了。而且他是信教的。只能是这样了。"

"……你还信教吗？"

"更加信了。事实上，我都有点烦罗马教廷了。都没什么要求。我需要一点更加狠的。"

"……你有没有想过转移到普罗伯特？"

"天主啊，不。他们的方式是，休得到一切。普罗伯特住在城堡里，但他像是个农工帮手。四下扛个粪袋，救个羊羔什么的。"

"原谅我，但休知道你操他的弟弟的事吗？"她侧向一旁点了点头。基思突然意识到他是多么的不愿意格洛丽亚操他的哥哥,或是他的任何一个朋友。其实,任何一个人,他都不愿意。永远都不。"这下,农工帮手要和挤奶女工结婚了。"

"是的。因此,这下对你来说有了个空隙。只能是暂时的。明天晚上,六点半和八点之间你有空吗?过来见我。樱草花山。"

"我会到的,"她站起身离开的时候,他说道,"见你是什么意思呢?"他希望只是风流一下,而不必去饭店。她说:

"你会知道见我是什么意思的。"

维奥利特仍旧信教,但她不再结交年轻的建筑工人了。要赢得维奥利特的欢心,至少有一段时间是这样的,你得是二十来岁,后面看得见明显的屁股缝,一手拿着灰浆桶一手拿着泥刀。但维奥利特不再结交年轻的建筑工人了。她结交上了年纪的建筑工人。最近的那个建筑工人,比尔,六十二岁。

尼古拉斯认为建筑工人不仅仅是骗子笨蛋,等等等等。他说,建筑工人离凶残的罪犯、未遂的精神变态者只有一步之遥。他们把生命致力于折磨没有生命的物体——敲啊打啊,呜呜咽咽吱吱嘎嘎。基思和尼古拉斯不说也知道维奥利特马上会发现这一点的。

在樱草花山,她穿着黑缎家居服和金色的低跟凉鞋接待了他。她马上把他带到卧室,又穿过卧室到了卫生间。

"坐在那把椅子上。桶里有葡萄酒,如果你想喝的话。"她撩开了腰间的衣襟。"见我就是这个意思。"

七年之后，又见到了：格洛丽亚·布尤提曼柔软结实的躯体。她仔细看着自己的双乳，一动不动地站了一秒钟。基思的眼睛不出意料地巡视了一圈，然后落在椭圆形的凸起上，在她身体的中心居住的生灵或是魔仆——他简直想在静态的光泽中找到合钉。

"你更有肌肉了。"

"是吗？"她走进装满水的浴盆，呻吟了一下沉了下去。"我需要你的帮助。大庄园里有一个化装舞会，得是从莎剧中出来的人物。问你最合适不过了。"

他把声音压得低低沉沉地说："我就是那个人。好吧。"不知什么原因，第一个进入他脑海的名字是赫尔迈厄尼——被冤枉了的赫尔迈厄尼。"出自《冬天的故事》。十六年时间，她是小教堂里的一尊雕像。"

"还有其他信教的人吗？"

格洛丽亚举起一小捧一小捧的水泼在肩上、脖颈上。背景里水轻轻地泼着洒着，他说道："奥菲莉亚。她不算完全是信教的，但提到了她打算去女修道院。"

"名字挺漂亮的。我想我看过那本了，她是不是疯了？"

"她最后跳河自杀了。'在那小溪旁，有一株倾斜的杨柳树……'对不起。"

"不，说下去。"

"'在那儿，她用金凤花、荨麻、雏菊与紫兰编了一些绮丽的花圈……'"不，格洛丽亚没有变得安静沉默。泼水撩水的声音更响了（"'她与花一并落入那低泣的小溪中'"），一阵水流匆匆流下的声音，她站了起来（"'她的衣裳漂散在水面上。有段时间，她的衣裳使她像人鱼般地漂浮起来'"），然后她举起毒蛇般嘶嘶响着的淋浴头（"'可是这种情况无法持久'"），双膝低了下去，两腿间的角度张大了。

"'当她的衣裳被溪水浸透之后，这位可怜的姑娘，就在婉转的歌声中被卷入泥泞中……。'"

"我憎恨疯子。你呢？……除了那句'生存还是毁灭'，莎士比亚我只知道一句。'我这被福玻斯的热情的眼光烧灼得遍身黝黑。'"

"克里奥佩特拉。你可以扮作她。你够黑了。"

"我还不够黑。"

"好吧。你可以扮作一个小子的模样，当薇奥拉或是罗莎琳德。她们假扮是男孩。冒充男孩，佩戴一把剑。"

"嗯，这主意太好了。"她背对着他，在青绿色的光线中，伸手去拿她白色的浴袍。"我会是个很有模有样的小子的。"

见格洛丽亚的第二部分是反向进行的脱衣表演，差不多持续了整整一个小时。但他一点没觉得自己是被挑逗了。她让他看东西——这个是怎么洗的，这个是怎么穿的。有几个片段近乎纯真：让他想起了十岁光景，看维奥利特的女孩杂志的感觉。

"这次是软色情，"她说，露出了蓝白色的牙齿。"但这仍旧是一团黑色物质。所有的事我们都弄错方向了。"

基思走过樱草花山、摄政公园，想到了印度，想到了宝莱坞。宝莱坞电影中有宗教主题的叫做"神学片"。或许这就是他进入的体裁。色情神学滑稽剧。

八月。基思走进办公室,让秘书接通了一个电话。

"我刚刚起床,"他说,"床上有格洛丽亚·布尤提曼。"

"我亲爱的小基思。"

"我现在要把一切都告诉你,好吧?不管你在世界的哪个角落。一切。"

"难道你不总是这样的吗?"

"我不怎么把自己的失败告诉你。比如和亚丽克西斯一起我射不了。"

"哦,和艾莉丝的不一样。"

"是,和艾莉丝的不一样。和亚丽克西斯,我可以启动,但不能到达。和格洛丽亚在一起,我硬挺得完全不一样。不同层次的。硬挺得像浴巾架。好吧,我需要把有关格洛丽亚的都告诉你。帮我把握自己。"

"行,说吧。"

"让人吃惊。她是个非常让人吃惊的姑娘。她上我这儿来,说:'好吧。你想在哪儿要?'我说我想在卧室里。但没得到我想要的。"

"那可真让人吃惊。"

"我们上了床,你猜猜。没有什么傻乎乎的不脱裤子之类的事。但我们上了床,你猜猜。就做了件手工活。"

"……怎么样的手工活?"

"好吧,尼古拉斯,你知道有一类诗人——他们如此的悲怆哀怨,而技巧上又格外先进,因此被认为是诗人的诗人。就是那样的。一件手工活是一件手工活。但也只是件手工活。"

"她替你做了件手工活。那你的权利和待遇呢,小基思?"

"我已经享受过权利和待遇了。我给了她一件手工活。先给的。"

早上,他给格洛丽亚端来了床上的早餐:茶、吐司面包、酸奶、四分之一个橘子。他说:"相信我,我不是在抱怨。但似乎挺离奇有趣的。经历过意大利之后。"

"意大利,"格洛丽亚说,一边两只手捧着茶杯(被单横盖在她的胸上,像是一个加宽的文胸),"是假日的一时放纵。不管是什么,并不是那样子的。好了,躺好。"

她说,他可以继续见亚丽克西斯(她知道也接受格洛丽亚)——但不可以见其他人。"我生性多疑极了,"她说,"我想知道你去过哪儿了。"

那是她唯一一次过夜。

九月。"格洛丽亚刚走。她过来吃了个简便的晚餐。"

"哦,"尼古拉斯说。"我想你很精疲力竭了吧。"

"我们已经超越了那个了。我蹲到她身下去了。然后她蹲到我身下。她不喜欢 69 式,'你不能给那家伙全心全意的关注。它太值得你心无旁骛了'。"

"还有谁能更贴心呢?她是吞的,我猜。"

基思告诉他邪恶的点睛之笔。

"天哪。"

十月。

"格洛丽亚又来过了。喝了杯矿泉水。"

"哦。我想你被好好吸空了吧。"

"我们已经超越了那个了。现在是想做什么就做什么,只要在二十五分钟内完成。"他滔滔不绝地说了好一阵子。"她说:'像我这样的屁股很快就知道利用机会的。'想一想……你觉得警察知道格洛丽亚吗?"

"显然是不知道的。"

"不知道,因为否则的话……"

"他们会采取行动的。他们最终必定会逮住她的。"

"我想是那样的。可怜的格洛丽亚。我们去探望她。"

尼古拉斯说:"不,我会探望她。我也会探望你。你会在另一个监狱里。男监。"

这是格洛丽亚对诗歌经过慎重考虑后的总结:"在我看来,这类东西最好还是留给老年人。真的。脑子里都灌满了这类东西,我都奇怪你怎么不是每时每刻泪如泉涌。"

十一月下旬,他去马里波恩路和科士威街交接路口的教会军青年女子旅店看望维奥利特。教会军:他以为这是教会和军队合作。但教会军是一个具体的机构,意思是教会中的激进分子,是努力和地球上的邪恶对抗的基督教徒组织。维奥利特坐在公共休息室里。一群沉默无言的姑娘中的一个沉默无言的姑娘,她的一个眼睛肿得很大,乌黑乌黑的。圣诞前她离开了,她的生活又恢复到原来的样子在继续下去。

有一株——有一株杨柳树。有一株杨柳树……在那小溪旁,有一株倾斜的杨柳树。

1978年他们都面临的那些事

"基思,"机器说,"格洛丽亚。九点一刻左右之前,可以在希思罗希尔顿酒店找到我,房号613。我的航班延误了。吻你。"

"基思,"机器说,"格洛丽亚。从布里斯托到巴斯的路上,有一个非常好的小旅店,叫'女王头'。星期六下午等在那儿。他们有空房。我问过了。吻你。"

"基思,"机器说,"格洛丽亚。你——"

他拿起话筒。

"你到底去哪儿了?嗯,今天晚上是莎剧舞会。我没法做薇奥拉。他们给每个人都分了组,每组一个剧。他们怕每个人都不是罗密欧就是朱丽叶。我们拿到的是《奥赛罗》。"

"那你就是苔丝狄蒙娜。"

"不是,普里西拉已经拿下了苔丝狄蒙娜,"她说(普里西拉是休的姐姐)。"我只好去图书室读了整个剧本,因为你不知上哪儿去了。"

"对不起,我去解救维奥利特了。尼古拉斯在德黑兰。那儿正闹革命呢。"

"话归正题。"

"好吧,《奥赛罗》中,女性的角色不多。我想你还是做艾米利亚吧,伊阿古太太。"

"我为什么想要做那个老女人啊?我已经决定做碧昂卡了——卡西欧的婊子。我想给你看看我的装扮。六点四十分我会到的。我只好让出租车在门口等着了。碧昂卡是灵感突现。要是我看上去像是才被上过的,效果就更好了。六点四十。我会一身破破烂烂、油光光的装扮。你知道吗?奥赛罗是卡西欧的基友。吻你。"

六点四十到了又走了。这事时不时发生一下。有一次,基思开车去北威尔士的科德珀斯,住进当地叫"猎场看守纹章"的旅店,独自吃了中饭,又开车回来。但也有一次,他飞到摩纳哥,和她在昂蒂布角高尔夫球场里度过整整一个小时……

那晚,他凌晨四点钟的时候被叫醒了。是维奥利特死了,他伸手拿电话时心里认定是这么回事。

"他们刚上了鸡蛋葱豆饭和燕麦粥。我二十分钟后到。我有钥匙。吻你。"

二十分钟后,她说:"楼梯上和我擦身而过的那个中年女人是谁啊?天哪,不会是亚丽克西斯吧?"

"我让她等在客房里,但她不肯。而她也没有时间化妆。"

"噢,上帝啊。我给她送点花吧……他们都在下面等在车里。我们这一帮人看起来滑稽极了……普罗伯特画了黑脸,普里西拉穿着真丝长袍……休不知道自己戴着个假发套。碧昂卡在开车。抹上的油脂还亮着吗?……休?罗德里哥……哦,我告诉奥赛罗和苔丝狄蒙娜我得拿上罗德里哥的药……不要问问

471

题了。集中注意力，卡西欧。听你的婊子。"

诸如此类的事持续了一年多。

自 1970 年以来，尼古拉斯·沙克尔顿的女朋友换了两轮。 1973 年，琼被简取代了。 1976 年，简被琴取代了。你的未来像是无穷无尽，基思一直这么告诉他：还有珍，还有珺。

"或者是筠，"尼古拉斯说，一边在基思的厨房里喝着一杯苏格兰威士忌。"或者是金。我认识一个金。她是韩国人。"

"但筠和金得是非常左派的，就像是琼、简和琴。"

"不仅仅如此。珍、珺、筠、金都得是恐怖分子。你应当找个恐怖分子。格洛丽亚——你叫她是未来，但她是逆行倒退的。不够独立。讨好男人。畏惧上帝。你应当找个善良的恐怖分子。一个会朝你尖叫的有工作的女权主义者。"

"格洛丽亚不会尖叫，但她确实够恐怖的。听听这个，"基思说着点了点头。"她让休断了海洛因，抽上了冰毒。'那样的话，'她说，'我就又夺回了性武器。'冰毒不像海洛因。冰毒让你一直像浴巾架一样。"

"她都深思熟虑过了。"

"而且，除非她答应去德国，她都不让他近身。在地牢里待上三个月。四千英镑。百分之九十的成功率……她很奇怪，格洛丽亚，但一旦说到婚姻和孩子，她完全是按标准常规来的。她正惊慌呢，因为转眼就三十了。"

"咿，到了地狱边缘了。我还以为姐妹们早已经把这年龄往前推了几年——三十三或三十四的。但她们一到了二十八岁,都是这个样子,连恐怖分子也不例外。"

"……她七点钟就要过来了。"

"没事,"尼古拉斯说(之前也已经发生过了),"我去生吞半小时的莎士比亚。"

"不,别走。我会去生吞半小时的莎士比亚,和格洛丽亚一起。"

"哦,看来,不是常规的。"

"我可能错了。但我感觉常规的到头了。"

他们继续聊着,聊着家里的事,直到听到门上钥匙转动的声音。

尼古拉斯轻轻地说:"我溜走了。你或许能拿到个离别赠礼呢。不到时候不知道的。"

"去那个小得只够一个人坐的饭店。带着你的书。今晚我付账。你得握着我的手。"

"我希望你会迟到。别忘了,她是个令人吃惊的姑娘。未来是令人吃惊的。"

基思在门道上听着他俩的对话。双方尽是些客套寒暄,甚至都带点殷勤。然后她进了门,带着一个他从来没有见过的笑容。

他的眼睛已经越过了她——他见到了一览无遗的未来。无法不带恐惧地进入卧室;像是在梦中一般笨手笨脚,被奇怪的障碍挡着。格洛丽亚,他想说,告诉我你的秘密。不管那是什么,我都要求你来和我住在一起。但她朝他走来时,他什么都没说。

尼古拉斯当然早就在那儿了,看着书。基思走进来,把帽子放在桌布上。

"未来操上狗了。"

"得了,她还不至于那么令人吃惊。"

"不是狗宝儿。我是泛指的。她行动了。一切都定下来了。休已经按着《圣经》发誓要去德国了。天哪。我震惊不已。我也醉了。我出来时,喝了大大的两杯伏特加。"

"伏特加?你告诉我上次喝高度酒是在意大利。对上帝胡言乱语后,把和山鲁佐德的事都搞砸了。"

"是这样的。但我怕极了。我怕极了。你知道吗?格洛丽亚开心极了。我以前见到过她高兴,但从来没见她开心过。"

"看上去美丽动人。"

"是的,我也这么告诉她了。你会为我骄傲的。我说:'我很难过,但见到你这么开心、这么年轻还是很好的。'我还因此得了一个吻。"

"性感的吻?"

"有点儿吧。还得提一句。我摸了她。但对未来,你不是这么做的。"

"那你怎么做呢?"

"我不告诉你……天哪,我几乎都要做了,但我还是没做。太泄气了。哦,是的,也是太高尚了。我觉得自己得回去再做个高尚人士。做个闺房里的瘸子。闺房里的一个品格高尚的瘸子。好极了。"

"给亚丽克西斯打电话。"

"给亚丽克西斯打电话,然后为了结束发作一次心脏病。给艾莉丝打电话,然后为了开始发作一次心脏病。"

"我从来没有那样的事——当然除了我极偶尔喝醉的时候。"尼古拉斯仔细看着菜单。"那些一点都不好玩。双手护着羞愧耷拉着的家伙。或是战斗至死要高潮。问题是,发生那样的事时,她们都觉得是针对她们的。"

"嗨,唯一一个我能正常做的是丽丽。"

"那是——一年一度的事?……或许,你能和丽丽正常做,那是因为她在你对未来迷怔之前。等等,你和那两个疯癫癫的诗歌协会的姑娘怎么样了?"

"和她们,我也硬不起来。"

"或许很容易解释。她们是诗歌协会的两个疯癫癫的姑娘。那约翰·考柏·波伊斯呢?"

"……我一路走过来时在想,我要辞了工作,重新回去做个诗人。也就是回到乔伊和佩松丝那儿去。还有约翰·考柏·波伊斯呢。天啊,这是怎么了,尼古拉斯?我和姑娘们到底哪儿出了问题了?"

"嗨。前几天有个晚上,我碰到了你那个尼尔·达灵顿。他真是个可爱的家伙,是吧。自然是醉得一塌糊涂。他说,你应当试试和格洛丽亚结婚。'进入迷宫。'"

"典型的尼尔。他对各种错综复杂上瘾。我和丽丽能正常的原因是还有些爱。和格洛丽亚,没有爱。没有爱的话语，没有任何这类的话。十五个月里，她说过的最动听的话是'吻你'。"

"你说爱让你害怕。那行啊，就认定性吧。和她结婚吧。"

"她会当面笑我的。我不够有钱。她一听到'工资'这个词，嘴唇就弯了起来。得是老钱。老钱。到底什么是老钱？"

"就是在一两个世纪前，做了脏事坏事后你得到的钱。"

"休的上代是天主教的贵族。我的是仆人。他们甚至都没结婚。我什么都不是。"

"……哎，你这么说，我以前只听到过一次。他们在学校里嘲笑你。妈妈那时还没有制止此事。想想《李尔王》里的爱德蒙。'为什么要给我加上贱种的恶名？'记住，小基思。公子哥儿们，'在半睡半醒之间制造出来的那批蠢货'[1]，你所有的要比他们一整个部落加起来还要多。"

"……你真是个好哥哥。"

"别哭了。你看起来又像是个八岁的孩子了。"

"下个星期这个时候……下个星期这个时候。他就会被固定在慕尼黑一个地窖的地板上。他蠢笨的双臂被紧紧地捆了起来。而我则……操他妈的休。操他妈的休。他们的婚礼之前，我巴望着他出点坏事。"

基思举起酒杯，召唤着哥特式的元素，恐怖剧的情节。

尼古拉斯说："这就对路了。好，各路的神啊，请为私生子们仗义撑腰。"

---

[1] 出自《李尔王》第一幕第二场中爱德蒙独白。

九月，他们两人一起去埃塞克斯看望维奥利特。她和一个全方位没有幽默感的前水手一起住在舒巴瑞尼斯[1]。他的名字叫安东尼——或者按照维奥利特的叫法，安通尼。尼古拉斯已经去过那儿了，管他叫"安不动尼"。基思开车。他还有点宿酒未醒。他现在喝得更多了。那个星期，他已经在梅菲尔的伴游机构消耗了两个午餐时间。腿上放着一叠——介绍年轻女郎的小册子。他在寻找某张脸某种体形……

"她和'安不动尼'在一起多久了？"

"整整三个月了。他是个英雄。你会看到的。在'安不动尼'的臂膀里都胎了整整闪个月了[2]。"

安东尼骨瘦如柴，蓄着大把胡子，光头，穿着一件能防台风的高领毛衣，冰岛蓝的眼睛。他住在一艘叫做"小淑女"的船的船舱里。在海里漫游的日子结束了，现在他被永远无情地泊靠在默西河的一条支流上。"小淑女"其实已经不是在水上了，而是深深地陷在河岸的淤泥里。淤泥像是一片固体的海洋，漫到了舷窗上。上船要走过一条变形的踏板。那踏板和城堡里泳池的跳板一样，铮铮有声。他们有电（还有一个噪音很大的发电机），水龙头也经常通水。

安东尼不再在怒海惊涛中寻求冒险，但他不知怎么能对付维奥利特。怎么做呢？作为一个做了二十年的身体健壮的海员，他习惯了将命运交付给魔鬼。他了解翻腾的逆流，汹涌的波浪。而且也出于必要。因为每天早上，维奥利特走过踏板，

---

[1] 埃塞克斯东南部的一个小镇。
[2] 此处原文"free mumfs"意为"three months"，在翻译中做了相应带口音的处理。

再继续走到镇上。她会在酒吧里搭上些男人，等天色暗下来时，多多少少都衣冠不整、意识不清地回来，等着安东尼给她洗澡、喂食。

有时会有点意外，两人反过来的情形。但两兄弟来的那天，维奥利特非常好。来，我们看看——正常人是怎么做的？三兄妹去了克拉克顿，在一家安格斯牛排馆里吃了午饭。他们在火车站送别去剑桥的尼古拉斯（他去参加辩论社有关柬埔寨的辩论会），之后基思带维奥利特去了游乐场。接下来是在"小淑女"上的一顿丰盛的炖鱼饭，是安东尼精心准备的。一整个晚上，他都是谈论他做海员的那些日子（都是在北海拖网渔船的船舱里给鱼剖肠挖肚）。两个男人喝了大半瓶的朗姆酒，维奥利特喝汽水。

十一点，基思准备好醉驾回伦敦。他致了谢道了别，往踏板上走。好像是靴子的大脚趾处绊了一下，他明显感觉到弹跳了一下，落进了河岸淤泥褐色的大海中……或许这算不上太奇巧——只是一个小时后，在维奥利特拿着水桶毛巾，替他脱了衣服，将他冲刷干净，重新装好，他出去又来了一遍。

第二次被安东尼钩了上来，基思坐在窄小的船上厨房里，浑身散发着臭气，维奥利特一边用水桶在接水。

"维，这事你一定已经发生过一两次了。"

"噢，我早就记不清次数了，"她说。

她继续照料他，带着耐心，带着幽默，还有无尽的宽容。简而言之，满怀妹妹的爱。这让他想到，如果他们的角色换一下，维奥利特会一直心甘情愿——可以是整整一辈子，只是一味地将谁救出泥沼，清理干净，再救出泥沼，再清理干净。

十月十五日，基思收到一份压花图案的邀请，是格洛丽亚的婚礼（他不会去）。同一天早上，他还接到了安东尼带着哭声的电话（他再也受不了了）。维奥利特消失一阵子了，但她赶在万圣节前到了伦敦。

1979 年展开的场景

格洛丽亚·布尤提曼婚礼日晚上七点，基思正在玩拼字游戏，第四局玩了一半——他的对手是肯里克。而这段时间里，格洛丽亚正急迫地找着他。但他不会知道的，是吧（他也不会知道她现在一个人待在兰戈伦火车站的站台上——细细密密的雨，无处遮挡的寒意，路灯浮动的光晕）：基思往图版上放着字母牌，把字母牌在架子上整好，偶然查阅一下词典，同时在给维奥利特打电话。

"盖瑞说，去呀，把该死的地板擦干净。我说，不去，谢谢。你爱干净你自己去把该死的地板擦了。然后他就揍我了！拿了一根板球棒。"

基思捂住话筒，说："'鹩鹩'（wrentit）？先是'金环蛇'（krait），再是'鹩鹩'。七个字母。"

"我说了。'金环蛇'是一坨某一种蛇。'鹩鹩'是一团某一种鸟，"肯里克说。他第二天要去参加法庭初审。他被起诉攻击他母亲——娇小而冷酷的罗伯塔。

"他叫我婊子，我不是一个婊子！我只是一个健康的年轻姑娘！然后他说，把钱给我。我这个蠢人就给他了。他做什么呢？他混蛋去了！"

"滚蛋，"基思条件反射似的提醒她。这真的是堪比奇迹：语言方面做出那么少的努力——把那都弄混了。还有所有混淆的发音：对这些现象该怎么解释，他要等到很晚才会意识到。"滚，维。滚蛋。"

"对不起？是啊，他走了，混蛋去了！"

电话不知怎么就结束了。他们又玩了三局（和下象棋的提米一样，肯里克总是赢的），然后他们出去吃晚饭——这时格洛丽亚正在伍尔弗汉普顿转车，再一次向东南飞速而去。

"伯蒂[1]怎么了？"

"老样子。伯蒂直冲着我大叫大喊，我推了她一下，她就滚下楼了。不对，她后滚翻了一下。我可能会得个警告了事，但需要一个冷静的法官。这只是家事而已。"

肯里克上庭审，这不是第一次了：信用卡诈骗，逃避增值税，醉酒驾驶……他总是认定所有的地方法官都是：一、右派；二、同性恋，所以一上审判席，他总是胳膊里夹了份《每日邮报》，对地方法官嘟着嘴，摆出和他们谋划好了的顺服的样子。

"我没事的。除非伯蒂推着轮椅来法庭。或是躺在担架上。她希望我进监狱，你知道吧。"

"……你还和奥莉薇亚在一起？"

似乎有预兆似的，事情出现了具有关联性的转变（而在大写的生活中，这是极少出现的）。肯里克说："不，她把我踢

---

[1] 罗伯塔简称。

出去了。她非常漂亮，奥莉薇亚，所以她给了我最后通牒。粗野一点的不会还搞什么最后通牒，因为她们习惯了被忽略。奥莉薇亚说：我还是酒。然后她为了别的什么事，冲着我大叫大喊，于是我就喝醉了。她就把我踢出来了。她现在憎厌我了。这些漂亮的人儿难以相信，难以相信，她们居然被忽略了。而那是为了一个瓶子形状的东西。"

"你是个漂亮的人儿，"基思说。他想到了在本顿维尔监狱、在沃姆伍德-斯克拉比斯监狱的肯里克。肯里克不会一直是个漂亮的人儿。

"这让我意识到一点。我爸爸死的时候，伯蒂一定恨他恨得要命。伯蒂以前非常漂亮。他一连饮酒作乐三天，然后在自己的车里自杀了。让她成了个寡妇。"

"一个怀孕的寡妇。唔。我妈妈从来不知道她成了寡妇。"

"我想所有的寡妇都会哀痛。但有些寡妇会痛恨。"

基思想到仇恨在娇小漂亮而勇猛的罗伯塔身体里流淌着，而肯里克在她的身体里喝着仇恨。

"那就是她为什么希望我进监狱，"肯里克说，"为了惩罚他。因为他就是我。"

格洛丽亚的火车驶入雾气越来越重的城市时，他们正在吃主菜。

基思在浓雾中走回家。雾的颜色犹如枯萎的叶子，干枯，带着教堂墓地的气息。他想起凌晨两点钟肯里克给他打电话：

肯里克正第一次被逮捕。你能听到背景里的声音。把电话搁下，先生。快点，先生。那是来自另一个体裁的电话——另一种做事的方式。

这时，在寒冷的黑暗中，她站在他那幢楼外面的门廊上，一个敦实但变了样的影子。

"莱威林太太。你行将临盆了吗？"

"不，我还是布尤提曼小姐。我只是把所有的衣服都穿上了。火车像是个冰箱。感觉一下我的箱子。里面什么都没有。我把所有的衣服都穿上了。你准不准备怜悯我一下？"

"你怎么不是在威尔士？"

她说："我做了一个大噩梦。"

在这个转折点上，格洛丽亚放下了武器，或者说中性化了：不仅仅是穿上了她所有的衣服，而且是*所有的衣服都穿上了*。

这些衣服，她脱了下来。或者说，努力挣脱了出来。她站在装饰性的炭火前，大衣，皮夹克，两件毛衣，衬衫，T恤衫，长裙，短裙，长裙，牛仔裤，长袜，短袜。她转过身来，皮肤像是一下子被弄粗糙了，起着鸡皮疙瘩，还坑坑洼洼，凹凸不平，像是布满了伤痕。他把捂暖了的浴袍递给她……她洗了澡，喝了两壶加了很多糖的茶。现在，她抱膝坐在沙发上，他蜷缩着坐在对面的椅子上，听着她满是冬意的声音。

"做这么个大噩梦，可真不是时候。我今天早上是要去结婚的。"

她快速地解释着,格洛丽亚和休住在英格兰和威尔士交界的切斯特城的大饭店里。他们定了新婚套房。头天晚上,休去了他的牡鹿会,格洛丽亚去了她的母鹿会[1],分别在饭店两个餐厅里。她九点上床睡觉——谁都知道美人布尤提曼得睡她的美容觉。休进来时是十点差一刻,把她弄醒了一会儿。

"你自己也说过,晚上我的胸会变得很烫。我靠着他的背想冷却一下。觉得既刺痛,又像火烧。就像冰块一样。你知道他怎么了吗?他正在死去。基思,你待在那儿别动……不,不幸的是,没有死。他们找到了脉搏。他们用两个词来描述他的状态,'严重'和'稳定'。你仔细想一想,实在太滑稽了。休?严重?稳定?……在我的想象中,他的心停止跳动九分钟。每一分钟就是他从我这儿偷走的一年。他毁坏了脑子。别人是看不出来的。好了,所有这些,你有什么可说的呢?……我要想一想。过来。我希望休能看到我在做什么。不过他很可能已经瞎了。"

尼古拉斯在东南亚。过了两个星期后,他们才说上话。他从加尔各答一个阴森森的回声轰响的屋子里打来对方付费电话。

"想象一下,"基思说,"在结婚日的一大早醒过来,努力把小说和现实分离开来。你的身旁躺着一个雪人。而那人是你的新郎。"一阵沉默。"尼古拉斯?"

---

[1] 牡鹿会和母鹿会分别指结婚前夕准新郎和单身男子、准新娘和单身女子的聚会,意味着告别单身生活。

"我在的。嗯,她跳回来够快的。"

"呃,从道德上来说,的确远远不合理想,我承认的,但并不像听起来那么坏。天哪,那天晚上我可是惊呆了。她也是。她的眼睛坚硬得像岩石。和宝石一样。但从一定角度看,可以理解。"

"是吗?怎么理解?"

"瞧,她不是一个丧偶的女人,她是一个被忽视的女人。"看,尼古拉斯,她的身体,高低起伏的曲线,夸张的女性特征,却因一枚针头形状的东西被忽视不见了。"在她心里,她已经恨了他许多年了。从他一上瘾就开始恨他了。一个被忽视的女人。她说,'短暂地放纵过许多次',但从1970年开始,她一直都在照料他。失去的十年。她为着这失去的十年怒不可遏。"

"可别告诉我,这事让她更加虔信了。他们都那样的。什么坏事发生了,他们只是加码加赌注。"

"是的,不过不是你想的那样。她相信上帝在惩罚他——按照她的指点。或者说,她以前是这么想的。休一塌糊涂,不能走,不能说话,什么都不能做。她看着他一个器官一个器官地衰败下去。突然间,他没有危险了。"

"这动摇了她的信仰。"

"有一点。可怜的小东西非常难受地过了一两天,但她已经恢复了。"

"我听不出,你是不是在讽刺。"

"我自己也听不出。再也听不出了。还有一点。休被剥夺继承权了。我是说,他是个植物人了。还有一点。那天早上我们性交了——最后以邪恶的点睛之笔收尾。她坐在早餐桌旁,满脸粘着那个。吃着吐司面包。喝着茶。然后她抬起头来,说:'这要是在两年前发生就好了。那样的话,普罗伯特完全理想。'"一阵沉默。"尼古拉斯?"

"我还在。这么说她入住了。"

"是的,有一个条件。她说:'我们必须得订婚。这不会让你承担任何责任。对我也一样。只是为了我父母。'我说,好的。她在这儿,一文不名。而且她还绝望无助。好极了。"

"基思。不要和未来结婚。"

"不会。你知道,她从来不会对你说实话。她的秘密还是被捂得严严实实的。我不明白。这个年代,还有什么是值得羞愧的呢?"

"不要和浴巾架女郎结婚。"

"我当然不会。你以为我脑子进水了?"

格洛丽亚入住以后,他做的头几件事之一是带她去了监狱。"我不想去监狱,"她说。但她还是去了。他们去探望了被关押在普列克斯顿监狱候审的肯里克。整个过程,格洛丽亚都很坚强,但之后她哭了。"这么漂亮,"她在车子里说(基思想,惺惺惜惜),"这么害怕。"

然后他带她去教会军青年女子旅店,看望维奥利特(她又有了一个青肿的眼睛)。整个过程,格洛丽亚都很坚强,但之后她哭了。"这个地方像是一个图书馆,"基思在车子里说,"只是没有人在看书。为什么姑娘们这么沉默寡言?"格洛丽亚说:"因为他们已经羞愧得难以言表了。"

在头几个月里,他们争执的唯一一件事是钱。哦,对了——还有结婚。这两大主题在她的脑子里是连为一体的。

"要是我们现在分手,"她说,"我什么都得不到。"

"现在我没想分手。"

"但要是我碰到了圣诞先生了呢?"

"你真是没有逻辑可言。要是你碰到了圣诞先生,你就不会要我的钱了我的钱是新钱。你就会有圣诞先生的钱。那是老钱。"

"我想要存点起来。让我的花销能翻三番。大多数钱都是花在卧室里的东西的。你可真自私。"

"哦,好啊。"

四月,她带他去爱丁堡见了她的父母(这是一个非常荒谬的场合)。到了五月,他带她去西班牙,见了他的父母。

乡村小屋。旅行几乎总是动态的艺术(一段旅程几乎总是一个合情合理的短篇小说)。好吧,首先是动物。爱丁堡有动物:厨房里的鹦鹉,客厅里的大象。乡村也有动物:鸟儿,蜜蜂,爱管闲事的鸡挂着神经质的严厉的脸,迈着钟表一般有规律的又像护士似的步子。老可卡,那条狗熊似的阿拉萨斯狗,总是拱到腹股沟里来,然后大声发出虚弱和绝望的呻吟。四周和上空,是时而凹陷成坑时而陡峻耸立的连绵的锯齿山脊。

"我能帮你吗?"格洛丽亚说。

"洗不掉,"蒂娜说,"她到底在做什么呢?"

尼古拉斯以前总是说，他和他妈妈处得好极了，因为他们的年龄一模一样。不过蒂娜比基思大了一点：她四十一岁了。卡尔，比她大九岁，被安置在树荫下。

"她是怎么做到的呢？"蒂娜纳闷不已。她面前放了一个塑料桶，正在洗维奥利特最近来过后留下的一条裙子。裙子的整个后臀部位厚厚地沾了一层泥。"我猜她可能在泥地里一屁股坐下去了。但这看上去像是费力地揉搓进去的……"

一阵沉默。

"她去哪儿了，妈妈？她在这儿的时候？"

"她只是上酒吧去。她以前老去吉卜赛人的营地。一连好几天好几个星期。直到他们把她赶了出来。"

格洛丽亚说："吉卜赛人其实非常古板拘谨的。人们总以为他们不是那样的，但他们确实是。而且他们也不是从埃及来的。"

"……我是她妈妈，可她对我完全是一个谜。她在这儿的时候，对她爸甜蜜得不得了。全心全意。我觉得她的心很好。但这是为什么呢？"

在雷纳-维多利亚酒店的庭院里，有一座赖内·马利亚·里尔克[1]的雕像。他曾在这儿睡着，梦着，度过了第一次世界大战期间。在黑青铜上，诗人——他的主题是"现实的腐朽"——被蚀刻被雕凿了出来，看起来凹凸不平，疲惫不堪，

---

[1] 赖内·马利亚·里尔克（1875—1926），奥地利诗人，出生于布拉格，被认为是二十世纪最重要的德语诗人之一。

像是正在经历电刑的人。这座雕像让他想起了后来的肯里克,他的脸像是中世纪德鲁伊教的人,从岩石中雕刻出来……基思感觉到赖内·马利亚没有视觉的眼睛中带着谴责的注视。

"我最长久的朋友,"他小心地说,"正和一个可能拿刀子杀了一家五口的人住在一个牢房里,合用一个马桶。就在两三天前,我的妹妹在阴沟里被人操了。格洛丽亚,没有什么可能让我震惊了。所以,说吧。"

一分钟过去了。他们望向远处注视着连绵的群山,按三种距离的策略排列着。

"好的,我说吧。我的父亲不是我的父亲。"

他想,那可不是秘密。客厅里的大象:感觉很重要的是知道大象在做什么——当它在客厅的时候。是跳来跳去、嗷嗷叫着,一边哆嗦着两胁?还是就站在那儿,像是雨中树下的母牛,一动不动?爱丁堡大象是家养的。这正是问题所在。基思原来以为格洛丽亚的父母中至少有一个或者两个都是凯尔特伊比利亚人。结果两个都是奶制品——纯正简单。然后妹妹玛丽匆忙来了一趟:和母亲一样,她也像是两个不同的女人在腰际处连在了一起,但她也是亚麻色的头发。她微笑的时候,露出的牙齿不是格洛丽亚那样的一排留兰香口香糖似的白牙,而是不折不扣的苏格兰人的谷场栅栏。这一切都明显得甚至让基思提都不想提——客厅里的大象,扇着两个非洲耳朵。

"我再仔细说说,"格洛丽亚在里尔克的注视下说道,"你就明白我不是在撒谎。我通常告诉别人我妈妈的父母肤色很黑,隔代遗传了。我甚至还有张照片可以给别人看。"

"而这不是真的。"

"这不是真的。听着。六十年代的时候,在冰岛,还有另一个像样的领事馆。是葡萄牙的。因为渔业。有个男的总是在旁边转悠。马基什。他老是用奇怪的眼光看着我。有一天,他摸着我的头发说:'我从里斯本一直跟你跟到了这儿。'当时我十四岁。而他也不是葡萄牙人,他是巴西人。就是这样。"

"我为什么要担心你的父母问题?或是其他任何一个人的?"

"不是。我会担心我的神智问题。我爸爸从来没有像个真正的父亲一样抱过我。总是缺少些什么东西。我的整个儿童时代,这一点越来越清楚。 他不可能是我的父亲。所以我不是正常的。"

"我的也不是……格洛丽亚,那不是你的秘密。这或许是真的,但这不是那个。"

"噢,闭上嘴娶了我吧。给我孩子。"

他说:"孩子我情愿再等上一段时间。而婚姻太老派了。"

"哦,我就是老派的。女人都是想要婚姻的。"

在爱丁堡,恼人的细雨中的黑色花岗岩。在这遥远的北部,大自然本身就像是一座工厂,夜班的时候生产着黑暗阴郁,而天空就是它的废料场……有过倾慕,甚至是敬慕,也有过痴迷,但从来没有爱。那会是真正恐怖的情形——爱上格洛丽亚。不。

"我在想维的蜜月,"蒂娜说,"他们来这儿度的蜜月。"

"哦,是吧。提个头?"

"他们到了后,维回到她的吉卜赛人那儿去了。"

"什么,很快就去了?"

"哦,立即就去了。就在他们到了的那一刻。她飞跑着穿过田野去了。我大声叫唤着她。但她的头脑和一只小狗仔差不多。她想要璜。"

"哦,是的。璜。她爱他。"

"他的脑子也不是很对劲。他身边总是围着些人,怕他伤了自己。但她似乎爱他。而他也爱她。"

"她跑掉后,弗朗西斯做什么呢?"

"他就站在那儿,拎着箱子。二十分钟之后,维跑回来了,但她直接从我们身旁经过,朝另一个方向跑去。她的胸脯大力起伏着。她在找璜。"

"但她爱他。"

"是的,过了五天五夜之后,她闯了进来。然后又回到璜的身边去了。"

基思开车带格洛丽亚去了城里……到那时,他已经了解了群山诗意的内涵,但他首先说道:"我听到你在卫生间里哭。第二次了。为什么?"

"我为休哭。"

他等待着。

她说:"我也是因为愤怒哭泣,你知道的。"

他想了一下。"因为他没有死。"

"不，他还是不死的好。因为这折磨着他母亲。让我哭泣的是时间。整整十年。"

到那时，他已经了解了群山诗意的内涵。年轻的山峦高低起伏，凹凸不平。古老的山峦柔滑平坦，让时间和风雨打造得圆润光洁。山峦和人类不一样。锯齿山脊是年轻的山峦——或许不会超过五百万年：差不多是人类从猿人分离出来的时候。锯齿山脊，年轻，如剪子剪着蓝天，如锉刀锉着天堂。

1980年发生的事

1980年才开始不久。

"请问一下,"他问,"那些内裤是什么意思?"

"你完全明白的。"

"……我不相信。十年之后,我又回到了内裤上!"

"你什么意思,回到了内裤上?"

"我回到了内裤上!……等等。看。这就是了——第七个晚上了。这不可能只是因为你的月经,是不是?"

"天啊,你太恶心了。我告诉过你了。我不戴节育环了。"

"……这真是太像你的作为了,格洛丽亚——节育环。和你的本性相称极了。"那圈神秘的环盘绕在她的翁法洛斯中。"而且环是最好的。比药片好。更不要说讨厌的子宫帽了。"

我应该强调一下,在过去的一年中,基思的道德准则经历了一定程度的……等等。是到了澄清我是谁这个问题的时候了吗?还不到时候呢,我想。但我想在"我"和那个靠在枕头上的人之间拉开一点距离。那人的目光在妓院似的共用卧室里漫游了一圈,多架屏风、各类器具、各种制服(修女、空乘、保健员、女警),发套接发,两个宝丽莱相机,两个录像机,四处都是镜子。

"我想要孩子。我不想要个私生子,谢谢你!我们已经有一个私生子了。因此……不避孕了。"

"哦,别担心。不知哪儿一定有一包套套。"

"天啊,你可真恶心。"

"我们反正也几乎不在那儿做。"

"天啊,你可真恶心。现在,所有那些都撤了。唯一剩下的选择是正常的性交。"

"好吧。最后关头,我退出来。"

"天啊,你可真恶心。正常的**繁殖性**的性交。和我结婚。"

他的想法是:有阳物的姑娘很稀少,很伟大。但你不能和一个汉子结婚。

"好吧,我会的。如果你把你的秘密告诉我。"

七天后的夜晚,她说:

"你有没有尼尔·达灵顿的电话号码?"

"你为什么要这个?"

"他非常有吸引力。我想着他可能想操一把。尼古拉斯在英国吗?"

然后他说,她说了好一阵子。她最后说道:

"重大让步。我们不需要马上结婚。一两年之后。好吧?但你现在必须让我成为一个诚实的女人了。"

……肯里克是伴郎。他因为以不道德的收入为生入狱,刚刚从本顿维尔监狱出来。

维奥利特是伴娘。她怀着六个月的身孕,父亲是谁她不确定。

没有人把格洛丽亚交给新郎。

维奥利特在电话上作的宣告的一些例子。"我找人收养她,基。我觉得拉是最好的,你说呢?"还有:"什么也不能把宝宝从我身边抢走,基思!须想!须想!"还有:"我找人收养她,基。我觉得拉是最好的,你说呢?"

基思和格洛丽亚去看了宝宝。她叫海蒂(是以维奥利特那个醉鬼室友命名的)。又一个醉鬼,穿着伦敦金融人士西装的年轻男人来吃晚饭,还有一个醉鬼,一个穿着长袍的中年女人进来找咖啡。宝宝漂亮极了,基思这么想,或是这么想象的,但她的尿布又重又冷,而且脸色苍白,嘴唇干裂(维奥利特给她喝的奶是从冰箱里直接拿出来的)。每个人都醉了。这座屋子——看似正常的屋子,醉了。

"我想你最好还是找人收养她,维,"他们在维的房间里的时候,他说。

"但这让我难受,"维奥利特说,"这让我难受。我感觉到就堵在我的嗓子里。"

海蒂没有被别人收养。她六个月的时候,社会服务组织来了,把她带走了。

婚礼过了三个月后,内裤治理又开始了。

格洛丽亚说:"我跟你说过。一两年。我选好了。不是两年,是一年。正好是一年。"

十天后的晚上,经过了对秘密轮番强词夺理的回避,经过

了利用尼尔和尼古拉斯的威胁,她说道:

"求求你了。哦, 求求你了……"

"好吧好吧。"想到这事(他也想到了海蒂),我确实想在屋子里见到一张新鲜的脸。"同意了。现在我们来一次正常的繁殖性的性交。"

"好的,来吧。请你帮我脱掉这些,行吗?……让孩子在信仰中成长,"她说着拱起了背,"我知道你不会有反对意见的。"

哎,不管怎样吧。内裤的事,又说了一个月,然后她离开了他。三个月之后她回来了,但变了样。

1982 年发生的事

这一对特别的已婚夫妇，在婚姻过程中，尝试了许多不同的模式和不同的体裁，行事的许多种不同的方法——色情神学滑稽剧，猫捉老鼠，交欢和购物，大写的生活。他们把最糟糕的留到了最后：在巴黎康特斯卡普广场上演的心理恐怖剧。

"她从来没有威胁说要自杀？"尼古拉斯在电话上说（从贝鲁特打过来的）。

"没有。任何没有独创性的事，她是不会做的。就像她从来不会偷偷摸摸怀上孕，或诸如此类的事。她没有威胁说要自杀。那一点儿都不新颖。因此，她做的是，威胁要上修道院去。"

"天哪。你们还睡在一起吗？"

"千载难逢她会让我来一次的。而且完全是正统的做法。奇怪的是，我倒不怎么介意。唯一附加的一点是，邪恶的点睛之笔。不消说，这是唯一一样我从来都没喜欢过的。她所说的只是钱、宗教，还有我怎么下地狱去。"

"……从某种角度看，宗教是世界上最有趣的话题。"

"说是这么说，但你要不信就没趣了。她来了。我再和你聊。"

基思和格洛丽亚住在一个出租公寓里。两个春季前，他们在这儿度过了长长的蜜月。只是现在他们没有帮佣了（格洛丽亚不断地提醒他这一点），而天气倒保持了一样的糟糕。把巴黎所有的光亮都熄灭了，可真算得上是一件了不起的成就，但上帝或是某位类似的艺术家成功地做到了。那天下午，他们坐在穆费尔塔街的酒吧里喝咖啡。他们刚从滴答淌水的油布下走进来……

"记得我们在这儿被逮捕的事吗？"

"逮捕？你是什么意思？"

"逮捕，我还能有什么其他意思？我是说被警察逮捕。便衣警察，记得吗？必须要查收您的护照。[1] 他把我们扔上了厢车。然后你用你那完美的法语解释，格洛丽亚，他就又把我们放了。你说，这太不可思议了！记得吗？"

"我希望你从来没有出生过。不对，我希望你会死。你会下地狱的。我要不要告诉你地狱是怎么样的？他们对你做什么？"

他听了一会儿，说："好吧。我明白了。在那儿，我会被烤得焦焦的，被别人尿在身上。到底是为了什么目的呢？"

"惩罚你。蹂躏你。你把我的生活毁了。"

他当然从来没有妥协过——事关让孩子在信仰中成长。让孩子在没有勇气、没有对死亡的含义真正了解的环境中成长。那次她离开了。等她回来时，她承认失败了（明白了吧，她并没有其他地方可去）。从此再也不提孩子的事了。

他说："你应当接受一个不可知论者的婴儿。"

"什么，让这个人长大以后像你这么恶心？认为杀了动物

---

[1] 原文为法语。

吃、交媾做梦、撒尿拉屎，最后死掉，这一切都已经足够好了？……毁得差不多了。完全毁了。谢谢你给予我的一切，亲爱的朋友。[1]"

那天晚上，他们几乎是一个月里头一次交媾，带着股热烘烘的酸臭味，好像两人都在发烧似的，全身上下骨头发疼。口气咸渍渍的，汗味也咸渍渍的。接近尾声时，随着她指令，他来了，量大得让人不好意思。格洛丽亚站起身，走进卫生间。等她回来时，她一身黑衣。

"圣母院，"她透过面纱说，"午夜弥撒。"

三点钟，他醒了过来，躺在一张空空的床上，眼前还留存着褐色的塞纳河里一个黑色身影的画面，飘浮的长发，睁开的眼睛……她在另一间房间里，在窗边的椅子上裸身跪着，看着窗外月光照耀下的广场。她转过身来。她的脸是一张死亡面具，裹着干裂的白色。

"我需要它更强劲一点，"她说，"强劲得多。它还不够强劲。"

格洛丽亚想要一个更加强劲的上帝。能在此时此刻，为着面纱后的她的真实模样而把她击倒的上帝。

我们想让这章快点结束了：这特别的两人宇宙。

第二天，她全身是冰和电，电和冰。她穿着一件白色的棉布裙，头发上系着一条细细的白缎带，阴郁地坐在白沙发上。

---

[1] 原文为法语。

一声不吭，一动不动。她只是盯着。

他坐在镜子台面的餐桌旁，低头看着《否认死亡》(1973)，是厄内斯特·贝克写的一部心理学书。他认为，排除别的因素，宗教是"英雄体系"。在现代社会中，宗教需要注入新的活力，只能依靠"抗拒文化，招募年轻人与他们所处社会的生活方式反其道而行之，成为反英雄……"

刚过了一点，格洛丽亚突然站了起来。她朝下看着一条突然出现的猩红的纱笼，紧紧包裹着臀部，她的嘴难以置信地张了开来，一直张着，看起来像是乐得合不拢嘴。她身后的沙发上，不是不成形的一摊，而是一个燃烧的圆形，像是落日。

"都结束了，"她说，"我要走了。"

"是的，走吧。"他抱住她，恨意双倍、三倍地增加，在她耳边轻声说道："去修道院吧……你为什么要生一窝罪人呢？去修道院吧，赶紧走。去修道院，去吧。"

1994

他们都在了，几乎都在了。提米和山鲁佐德带着他们四个已经长大成人的孩子，完美的家庭矩阵——女孩、男孩、女孩、男孩。再生基督徒山鲁佐德看起来毫无魅力，但非常年轻。如果你认为自己会永生的话，无疑会一直年轻。维特克五十六岁了。他的朋友/儿子/受他保护的阿门四十二，现在是一个相当有名的摄影师（说着漂亮的美式英语）。乌娜可能是七十八岁了，超肥的贾奎尔（基思得知，他已经结了六次婚，娶了一串贪婪的小明星）五十三岁了，孔秋塔三十七岁。基思和他的第二任前妻丽丽在一起：他们都是四十五岁了。这是为普兰蒂丝举行的追悼会。阿门怀着柔情问起格洛丽亚。她在犹他州（这是基思最后听到的行踪）。阿德里亚诺也不在那儿。阿德里亚诺娶了一个肯尼亚的护士，然后和她离了婚，之后（经过了一场更加严重的事故后）又和她复婚了——就是那个在1970年，在内罗毕照看他碎裂的膝盖的护士。

基思觉得自己的观点更加加强了：离婚应当非常容易，而结婚非常困难、乏味、痛苦，而且昂贵。但那就是大写的生活，而且我们从来不会吸取教训。和格洛丽亚离婚非常困难、乏味、痛苦，而且昂贵。和丽丽离婚很简单。是她想要离婚，而他也挺想离婚。

一个星期后,他和孔秋塔一起午餐。一切就在开始的十分钟内决定了。

"我父亲去医院的路上,公交车出了车祸,"他说,"我妈妈死于难产。"

"我母亲是白血病,"她说,"两小时后,我父亲自杀。"

他伸出一只手——去握另一只手。她很快地告诉基思中间发生了什么事,在一次死亡和另一次死亡之间:那个让她去了阿姆斯特丹的事。他们还是握了握手。半个小时里,他很快地告诉孔秋塔他从来没有告诉丽丽的事(也没有告诉其他任何人):他在坎帕尼亚那次生日的真相。尽管在整整十年里,她每隔一个星期都拷问他一次。

"对我来说,那就是发生的一切,"他说道。他们的午餐也快吃完了。"其实很简单。我现在变得善良了。我的恶习没有给我带来任何益处。因此,这些年我一直努力培养美德,提高修养。"

"好吧。那就戒了烟,"她说,"放弃你在广告公司的工作。好吗?"

隔了一天的下午,他们又见面了,之后他开车带她去希思罗机场接了西尔维亚。西尔维亚刚在布宜诺斯艾利斯和父亲过了法定的一个月。西尔维亚十四岁。

基思先是和格洛丽亚结了婚,然后和丽丽结了婚,最后是和孔秋塔结了婚。他没有和山鲁佐德或乌娜或多多结婚。但他和其他几个都结过婚。

和格洛丽亚,只是出于性;和丽丽,只是出于爱。然后和孔秋塔结婚,他就妥当了。

2003年在"书和圣经"酒吧里

这天是愚人节。他坐在温暖舒适的"书和圣经"酒吧。经过了万花筒般细碎缤纷的街道，色调漂亮而鲜嫩，"书和圣经"像是那个消逝的英格兰的残余，还在呻吟着。这是色彩发明前的英格兰——一色的白，一色的中产品味，一色的中年情调。打硬币游戏的台板，苏格兰蛋和猪油渣，湿透了的地毯，毛绒绒的墙纸。基思讨厌"书和圣经"，但自从八九个星期之前，那巨大的沉重降落到他身上后，他开始上这儿来了。他五十三岁了。他喝着番茄汁，抽着烟。

一动不动、寂然无声带来的少有人知的感官享受；被全棉被单经验丰富的抚摸。通常，出于贪婪、无聊和好奇，九点钟他就起床了（他想知道在他睡着的时候，地球这颗行星发生了什么）。但现在，他保持水平状态，直到保持眼睛闭着比睁开更是件费力的事。他的身体深深地需要这样。每天晚上，差不多有一个小时，他痛哭着诅咒着。他躺在床上，带着刺痛的眼睛诅咒着。等完全醒过来时，震惊的感觉还在。他不知道为什么。他发生什么了，得背负这所有的沉重？

他不理解。因为维奥利特已经死了。她死于1999年。她生命的最后一段，和最后几个糟糕透顶的男朋友同居，相对还是比较安静无事的。大多数时间她还专心地陪伴卡尔。她给他喂饭。她给他剪脚指甲。她穿上游泳衣带他去淋浴。1998年，卡尔死了。然后，维奥利特死了。重症监护的女医生说，是"多种脏器衰竭"。基思努力把眼睛挪到尸检报告上，唯一印到脑子里的词是"尿脓"（不仅仅押头韵，而且不知怎么还有点象声），然后他就不再看了。

维奥利特死了后，尼古拉斯神智不正常了一段时间，蒂娜神智不正常了一段时间。他的症状表现在身体上：有三个月时间他不能写字（笔在纸上乱窜）；之后整整一年的嗓子痛。她击中他的地方就在这儿，维奥利特——在嗓子眼里。从那时起，还有别的人死去。十七个月之前是尼尔·达灵顿，六十三岁；2000年是肯里克，五十一岁。维奥利特死于1999年，四十六岁。

"书和圣经"这时出现了一阵悸动。有个尘俗世界另一端的人走了进来：一个戴着黑纱面罩的女子（不是遮住眼睛的波卡，而是尼卡布，露出了装扮时尚的眼睛）手里牵着一个八九岁光景不带异域色彩的小男孩——和伊莎贝尔差不多年龄。他们带着自己不含酒精的饮料，舒舒服服地坐了下来。他想，一个小男孩和一个上了年纪的穆斯林妇女一起出现在尽是褐灰烟灰的酒吧里，挺异常的。

"我们来玩什么呢？"她问他（声音里不带一丝口音）。"'我是小间谍'吧？"

"我们来玩'让你选'。"

基思冒出三个想法，按顺序排列如下。第一，他不会想让这个女人戴面罩，也不想让她摘下面罩。第二，在教徒和异教徒之间现在正进行着两场战争（第一场战争，历时更久，"女性平等"是明确的战争目的之一）。第三个想法来自那个曾经的诗人：但我们看起来处得那么好……他动情地想起了阿什拉芙、迪尔卡什、阿门，还有其他许多人，包括寡妇萨西拉。1980年，声名狼藉的尼尔·达灵顿皈依了伊斯兰教，为了和萨西拉结婚——她是"美景"，诗人，巴勒斯坦人。

"让你选，"他听到女人说，"有二十个孩子还是一个都没有？"

这让他有了另一个想法。前几天的晚上，西尔维亚说，到2110年左右，欧洲注定会成为一个以穆斯林为多数的洲。"女性主义者的女人只有一个孩子，"她说，"因此，性革命最后的结果可能就是伊斯兰教法和面罩……当然，不会就是那样了。那还有一个世纪呢。想想中间会发生什么情况。"基思又卷起一支烟，点着了，希望维奥利特选择了伊斯兰教而不是基督教。至少，那样的话，她还会活着。

"我们来玩'世界上最昂贵的酒店'，"他听到男孩说。

"好，'让你选'玩够了。在酒吧间——"

"我先来……所有的花生都价值百万美元一颗。"

"橄榄是两百万美元一颗。如果叉在牙签上，再加五十万。卫生纸是十万美元一段。衣架是——"

"阿姨，谁住在世界上最昂贵的酒店呢？"

"噢，嗯，这家酒店一开业，乔治·索罗斯住了第一夜后，就宣告破产了。第二天下午，迪拜的酋长被逮捕了，因为他付不起中饭钱。到了第三天，比尔·盖茨被扔了出来。"

基思抬起头。她掀起面罩,说:"1937年,我在开罗出生。"

格洛丽亚·布尤提曼。现在——几岁?

过去的一切像魔方似的重新排列着,他的想法已经不再有次序了。我这被福玻斯的热情的眼光烧灼得遍身黝黑,做克里奥佩特拉还不够黑;我只是走在时代的前列,早了几年;人口调查所(她的父亲:出生证);吉普赛人也不是来自埃及的;画中有些不干净的东西;永恒青春的秘密;失去的被偷走的十年。基思记得去安达卢西亚的路上,她在车子里说的话("我也是因为愤怒哭泣,你知道的……让我哭泣的是时间。整整十年。")。还有夜间盗汗、在巴黎的"动物性生日"("都结束了"),她的身体突然自主地发生了。

"雷金纳德,你到那儿去玩一会儿硬币游戏,"她说,"我要跟这个非常和善的年轻人说上一会儿话。"

她看着男孩很快跑开了——她的脸仍旧是方正的,她的下巴仍旧收成一个尖,她的眼睛仍旧深深的,但她整个人是六十六岁了。

"我的外甥。玛丽的女儿的儿子……哦,基思!你能想象吗,二十几岁的年龄活上两次,这是怎样的天堂?有了三十岁的智慧,但重新再来一次?这就像梦想成真。就像一场精彩的游戏。"

他发现自己能开口说话了。"感觉是那样的,像一场游戏。"是的,在镜子里更好,在镜子里更真实。"像一场游戏。"镜子里的躯体,减少到两个维度。没有深度也没有时间。

"一场游戏，基思，而你太年轻了。我就像那些巧克力，中间包着烈性酒。好吃极了，但对年轻人来说却不好。你还需要十年的时间，不过还是有点应对的机会。"她说："我毁了你一辈子，从中得一些慰藉。我是对的，错的是时间。"

"你的计划，有个弱点。"

"是的。等我二十几岁的年龄结束后——我就是四十岁了。再见。"

"再见。肯里克死了。尼尔死了。维死了。"

"维？哦。你一定觉得非常的内疚！……但那没关系，因为你从来没有爱过她。你也从来没有爱过我。"

"是的。你也从来没有爱过我。当然，你甚至从来没有喜欢过我。"

"是的。我曾经告诉过你，好多年前了。你非常讨人厌。"

"……好吧。我也告诉你一点，完全是真实的。我的记忆是爱你的。再见。"

他恍恍惚惚地想着（而且持续地想着）：从历史角度看，这意味着什么吗？格洛丽亚是穆斯林出生，格洛丽亚·布尤提曼出生在哈桑·班纳的土地上。那儿还有艾曼·扎瓦西里和赛义德·库特布。这和其他事有关联吗？和纽约、马德里、巴里、伦敦、巴格达、喀布尔有关联吗？或许，只是在这一点上，格洛丽亚是来自历史之外的访客。她是来自另一种时间维度的访客。

2009——告别辞

有一株——有一株杨柳树。在那小溪旁,有一株倾斜的杨柳树……可是,这种情况无法持久。当她的衣裳被溪水浸透之后,这位可怜的姑娘,就在婉转的歌声中被卷入泥泞中。

十年之前的这个晚上(九月七日),基思一个人和一具喘着气的僵硬身体在一起。

她已经失去意识一百个小时了。他告诉母亲和哥哥没必要赶来。她不会醒过来了,没必要从安达卢西亚和塞拉利昂赶来了……快到午夜了。她的躯体平躺在升高的床上,凹陷着,所有的活力弹性都不见了;但监控仪上的生命体征线还在继续波动,就像孩子画的大海的线条,而且她也还继续在呼吸——以超自然的力在呼吸。

是的,维奥利特看起来强劲有力。在她生命中第一次,像是轻易待她、低估她,便是愚蠢的行为。她的脸瘦骨嶙峋,像是图腾的图案里有着橙黄头发的印第安部落的女首领。

"她走了,"医生说,手指了指。

波动的曲线慢慢地拉平了。"她还在呼吸,"基思说。当然,那只是机器还在呼吸。他站在一具没有了呼吸的尸体前,胸中鼓胀起来,起伏着。他想到她奔跑着奔跑着,跑过了大片大片的田野。

"为什么维应当对妇女解放运动感兴趣呢?"有一天深夜,他问西尔维亚。

西尔维亚二十九岁了,和一位叫做大卫·斯尔佛的新闻记者结了婚(她仍旧用她的本姓)。他们有了一个小女婴,叫保拉。家庭分工对半开。

"维不是个成年女人,"他说,"她是个孩子。"一个在成人世界中长大的孩子:那是非常可怕的情形。需要所有能够找得到的自欺欺人的勇气。她为了幼稚的原因,将自己送给了各色男人(至少在开始时):她想要他们保护他,免受伤害。"那就是为什么她说起话来像个小姑娘。她甚至都还不是个成年女人。"

他们又继续坐了一个小时。西尔维亚将他们带回了她认为是能够追根究底的伟大问题——夜深时,她经常这么做。她的肤色黑玫瑰似的,而前额不知怎么却如同朗月般的光洁。她说:"暴力。针对较温柔的那个性别。为什么?"

"我不知道。"

"连这儿,在英国。我们总是没完没了说别的事。荣誉处决、女阴切割等等。还有九岁的新娘。"

"嗯,不是嫁给九岁的新郎。想想伊莎贝尔,九岁,要嫁给谁,更不用说还是个老男人了。那是暴力。我想不出还有什么比这更暴力的事了。十足完全的暴力。"

"是的,可是这儿呢?前几天我才看到过。我引用。'十六岁至四十五岁之间,女性死亡最常见的原因是,'听着,

'被其男性伴侣杀害。'那真是够奇怪的。他们只需在我们处于生育年龄时杀害我们。"

"我不理解。我从来都不能理解。我想这些男人只是没有语言来表达自己了。很早之前就这样了。不过我理解不了。"

"嗯,那是粗野汉子的优势,对吧。万事都以此为基础。更高大更强壮。我们怎么对付这个呢?"

一个星期有一个晚上,大卫带着保拉去他父母的屋子。一个星期有一个晚上,西尔维亚带着保拉来到汉普斯特德高地上的房子。都是对半开。绝不是二八开或是三七开或是四六开。也绝不是四点五比五点五。

"你们这个对半开,"基思说,"我看得出来真是挺好的,因为我害怕过。让我痛苦过。我还有一瓶酒给你……冰箱里还有酒呢。螺旋盖瓶子的酒——螺旋盖瓶子的酒提升了百分之十的生活质量,你说有没有这个比例?但那不是螺旋盖瓶子的。晚了。你很年轻。你不介意吧?"

西尔维亚从凳子上慢慢站了起来,说:"我去看一下宝宝。"

他想,对半开一定让人挺痛苦的,因为二八开就已经令人痛苦地像入了地狱。现在,每个人都在讨论备受折磨的事。嗯,很容易折磨基思。只要让他去出席家长教师联谊会的会议,让他和会计待上十五分钟时间,让他拿着一张购物单跑一趟玛莎百货——他知道什么全都会告诉你……孩子们会觉得百无聊赖——曾经有一位善用格言警句的心理学家(很多年前,由纳特和格斯证实过)把孩子气的百无聊赖总结为"愿望的缺席"。没有什么会让二十来岁的人、三十来岁的人、四十来岁的人百无聊赖。基思，在2009这一年，感觉到百无聊赖成了和痛恨一样的强烈感觉。当然，还有一种非常普遍的折磨形式：非司法的死亡判决，自此拉开了死亡的序幕。他很自信，那种形式的折磨后来肯定会出现的。

"谢谢你，"他说，"好吧，还有另外一种形式的不对称。"一个小姑娘发誓说要嫁给她的父亲，别人听了会对她微笑，呵呵不语，他说。在大多数的文化中。在大多数的文化中，一个小男孩发誓说要娶他的母亲，醒过来时会发现是在医院，或是在养伤恢复——不是经历了一顿毒打，也至少是一通痛骂。"你知道，"他说，"克洛伊第一句宣言是'我亚爹地。'"或许更接近的说法是"嗨亚爹地"。"为什么？她在做什么？谢谢我二八开？……你爱爹地。"

西尔维亚说："是的。他对妈妈不太好，但他对我一直很好。那是你在很小很小的时候被他们抱在怀里的感觉。给你奶吃的妈妈是一回事——她就是你，你就是她。但是父亲。他更高大更强壮，你能闻得出男人的气息。那是你在很小很小的时候被他们抱在怀里的感觉。在你的整个生命中，你再也不会觉得那么安全了。"

"是的，但是对父亲特别的爱，是需要努力才得到的。"1998年卡尔过世，维奥利特于一年后死去。如果说，这两个事件紧紧相关联，他想这真是天地宇宙间最悲哀的事了。"父亲只好不再将女儿抱在怀里，不再让她们觉得安全。"

"那是会让人痛苦的，"她说，"嗯，我想，如果不会痛苦，也就不够好吧。"

基思带着最温柔的绝望，哼出一声刺耳的呻吟。他仍旧会想到，他仍旧会寻思在意大利的那个夜晚，德古拉伯爵和山鲁佐德。但远远不如以前那么频繁了。不过一星期有几次。很久以前的一个早上，他和伊莎贝尔（当时还不到六岁）一起坐在当地的咖啡馆里。他在柜台付钱的时候，她前所未有地声称：她在街上等他。她踩着像是悬浮的步子走向门边——不是踮着脚尖，但却有点悬空：就像是山鲁佐德在等待的那段时间。伊莎贝尔走到了门边，但没有走出去。

有一年他在路上碰到了丽塔。他在戈尔德斯格林[1]的一家家居用品仓储超市里，买一张圆形的淋浴垫（看起来像是被压路机压平的章鱼，吸盘大张着）。"你留意着你第一次大幅度的跌落，" 2000年，蒂娜对他说。他们坐在她的乡村小屋外（她现在还坐在那儿，八十一岁，新寡）。我很高兴地加一句， 2000年，陪伴基思的不仅仅是常见的那三个姑娘，还有现在改名为凯瑟琳的海蒂（她和她的养父母一起出现在维奥利特的葬礼上），站在她母亲以前占据的位子上（他觉得这像是一种宽恕）……

好吧，面前站着丽塔：嘴、下颌、强有力的骨骼都还是老样子，但她的生物量增加了三倍。她在玩具房的装备，寄给潘西的第一个孙女。

---

[1] 伦敦巴尼特区的一个区域。

基思说:"你呢?你有没有十个?一年一个?"

"我没生过。没有小孩……一个没生过。"

四下堆积着面包箱、拉绒毯子、热水壶、算盘,她哭了起来,他拥抱了她添了厚度的敦实的身子。

"我好像就是忘了。"她不断想去擦鼻子。"我像是就这么错过了。"

他经常碰到他这个年龄的女人,像是就这么错过了。

主题句。色情的性是一种可以描绘的性行为。他觉得,能告诉你某些有关色情、有关性的一些事。在基思的时代,性从感情中脱离了开来。色情正是这个分裂的产业化……

那和镜子怎样了呢?

这是我们所有人的命运,最终会不再爱自己的映像。那喀索斯死去花了一年一夜的时间——而我们要花上半个世纪死去。这不是虚荣,这从来不是虚荣。这总是别的什么。

基思看着镜子中的面目不清的影子。最令人称奇的事是,这个模样,这个镜子里的模样(最完美最成形的食尸鬼的模样)会作为还不算太坏的模样——相比而言,留在他的记忆中。这个,甚至是这个,就是这个模样……可憎的录像,用通俗的话说,恐怖片会注定成为一部虐杀电影,但在电影开始前,他会是一部预告片。他会成为死亡的广告片。

死亡——镜子有了背后的深色涂层,才会让我们看到自己。

这不是虚荣,这从来不是虚荣。这总是死亡。这就是天地宇宙间真正的变形:从一种状态到另一种状态令人烦恼不已的变形——从生的状态到死的状态。

是的,他和我,我们又走近了。

我?好吧,我是良知的声音(在他的第一、第二次婚姻之间,突然回来过)。我行使的其他职责和超我一致。不是,我不是那个他从来没有成为的诗人。基思本可以成为一名诗人的。但不是一个小说家。他的资质对小说家来说太特别了。他听不到别人能听到的——人性的回响、回声。而我,虽然受着真相、大写的生活的限制,却是他身上的那一部分——总是想倾听人性的回响、回声。

"我的胸变得越来越小了,"孔秋塔在卫生间里说。

这句话不是没心没肺地开心地说出来的——虽然孔秋塔通常是开心得没心没肺,基思心想。而且,在他看来,她——而不是他——每时每刻经历着和一个生于1949年的人住在一起的梦魇。

"是的,我的胸变得越来越小了。"

"这没关系的,"他说,"因为我的越来越大了。"

"……看来最终都会平衡的。"

是啊。五十岁算不上什么。小美,我,我和北大西洋公约组织一样年龄。最终,都平衡了。你的腿变细了——没关系的,因为你的肚子变肥了。你眼睛发烫了——没关系,因为你的手变冷了(你可以用冰冷的手指来凉一凉)。尖利的或是突然的声响变得更加刺耳得难受了——没关系,因为你变得耳聋了。你的头发变得稀薄了——没关系,因为你鼻子、耳朵里的头发变得更粗了。最终都会平衡的。

今天晚上有客人来。西尔维亚和她的丈夫，丽丽和她的丈夫，纳特，格斯，还有尼古拉斯和他的妻子。丽丽的第三任丈夫。尼古拉斯的第二任妻子。他的第一次婚姻持续到1989年（留下一个女儿）。接下来的十四年时间，尼古拉斯度过了被他推迟的青年时代。女人不必要非是左派，而基思成了倾听者，而不是讲述者。尼古拉斯在2003年又结婚了，他们有了一个五岁的儿子。今天晚上是基思的生日晚宴。

他待在书房里，正在完结最后一点事……他和维奥利特的纠结，那么多辛辛苦苦的心血都取决于此。基思努力让他的家人来爱他。但只有维奥利特，他没有先天的劣势也没有经历什么偏颇。让她爱上他一点都不难。他一直都是那张长着鸡啄嘴的小脸蛋，一脸迷醉地对着她的小床，注视着，微笑着。之后，就像是一个私人教练，陪她爬、走路、讲话。后来又给她读书，给她讲故事、寓言还有神话传奇。你看，维，他们只有五条面包和两条小鱼……让她爱上他一点都不难。对他更简单了。见她的第一眼，他就爱上她了。

最初的时候，他在那儿；最后的时候，他也在那儿。但中间他在哪儿？他采取了他的策略，撤离的策略。但后来还是遭遇了痛苦，甚至更糟——精神崩溃。躲避早年那些强烈到暴力的感情（"谁敢碰她一个指头……"），他其实从来没有过机会。那些感情早在他低头看着她新生的躯体时就开始了——那一刻，他看到了一个小天使。在爱和保护欲的冲击下，他出现了幻觉，真的是看到了天使。好吧。最初的时候，他在那儿；

最后的时候,他也在那儿。

我们有一半的生命是处在震惊中,他想。而且是在后一半的生命中。一次死亡降临了,脑子造出一些化学物质让我们挺了过去。它们让你麻木,而麻木带来的平静是可以分辨出来的:是虚假的平静。麻木能做的是,推延。然后化学物质耗尽了,种种空虚、种种被遗忘的,都会赶来攫住你。当疼痛离开时,它是去了哪儿?是去别的地方了吗?还是去了你虚弱处的深井?我来告诉你吧:是后者。最后杀死你的,是其他人的死亡。

到了该进去的时候了。维纳斯星升了起来,悬在在汉普斯特德高地黑魆魆的凹坑上。基思·尼亚林、孔秋塔、伊莎贝尔和克洛伊(经常有西尔维亚陪伴)已经在南美的南部度过了几个圣诞节了(孔秋塔的姻亲、几十个堂表兄弟姐妹都在那儿)。他打算问一下尼古拉斯他和那儿的守护神明度过的时间。 1980年,连着有两天,尼古拉斯都给伟大的博尔赫斯读书。他们分手时,这位失明的先知、在世的提瑞西阿斯,给了他一件"礼物",背诵了这一段出自但丁·加百利·罗塞蒂的四行诗:

> 有谁注视着他在梦中的儿,自问
> 这张脸会怎样注视他冰冷躺着的脸
> 或是当他的母亲轻轻吻他的眼,
> 会想到,他父亲追求时她的吻。

就基思这一特例看，第一个问题，他的答案是肯定的，而第二个问题的答案是否定的。但他深信博尔赫斯全面地理解了时间："时间是我构成的材料。时间是载走我的河流，但我就是那条河……"

维纳斯星：当他戴着眼镜看她时，她像是戴着假睫毛。这位朱庇特和狄俄涅的女儿，爱之神，戴着假睫毛。那轻薄的翅膀——一只苍蝇如果生在天堂长在天堂就会是那样子吧……诗人戈维多[1]描绘过维纳斯星：违抗的星，叛逆的天使。

谁是这些极端者、自毁者、蔑视者，在天堂都不愿再待一秒钟的人？去吧，肯里克，在三个星期里，第四次在早上九点超速五倍，被警察追赶了很久以后被逮捕（在沃姆伍德-斯克拉比斯监狱关了一年）。去吧，格洛丽亚，把自己放在历史之外，把二十来岁的生命活上两次，当做一场游戏来玩，又不知怎么让自己成了宝贵而亲切的回忆。去吧，维奥利特，让蜜月持续至少有半分钟，然后飞跑着穿过田野。头脑和一只小狗仔差不多，大口喘着气，胸脯起伏着，奔着，飞着，寻找那个你爱的人。

他拉上了百叶窗，把一切都关闭了，走了进去。

---

[1] 弗朗西斯科·德·戈维多（1580—1645），西班牙贵族政治家，也是巴洛克时期的最杰出诗人之一。

致　谢

首先，谨向已辞世的泰德·休斯致以我满怀欣喜的感谢。他的《奥维德的故事》是我读过的书中，最令人兴奋的作品之一。其中精致优美的"爱可与那喀索斯"的故事，我在此书中不时直接或间接地引用，而且我得益于这本书的远远不止是这则故事。

那位"杰出的马克思主义历史学家"是艾瑞克·霍布斯鲍姆。引文出自他振聋发聩的《极端的年代》。有关墨索里尼的细节出自丹尼斯·麦克·斯密斯出色的传记，从头至尾静静地保持喜剧的色彩。"行动是短暂的——一个步伐，一次击打。／肌肉的运动"：这是出自华兹华斯的《边界人》。"爱召我来迎候"：乔治·赫伯特。"既要真实又要仁善的词"：这（还有其他好多）出自菲利普·拉金（《床上的谈话》）。"社会的经济基础"：奥登的《致拜伦勋爵的信》。那位善用格言警句的心理学家是亚当·菲利普斯。"那个会传递爱的动作，如果爱确实存在"出自索尔·贝娄的《更多的人死于心碎》。那句无花果叶和价格标签的话出自《洪堡的礼物》。"骑士啊，是什么苦恼你，"当然是出自济慈。《病玫瑰》是威廉·布莱克的诗。"当你的嘴启开，暴风雨从我体内滚卷而过"是伊恩·汉密尔顿的诗《暴风雨》中最后一行。

我也要向简·奥斯丁致谢。和许许多多伟大的女性主义者一样,她虽然没有孩子,我深信,她养育了"明智之句",让其成了英国小说的一大特征。为了展示她一针见血的明智,我引用她最后的话。奥斯丁行将死于无以缓解的癌症。有人问她需要什么,她说:"除了死亡,什么都不需要。"或者,换一种说法:除了空无,什么都不需要。我也引用了 D·H·劳伦斯临终说的话。他说这句话时,四十四岁。简·奥斯丁临终说的话,那时她四十一岁。

几乎每一天,想到这一点,还是让我大吃一惊,这像是一桩具有魔法的现实:对我生活过的时代(我,还有其他千千万万的人),最凄婉动人的召唤,早在 1610 年就已经写好。爱丽儿的歌出现在莎士比亚最后的剧作——那部像假面剧一样的传奇剧《暴风雨》中,我再一次引用一下:

> 五噚的水深处躺着你的父亲;
> 他的骨骼已化成珊瑚,
> 他的眼睛是耀眼的明珠;
> 他消失的全身没有一处
> 不曾受到海水神奇的变幻,
> 化成瑰宝,富丽而珍怪。
> 海的女神时时摇起他的丧钟。

2010 年于伦敦

《怀孕的寡妇》译后记

马丁·艾米斯的名声和高雅挂不上钩。在英国，高眉大报通俗小报都见得到他的名字。艾米斯并不以沉默为金，在媒体上频频露面。在讲究政治正确的英国，也毫不遮掩、修饰自己的观点。他批评穆斯林社会说，先把自家给管好了，否则还得继续受罪[1]。他把老龄化社会称为"银色海啸"，建议每个街角都装一个安乐死的亭子。他早年的诸多风流韵事至今还是小报谈资，艾米斯和私生女相认的煽情故事连着几年让不少报刊做出文章来。从伦理世情上来看，艾米斯肯定不是人见人爱。

如果你在看这本书时，脑子里冒出无数问号后面再狠狠甩上几个感叹号，不时对着文中的"操"说"操"，甚至后悔了几十块的书价还不如买一碗汤面，我不奇怪。和作者一样，这书肯定也不是人见人爱。

确实，马丁·艾米斯和《怀孕的寡妇》，不仅仅是一位作者和他其中一部作品的关系。早在书完稿之前，艾米斯就称这本书有"极强的自传性"[2]。和艾米斯一样，基思也生于1949年，二战后婴儿潮时期出生，在各种风潮风起云涌的六十年代

---

[1] 2013年，在BBC第四电台的节目中，艾米斯承认这一说法不妥当。
[2] 马丁·艾米斯接受阿历克斯·比尔梅斯（Alex Bilmes）采访，见于2006年10月8日艾米斯接受的专访中。

末七十年代初走入青春期。和艾米斯一样，老年的基思也有五个孩子，现任的妻子来自美洲（艾米斯的伊莎贝尔来自北美，而基思的孔秋塔来自南美），和她有两个女儿。和艾米斯一样，基思也在1999年失去了深爱的妹妹，那年她也才四十六岁，令他们哀痛不已。其他细节上的相似处还有很多。文中的叙述者也说："接下来的故事都是真实的。意大利是真的。城堡是真的。姑娘们全是真的，男孩们全是真的（丽塔是真的，阿德里亚诺虽然令人难以相信但也是真的）。甚至连名字都没变。"可是，出乎意料的，作者借着格洛丽亚的嘴又说："你幻想出来的。"真实感仿佛是那喀索斯看到的水中的倒影，真实无疑，但水波一动荡，碎开了。

我们是不是像基思这个读文学的大学生一样，也问一下：那我们进入的是什么样的体裁呢？以2006年开始的引子，1970年夏天用了整整六部来叙述，中间穿插着以2003年为背景的幕间休息，从1970年之后直到2009年基思的60岁生日，都在尾声中交代。像是自传，像是戏剧，像是小说。

1970年夏天，意大利坎帕尼亚的古城堡——艾米斯设置了一个老大哥真人秀似的场景，把一群年轻人放进了这个远离伦敦的、在意大利长靴脚踝处的乡村。周边是山峦、羊群，山径上走着穿着袍子的修士，走上一段是乡村的小教堂和小酒吧。在乡村城堡古旧偏远的环境中，这群英国来的年轻人之间的关系更有张力，爱情、友情、奸情、噢，还有调情。种种场景也显得格外的吊诡奇诡：坦荡荡暴露着的丰乳肥臀、男子诱色的诡计、口口声声称有"阳物"是"汉子"的姑娘。再添上侏儒伯爵的老钱和奶酪老板的新钱,你会说这是一出浪漫奇情滑稽剧。

虽然伦敦远了,但这出剧真正的背景却是伦敦正闹腾着的性革命和女权主义运动——这是刚刚走过《你能走多远?》(戴维·洛奇著, 1980)和《在切瑟尔海滩上》(伊恩·麦克尤恩著, 2007)、进入《性政治》(凯特·米勒特著, 1970)和《女太监》(杰梅茵·格里尔著, 1970)的年代。革命带来的不仅仅是解放;革命也带来流血、牺牲、刑罚、监狱。一边是极致的性解放,而另一边艾米斯一遍遍地展示"社会现实主义":性革命中受害乃至牺牲的还是女性。在新时代中,抛弃了传统的女性并没有一个随即可以效仿的模式,她们能想到的不是怎么成为一个现代的女性,而是怎么和男性一样。临到头,最不幸的正是那些最解放自己身体的女性。基思可以喜滋滋地记录一份和女性交往的名单,但妹妹滥交的结果却是早逝。这样的观点无疑会受到女性主义者的愤慨反驳,但先锋的政治观点无疑不是艾米斯的目的所在。当过了半百的基思感慨"就这么错过了"的女性时,或许的确会让人唏嘘,听见警世的劝谕。

革命的火焰燃烧着青春的荷尔蒙,叙述者却隔阵子就把我们拉到现时——回顾那年夏天的是一双渐渐老去的眼睛,隔着几十年的时空。虽然有"却顾所来径"的了悟,但也带着一丝"把一切都关闭"前的苍凉。艾米斯在 BBC 第四电台的采访中曾说,文学没有预告老年的事。谈论老去的作品很少,即便谈了,也是很隐讳。[1] 这本书关于青春、关于性革命,其实

---

[1] 马丁·艾米斯接受弗伦特罗(Frontrow)采访,2010 年 2 月 1 日(2014 年 12 月 2 日访问,http://www.bbc.co.uk/programmes/b00qbrkk)

也是关于人生。青春的光阴如此的富足,连一个夏天都能抻得很长,后来的几十年都是紧凑压缩的篇章,不过是余音尾声,谢幕前的一些交代。走向老年的基思狠狠地自嘲自己外貌上的变化,不免让人想到只有青春才让人自恋,爱上倒影的只会是少年的那喀索斯。

你也可以把这本书读成是关于小说的小说。那个夏天,从心理学系转到文学系的基思恶补了从理查逊到劳伦斯的英国经典小说。经典之常读常新很多时候是因为新的历史背景能赋予作品新的角度和释义。基思的阅读折射出性革命时代的视角,令人发噱却也不是完全无厘头。艾米斯在《艾米斯论英格兰》访谈片中谈到,性这回事,有各种各样的方法来讨论,而不必要非挑明了才能谈。[1] 书中对《傲慢与偏见》中伊丽莎白的解读,回答了我多年的疑惑。班纳特先生应允了达西的求婚后,又告诉伊丽莎白他了解她的天性,让她自行决定是否嫁给达西:除非伊丽莎白能真正敬重她的丈夫,否则"you could be neither happy nor respectable"。"respectable"在中文的译本中译作"觉得体面"、"觉得得意"、"上了规格"等,都费人思量,这些说法和伊丽莎白平素特立独行、不图慕虚荣不符。原来奥斯丁是不着一字地写性——"受人尊重"的意思其实是不会出轨另寻恋情。

作为译后记,也得提一下译。艾米斯的语言戏谑跳跃,还时不时喜欢织一张互文的网。穿着大喇叭裤皮夹克蓬着大头发

---

[1] Martin Amis, "Martin Amis on England", BBC 第四电视台(2014 年 12 月 2 日访问, https://www.youtube.com/watch?v=OK4sk8R2Qzk)

的英国七十年代青年在中文中也会显得有点隔与硌。阅读的乐趣在于求同，在别人的经历中发现自己的影子；阅读的乐趣也在于求异，去发现"原来还有这样"的经历、表达经历的方式和语言。"Venus"我没有按中文习惯翻成金星，而是保留了"维纳斯"。太白金星白须老头儿和文中的青春少年性感美女之间离得太远。在译入语的约定俗成和译文的意象连贯之间，我选择了后者。上个世纪那个有关"milkway"翻译的争论，也是不能遽下结论的。其实有时候在上下文中，"牛奶路"胜于"银河"的可能性不在少数。那不一定是译者的粗疏无知，很多时候貌似生涩、别扭的译文是译者有意识的选择。剔光了鱼骨的鱼可能失去了原有的鲜味。同理，文中时不时出现那个"F"开头的词，中文中相应的表达很多，文雅的低俗的，书面的口语的，但还是选择了比较粗的"操"，因为按基思兄弟俩的说法，这是用"歇斯底里的性"代替"爱"的时代。

这可能会让你不喜欢。也会不喜欢艾米斯，不喜欢《怀孕的寡妇》还有"怀孕的寡妇"诞下的婴儿。但你不得不承认艾米斯是个有趣的出色作家，《怀孕的寡妇》是当代英国文学中不容忽视的一部作品。

艾黎

2014年岁末于英国班戈

Martin Amis
THE PREGNANT WIDOW
Copyright © 2010 by Martin Amis
Simplified Chinese edition copyright:
2023 SHANGHAI TRANSLATION PUBLISHING HOUSE (STPH)
All rights reserved.

图字:09-2013-385号

图书在版编目(CIP)数据

怀孕的寡妇 /(英)马丁·艾米斯(Martin Amis)
著;艾黎译. — 上海:上海译文出版社,2023.11
(马丁·艾米斯作品)
书名原文:The Pregnant Widow
ISBN 978-7-5327-9442-3

Ⅰ. ①怀… Ⅱ. ①马… ②艾… Ⅲ. ①长篇小说-英国-现代 Ⅳ. ①I561.45

中国国家版本馆 CIP 数据核字(2023)第 185992 号

怀孕的寡妇
[英]马丁·艾米斯 著 艾 黎 译
责任编辑/龚 容 装帧设计/董茹嘉

上海译文出版社有限公司出版、发行
网址:www.yiwen.com.cn
201101 上海市闵行区号景路 159 弄 B 座
杭州宏雅印刷有限公司印刷

开本 850×1168 1/32 印张 17 插页 6 字数 251,000
2023 年 11 月第 1 版 2023 年 11 月第 1 次印刷
印数:0,001—4,000 册

ISBN 978-7-5327-9442-3/I·5906
定价:88.00 元

本书中文简体字专有出版权归本社独家所有,非经本社同意不得转载、摘编或复制
如有质量问题,请与承印厂质量科联系调换。T:0571-88855633